汉语诗歌的阅读和写作

舒朝水 —— 著

黄河出版传媒集团
阳光出版社

图书在版编目（CIP）数据

汉语诗歌的阅读和写作 / 舒朝水著. -- 银川：阳光出版社, 2024.3
　ISBN 978-7-5525-7242-1

　Ⅰ.①汉... Ⅱ.①舒... Ⅲ.①诗歌研究—中国 Ⅳ.①I207.22

　中国国家版本馆CIP数据核字（2024）第028349号

汉语诗歌的阅读和写作　　　　　　　　　　舒朝水　著

责任编辑　郑晨阳　薛　雪
封面设计　圣立文化
责任印制　岳建宁

黄河出版传媒集团
阳　光　出　版　社　出版发行

出 版 人　薛文斌
地　　址　宁夏银川市北京东路139号出版大厦（750001）
网　　址　http://www.ygchbs.com
网上书店　http://shop129132959.taobao.com
电子信箱　yangguangchubanshe@163.com
邮购电话　0951-5014139
经　　销　全国新华书店
印刷装订　四川金邦印务有限公司
印刷委托书号　（宁）0028459

开　　本　710 mm×1000 mm　1/16
印　　张　17.5
字　　数　290千字
版　　次　2024年3月第1版
印　　次　2024年3月第1次印刷
书　　号　ISBN 978-7-5525-7242-1
定　　价　78.00元

缪斯世界的诗意栖居

❋ 吴 杰

　　中国自古以来就是诗歌的国度。作为最具形式感的艺术，无论是言志抒情，还是意境追求，诗歌都以其独特的美立足于世界文坛。这种对美的追求，既是对真、善、美的审美观照，又是对诗意的独特感观。余光中说："诗是一切艺术的入场券。"肖体仁在《诗歌的形式美学》中更认为："诗意、诗美是一切艺术的共同素质和灵魂，艺术到了最高境界都具有诗的意境。"可见，在一定程度上，诗，是步入文学殿堂的阶梯，是文学生活中不可或缺的东西。

　　乐至，位于四川盆地中部，是"元帅诗人"陈毅的故乡。乐至人舒朝水，似乎继承了元帅的文学情怀，在繁杂的工作之余，走进诗的世界并沉迷其中，几易其稿，用6年时间写就了一部诗歌理论专著《汉语诗歌的阅读和写作》。这让人在感到惊讶的同时更感到惊喜。见过业余写诗的，但业余出诗歌理论专著的，可说是凤毛麟角，少之又少。这需要对诗歌何等的喜欢，需要何等的理论修养，需要何等的见解，才能将自己对诗歌的喜爱之情通过理论专著的形式呈现出来。这又需要何等的勇气，让这著作呈现于世人，让世人去阅读、思考和检验。

　　这本著作分为"本体论""鉴赏论""创作论"三部分，从诗歌是什么、怎样阅读诗歌和如何写作诗歌三个方面进行阐述，构建了作者初步的汉语诗学体系，但其重点主要在"本体论"的论述上。在该部分，作者梳理了诗歌的概念、话语特色、韵律、文字排列、意象、情志、形态结构和表现技巧。在浩渺如海的诗歌理论和作品中，从古至今、中外结合，作者大量引用诗人和诗歌理论家的观点、文论。既有不同观点的思想碰撞，又有诗歌发展史的延续，既有详尽的作品分析，又有独特的理论见解。应该说，作者在诗歌本体论上是深入下了一番功夫的。他不仅旁征博引、兼收并蓄，汇聚了古今中外关于诗歌的重要论述和最新研究成果，还努力揭示了诗歌的本质特征。如在"诗歌话语的特色"这一节中，作者从诗学的角度对诗歌话语区别于其他文学作品的言说方法和功能特色进行了分析，认为诗歌话语有三个特色：特别追求自身质地美感的言说——美感性、特别追求强化效果的言说——凸显性、特别追求创造和增殖的言说——创生性。在这"三性"的阐释上，作者从情感性、可感性、节律性分析了美感性，从修辞学的角度分析了凸显性，从语言学的角度分析了创生性。在系列分析中，既有语言学、美学、心理学的理论分析，又有对《天狗》《致橡树》等诗歌的赏析，理论与实际相结合，最终指向诗歌话语的特色是语言的"诗的用法"的结果。

这本著作具有许多独特的见解。一部著作是否新颖、是否"炒剩饭"，关键看其是否有新颖的观点和独特的见解。英国诗人塞缪尔·约翰逊说："诗歌的灵魂在于创新，即创造出使人意想不到的，惊叹不已和赏心悦目的东西。"该书不厌其烦地罗列了众多古今中外对诗歌的重要概念，其意在于让读者自主地从多方面获得对诗歌的初步认识，同时想论证自己对诗歌的新定义："人在其内在精神力量的作用下，基于人类的原初思维，譬如隐喻思维或类比思维，通过富有质感和节律化、凸显性、创生性的语言，创造出有别于现实世界的主客融合的感性世界片段，蕴含较大思想情感张力的、具有较高审美价值的文本，即诗歌。"该定义看似蕴含心理学、语言学、美学和文学原理，实质是从语言学（诗歌话语）和诗歌形态结构的角度对诗进行定义，认为诗歌"是以语言符号组织而成的一种独特的功能性结构"。另外，该书从语言学的角度提出了"音顿节奏""词顿节奏""行顿节奏"三种模式，并详细分析了这三种模式的区别，认为当代诗人应"加强自由诗的韵律美建设"。从诗歌要素分析入手，试图打通古典诗歌、格律诗与现代自由诗的美学壁垒，提出了汉语诗歌韵律发展"自然诗—格律诗—自由诗"三个阶段的崭新观点。

这本著作写得朴实无华。该书虽然运用了语言学、哲学、心理学、美学、文艺学等诸多理论，但语言论述朴实无华、平易近人，让人读起来无佶屈聱牙之感。正如作者所说，力求以一本内容丰富的读物，为读者提高阅读和写作诗歌的水平带来一些切实的帮助。该书脉络清晰，围绕论点谈古论今又不失独特的见解，让人在了解诗歌发展历史或不同观点的同时能清楚作者的意图。如对意象组合的论述，既介绍了盛子潮、朱水涌揭示的意象结构的三大意义，即完形的意义、美学控制意义和审美生成价值，又归纳了意象的递进、并置、对比、发散、聚合、叠加、蒙太奇和错综八种组合方式，其目的是表达"随着诗歌表达复杂情感的需要和诗歌现代性的加强，（意象组合）越来越多地呈现多线条的、立体交叉的、动态的表现形式"。该书的语言是质朴的，甚至有讲义的味道。在书中，不时穿插着作者话语的现场表达。如第一章第一节"诗歌的概念"的结尾："下面的几节将按照由表及里的顺序，重点从上述定义的独特言语方式（含话语特征和外在形式）、感性世界片段、思想情感张力等方面，对诗歌结构做详细分析、讨论。"类似的还有第一章第二节的结尾、第三节的开头和结尾等。这种承上启下和总结似的话语给人以近距离的感觉。

当然，该书并非完美无瑕。主要表现在过于注重本体论的论述，而鉴赏论、创作论论述过于简单。但总的来讲，这部著作瑕不掩瑜，将让喜欢诗歌和诗歌理论的读者窥探诗歌的奥妙，汲取诗歌的丰富知识，感受作者对诗歌的热爱和独特的探究。

是为序。

2023年11月17日于资阳静雨斋

吴杰，四川简阳人，硕士，高级经济师，中国写作学会、中国小说学会、四川省作家协会、四川省文艺评论家协会会员，现任资阳市文艺评论家协会常务副主席、资阳市作家协会党支部副书记、资阳市文联委员。

目 录
CONTENTS

第一章　什么是诗歌——本体论

第二章　怎样阅读诗歌——鉴赏论

第三章　怎样写作诗歌——创作论

第一章

什么是诗歌——本体论

什么是诗歌，是确认诗歌本质的非常重要的问题，也是一个涉及对许多诗歌具体问题做出判断的基础性问题。

有的人可能没有认识到这个问题的重要性，认为谈它意义不大，便避而不谈；有的人可能认为它很难回答，不可能得出普遍认可的结论，也避而不谈。但是，它是一个要和诗歌长期打交道的人始终回避不了的问题。第二种人不是持回避不谈的态度，而是轻易地谈、随意地谈谈，始终没有涉及本质属性。我们随便问一个人，什么是诗歌，他可能会回答，它就是分行书写的文字；也有人回答，它就是押韵的文体；还有人回答，它就是一种语言优美的有意境的文体……这些都是根据个人经验作出的对诗歌表象的感性、直观的陈述，上升不到理论的高度。还有不少对诗歌的理性概括，也是五花八门，很不一致。

什么是诗歌，确实是一个似乎人人能回答，但又很难达成共识的问题。叶圣陶曾经诚恳地说："诗是什么的问题，很惭愧不能明确地解答出来。"[1]徐志摩也曾概括地说："到底什么是诗，谁都想来答复，谁都不曾有满意的答复。"[2]直到现在，又特别是诗歌观念比较开放、多元的现在，诗人和诗歌评论者都没有对诗歌本质形成大面积的共识。有诗歌的神秘主义者，把它说得云里雾里，不可捉摸；也有诗歌的教条主义者，把它说成几条"干瘪老筋"，显得无味又无用。这往往让一个初学者无所适从。

有人担心诗歌标准统一会约束诗歌发展的一些可能性。但是他们没有想

---

① 肖向云：《民国诗论精选》，西泠印社出版社，2013年7月版，第49页。
[1] 肖向云：《民国诗论精选》，西泠印社出版社，2013年7月版，第49页。
[2] 肖向云：《民国诗论精选》，西泠印社出版社，2013年7月版，第53页。

到，对诗歌标准各执一词、各是所是，失去了基本面上一致的美学追求，使诗艺的放任自流和批评的缄默无语成为一种体制化的东西，危害可能更大。无疑，标准丧失、目标混乱是当前诗歌远离大众且大众又远离诗歌的多种原因之一，而且可能还是主要原因。为避免标准丧失，本书综合多种研究成果，深入探析诗歌内部结构规律，以资读者借鉴。

按照中国现代文艺理论的传统和很多人的习惯，是直接给读者一个定义。当然，这是最省事的办法。教授者分析论证比较简单，只消找出对应的例证略加说明，提纲挈领，十分省事。接受者理解也不难，一下子心中就有梗概，有一个基本的概念，也很乐意。但实践证明，这样对一个人真正走进诗歌，自主地体验诗歌、把握精髓，没有多大作用，反而会产生很多隔膜。特别是其僵硬的语言越来越令人反感，其武断的态度和缺乏对话口吻的表述，不利于学术的思辨和探讨，往往把创造的因子扼杀在摇篮之中，导致难以纠正的偏颇。所以，本书在第一章中，首先简单罗列和粗略阐述古今中外演变中的诗歌观念，以让读者自主地从多方面获得一些对诗歌的初步认识，然后再以几节的篇幅，逐项地具体分析诗歌主要的结构层面、构成元素及其特性，揭示诗歌的内部结构规律，让读者从具体详细的思考中获得对诗歌本体的深刻认识。

第一节　诗歌的概念

中国是一个诗歌繁盛的国度，不但有史记载的诗歌产生很早，而且，诗歌在中国古代文学中一直占有非常重要的地位，在很多时代都居于主要文学体裁的地位。人们对诗歌的认识也在不断深化。不同时期、不同政治文化背景和具体语境、不同视域和视角的人，对诗歌是有不同的认识的。再加上诗歌是由多种元素构成的符号系统，其内涵涉及自然、社会、政治、文化、心理、语言等系统内外各因素之间关系，十分复杂。因此，要充分认识其本质并达成共识，自然是非常困难的。

从诗歌的起源看，"劳动起源说"是比较公允且影响最大的一种观点。中国古代的多部典籍都有诗歌起源于劳动生活的记载。《淮南子·道应训》中说："今夫举大木者，前呼'邪许'，后亦应之，此举重劝力之歌也。""劝力"就是鼓劲，协调节奏、配合省力。郑孟彤在《中国诗歌发展史略》中指出："最早的文学——诗歌，就是产生于劳动中的劳动韵律。"然后思维和语言在劳动实践中又不断地发展，"带有节奏的呼声中添上一些抒发自己感受的语言，便成为有意义的诗歌了。"后来，"占诗歌主要成分的是有思想内容的语言，表示声音的劳动呼声已逐渐退居于从属地位，不过由于它仍然代表了一定的韵律，所以，很长时间没有消失。"①这些话揭示了诗歌从萌芽到逐步成形的发生过程。这是符合自然辩证法和历史唯物主义的基本可信的观点。

中国早期典籍中有一些原始诗歌的记载。如《吴越春秋·勾践阴谋外传》中记载的《弹歌》："断竹，续竹。飞土，逐宍。"这是一首反映原始捕猎生活的古歌。"断竹，续竹"记录的是弓弹的制作过程，是在为捕猎作准备；"宍"是古代的"肉"字，指猎物，"飞土，逐宍"是直接写捕猎过程。这一首可以说是以双音节为诗行的诗歌，是早期"二言诗"的代表，语言朴实，作为原始歌谣有一定可信度，也印证了郑孟彤的上述观点。

如果像有人说的《弹歌》等是后人假托的，那么甲骨文中的诗歌，应该是中国最早的真实的诗歌了。考古学上的发掘和发现，为我们了解诗歌的起源提供了帮助。在河南安阳小屯村发掘的龟甲兽骨上的甲骨文中，有一段很像是殷商时期的歌词：

癸卯卜：今日雨。其自西来雨？其自东来雨？其自北来雨？其自南来雨？②

这是载于郭沫若《卜辞通纂》中（第375片）的文字。这首简单而朴素的古歌，虽然还带有一定卜筮目的，但已有较强的语言仪式感。它与后来的汉朝民歌"江南可采莲，莲叶何田田。鱼戏莲叶间。鱼戏莲叶东，鱼戏莲叶西，鱼戏莲叶南，鱼戏莲叶北"，具有同样的语言能指的游戏性。我们大概可以把它认定为中国早而又可靠的诗歌作品之一。它既与当时的物质生活密切相关，又是古代占卜等精神生活的直接反映，还是诗歌起源于筮人这种说法的依据，体现了诗歌话语一定的神秘性、游戏性。

---

① 郑孟彤：《中国诗歌发展史略》，黑龙江人民出版社，1984年版，第1~3页。
② 转引自陆侃如、冯沅君：《中国诗史（上）》，百花文艺出版社，2011年版，第5页。

人的第一需要是生存的需要，物质生产及生活对人来说是第一位的。在原始时代，生产力十分低下，每个人都必须参加劳动才能获得最低限度的生活资料，所以，人们最关心的是劳动，劳动在他们的思想意识中占着首要地位。萌芽期的意识形态还处于混沌和综合状态，没有形成各自独立的领域，它们是笼统地、直接或间接地为物质生产服务的。同时，在物质生产生活中，人的精神生活逐步丰富起来，人与人之间产生了思想情感交流的需要，从而产生了诗歌意识。随着私有制产生和脑力劳动与体力劳动分工的出现，艺术作为最早出现的意识形态具体形式之一而从原始意识中逐步分离出来，于是产生了作为艺术形式的诗歌[①]。由此可以认为，诗歌作为一种人类的精神活动现象，它的根子和源泉是社会物质生活。俗话说，日有所思，夜有所梦。诗歌就像梦一样，是人的精神世界的综合反映，不可能剔除其现实内容和社会文化意义，而诗歌恰恰是以不同时期现实内容为基础的一种意识形态形式。这就是诗歌的意识形态属性，是它的基本属性之一。"饥者歌其食，劳者歌其事"，说明它们最初就来自社会物质生活。随着时代的发展，人的物质生活日益丰富，社会关系日益复杂，精神生活也随之复杂繁荣起来。不同时代的诗歌都来源于其时代的物质文化生活，但它不仅是简单的记录，而是呈现出了越来越曲折、复杂的现象。

《吕氏春秋·古乐》记载："昔葛天氏之乐，三人操牛尾，投足以歌八阕。"乔治·汤姆森在《马克思主义与诗歌》一书中说道："舞蹈、音乐、诗歌三种艺术开头是合一的。"[②]可见中外的艺术源头"三合一"的情况是可以互相印证的。诗歌就这样历史地形成了。舞蹈动作转瞬即逝，在古代不可能留下录像资料；真正的原始音乐也不可能留下录音资料，现在只有通过像在中国上古卜辞中提到的鼓、磬、言、和等多种乐器得到求证。而诗歌内容有文字记载，故能保存至今。诗歌与音乐、舞蹈艺术三合一的基础是节奏。古代诗歌语言节奏感特别强，常有一些强化节奏的虚词，这是其与现代诗歌不同的特点。无论从上述诗歌发生期的记载和论证，还是从流传后世诗歌的特征分析，都可以看出它们三者之间的长期合作、逐步分离、相对独立有一个相当漫长的过

---

① 李秀林等：《辩证唯物主义和历史唯物主义原理》，中国人民大学出版社，1984年版，第378页。

② 郑孟彤：《中国诗歌发展史略》，黑龙江人民出版社，1984年版，第3页。

程。因而，诗歌的节奏感或韵律是与生俱来的。从诗作为一种文学体裁产生时开始，节律性就奠定了它与其他散体文的文体区别性特征。如果要取消这个特征，无异于消灭诗歌。

现在，我们可以据此归纳出早期诗歌的概念特征：诗歌是有一定节奏韵律的言说，是一种婉曲有趣的言说；诗歌作为一种精神现象，是社会劳动和物质生产生活的反映，它常常是不与具体的人、事、景物分离的充满感性的生产及生活真实内容的呈现，常常和占卜吉凶、庆祝丰收、男女关系、反映社会不公等人们关切的现实内容结合在一起，具有一定社会意识形态属性；诗歌是一定情思内容的表达和兴发感受的传达，是人的经验和心理的直接投射，不断丰富着人的精神生活。其实，诗歌最初并不是想象的那么复杂，正如英国诗人威廉·华兹华斯所说，诗人仅仅是"一个向人们说话的人"[1]——只不过是说话的方式与日常生活中的表达有所不同罢了。

考察人们对诗歌的认识，中国记载诗歌观念的文献非常多。梳理历代文献记载的不同表述，可以大致看出对诗歌认识发展深化的过程。

《尚书·尧典》："诗言志，歌永言，声依永，律和声。"[2]

《毛诗序》："诗者，志之所之也，在心为志，发言为诗。情动于中而形于言，言之不足故嗟叹之，嗟叹之不足故永歌之，永歌之不足，不知手之舞之，足之蹈之也。"[3]

班固《汉书·艺文志》："《书》曰：'诗言志，歌咏言。'故哀乐之心感，而歌咏之声发。诵其言谓之诗，咏其声谓之歌。故古有采诗之官，王者所以观风俗，知得失，自考正也。"

刘歆《七略》："诗以言情。"

两汉及其以前，现代意义的文学与其他学科文献之间还没有明显的界线，文学理论也与其他学术著作相混杂。受时代的限制，当时零星的诗论话语反映

---

[1]　转引自［英］伊丽莎白·朱：《当代英美诗歌鉴赏指南》，李力、余石屹译，四川人民出版社，1987年10月版，第1页。

[2]　郭绍虞：《中国历代文论选》一卷本，上海古籍出版社，1979年11月版，第1页。

[3]　郭绍虞：《中国历代文论选》一卷本，上海古籍出版社，1979年11月版，第30页。

了人们对诗歌的初浅认识。《尚书》着重从功用的角度表达，指出了诗是传达人内心志意的东西。《毛诗序》也肯定了诗是传达人内心志意的言语结果，但因为专门为诗集作序，它同时指出了情感在诗歌产生中的发动作用。班固则指明了诗与歌的分别、有感而发的原理及诗歌的社会政治功用。

曹丕《典论·论文》："夫文本同而末异，盖奏议宜雅，书论宜理，铭诔尚实，诗赋欲丽。此四科不同，故能之者偏也；唯通才能备其体。"[1]

陆机《文赋》："诗缘情而绮靡，赋体物而浏亮。"[2]

挚虞《文章流别论》："夫诗虽以情志为本，而以成声为节。"[3]

沈约《宋书·谢灵运传论》："屈平、宋玉导清源于前，贾谊、相如振芳尘于后。英辞润金石，高义薄云天。自兹以降，情志愈广……夫五色相宣，八音协畅，由乎玄黄律吕，各适物宜。欲使宫羽相变，低昂互节，若前有浮声，则后须切响。一简之内，音韵尽殊；两句之中，轻重悉异。妙达此旨，始可言文。"[4]

萧统《文选序》："诗者，盖志之所之也。情动于中，而形于言。"[5]

萧纲："诗者，思也，辞也。发虑在心谓之思，言见其怀抱者也。在辞为诗，在乐为歌，其本一也。"[6]

刘勰《文心雕龙·明诗》："诗者，持也，持人情性；三百之蔽，义归无邪，持之为训，有符焉尔。人禀七情，应物斯感，感物咏志，莫非自然。"[7]

钟嵘《诗品序》："气之动物，物之感人，故摇荡性情，形诸舞咏。照烛三才，晖丽万有，灵祇待之以致飨，幽微藉之以昭告。动天地，感鬼神，莫近于诗。"[8]

---

① 郭绍虞：《中国历代文论选》一卷本，上海古籍出版社，1979年11月版，第60页。
② 郭绍虞：《中国历代文论选》一卷本，上海古籍出版社，1979年11月版，第67页。
③ 转引自陈伯海：《中国诗学之现代观》，上海古籍出版社，2019年5月版，第2页。
④ 张少康：《中国历代文论精品》，时代文艺出版社，1995年12月版，第160页。
⑤ 张少康：《中国历代文论精品》，时代文艺出版社，1995年12月版，第233页。
⑥ 转引自杨鸿烈：《中国诗学大纲》，台湾商务印书馆，1970年6月版，第34页。
⑦ 张少康：《中国历代文论精品》，时代文艺出版社，1995年12月版，第184页。
⑧ 钟嵘著、周振甫：《诗品译注》，中华书局，1998年2月版，第15页。

魏晋南北朝时期，是一个文学开始自觉的时代。伴随着文学自身的发展，出现了文论、诗论的专论文章或专著。曹丕作为一代帝王，高屋建瓴，将诗赋列为文章四科之一，奠定了文学的独立地位，并指出诗与赋共同具有的重视文采的突出特点，在一定意义上，开启了文学的唯美倾向。陆机指出了诗歌"缘情"的独特审美特征，是对诗赋体裁特点认识的进一步深化。挚虞、沈约将"情"与"志"并举，情列志之前，认识到情感在诗歌中的重要作用，以及情与志难以分离的密切关系。沈约还提出了著名的声律论，为近体诗的产生准备了条件。梁简文帝萧纲从"在心、在辞、在乐"的不同阶段指明诗歌的不同存在形式，并指出其本质是一致的。刘勰从字源学的角度指出，诗歌是载持人的性情之物，是对物质世界感应生发的自然结果（历史上有多人从汉字"诗"的训诂揭示诗与语言本质的相近性①，另有多人从字源学的角度探索诗的发展过程，认为诗从最初占卜的"筮"，发展到记事的"史"，再分化出文学的"诗"，是一个逐步细化、分化、演变的过程）。钟嵘的《诗品》是被"勒为成书之初祖"②的中国第一部诗论专著，对诗歌因物兴感、动人性情的产生过程和巨大作用进行了阐发。

　　释皎然《诗式》："夫诗者，众妙之华实，六经之菁英，虽非圣功，妙均于圣。彼天地日月，玄化之渊奥，鬼神之微冥，精思一搜，万象不能藏其巧。其作用也，放意须险，定句须难，虽取由我衷，而得若神表。"③

　　白居易《与元九书》："诗者：根情，苗言，华声，实义。"④

　　孔颖达《春秋左传正义·召公二十五年》："在己为情，情动为志，情志一也。"⑤

　　刘禹锡《董氏武陵集纪》："诗者，其文章之蕴邪！义得而言丧，故微而难能；境生于象外，故精而寡和。"⑥

---

① 王光明：《现代汉诗论集》，中国社会科学出版社，2013年1月版，第15～16页。

② 转引自杨鸿烈：《中国诗学大纲》，台湾商务印书馆，1970年6月版，第9页。

③ 郭绍虞：《中国历代文论选》一卷本，上海古籍出版社，1979年11月版，第126页。

④ 郭绍虞：《中国历代文论选》一卷本，上海古籍出版社，1979年11月版，第139页。

⑤ 转引自陈伯海：《中国诗学之现代观》，上海古籍出版社，2019年5月版，第2页。

⑥ 张少康：《中国历代文论精品》，时代文艺出版社，1995年12月版，第288页。

唐代是汉语诗歌的鼎盛时期，诗人们对诗歌内部的艺术元素有更为深入的研究和把握。释皎然等强调诗歌的独特审美价值，把诗歌推崇到"六经"中最精美部分的崇高地位。白居易对诗歌特性的把握和表达最为全面，他以树木为喻，对诗的情感、语言、声韵、旨意的作用和相互间如生命活体的有机关系做出了说明。孔颖达非常明确地强调了情与志水乳交融的关系，认为两者可以视为一个整体。而刘禹锡有更为独到的认识：一是认识到诗是各类文章体裁中最为含蓄蕴藉、富有深意、难能可贵的；二是从鉴赏的过程看，诗歌使读者往往品味到审美意味而不再拘于言辞上的计较，即具有"忘言"的特点；三是指出了诗歌"境生于象外"，即"言外之意""象外之境"的特点。也就是诗歌具有使读者在作品所描写的表层形象之外，获得和生发出更为丰富的审美感受、意趣韵味的极其精微美妙的特点。他们对诗歌概念的认识更加深入，有更多独到之处了。

　　黄庭坚《书王知载朐山杂咏后》："诗者，人之性情也。"[1]
　　王安石："诗，寺人之言。"[2]
　　朱熹《诗集传序》："诗者，人心之感物而形于言之馀也。"[3]
　　严羽《沧浪诗话·诗辨》："夫诗有别材，非关书也；诗有别趣，非关理也。""诗者，吟咏性情也。盛唐诗人惟在兴趣，羚羊挂角，无迹可求。故其妙处透彻玲珑，不可凑泊，如空中之音，相中之色，水中之月，镜中之象，言有尽而意无穷。"[4]

宋元时期，是诗歌的进一步发展期，诗人和诗论家们对诗歌的特点和诗歌的作法与读法有广泛深入的研究，兴起了一种新的文学理论批评样式，即诗话。先后出现了上百部诗话著作。唐诗已登峰造极，诗歌的再发展极其艰难，宋朝随着理学的发展和兴盛，出现了议论入诗的突出现象。为及时纠偏，诗人们强调了诗歌对人的性情抒写的突出特点。即使强调"文以载道"的理学代表

---

① 张少康：《中国历代文论精品》，时代文艺出版社，1995年12月版，第395页。
② 转引自吕进：《百年现代诗学的辩证反思》，《诗探索》，2019年第1辑理论卷，第13页。
③ 张少康：《中国历代文论精品》，时代文艺出版社，1995年12月版，第434页。
④ 郭绍虞：《中国历代文论选》一卷本，上海古籍出版社，1979年11月版，第209页。

人物朱熹，也曾非常重视诗歌感物兴发的审美特征。而严羽"别材""别趣"之说，更看到了诗与文的不同审美特征。这一时期，词曲与近体诗的分流，既体现了诗歌的别开生路、创新发展，也极大地丰富了诗歌的表现形式，积累了诗歌发展经验。

李东阳《怀麓堂诗话》："诗与文不同体。""诗在六经中，别是一教，盖六艺中之乐也。乐始于诗，终于律。人声和则乐声和，又取其声之和者，以陶写性情，感发志意，动荡血脉，流通精神，有至于手舞足蹈而不自觉者。"《镜川先生诗集序》："诗与诸经同名而体异。盖兼比兴，协音律，言志厉俗，乃其所尚。"①

李梦阳《诗集自序》："夫诗者，天地自然之音也。"《缶音序》："夫诗，比兴错杂，假物以神变者也。"《潜虬山人记》："夫诗有七难：格古，调逸，气舒，句浑，音圆，思冲，情以发之，七者备而后诗昌也。然非色弗神。宋人遗兹矣，故曰无诗。"②

谢榛《四溟诗话》："诗乃模写情景之具，情融乎内而深且长，景耀乎外而远且大。""体贵正大，志贵高远，气贵雄浑，韵贵隽永。四者之本，非养无以发其真，非悟无以入其妙。""诗有四格，曰兴，曰趣，曰意，曰理。""诗有可解、不可解、不必解，若水月镜花，勿泥其迹可也。"③

胡应麟《诗薮》："作诗不过情景二端。""诗与文体迥不类。文尚典实，诗贵清空；诗主风神，文先理道。"④

钟惺《诗归序》："真诗者，精神所为也。""精神者，不能不同者也，然其变无穷也。"⑤

钱谦益《周元亮赖古堂合刻序》："古之为诗者，有本焉。"⑥

① 张少康：《中国历代文论精品》，时代文艺出版社，1995年12月版，第511～514页。
② 张少康：《中国历代文论精品》，时代文艺出版社，1995年12月版，第517～519页。
③ 张少康：《中国历代文论精品》，时代文艺出版社，1995年12月版，第525～527页。
④ 张少康：《中国历代文论精品》，时代文艺出版社，1995年12月版，第546～547页。
⑤ 郭绍虞：《中国历代文论选》一卷本，上海古籍出版社，1979年11月版，第284页。
⑥ 张少康：《中国历代文论精品》，时代文艺出版社，1995年12月版，第618页。

王夫之《夕堂永日绪论内编》："无论诗歌与长行文字，俱以意为主。意犹帅也，无帅之兵，谓之乌合。李、杜所以称大家者，无意之诗，十不得一二也。烟云泉石，花鸟苔林，金铺锦帐，寓意则灵。"①《明诗评选》："诗以道性情，道性之情也。"②

叶燮《原诗》："诗是心声。""诗之至处，妙在含蓄无垠，思致微渺，其寄托在可言不可言之间，其指归在可解不可解之会，言在此而意在彼，泯端倪而离形象，绝议论而穷思维，引人于冥漠恍惚之境，所以为至也……要之作诗者，实写理事情……惟不可名言之理，不可施见之事，不可径达之情，则幽渺以为理，想象以为事，惝恍以为情，方为理至事至情至之语。"③

沈德潜《说诗晬语》："诗之为道，可以理性情，善伦物，感鬼神，设教邦国，应对诸侯，用如此其重也……事难显陈，理难言罄，每托物连类以形之；郁情欲舒，天机随触，每借物引怀以抒之；比兴互陈，反覆唱叹，而中藏之欢愉惨戚，隐跃欲传，其言浅，其情深也。倘质直敷陈，绝无蕴蓄，以无情之语而欲动人之情，难矣。"④

焦竑《雅娱阁集序》："诗非他，人之心灵之所寄也。苟其感不至，则情不深；情不深则无以惊心而动魄，垂世而行远。"⑤

袁枚《答何水部》："若夫诗者，心之声也，性情所流露者也。"⑥《随园诗话》："自《三百篇》至今日，诗之传者，都自性灵，不关堆垛。""诗含两层意，不求其佳而自佳。"⑦

李重华《贞一斋诗说》："诗有三要。""意立而象与音随之。"⑧

张谦宜《絸斋诗谈》："造意是诗骨，故居第一。""诗与其词胜于意，毋宁意胜于词。"⑨

① 郭绍虞：《中国历代文论选》一卷本，上海古籍出版社，1979年11月版，第315页。
② 张少康：《中国历代文论精品》，时代文艺出版社，1995年12月版，第648页。
③ 郭绍虞：《中国历代文论选》一卷本，上海古籍出版社，1979年11月版，第333～336页。
④ 叶燮、沈德潜：《原诗 说诗晬语》，凤凰出版社，2010年4月版，第81页。
⑤ 转引自徐有富：《诗学原理》，北京大学出版社，2017年7月版，第2页。
⑥ 转引自王志英：《清人诗论研究》，江苏古籍出版社，1986年11月版，第209页。
⑦ 袁枚：《随园诗话》，吉林文史出版社，2004年1月版，第100页、第237页。
⑧ 转引自王志英：《清人诗论研究》，江苏古籍出版社，1986年11月版，第171～172页。
⑨ 转引自王志英：《清人诗论研究》，江苏古籍出版社，1986年11月版，第87页。

明清时期，诗歌发展到更高阶段。诗歌创作方面，近体诗严守格律，词、曲、民间歌谣等各呈异彩。诗歌理论方面，诗人们不断总结回顾中国诗歌发展的历史和创作经验，对诗歌作品结构及创作方法等各个方面做更加细微深入的研究，进入要素分析阶段，甚至出现了初步的层次结构论，产生了很多有价值的见解，形成了神韵说、格调说、性灵说、肌理说等理论流派。他们将诗与文进行比较，揭示了诗歌语言的音律性；指出诗歌"比兴错杂"，是其区别于文的主要表现手法；诗歌的根源是生活中的真切感受和深刻情感体验，诗"有本焉"；诗歌的主要内容和表现对象，是"情景二端"；诗具有"贵清空""主风神"等文体审美特征；诗歌的独特价值在于，它是"理至事至情至之语"；诗歌强调言外之意的复义性、深刻性；诗歌"意""象""音"（言）三要素及其相互关系得以揭示……总之，如果说诗歌是一颗向各个方向放射着奇光异彩的宝石，那么，诗人和诗歌理论家们总是在不断地从各个角度向它投去探索的目光，直到透视出它的内里本质。

在中国古代，人们对诗歌概念的表述很多，但有不少重复和交叉的，尤其受经学的影响，沿袭《尚书》"诗言志"等内容的特别多。这一方面表明存在因袭的陋习，另一方面也说明形成了基本的共识。同是认定"诗言志"的，在不同时期对"志"的内涵又有不同的理解。中国诗歌史上长时间存在的"诗言志"说与"诗缘情"说之争，其实质多半是儒家倡导诗歌言志载道的社会功用和诗人们强调诗歌抒写个人情感性灵的审美功能之争，是诗学观念差异的过度发挥。客观上看，情和志有很大的一致性，我们今天应该更看重它们的一致性。

> 黄遵宪《人境庐诗草自序》："仆尝以为诗之外有事，诗之中有人。今之世异于古，今之人亦何必与古人同？尝于胸中设一诗境：一曰复古人比兴之体；一曰以单行之神，运排偶之体；一曰取离骚乐府之神理而不袭其貌；一曰用古文家伸缩离合之法以入诗……举今日之官书会典、方言俗谚，以及古人未有之物，未辟之境，耳目所历，皆笔而书之……不名一格，不专一体，要不失乎为我之诗。"[1]

---

[1]　舒芜等：《中国近代文论选》，人民文学出版社，1959年9月版，第169页。

梁启超《汗漫录》："诗之境界，被千余年来鹦鹉名士占尽矣。虽有佳章佳句，一读之似在某集中曾相见者，是最可恨也。故今日不作诗则已，若作诗……第一要新意境，第二要新语句，而又须以古人之风格入之。"①

胡适《尝试集自序》："诗体的大解放就是把从前一切束缚自由的枷锁镣铐，一切打破：有什么话，说什么话；话怎么说，就怎么说。这样方才可有真正白话诗，方才可以表现白话的文学可能性……我们认定文学革命须有先后的程序：先要做到文字体裁的大解放，方才可以用来做新思想新精神的运输品。"②

中国古代诗歌到了明清时期特别是清朝晚期，在体式上长期一成不变，处于僵死状态，在语言上过分雅化、讲究对仗，甚至浮泛古奥，有的过分讲究"无一字无出处"地用典，在故纸堆里做文章，意象和思想情感都很难出现新意。诗歌常常沦落成为封建贵族和文人雅士等极少数人的游戏，内容意象有与时代脱节的态势。从鸦片战争开始，中国社会进入了近现代百余年风起云涌的革命时期。社会变迁，政权更替，文化革新逐渐成为宏大历史潮流。太平天国领导人针对当时"浮文"盛行的文风，专发告谕要求使用"朴实明晓"的语体文。③黄遵宪标榜自己为"新诗派"，反对因袭古人，主张"我手写吾口，古岂能拘牵"的写作原则创作"我之诗"。梁启超明确提出"诗界革命"的口号，强调应注重思想内容的革新，要用新语句表现新思想、新事物，但他对形式改革的问题认识还不够深入。胡适则迈出大胆的一步，首先针对诗歌的形式因素下功夫，提出了"文学革命"的"具体的方案，就是用白话作文，作诗，作戏曲"，实行"诗体的大解放"，首倡"白话诗运动"，立即得到广泛的响应。诗歌革新的历史大趋势就此形成，逐步蔚然成风。

在1917年2月出版的《新青年》杂志2卷6号上，胡适发表了8首白话诗。这是一个标志性的事件。"由此开始，一种崭新的诗体为公众所接受，正式登上了历史的舞台。"紧接着，写白话诗在当时"成为一种普遍的社会风

① 谢冕等：《中国新诗总论（1891—1939）》，宁夏人民教育出版社，2019年5月版，第2页。
② 欧阳哲生：《胡适文集9》，北京大学出版社，2013年10月版，第78~80页。
③ 郭绍虞：《中国历代文论选》一卷本，上海古籍出版社，1979年11月版，第380页。

尚"。①1920年3月胡适的《尝试集》出版，作为新诗最早的实绩得以确立。1921年郭沫若《女神》的出版及作家诗人围绕其展开的一系列批评，更是"代表一种新的诗歌体制的建立"。从此，中国诗歌走上了现代性转化的历程。

胡适："现在攻击新诗的人，多说新诗没有音节，不幸有一些做新诗的人也以为新诗可以不注意音节。这都是错的……诗的音节全靠两个重要分子：一是语气的自然节奏，二是每句内部所用字的自然和谐……内部的组织——层次、条理、排比、章法、句法——乃是音节的最重要方法。"②

郭沫若："诗＝（直觉＋情调＋想象）＋（适当的文字）。"

inhalt（内容）　　　form（形式）

"诗的本职专在抒情。"③"从积极的方面而言，诗之精神在其内在的韵律（intrinsic rhythm），内在的韵律（或曰无形律）并不是甚么平上去入，高下抑扬，强弱长短，宫商徵羽；也并不是甚么双声叠韵，甚么押在句中的韵文！这些都是外在的韵律或有形律（extraneous rhythm）。内在的韵律便是'情绪的自然消涨'……内在韵律诉诸心而不诉诸耳。"④

康白情："在文学上，把情绪的、想象的意境，音乐地、戏剧地写出来，这种的作品就叫做诗。"⑤

闻一多："新诗采用了西文诗分行写的办法……我们才觉悟了诗的实力不独包括音乐的美（音节），绘画的美（辞藻），并且还有建筑的美（节的匀称和句的均齐）……律诗的格式是别人替我们定的，新诗的格式可以由我们自己的意匠来随时构造。"⑥

梁宗岱："诗不仅是我们自我的最高的并且是最亲切的表现，所以一切好诗，即使是属于社会性的，必定要经过我们全人格的浸润与陶冶……

---

① 姜涛：《中国新诗总系1917—1927·新诗的发生及活力的展开》，人民文学出版社，2010年9月版，第1～5页。

② 谢冕等：《中国新诗总论（1891—1937）》，宁夏人民教育出版社，2019年5月版，第52～55页。

③ 郭沫若：《郭沫若致宗白华（1920年1月18日）》，《郭沫若全集·文学编》第15卷，人民文学出版社，1990年版，第15页。

④ 郭沫若：《沫若文集第10卷·论诗三札（1921年）》，人民文学出版社，1957年版，第200页。

⑤ 肖向云：《民国诗论精选》，西泠印社出版社，2013年7月版，第30页。

⑥ 闻一多：《闻一多全集第2卷·诗的格律（1926）》，湖北人民出版社，1993年版，第140～142页。

形式是一切艺术的生命，所以诗，最高的艺术，更不能离掉形式而有伟大的生存。"①

钱钟书："诗也者，有象之言，依象以成言。"②

朱光潜："诗为有音律的纯文学。"③

艾青："诗是艺术的语言——最高的语言，最纯粹的语言。"④

何其芳："诗是一种最集中地反映社会生活的文学样式，它饱含着丰富的想象和情感，常常以直接抒情的方式来表现，而且在凝练与和谐的程度上，特别是在节奏的鲜明上，它的语言有别于散文的语言。"⑤

《辞源》："诗，有韵律可歌咏（者）的一种文体。"⑥

《辞海》："诗歌，文学的一大样式。中国古代称不合乐的为诗，合乐的为歌，现在一般统称为诗歌。是最早产生的一种文学体裁。它按照一定的音节、声调和韵律的要求，用凝练的语言、充沛的情感、丰富的想象，高度集中地表现社会生活和人的精神世界……一般分行排列。"⑦

《修辞学词典》："诗歌，简称诗，韵文之一。古代诗歌与散文相对，现代诗歌与小说、散文、戏剧并列。其特点是以高度精练的语言，形象地表达丰富的思想感情，集中地反映社会生活，并具有一定的节奏和韵律。概括性、形象性、抒情性和音乐性是它的本质特征。"⑧

《写作知识丛书·诗歌》："诗歌是一种重要的文学体裁。它运用精练的富有节奏和韵律的语言，以强烈的感情和丰富的想象，高度集中地反映社会生活。"⑨

童庆炳等："诗是一种语词凝练、结构跳跃、富有节奏和韵律、高度集中地反映生活和抒发思想感情的文学体裁。"⑩

---

① 梁宗岱：《梁宗岱批评文集·新诗底十字路口》，珠海出版社，1998年10月版，第127页。

② 钱钟书：《管锥篇（第1册）》，生活·读书·新知三联书店，2007年10月版，第20页。

③ 朱光潜：《诗论》，广西师范大学出版社，2004年11月版，第84页。

④ 艾青：《诗论》，人民文学出版社，1980年版，第201页。

⑤ 何其芳：《关于写诗和读诗》，作家出版社，1956年版，第27页。

⑥ 《辞源（修订本）》，商务印书馆，1983年版，第2887页。

⑦ 《辞海》，上海辞书出版社，1989年版缩印本，第444页。

⑧ 《修辞学辞典》，浙江教育出版社，1987年版，第133页。

⑨ 《诗歌》，吉林人民出版社，1980年版，第1页。

⑩ 童庆炳：《文学理论教程》（第四版），高等教育出版社，2008年11月版，第192页。

　　盛子潮、朱水涌："诗是以节律化的文字语言实现审美情感的物化形态。"①

　　耿占春："诗是一种独特的语言形式……诗是隐喻的复活。""诗是能指的组织所构成的功能性的结构。"②

　　李黎："诗既是一种语言，又是一种情思，同时，又是一种表象的组合。""诗的本质即在于用具有创造性的语言，构成一个直观的、由诗人主观意绪所统辖或观照的情感与表象的世界，通过这个世界，使人类的情感得到自由的抒发，使人类的寄托得到恒久的展现。"③

　　诗歌的发展与社会的变革不一定是完全同步的。20世纪20年代初，新诗体制初步确立后，诗歌就进入了一个曲折而漫长的建设时期。

　　郭沫若、闻一多等一大批诗人及诗歌理论家，在吸收中外传统诗歌营养的基础上，提出了各自的充满个性的诗学主张。不幸的是，由于历史因素和其他因素的影响，汉语诗歌呈现出曲折发展的面貌，诗学观念也一度出现偏颇。何其芳1953年对于诗歌的如上界定基本上成为不刊之论，约束人们的思维几十年。各类工具书、文艺理论书、写作知识书籍都发出基本相同的声音。对诗歌本体的认识主要集中在如下几点。一是从唯物主义认识论的立场出发，认为诗歌是社会生活的反映。按照马克思历史唯物主义的观点，所有社会意识形态都是社会生活的反映，文学及其品类之一的诗歌作为社会意识形态的具体形式之一，当然不能例外。二是相对于小说散文而言，诗歌篇幅更短小，因而反映社会生活特别集中，要求突出凝练的特征。三是在内容上突出强调诗歌重在抒情的特点。四是揭示了诗歌具有丰富的想象性的心理特征。五是在形式上诗歌语言具有明显的节奏和韵律，区别于其他文学体裁。虽然表述各有不同，但都大同小异，相互因袭，没有多少新意。应该说，这些说法没有错，但我们将这些表述与阅读及写作诗歌的实践相联系，常觉得它们对于认识诗歌的内部结构和审美特性指导性还不强。它们侧重在认识论上唯心与唯物的选边站队，过分强调认识的功能特征，就把诗歌置于哲学认

①　盛子潮、朱水涌：《诗歌形态美学》，厦门大学出版社，1987年12月版，第32页。

②　耿占春：《隐喻》，河南大学出版社，2007年9月版，第3～7页、第116页。

③　李黎：《诗是什么》，中国青年出版社，2013年9月版，第116页、第35页。

识论的附庸和社会政治工具论的地位；在诗美特质上只触及表达凝练、想象丰富、语言节奏等表层的元素，对诗歌深层的美学结构缺乏认识；在表达方式上，与当时的赞歌、情歌、战歌较多的写作实践有关，强调直接抒情，这在一段时间助推了情感简单的"直抒胸臆"表达方式的盛行，导致后来假大空的情感泛滥成灾；对节奏和韵律特别是自由诗的内在律的内涵语焉不详，不少诗人做了艰苦而有益的探索，但多数停留于具体的实践性描述和技术性摸索，没有形成突破性的理论成果。很多短小精悍的散文也集中凝练啊！很多小说散文也饱含浓烈感情啊！一篇杰出的小说童话想象能不丰富吗？怎么那么多新诗看不出什么韵律呢？上述特点能成为诗歌区别于其他文学体裁的独有特征吗？这些问题，不能不促使我们对诗歌的本质特征做进一步思考和探索。

总的来说，百余年来，新诗经过几代诗人学者不懈的努力，积累了丰富的创作经验，诗歌理论方面也取得若干宝贵的成果。但是，在诗歌的现代性转化过程中，我们似乎对中国诗歌传统遗忘得太多。我们怎样接续传统同时又吸收他者有益的诗歌营养，推进汉语诗学的发展，是一个很大的问题。这是一次"迄今尚未终结的古与今、新与旧的诗学转换"。[①]直至现在，汉语诗歌还缺乏更加成熟伟大的作品，诗歌理论也还期待着总结、达成共识和走向成熟。

汉语诗歌在现代性转化的初期，就大量吸收了来自西方的诗歌营养。在全球化进程不断推进的今天，我们更多借鉴和吸收世界各国的诗歌资源。无论是汉语诗歌还是其他语种的诗歌，应该说，在审美本质上是有很多相通之处的。西方一些诗歌理论发挥分析思维的特长，分析得非常透彻，为我们思考汉语诗歌，进行诗学理论提纯，提供了非常有说服力的参照。我们不妨引用一些。

意大利作家薄伽丘《异教诸神谱系》："'诗'这个语词起源于一个古老的希腊语词'poetes'，它的意义是拉丁语中所谓的精致的讲话。"[②]

德国哲学家黑格尔："诗，语言的艺术，是第三种艺术，是把造型艺术和音乐这两个极端，在一个更高的阶段上，在精神内在领域本身里，结

---

① 谢冕：《百年中国新诗史略·中国新诗总系总序：论中国新诗》，北京大学出版社，2010年版，第1页。

② 转引自李黎：《诗是什么》，中国青年出版社，2013年9月版，第4页。

合于它本身所形成的统一整体。"①

英国诗人雪莱："较为狭义的诗则表现为语言，特别是有韵律的语言的种种安排。""在通常的意义下，诗可以解说为'想象的表现'。""诗揭开帷幕，露出世界所隐藏的美，使平常的事物反而像是不平常了。"②

英国诗人华兹华斯："诗是一切知识的菁华，它是整个科学面部上的强烈的表情。"③"（诗）是在宁静中回忆起来的情感"。④

英国诗人柯勒律治："诗的根本的、不可缺少的条件是它必须是朴素的和诉诸我们天性的要素和基本规律的；它必须是诉诸感官的，并且凭意象在一瞬间引出真理的；它必须是热情奔放的，能够打动我们的情感、唤醒我们的爱慕的。"⑤诗是"把最恰当的词纳入最恰当的位置"。⑥诗是"带有差异的同一性；含有具体的普遍性；由形象反映的观念；有代表性的个性；表现古老和熟悉对象的新奇别致感；一种纳入超乎寻常规范的超乎寻常的情感"。⑦

英国文学理论家伊丽莎白·朱："诗的本质是显示而非说教。""对诗的理解因人而异，然而生命力的感觉和象征的力度却是长存的。对物质世界的描绘绝不会仅仅停留于实际物质的水平上；它孕育出超乎其上的、丰富多彩的思想和情感，远远逸出诗的本体。"⑧

英国作家王尔德："诗的真正特质，诗歌的快感，绝不是来自主题，而是来自对韵文的独创性运用，来自济慈所说的'诗句的感性生命'。"⑨

---

① ［德］黑格尔：《美学（第三卷下册）》，朱光潜译，商务印书馆，1981年7月版，第4页。

② 转引自伍蠡甫：《西方文论选》下卷，上海译文出版社，1979年版，第52~56页。

③ 转引自刘若端：《十九世纪英国诗人论诗》，人民文学出版社，1984年版，第17页。

④ ［英］伊丽莎白·朱：《当代英美诗歌鉴赏指南》，李力、余石屹译，四川人民出版社，1987年10月版，第13页。

⑤ 转引自刘若端：《十九世纪英国诗人论诗》，人民文学出版社，1984年版，第110页。

⑥ ［英］伊丽莎白·朱：《当代英美诗歌鉴赏指南》，李力、余石屹译，四川人民出版社，1987年10月版，第9页。

⑦ ［英］伊丽莎白·朱：《当代英美诗歌鉴赏指南》，李力、余石屹译，四川人民出版社，1987年10月版，第12页。

⑧ ［英］伊丽莎白·朱：《当代英美诗歌鉴赏指南》，李力、余石屹译，四川人民出版社，1987年10月版，第22页、第76页。

⑨ 转引自赵澧等：《唯美主义》，中国人民大学出版社，1988年8月版，第92页。

英国诗人T·S·艾略特："诗歌时刻都在执行着类似传递关于新经验的信息，或者阐述已知经验，或者表达我们用言辞难以表达的那种感受的职能。"①

美国文艺理论家V·C·奥尔德里奇："诗绝不仅仅是诗人自己感情的流露。它是一种使用特殊的材料、媒介和形式的表现性描绘，旨在把题材（包括情感）展现为适合于领悟性眼光或审美经验的内容。一句话，它是艺术作品。"②

美国诗人弗罗斯特：诗是"词的表演"。"最主要之点在于诗是一种隐喻——说的是一件事，指的是另一件事，或者借用另一件事来说一件事。"③

俄国形式主义文艺理论家维·什克洛夫斯基："我们给诗歌下定义，它是一种障碍重重的、扭曲的言语。"④

俄国语言学家雅各布森："诗不过是一种旨在表达的话语……是具有独立价值的词、'自在的'词的形式显现。""是（诗）对普通语言的有组织的违反"。⑤

英国著名文学理论家特里·伊格尔顿："诗是所指或意义就是整个表意过程本身的语言。""诗通常以把注意力转向自身，或聚焦于自身的语言为特征，或者，诗（像符号学术语所说的那样）以能指支配所指的语言为特征……诗是增高、丰富、强化的言语。""诗是虚构的、语言上有创造性的、道德的陈述，在诗中，是作者，而不是印刷者或文字处理机决定诗行应该在何处结束。"⑥

俄国文艺批评家别林斯基："诗的本质就在于，给不具形的思想以生

---

① 转引自沈奇：《西方诗论精华》，花城出版社，1991年11月版，第90页。
② 转引自沈奇：《西方诗论精华》，花城出版社，1991年11月版，第115页。
③ ［英］伊丽莎白·朱：《当代英美诗歌鉴赏指南》，李力、余石屹译，四川人民出版社，1987年10月版，第9页、第55页。
④ ［俄］维·什克洛夫斯基：《散文理论（上）》，刘宗次译，百花洲文艺出版社，2010年5月版，第22页。
⑤ 转引自江飞：《文学性——雅各布森语言诗学研究》，人民出版社，2019年11月版，第34～39页。
⑥ ［英］特里·伊格尔顿：《如何读诗》，陈太胜译，北京大学出版社，2016年11月版，第27页、第57页、第32页。

动的、感性的、美丽的形象。"①

美国文艺理论家劳·坡林："诗把全部的生活纳入自己的领域内。它所关心的主要不是美，不是哲理，不是说服教育，而是经验。美与哲理是经验的两个方面，诗人也时常触及它们……人世有个怪现象，那就是所有的经验，包括痛苦的，只要通过艺术媒介，便都可成为读者欣赏的对象。"②

美国现代美学家苏珊·朗格："诗从本来意义上说并不是一种叙述，而是一种创造出来的，作用于知觉的人类经验。"③

爱尔兰诗人叶芝："诗叫我们触、尝，并且视、听世界。它避免抽象的东西，避免一切仅仅属于头脑的思索，凡不是从整个希望、记忆和感觉的喷泉喷射出来的，都要避免。"④

法国诗人波德莱尔："诗的本质不过是，也仅仅是人类对一种最高的美的向往，这种本质表现在热情之中，表现在对灵魂的占据之中。这种热情是完全独立于激情的，是一种心灵的迷醉，也是完全独立于真实的，是理性的材料。"⑤

德国哲学家诗人尼采："诗的领域并非在现实之外，像有些诗人所幻想的空中楼阁那样。恰好相反，诗是现实的不加粉饰的表现，因此它必须抛弃文明人所假设的那种现实的伪装。"⑥

德国哲学家马丁·海德格尔："诗歌，作为创造，构想为我们想象活动而形成的东西。在诗的言说之中，诗意的想象给予了自身的表达。诗中所言说的乃是诗人由自身所阐明的。它所说出的，靠阐明自身的内容来言说。诗的语言是多重的阐明。"⑦"诗就是存在者的无蔽性的言

---

① 转引自李黎：《诗是什么》，中国青年出版社，2013年9月版，第5页。
② 转引自沈奇：《西方诗论精华》，花城出版社，1991年11月版，第93页。
③ 转引自李黎：《诗是什么》，中国青年出版社，2013年9月版，第5页。
④ 转引自沈奇：《西方诗论精华》，花城出版社，1991年11月版，第97页。
⑤ ［法］波德莱尔：《波德莱尔美学论文选》，郭宏安译，人民文学出版社，1987年版，第206～207页。
⑥ ［德］尼采：《悲剧的诞生》，缪朗山译，海南国际新闻出版中心，1996年版，第36～37页。
⑦ ［德］海德格尔：《诗·语言·思》，彭富春译，文化艺术出版社，1991年版，第172页。

语。"① "诗乃是存在的词语性创建……诗人的道说不仅是在自由捐赠意义上的创建，而且同时也是建基意义上的创建，即把人类此在牢固地建立在其基础上。"②

美国文学批评家哈罗德·布鲁姆："诗本质上是比喻性的语言，集中凝练故其形式兼具表现力和启示性。"③ "诗歌是对影响的焦虑，是误读，是被约束的悖理。"④

美国文学批评家兰色姆："诗歌是大量局部组织连缀起来的一种松散的逻辑结构。"⑤

美国文艺理论家乔纳森·卡勒："诗歌是一种能指的结构，它吸收并重新建构所指。"⑥

美国文艺理论家勒内·韦勒克和奥斯汀·沃伦："在每一个人的经验里只有一小部分触及了真正的诗的本质。因此，真正的诗必然是由一些标准组成的一种结构，它只能在其许多读者的实际经验中部分地获得实现。"⑦

美国文艺理论家罗伯特·潘·沃伦："从某种意义上来说，每一首诗都是一种象征。其含义总比它向作者所表达的要丰富，也总比它向读者直接阐明的要丰富。否则，它就不能成为一首诗。诗只是激发读者进入自己的诗中的某种陈述。"⑧

法国哲学家雅克·马利坦："现代诗所关心的绝不仅仅是成为意象主义的诗歌。它使用概念，不仅仅使用被意象单独载负的含蓄概念，而且使

---

① 转引自耿占春：《隐喻》，河南大学出版社，2007年9月版，第225页。

② ［德］马丁·海德格尔：《荷尔德林诗的阐释》，孙周兴译，商务印书馆，2014年5月版，第44页。

③ ［美］哈罗德·布鲁姆：《读诗的艺术》，王敖译，南京大学出版社，2010年2月版，第1页。

④ ［美］哈罗德·布鲁姆：《影响的焦虑》，徐文博译，生活·读书·新知三联书店，1989年版，第110～111页。

⑤ ［美］兰色姆：《征求本体论批评家》，张廷琛译，见赵毅衡编选《新批评文集》，中国社会科学出版社，1988年版，第73页。

⑥ ［美］乔纳森·卡勒：《文学理论》，李平译，辽宁教育出版社，1998年版，第83～84页。

⑦ ［美］勒内·韦勒克、奥斯汀·沃伦著：《文学理论》，刘象愚等译，文化艺术出版社，2010年9月版，第160页。

⑧ 转引自沈奇：《西方诗论精华》，花城出版社，1991年11月版，第98页。

用明晰的概念和高度抽象的概念……非概念化理解性的意象被诗性直觉所唤醒。"①

　　法国诗人圣琼·佩斯："现代诗的职能是探索人的奥秘，它忠实于它的职能，着手从事一项关系人类团结的事业。这种诗绝无颂歌的成分，也绝无纯粹美学的成分……它同美结成了联盟，这是至高无上的联盟，但它并不把美当作它的目的和唯一的食粮。由于它拒绝将艺术和生活分开，也拒绝将爱和认识分开，它是行动，它是激情，它是力量和不断推移界石的革新。爱是它的源泉，不屈服是它的准则，而它的行踪无处不在，它在幻想中。它从不愿意缺席和拒绝。"②

　　相对于中国的诗歌传统，主要包括西方各国在内的他者诗歌经验体系是十分庞大的。其理论资源既非常丰富，又非常驳杂，也存在一个诗学从古典到现代的发展过程，要学习和借鉴是有较大难度的。

　　中西文明之间是有很大差异的。"西方的'思想底格'是'理性主义'"，注意力集中在对自然的探索上，长处是"详于思辨"；中国文化长于综合感悟和整体思维。③西方的诗学理论非常发达，特别是20世纪西方哲学实现"语言学转向"后，推动了语言学及诗学研究的进一步深入。因此，西方的诗歌理论对于我们汉语诗歌的发展，特别是在汉语诗歌现代性转化道路上的诗学建设，具有独特的借鉴意义。中国诗学特别是古典诗学，侧重的是感悟式、结论性的东西。引用西方人分析论证性话语，有利于更好理解汉语传统诗学；以西方人于不同时期、不同国度、不同文化背景中获得的诗学观点印证中国诗学，更能说明这些诗学问题是普遍性、规律性的问题。所以，我们在本书中虽然讨论的是汉语诗歌，但引用他者的诗学观点、方法为我所用，对我们的诗歌理论建设应该是有益的。

　　综合上述情况可以看出，关于诗歌概念的表述可有成百上千种。前面罗列的还仅仅是粗略选择古今中外关于诗歌的一些有代表性的直接表述，还有很多

---

① ［法］雅克·马利坦：《艺术与诗中的创造性直觉》，刘有元等译，生活·读书·新知三联书店，1991年版，第228页。
② 转引自沈奇：《西方诗论精华》，花城出版社，1991年11月版，第88页。
③ 陈乐民：《中西之交》，北京出版社，2017年11月版，第7～29页。

间接表述因篇幅原因不能收纳。杨鸿烈所著《中国诗学大纲》[1]曾对中国历史上的几十种表述进行列举和评价，很多内容重复交叉，评价也不全然妥帖。其他做更全面系统研究的，尚未见到。我们不厌其烦地罗列这些表述的目的，一是向读者表明，诗歌作为意识形态的一种具体形式，一种复杂的精神现象的物化形态，是一颗奇异的宝石，在向各个方向散发出炫目的光彩，要认识它的本体确实不容易。但是我们仍然要从各个角度去观察它，从各个侧面去接近它，从诗歌活动的各个阶段去把握它。二是尽量多地给读者提供思考的素材和资源，让大家不要片面地教条地去理解诗歌，要在对上述各种不同表述的反复品味中去思考，去领悟和把握诗的各种特性，构建自己的诗学观念。只有这样，才能真正地走进诗歌世界。

上述古今中外关于诗歌的论述，分别是诗歌构成元素、结构功能、心理特征、存在形式、创作手法、社会价值、相关因素等的表述，应该说，都有一定道理，都有一定的认识价值。它们大多是从某一个或几个侧面阐述诗歌的部分属性特征，表明诗歌是什么，或者诗歌不是什么。但是，我们细心比较就会发现，有的述说之间差异是很大的，有的甚至是相反的。这往往不是因为表述有误，而是诗歌作为一种精神产品，它本身是具有历史性、多面性和复杂性的。由于时代风尚的不同，可能在有些方面有朝相反方向发展的态势。艾略特在《传统与个人才能》中说："诗歌指一切已有诗歌的活生生的整体。"要给诗歌下一个定义，只能从众多已有诗歌中抽取它们带根本性的属性。这似乎是不可能的。不但因为已有的"传统"是那样庞大，那样繁杂，而且因为这个"传统"的"秩序由于新（真正新的）作品的产生而有所调整"。[2]因此，任何关于诗歌的定义都是要担理论风险的。

但是，这也不能成为我们坦然陷入不可知论泥淖的理由。"传统"既为"传统"，它就无可置疑地具有一定的稳定性。它即使作为幻影，也不能完全阻挡人透视它的目光。世界上没有永远不可认识的事物。诗歌的本质再复杂，也不是不可认识的。"我们总是抓住客体中某些'决定性的结构'，这就使我们认知一个客体的行动不是一个随心所欲的创造或者主观的区分，而是认知现

---

① 杨鸿烈：《中国诗学大纲》，台湾商务印书馆，1970年6月版，第29～43页。

② 朱刚：《二十世纪西方文论》，北京大学出版社，2006年8月版，第60～62页。

实加给我们的某些标准的一个行动。与此相似，一件艺术品的结构也具有'我必须去认知'的特性。我对它的认识总是不完美的，但虽然不完美，正如在认知任何事物中那样，某种'决定性结构'仍是存在的。"①所以，我们有理由执着地探寻诗歌的本质。

汉语诗歌已有几千年的发展历史，汉语"新诗"也已有上百年的历史。在新诗这百年历史中，几代人经过艰辛的实践和探索，写下了数十万甚至上百万的诗歌，取得了丰富的经验。但是，与古代传统的诗歌相比，很多人对新诗成绩仍然是不满意的。其实，这与诗歌观念模糊、混乱息息相关。"事实上是，到现在为止，人们对'新诗'的理解还十分模糊，而这种模糊最突出的表现，是没有作品质量长期稳定的诗人，也未形成一大批训练有素、品位纯正的读者。因为没有即使是相对认同的标准，创作者与欣赏者不能在美学上和本体要求上判断诗歌，写诗全凭才气，读诗则完全依赖直觉，诗的发展当然要受到影响。"②所以，我们必须澄清模糊认识，深化对诗歌本体的了解，与时俱进地建立恰当的诗歌观念。

我们应该看到，通过百余年来的努力，现代汉语诗歌创作已经取得巨大实绩，现代汉语诗学理论体系也初步形成。这些成绩是来之不易的。现在，要让我们汉语诗歌去走回头路是绝不可能的了。所以，我们应该对业已发展了的诗歌实践开展更加深入的思考，对诗歌美学进行现代性构建。我们不是缺乏探索，我们做了若干单向度的探索。我们面对汉语诗歌自身强大的传统，一味地疏离它，而不能更多地吸收它的养分、搭建新旧之间的桥梁、打通血脉，形成了断层式发展，反而陷入影响的焦虑，一筹莫展。我们不是缺乏标准，而是标准太多，缺乏相互认同；我们不是缺乏方向，而是方向太多，从而不知所向。汉语诗歌诗体充分解放后，迷失了自我本体。这种混乱局面长期持续下去，现代汉语诗歌就难以出现伟大作品，诗学繁荣兴盛的局面难以形成。因此，每一个诗人、诗论者，现在的首要任务不应是反这反那、标新立异、出尽风头，而应力戒浮躁，踏踏实实地建设，建设丰富灿烂、个性独异的诗歌范式，建设厚实严谨、雄伟壮丽的诗学大厦。

---

① ［美］勒内·韦勒克、奥斯汀·沃伦：《文学理论》，刘象愚等译，文化艺术出版社，2010年9月版，第162页。

② 王光明：《现代汉诗论集》，中国社会科学出版社，2013年1月版，第15页。

定义是一项非常重要的奠基性工作，它在一定程度上能够确定认识的界限和引导思维的方向。诗歌的定义是诗学的基础，在很大程度上取决于一个人的诗歌观念，同时也是言说其他诗学问题的前提。诗歌本质上是一种社会意识形态，它与社会存在有着密切的关系，但与社会科学、伦理道德等不同，它有自身的独立性，属于一种特殊的审美意识形态。诗歌是文学中的一个品类，是一个古老的具有特殊形式的品类。文学普遍具有的若干特殊属性，诗歌也应该具有。如文学总是通过个别的、具体的事物反映普遍的问题，这是文学的基本法则，也是诗歌的基本法则。诗歌还有其区别于其他文学品类的特征，以此确定它能够独立地成为一种体式。从哲学认识论等方面来定义诗歌，都只能是从诗歌外部提供个别侧面认识的帮助。我们的重点是钻进诗歌内部，打开它的结构层面和主要构件，以系统思维和辩证思维为指导，详细讨论汉语诗歌独特的审美方式，以及诗歌区别于其他文学体裁的美学结构、构成元素、变生机制等，以此确认诗歌的本质属性。

前面所引用和罗列的古今中外诗人、诗论家的不懈探索之观点，综合起来应该越来越逼近我们认识诗歌的目标了。我认为，如中国古代的"立象以尽意"说，以及清代李重华的"意立而象与音随之"等观点，就从表达方式和结构侧面基本揭示了诗歌本体独特的结构特征。与前面罗列的李黎的表述相近，康林在他的系列论文里提出了诗歌"本文结构"的三层次概念，就是对意—象—言（音）结构观念的继承。他把新诗的"本文结构"划分为语言体系（含语音组合和文法关系）、语象世界和语义体系三个层次。张桃洲认为，康林虽然侧重于个案分析，但"作为一种方法论，'本文结构'（textual structure）分析也许是新诗研究最重要的收获之一。"[1]而另一本重要的诗学理论著作，即盛子潮、朱水涌著的《诗歌形态美学》，也从这三大层次上揭示了诗歌独特审美形式的结构和本质规律。如前所述，由于诗歌是一种特殊的精神产品，属性太多、太复杂，我们要更加清晰地认识它的本体，必须拨冗祛繁，抓住其最主要的结构性、本质区别性的特征，明确其本质规定性是关键。上述观点为我们认识诗歌本体奠定了基础。我们以上述三层次论为骨架，构建诗学理论体系。

---

① 张桃洲：《现代汉语的诗性空间》，北京大学出版社，2005年1月版，第3页。

　　具体说来，讲诗歌是什么的太多了。讲诗歌是什么，往往只是从某种角度来阐明诗歌某方面的属性。它的逆命题，讲什么是诗歌才是谈论诗歌的本质。因此，在这里，我们如果先来给诗歌下一个定义，就说它的逆命题——什么是诗歌：人在其内在精神力量的作用下，基于人类的原初思维，譬如隐喻思维或类比思维，通过富有质感和节律化、凸显性、创生性的言语，创造出有别于现实世界的主客融合的感性世界片段，蕴含较大思想情感张力的、具有较高审美价值的文本，即诗歌。换句话说，诗歌是一种独特的言说方式，是以语言符号组织而成的一种独特的功能性结构。

　　是的，诗歌就是说话，它是一种话语形式。它源于劳动，是社会存在的折射，它不仅言说劳动和物质生活实践，还要有人生经验和精神内容的升华；它源于筮人，总是区别于日常普普通通地直接言说，把一件事情委委婉婉地说，"含沙射影"地说，让人去品味，因而它能言一般语言不能言之对象；它有一定神秘性，源于神话思维和隐喻思维，因而它总是用另一个事物来说明要说的事物，让诗意烛照难以表达的特征；它是"奇奇怪怪地说"，与音乐同源，历史地形成了节律性，仿佛打着节拍似的有节奏地说，押韵回环地说，抑扬顿挫地说，给人无穷趣味……它为了达到某种目的，人为地又不露痕迹地以语言创建一种结构来实现这些功能，以至达到语言不能直接达到的高度。

　　"节奏和意象在诗的马具上并行不悖。"①诗歌的特征很多，最突出最有认识价值和决定性意义的特征有两个：以象明意和节律性。锡姆斯·斯提尔认为，自古希腊以来，人们一般认为诗歌具有"节奏和模拟"两大特征。而古希腊的"模拟"一词包含模仿、复制、拟人、再现等多种义项。②我们认为这种认识是准确的。模拟当然离不开想象、意象和再现现实印象。以象明意的表达是诗歌本质结构产生的功能，是一种感性地传达情思意绪的方式。节律性是诗歌与生俱来的话语特征，是诗区别于其他文学体裁的根本特征。不仅仅是诗歌的语音具有节律性，其情思、意象、意义往往也一起跳跃和律动，生动而鲜活。"心与物游"，游就有跳跃和动感；"思与境偕"，偕就并行不悖。

　　为了进一步认识诗歌，下面的几节将按照由表及里的顺序，重点从上述定

---

① ［英］伊丽莎白·朱：《当代英美诗歌鉴赏指南》，李力、余石屹译，四川人民出版社，1987年10月版，第55页。

② 黎志敏：《诗学构建：形式与意象》，人民出版社，2008年5月版，第24～25页。

义的独特言语方式（含话语特征和外在形式）、感性世界片段、思想情感张力等方面，对诗歌结构做详细分析、讨论。

第二节　诗歌话语的特色

诗歌是用话语制作的艺术产品，其审美形态结构最表层的部分是语言；任何人接触诗歌首先是接触其语言；语言是诗歌最重要的元素之一。所以，我们分析诗歌结构及其要素，首先从语言开始。

各个艺术门类都有自己特有的材料。雕塑家需要石材等材料作为塑形的媒介，音乐家需要声响作为媒介，画家需要颜料、色彩作为媒介，舞蹈家需要形体动作作为媒介……文学家和诗人需要语言作为媒介，塑造形象，传情达意，创造文学艺术作品。语言是诗歌的媒介，是诗歌得以产生的材料。"诗依靠语言建立一个世界。"[①]

"语言与人类的精神发展深深地交织在一起，它伴随着人类精神走过每一个发展阶段。每一次局部的前进或倒退，我们从语言中可以识辨出每一种文化状态。""语言产生自人类本性的深底，所以，在任何情况下我们都不应把语言看作一种严格意义的产品，或把它看作各民族人民所造就的作品。语言具有一种能为我们觉察，但本质上难以索解的独立性。就此看来，语言不是活动的产物，而是精神不由自主的流射。"[②]语言是人认识世界的条件，是人类文化最基本的载体，是文学的基本元素，对于人类文化有极端重要的意义。

语言，是人们一刻也不能离开的思维和交际工具。就像人都生活在空气之中一样，我们也始终生活在语言之中。正因为它像空气一样让人习以为常，很多人常常熟视无睹，对其重要性、复杂性认识不足。海德格尔说："语言乃是存在的家园。"语言是诗人生存的基础，他们在这块土地上耕耘、收获、建筑；语言是诗人触摸世界的手指，他们凭它探寻和擦拭世界的每一个角落、每一件什物；语言是诗人衡量世界的尺度，艺术世界以语言而构型，语言的界限即精神世界的界限；语言是诗人心灵信息的载体，内心的光亮凭它穿透一切。

---

① 耿占春：《隐喻》，河南大学出版社，2007年9月版，第183页。
② ［德］威廉·冯·洪堡特：《论人类语言结构的差异及其对人类精神发展的影响》，姚小平译，商务印书馆，1999年11月版，第21页。

　　语言是一种材料和工具，但我们不能简单地把语言看作实现目的的一种随心所欲制造的工具，它具有一些非常难以把握的复杂属性。古今中外的诗人、文学家对其多有论述，但遗憾的是，很多都是从自己的感受出发，从各个侧面作出的感悟式述说，缺乏学理分析和理论思辨，而且多用比喻性表述。有的同一个概念用不同的词语表述，有的同一个词语表述不同的概念，加上接受者各有各的解读，难免作出很多似是而非的结论，产生若干误解和错愕。同时，语言是一个太大的概念，每当一个人说"语言"时，我们有时不知道他究竟在说什么：是用于编码的语音或文字符号还是一般的言说规则，是言语的物质质地还是其所指的意义界定、外延范围，是某个充满个性的话语及其效果还是某类话语的总体特色，是言说的风格还是言说的技巧？我们似乎还缺乏深入的辨认。尤其是语言随时处于与客观存在的关系中一起运动和变化，更彰显出其复杂性。

　　语言确实极具复杂性，现代语言学已发展出数十个分支学科。语言与哲学密切相关，在20世纪，西方发生了哲学、社会科学的语言学转向，语言哲学成为了重要学科。诗歌语言更有其特殊性，它应该是跨语言学、哲学、美学、心理学与文艺学研究的内容。人们在诗歌语言的研究方面取得了丰富的理论成果，但目前我们还缺乏整合和统摄，没有更好地将其运用于指导诗歌创作和诗歌批评的实践。

　　诗歌语言与日常交际语言、小说语言、散文语言、科学理论语言是否有所不同呢？答案是肯定的。诗歌实质上是一种"语言学现象"，在语言的众多形态中具有其显著特殊性，但目前很多人还没有充分认识到其中的一系列具体问题。

　　语言是诗歌的媒介，但它不是诗歌专属的媒介。我们在这里所谓的诗歌语言，并不是区别于一般语言体系而独创的语言，而是诗歌创作者使用的共同语。诗歌没有自己专有的材料，它使用的是与某种一般语言的语音、语义、语法完全相同的或者说同一套符号系统、同一个规则体系。诗歌语言的独特性在于，它是这个语言共同体所有成员中的一部分成员创作的诗歌这种言语作品的集合，也可以说是在创作欣赏活动中有选择地使用的话语的集合。因而，它表现出与其他语言集合不同的属性和特点，称之为一种语体风格也未尝不可。耿占春说："它们（指音乐或造型艺术）的语言是未被非艺术的公众意识所染指的，是纯洁的无所指的纯粹能指，只有在它们自身的结构关系中才能生成意义。而诗却没有自己专属的媒介，情感的语言也非属诗所专有。语言是先行具有观念的已有所指的媒体，似乎是与体现在诗中的意义相适应的意义，这种貌似吻合使人们对诗的媒体视而不见……由于这种'公众语言的散文意识'，把语词固有的所指加诸诗的含义的期待，造成了诗的意义的沦失……诗在尝试着，在内容或意义的普遍的沦失中，把诗本身，把一种特殊语言方式当作内容来体验。语言的技艺针对意义的普遍性的匮乏，设立一种新的超验，这是语言欢乐感的超验，并从这种语言的欢乐感中瞥见更新诗的文体的途径。"[①]他这段话指出了普通语言媒介的公众性及其对诗性的障碍，也指出了诗歌"语言的技艺"作用与"诗的文体"的关系。

"现代语言学之父"——瑞士语言学家索绪尔在其语言理论中区分了语言和言语两个概念。他认为：语言是在漫长的历史过程中逐渐形成的社会约定俗成的、语言共同体成员心中的规则体系；言语是说话者的具体行为过程，是依赖于语法系统的说话行为。言语动作产生的结果，不论是口头的还是书面的，都是个人的创作，打上了说话者或作者的标记，是言语作品。由此可知，一首首诗歌就是一件件特殊的言语作品。

诗是"精致的讲话"。确实，诗歌语言与其说是一种语言，不如说是言说的结果，是一种言语作品——一段话语。所以，我们讨论诗歌的语言，其实具体地说常常是在讨论一种特殊的话语。诗歌作为一种特殊的话语产品，一种交流活动的媒介，它是有选择地使用一个语言系统中部分特殊的语音用法、词法、句法、章法甚至书写形式的结果。诗表现为一类特别而精致的言说方式，它是区别于一般交际话语的言说，是一种有相对整齐节奏的"奇奇怪怪地说"。特里·伊格尔顿说："'话语'意味着关注语言物质密度的所有方面。"[②]研究诗歌语言，就要研究这类话语使诗成为诗的原因，研究它"语言的技艺"。研究诗歌话语，有别于研究一种语言的一般属性。乔纳森·卡勒说："一部文本成为一首诗，并不一定取决于语言属性，希望从诗歌语言的特殊性出发建立一套诗歌理论，似乎注定是要失败的。"[③]所以，我们研究诗歌

---

① 耿占春：《隐喻》，河南大学出版社，2007年9月版，第109页。

② ［英］特里·伊格尔顿：《如何读诗》，陈太胜译，北京大学出版社，2016年11月版，第2页。

③ ［美］乔纳森·卡勒：《结构主义诗学》，盛宁译，中国人民大学出版社，2018年8月版，第189页。

话语不能仅仅对语言的一般属性做技术拆卸，如果那样就走偏了路，而应重点研究诗歌言说的"手法"，它的特有的言说方式。

耿占春说："诗的语言的独特性与自在性，尚需置于整体的语言行为里去认识。"他引用雅各布森提出的语言行为六要素（或六层面，包括说者、听者、话语、语言规则、接触的媒介和指涉的语境）说，认为各要素均有各自突出的功能，"整个安排是以话语本身为依归，为话语本身而话语者，即为语言的诗功能"。①作为诗功能占主导地位的诗歌话语，要求与其他五个层面或要素相对地孤立化，要求话语和诗超脱于作为主体或客体的人，超越于指涉的世界，超越于语言规则与交际活动。而这种没有历史、没有环境、没有主体，与外在世界毫无认同的语言行为，却可能说出某种永恒的真理。诗歌话语的主要特点就是，把作为语言符号的艺术形式置于本体的地位，作为一种构成活动，不是把自在的独立于语言的东西直接说出来，而是把无可名状的东西在话语形式中带出来，也就是把包括前语言的、无言的和超语言的东西在内的存在显示在话语中。因此，它相对于一般日常交际语言，有更多的暗示、隐喻、象征等特性。

雅各布森在《俄国现代诗歌》中说："文学研究的对象不是文学，而是文学性，也就是说，使一部作品成为文学作品的东西。"他认为，诗的话语有着不同于自然语言的组合法则，诗把自己的法则施加于既有的语言之上，其"文学性"就在于对日常语言的变形、强化和扭曲，在于"对普通语言有组织地破坏"。②所以，诗歌话语是一种经过特殊加工的话语。

诗歌话语有哪些具体特征呢？唐弢曾把新中国成立后30多年诗歌理论界有代表性的观点总结为："诗对语言提出了更高的要求，要求每一句话都能精练、生动、新鲜、准确而活泼，既典型又带有普遍性。"③诗歌由于篇幅短小，特别凝练地反映生活、表达心灵，语言的精练程度当然要求更高，应该惜字如金。准确，"白发三千丈"准确还是"一尺六寸"准确？这里有个科学思维与情感表达的差异。前者更有陌生化效果，强化了情感因素，更贴切、有力地表达了情感。在忠实于现实的科学理论上，后者则更加准确。其他似乎是一

---

① 耿占春：《隐喻》，河南大学出版社，2007年9月版，第112～116页。
② 转引自江飞：《文学性——雅各布森语言诗学研究》，人民出版社，2019年11月版，第33～34页。
③ 唐弢：《谈"诗美"》，《文学评论》1978年第1期。

般文学作品话语都应有的共同特点。他的这些说法看似全面，但反映出那时人们还没有站在诗歌美学的独特性上来看问题，没有讲到诗歌话语本质的东西。

下面我们将从诗学的角度，具体对诗歌话语区别于其他文学作品的言说方法和功能特色，作一些分析说明。

一、诗歌话语是特别追求自身质地美感的言说——美感性

《新亚美利亚百科全书》"美学"条目写道："最可靠的心理学家们都承认，人类的天性可以分作认识、行为和情感，或理智、意志和感受三种功能。与这三种功能相对应的是真、善、美的观念。美学这门科学和感受的关系，正如逻辑学和理智、伦理学和意志的关系一样。逻辑学确定思想的法则，伦理学确定意志的法则，美学确定感受的法则。真是思想的最终目的，善是行为的最终目的，美则是感受的最终目的。"[①]即使在文学的几个品类中进行比较，诗歌也是一种特别追求美感的艺术，诗歌话语特别讲求自身的美感。曹丕说："诗赋欲丽。"雅各布森说："诗歌是发挥其审美功能的语言。"[②]

人的美感来源于事物客观存在的审美属性。审美属性是审美知觉和审美体验的对象。"审美属性是自然—物质形式和社会—人的内容的辩证统一。任何一个对象，任何一种现象，只有当它在社会历史实践过程中'充实了'通过该对象或现象的具体可感的形式揭示出来的、表现人的社会关系的内容时，它才具有审美意义。"[③]诗歌语言（话语）自然应该具有这种属性。

审美属性是艺术的本质属性，诗歌是艺术的门类之一，因而，审美属性也是诗歌的本质属性。诗歌语言（话语）也是自然—物质形式和社会—人的内容的辩证统一，它的审美属性主要表现为情感性、可感性和节律性。

（一）情感性

德国哲学家恩斯特·卡西尔认为，我们要研究语言，就必须努力去发现语言的"各种不同的成分"，以及"这些成分的秩序和相互关系"，"必须去区分言语的不同层次"。他指出，"最初和最基本的层次显然是情感语言（动物

---

① 转引自吴家荣：《文学思潮二十五年》，安徽文艺出版社，2013年版，第80页。
② 转引自江飞：《文学性——雅各布森语言诗学研究》，人民出版社，2019年11月版，第39页。
③ ［苏］斯托洛维奇：《现实中和艺术中的审美》，凌继尧、金亚娜译，生活·读书·新知三联书店，1985年10月版，第57页。

也具有这种以声音表达一定情感的能力）。人的全部话语中的很大一部分仍然属于这一层。但是，有一种言语形式向我们揭示了一种完全不同的类型。在这里，语词绝不仅仅是感叹词，并不只是感情的无意识表露，而是一个有着一定的句法结构和逻辑结构的句子的一部分"，并且，"具有一个客观的指称或意义"。[①]他把后一种语言叫作"陈述语言"或"命题语言"。他说，"情感语言和陈述语言不同。在情感语言中，我们只有感情的爆发，就好像我们有主体精神状况的突然火山喷发一样。在陈述语言中，我们有一诸观念的客观连接，我们既有主语，又有谓语，还有二者的关系。"[②]他强调，"命题语言与情感语言之间的区别，就是人类世界与动物世界的真正分界线。"[③]动物最多"只能表达情感，而绝不能指示或描述任何对象"。只有人才具备陈述和指称的行为，才具有这种"符号化的"能力。

卡西尔在这里是借用J·G·赫尔德语言起源论的成果，指出原始语言产生过程中逐步区分出的两种不同语言。他在这里没有说到，陈述语言（也可叫指称性语言）产生以后，人将自己的各类情感投射到指称对象上的问题。其实，只表达情感的喊叫是单调乏味的，是不足以完整地向他人传达情感的，还必须有指称意义的表达与之相融合才能适应人类情感的丰富性，这是人类精神发展的必然规律。随着人类认识的不断深入，人的眼界越来越开阔，给事物的命名越来越多，指称性语词越来越丰富，陈述语言越来越发达，然后才有完整丰富的情感意思表达。情感沉淀、附着在更多指称性词语上，因而，扩大了情感语言的范围。另外，即使诗歌作为一种以抒情言志为主要特征的文学体裁，其话语也不能全部或大部分是上述的"情感语言"，不能是情感的爆发和直接的叫喊，而仍然应该以陈述语言为主体。诗歌是一种经验世界的建构，建构生动形象、具体可感的表象世界，离不开陈述语言的支撑。情感语言与陈述语言深度融合，相辅相成，它们共同创造出诗歌的经验世界。

卡西尔所述情感语言，主要表达情感，相当于现代语法中的拟声词和语气助词，没有多大实在指称意义。在中国有文字记载的诗歌中，上古诗歌中保留

① ［德］恩斯特·卡西尔：《人论》，甘阳译，上海译文出版社，2013年6月版，第50页。
② ［德］恩斯特·卡西尔：《语言与神话》，于晓等译，生活·读书·新知三联书店，2017年1月版，第143页。
③ ［德］恩斯特·卡西尔：《人论》，甘阳译，上海译文出版社，2013年6月版，第51页。

较多一点。如《吕氏春秋·音初》中的《侯人歌》，全诗只有一句，即"侯人
兮猗"①，前两个实词是上文所谓陈述语言，后两个虚词就是这种情感语言。
两个语气助词重叠使用，表达了涂山氏之女对她的心上人强烈深刻的思念和等
待的焦急，有忍不住要呼之唤之的感情。如果只用后面两个语气助词，相当于
现代汉语中的"呵——啊"，接受者是很难明白说话人要表达一种什么样的感
情的。只有"侯人"这两个实词才有实在的意义，才能使人明白原来她是在陈
述等候心上人的浓烈感情。我们可以把"猗"解读为又重又长的"啊——！"
在古典诗歌中，这种率性而为表达情感的语气助词相对较多，如还有"其、
噫、哉、也、矣"等，但使用最多的是"兮"。屈原的《离骚》等是典型例
证。在南朝以后，近体诗逐步占了统治地位，上述情感语言在这种严格的格律
体诗歌中基本没有存在的位置。到了现代，在郭沫若等浪漫主义诗人强调直接
抒发浓烈情感的诗歌中，这种"情感语言"又出现较多。但是，诗歌话语始终
是陈述语言与情感语言的融合，是以陈述语言为主体的。

下面以郭沫若的诗歌为例进行分析。他率先写出具有崭新情思内容和形式
自由的诗歌，是中国现代自由诗的奠基人之一。如他的诗歌《天狗》的第一、
三节：②

一

我是一条天狗呀！

我把月来吞了，

我把日来吞了，

我把一切的星球来吞了，

我把全宇宙来吞了。

我便是我了！

三

我飞奔，

我狂叫，

---

① 赵敏俐、刘国民：《先秦诗选》，人民文学出版社，2009年4月版，第12页。

② 上海辞书出版社文学鉴赏辞典编撰中心：《新诗鉴赏辞典》，上海辞书出版社，2017年8月版，第
49页。

我燃烧。

我如烈火一样地燃烧!

我如大海一样地狂叫!

我如电气一样地飞跑!

我飞跑,

我飞跑,

我飞跑,

我剥我的皮,

我食我的肉,

我嚼我的血,

我啮我的心肝,

我在我神经上飞跑,

我在我脊髓上飞跑,

我在我脑筋上飞跑。

全诗化用民间天狗吃月(月食)的传说,抒情主人公以天狗自况,表现了冲破一切束缚的磅礴气概和自我更新的巨大勇气,是一首"五四"时代个性解放、激情飞扬的豪迈赞歌。其中"呀"的使用,就是情感充沛得非大声叫喊出来不可的情感语言。但是,这里有一个问题:是不是只有上文所谓情感语言才表达感情呢?非也!其实,在这里"飞跑、狂叫、燃烧"等行为动词里应该说也寄寓了饱满激情,吞月、吞日、吞星球的"吞"在词语的搭配中隐藏了情感,后文"我飞跑,我飞跑,我飞跑"等语气里也包含了情感。所以,现在的诗人和诗论家把这样的饱含情感的语言都笼统地称为情感语言,再也不是上面卡西尔所谓的"情感语言"了。在有记录的诗歌中,如上所述,我们只能见到卡西尔所谓情感语言依稀可辨的痕迹。那么,是人类的情感衰竭了吗?不是。而是更加细微和复杂,将情感具体体现在与客观事物的融合之中。它已通过自然的人化,融入指称性语言中。我们现在绝大部分的词语就具有双重内涵:对事物的客观反映,即意义、指称;主观的情感内涵,即事物凝聚的情感体验。

在这里,就引出了一个情感表达方法的问题。诗歌的情感表达方法是多种多样的,它浸润在词语中,氤氲在语气和语调里,更蕴藏于具体意象、动作和整体感受中。现代诗歌强调寻找情感的"客观对应物",表达更是间接的,一般不直接抒发出来。在现代诗歌中,不但卡西尔所谓的那种情感语言越来越少,更有许多诗人认为,情感越隐蔽越好。艾略特说:"诗不是放纵感情,而是逃避感情。"①中国现代主义诗人也持这种观点。浪漫主义诗歌落潮以后,诗的时代风格发生了变化,感情的直抒不再受欢迎。

大量中外诗歌实践证明,情感的与陈述的语言之间有个度的把握问题,情感的直抒和情感的含隐是一种辩证的关系。对于这个分寸不同的处理,就形成不同的诗歌风格。浪漫主义诗歌与知性主义诗歌是对立的两极。浪漫主义诗歌的情感直抒过度了,容易显得浅白乏味,或走向令人生厌的滥情喊叫;知性主义诗歌的情感倾向隐藏过度了,往往显得晦涩难解。

但是,诗歌的情感再隐晦,诗歌的审美属性决定了它都离不开情感的作用。白居易说得好:"诗者:根情,苗言……"诗歌话语的根子在情意,情意的表达产生美。创作诗歌不能不重视语言中情感意绪的调适,欣赏诗歌不能不重视诗歌情感意绪的把玩。即使是哲理诗,在理趣中也体现出一定的情趣和感性的东西更好,否则,就有点像智力游戏的文字。

卡西尔指出:"确实,即使在高度发展了的理论语言中,与上述那种最初成分的联系也并没有被完全割断。几乎没有一个句子——数学的纯形式的句子或许例外——不带有某种情感或情绪的色彩。"②而诗歌话语应有更加突出情感的倾向。换一种方式说,情感性是语言产生初期就具有的一种古老属性。人类在认识世界的征途上越走越远,人类心灵被越来越多的客观事物充填,人类智慧不断将客观事物分类和抽象,但人类对客观事物的主观态度始终不可能"完全割断"和灭绝。而"文学是人学",诗歌也是人学,相对于客观世界它更亲近人,关注的重心是人,关注人的心灵和态度,关注人的情感,它的语言自然就保留更多的古老属性——情感性。诗歌话语因为贴切地表现了各种各样的情感而给人带来审美愉悦,使语言自身具有了美感。

中国诗人耿占春比较说:"语言与记号最基本的现象上的差别是词语的情调价值与记号的零度语态……词语永远处在语言的具有某种修辞色彩的词层之

---

① 朱立元、李钧:《二十世纪西方文论选》,高等教育出版社,2002年6月版,第264页。
② [德]恩斯特·卡西尔:《人论》,甘阳译,上海译文出版社,2013年6月版,第50页。

中。词语的这一特征形成了修辞上的同义词。它们从不同的表情角度表示大致相同的概念内容。"诗人通常沉浸在词语所投射出来的情绪色彩里,来捕获和传达臆想到和所希望的感触。"诗人不得不捉弄情调,以期使词语恢复它赤裸裸的概念意义,而把感情或感觉效果建立在别出心裁地安排概念的创造力上。"这就把诗歌话语中词语的情感性及其选择、调适、综合运作方式说具体了。

诗歌是诗人有意识地用语言材料构建的一个感性世界。这个世界的建构离不开陈述语言,陈述语言始终是诗歌语言的主体部分。但是,诗歌语言又有"伪陈述"之说,陈述对象不是目的,目的是以陈述塑造意象、意境,传达一定的情思,终点和目的在于情思展示。诗歌通过在客观物象中"充实了"人的主观情志的内容,实现主客的统一和融合,实现审美价值。

(二)可感性

世界上能为人审美观照的事物,都必然是个别的、具体的、体现了人的本质力量的事物。俄国文艺理论家车尔尼雪夫斯基在《艺术与现实的审美关系》中说:"艺术的创造应当尽可能地减少抽象的东西,尽可能在生动的图画和个别中具体地体现一切。"[①]由诗歌的审美属性所决定的,诗歌话语必定要尽量突出具体可感性。

在心理学上,感觉是指人脑对直接作用于感官的客观事物个别属性的反映。人对客观事物的认识是从感觉开始的,它是最简单的认识形式。感觉分外部感觉和内部感觉。外部感觉,有视觉、听觉、嗅觉、味觉和触觉五种。内部感觉是反映机体本身各部分运动或内部器官发生的变化的,有运动觉、平衡觉和内脏感觉等。感觉虽然是一种极简单的心理过程,可是它在我们的生活实践中具有重要的意义。有了感觉,我们就可以分辨各种事物的属性。只有有了感觉,我们才能分辨颜色、声音、重量、温度、味道、气味、光影、软硬、粗细、黏滑……才能了解自身各部分的位置、运动、姿势、饥饿、疼痛、心悸……只有有了感觉,我们才能进行其他复杂的认知活动。失去感觉(或者诗歌不表现感觉),就不能分辨客观事物的属性和自身状态,或者不能感知分辨客观世界的微妙之处,这将是人类文化的巨大损失。先有感觉,然后综合为知觉。感觉是

---

① 转引自吴家荣:《文学思潮二十五年》,安徽文艺出版社,2013年版,第78页。

各种复杂的心理过程（如知觉、记忆、思维）的基础，就这个意义来说，感觉是人关于世界的一切知识的源泉。诗歌要创造经验世界，必须最善于调动人各个方面的感官感觉，反映现实的或构想的精微物象、事象，以表达情思意绪。

在诗歌中，我们要让语言及其所指称的对象——它们都是承载情感意思的符号——尽量具体地、个别地呈现丰富的、与众不同的可感性。语言原初是人在想要认识和把握世界的原始冲动中产生的，是诗性直觉创造的结果。诗歌要求于诗人的正是在诗意世界的创造中保持这种基于直觉的原始冲动，特别希求重新发掘和利用语言身上的这种诗性本质，重新构造我们对"现实"的普遍感觉。要用语言唤起接受者对生活中各类感觉的记忆，唤起在头脑中的各种表象，从而进入一种忘我的精神境界。实践证明，诗意是不能直接告知的，或者说告知诗意是无效的。这是语言的局限性决定了的。我们要表达的"诗意观念"和兴发感受，不是直接告诉接受者，而是间接地通过呈现各种可感物，让接受者在欣赏过程中自己去获得丰富的感受，在丰富的感受中取得直观的认知和美感。经验告诉我们，诗歌接受者普遍都有的感受是，诗的话语需要欣赏，好诗的话语值得玩味和用心体验，真正进入了诗歌就乐于沉湎其中，因为那是一种精神享受。在一定意义上，诗歌从创作到欣赏，就是一个感觉和经验的传递代换过程。

诗歌的根本价值和最终目的，是借助话语书写、承载、传递，诗人对于自然、社会和人生的感性经验。诗歌话语通过与自然和社会物质生活对象相一致的事物形象、性状、属性的再现，作为一种精神的塑形活动，给接受者呈现一个充满感性的表象世界。诗歌最青睐的是能创造形象的事物名称和动作形态性的词汇。"形象的目的不是使其意义易于被我们理解，而是制造一种对事物的特殊感受，即产生'视觉'，而非'认知'。"[①]诗的目的是传递感性经验，让人在具体经验中受到感悟和启迪。

卡西尔借助J·G·赫尔德、威廉·冯·洪堡等人考察人类语言发展历史的成果，揭示了语言的两个不同发展阶段和不同发展方向。他说："在人类运用逻辑概念思维之前，他借助于清晰的、个别的神话意象来持存他的经验。"在

---

① 　[俄] 维·什克洛夫斯基：《散文理论（上）》，刘宗次译，百花洲文艺出版社，2010年5月版，第17页。

此基础上，逐步形成语言的概念。"（概念）的最初功能是要凝聚这些经验，打个比方，就是把这些经验融合为一点。但是，这种凝聚的方式总是取决于主体旨趣的方向，而且更多的是为观察经验时的合目的性的视角，而不是经验的内容所制约的。无论什么，只要它看上去对于我们的意愿或意志，对于我们的希望和焦虑，对于我们的活动或行为是重要的，那么，它，并且唯有它，才有可能获得语言'意义'的标记。意义的区分是表象得以固化的前提；而表象的固化则如上述，又是指称这些印象的必要条件。因为，只有那些以某种方式与意志和行动的焦点相关联的东西，才能得以从感觉表象的统一的嬗变之流中被择选出来，才能在诸多的感觉表象中被'注意'到——亦即是说，才能受到语言的特别重视，从而获得一个名称。"①在心理活动中被特别"注意"、被"照亮"的"意义"，在实践中与某个语音印象结合并逐步固定下来，即形成最初的语词。这些语词是一种语言的原初概念，也是这种语言的基本概念。

语言发展到一定阶段后，产生了一般概念及其生成方式。"按照逻辑学的传统说法，心智是这样形成概念的：它将一定数量具有共同属性，也就是在某些方面相同的对象汇聚在思想中，而后对它们进行抽象，排除差异，最后再反思留存下来的相似之处。这样，关于某类对象的一般观念便在意识中形成了。因而，概念即表象所讨论对象之本质属性的总和，亦即它们本质的一般观念。"②这就是所谓的科学概念。这是语言发展到高级阶段的产物。

卡西尔还说："人类文化初期，语言的诗和隐喻特征确乎压倒过其逻辑特征和推理特征。但是，如果从发生学的观点来看，我们就必定把人类言语的想象和直觉倾向视为最基本的和最原初的特点之一。另一方面，我们发现在语言的进一步发展中，这一倾向逐渐减弱。语言变得越抽象，它就越扩大和演变其本来的能力。语言从日常生活和社会交际的必要工具的言语形式，发展为新的形式。为了构想世界，为了把自己的经验统一和系统化，人类不得不从日常言语进入科学语言，进入逻辑语言、数学语言、自然科学语言。"这就指出了人类语言新的发展方向和阶段特征。他接着说："科学语言不同于日常语言，科

---

① ［德］恩斯特·卡西尔：《语言与神话》，于晓等译，生活·读书·新知三联书店，2017年1月版，第68页。
② ［德］恩斯特·卡西尔：《语言与神话》，于晓等译，生活·读书·新知三联书店，2017年1月版，第55页。

学语言是另一类符号。这些符号是以不同的方式形成的。人发展了一套科学语言，使用这套语言，每一术语都得到清楚明白的定义。通过这套语言，我们可以描绘诸观念的客观联系和诸事物的相互关系……这是人客观化进程的决定性步骤。但是人不得不为这个收获付出极高的代价。人向着较高的理智目标前进了多少，人的直接性、生命的具体体验就消失了多少，留下的是一个理智符号世界，而不是直接经验的世界。"[①]

总之，科学概念是以原初概念为前提和基础的，是原初概念符合逻辑的发展的结果。原初概念是在神话的直观创造形式中产生的，科学概念是在原初概念的基础上、在广泛的联系中以逻辑推演的方式形成的。"理论知识的全部概念，无非只是构成了一个以较低级的语言逻辑层面为基础的较高级的逻辑层面而已。"[②]也就是说，随着人类理智的深化和认识的发展，语言具有通过"一般化"的方法向着理论思维深度发展的趋向，换句话说，具有越来越抽象的趋势。

卡西尔进一步说："语言给了我们第一个通向客体的入口，它好像一句咒语打开了理解概念世界之门。然而概念并非通向现实的唯一门道，我们理解现实不仅用普遍的概念、系统的普遍原则去包摄它，也用具体的和个别的形象去直觉地感知它，这种具体直觉不能单靠语言获得，实际上我们的普通语言不仅有概念的特点和意义，它还有直觉的特点和意义。我们的普通词汇不仅是意义的符号，它们也充满了形象和特定的情感。它们不仅作用于我们的理智，也作用于我们的情感和想象。"也就是说，卡西尔在指出语言越来越抽象，走向概念化、普遍化，迅捷"通向客体"的趋向的同时，也指出了我们早已具备的另一条"门道"，即用具体的和个别的形象去直觉地感知和表现现实。

我们可以"苹果"一词举例。"苹果是木本植物""今年的苹果产量大"这两句话中，前者可以是植物学中的科学用语，后者可以是农业生产生活中的实用语。虽然它们仍然可以使我们联想到一种果木的形象，但带给我们的感受性非常微弱。在这种话语中，主要还是把词当成一个"类"的概念来使用，

---

① ［德］恩斯特·卡西尔：《语言与神话》，于晓等译，生活·读书·新知三联书店，2017年1月版，第147～148页。

② ［德］恩斯特·卡西尔：《语言与神话》，于晓等译，生活·读书·新知三联书店，2017年1月版，第59页。

指称的是一类事物——消除了具体性、个别性的科学概念。"一个新鲜的绿苹果""那个蹦跳着滚到你脚边的苹果""你是一个带斑点的苹果""秋风中枝头那个被人遗忘的苹果""情感的苹果又香又甜"这些关于苹果的表述，由于与其他词语的微妙搭配，使其更加具有具体可感性，就成为诗意的邀请函，带领读者不知不觉地进入直觉经验的世界，用敏感的触须去感受和体验它，美感由此而生。

就前者而言，我们叫它科学理论语言，其言语主体侧重利用语言普通词汇的"概念的特点和意义"，那么，它的重心是运用"科学概念"，在理论的"体系"编织的网络中使用概念锁定的指称意义判断、推理和论证。我们仿佛感觉它是透明的符号，使用它时更重视它的工具性，直接想到的是它所指称的客体，而很少在意语言本身，只要它能精确地指称事物就行。我们更多地思考它所指称对象的性质、范围和相互关系，而基本不考虑它的指称意义以外的质感和情感经验负载。这种语言有严密的逻辑性，它的长处是学理分析和科学思辨，为了准确严密地表达，往往有很多限制性修饰词语。如上文中我们引用的卡西尔的语言就是如此。

就后者而言，言语主体侧重利用普通词汇的"直觉的特点和意义"，重心是运用"原初概念"，给人陈述和描绘可感知事物。我们可以把它叫作感受性语言或诗性语言。诗歌的技艺就在于有意识地选择、运用这些词汇组织话语。诗歌话语是这种感性语言的极致。诗歌话语具有极强的感受性，它是科学理论语言的逆行和反动，是表达者和接受者之间不断进行形象感受信息代换的桥梁。诗歌语言也有它的工具性，因为要用它建构诗的感性世界，但诗歌创作者和接受者更重视它载荷的感性经验和情感因子，更重视它本身的质感，反而把它的指称性放在次要地位。这种语言相对于科学理论语言，不一定要有严密的逻辑性，因而，基本不用"不仅……而且……""虽然……但是……""即使……也……"之类的逻辑性过强的关联词，语句相对较短，限制性的词语和语法成分相对较少，语序更加灵活多变。词语与词语之间的联结组合往往不是为了锁定对象，而是为了相互映衬形成语境。正因为语句较短，所以便于分行排列，便于追求节奏的律动美感。

在完整的语句中，进一步把科学理论语言与诗性语言进行比较：科学理论语言像编织的毛辫子，有纹理清晰的逻辑性，词与词之间意义相互限制和锁定，一环扣一环，凸显论说的严密性；因其要精准地限制，使用的概念必须是经过层层分类的概念，更多的是选用抽象的"类"的概念；句子成分必然也更加复杂，必须增加使话语精确化的定语、状语、补语和同位语等成分；句子也变得更长，语词容量更大。在抽象的概念之间进行逻辑推导，有时读起来很艰涩。诗歌话语则恰恰相反。它很像一串念珠，虽有一条若隐若现的意脉线索，但词与词之间没有很强的限制和锁定关系，而更多的是配合和互生引发联想，目的在于构建一个浑然一体的意境和语义场；它所选用的词语更多的是充满感性色彩的"原初概念"词语，主要是名词和动词，讨厌诸如"集合、异化、集体、主义、伟大"等相对抽象的"类"的概念词语和体现逻辑关系的关联词语；它的句子成分相对单纯（当然也有像艾青部分诗歌那样具有很多状语的句子），句子相对较短，不是通过增加词语的数量而是通过词语的选用和错位搭配等，来增加话语的审美信息密度，同时也为语言的节律化创造条件。

通过以上分析，我们可以确认两种不同的语言（话语）及其不同的特点、功能。正如卡西尔说的："与概念语言并列的同时还有情感语言，与逻辑的或科学的语言并列的还有诗意想象的语言。"①

诗性语言要更多地选用感性的词语。生活中的细节充满感性。诗歌虽然不像其他叙事文体那样具有情节，但它要用细节说话。古今诗词中，充满感性的细节比比皆是："氓之蚩蚩，抱布贸丝。""昔我往矣，杨柳依依。""不狩不猎，胡瞻尔庭有县（悬）貆兮？""秋风萧瑟天气凉，草木摇落露为霜。""山气日夕佳，飞鸟相与还。""明月松间照，清泉石上流。""两个黄鹂鸣翠柳，一行白鹭上青天。""孤帆远影碧空尽，唯见长江天际流。""黑夜与蚊虫联步徐来，越此短墙之角，狂呼在我清白之耳后，如荒野狂风怒号：战栗了无数游牧。""绿色的火焰在草上摇曳，他渴求着拥抱你，花朵。""太阳的光芒像出炉的钢水倒进田野，它的光线从巨鸟展开双翼的方向投来。"语句简短，事物的色彩、光线、形状、情态、动作、过程、面貌、声音无不体现出丰富的可感性。

这一个个事物的可感性不是单纯的和孤立的，它们之间往往互相联系在一起

---

① 〔德〕恩斯特·卡西尔：《人论》，甘阳译，上海译文出版社，2013年6月版，第44页。

形成内外语境。例如，新时期著名诗人顾城的一首影响很大的诗《一代人》[①]：

> 黑夜给了我黑色的眼睛，
>
> 我却用它寻找光明。
>
> 　　　　　1979年4月

这首诗虽然只有短短两句，却具有高度的历史概括性和深刻的思想性，当时成为对年轻人的重大激励。诗人选择"黑夜""眼睛""光明"等个别的、具体可感的意象词语。它们不是具有实际指称物的客观陈述，而是一种"伪陈述"，成为一种象征。这里，诗歌话语是简短的，但又是凝聚了很多东西的、非常有力量的，它的每一个语词都充满着质感。在这里，诗以"隐喻式的话语方式，或者说思想方式，使世界事物间透露出一种神秘超常的联系，使它们闪现着另一种意义"。因而，这首诗在内外联系中成为语言能指的组织所构成的功能性的结构，完成了重组人的经验世界的任务。

情感是发自人心的东西，它从根本上说来自世界万物的感发。因此，情与物，主与客，永远相生相伴，一刻也不分离。"审美属性是自然——物质形式和社会——人的内容的辩证统一。"任何精神内容都是物与人，可感物与情感心理的结合。诗中的万物都带有人的情感色彩，离不开人的主观"着色"。如马致远的《天净沙·秋思》：

> 枯藤老树昏鸦，小桥流水人家，古道西风瘦马。夕阳西下，断肠人在天涯。

这是古代诗歌中很有代表性的一首散曲。用现代的观点来看，整首曲只用了一个动词"西下"和一个介词"在"，其余用12个名词来展示12个不同事物的表象。这些名词都是偏正结构的复合词。每个词前面的词素都有修饰后面中心词素的作用，揭示出词语身上凝聚的感性因素。藤蔓是"枯"的，枯则老旧、水分丧失，这就是感性经验的负载。树是"老"的，树皮皲裂，树叶萎黄、凋落

---

① 顾城：《黑眼睛》，人民文学出版社，1986年3月版，第8页。

等。乌鸦是"昏"的，是老眼昏花？是神志不清，上下盘旋？……在12个事物名称表象词语中，只有"断肠人"是三音节词，其余都是双音节词。而这个词的修饰性词素"断肠"最为特殊，它不仅仅是多一个音节，而且凝聚着更为丰富的人文因素。在我们的传统文化中，人们习惯上觉得人都是用心和肚子思想的，后悔则"肠子都悔青了"，思念则"肠子都想断了"，所以，"断肠人"不是因故肠子受伤的人，是内心充满思念焦虑的人。12个表象，是12种事物的出场，是"词语的表演"。但他们后面都有一根人文精神的丝线，看似"以物观物"，非常客观冷静的述说，其实还是主客的融合和统一，是已经被主观着色——思念的情感之色彩，标题中"思"字已定下一个总的情感基调——后的东西。

总之，诗歌话语应是具体形象的、可感性强的，其目的是让接受者在亲身感受和体验中去唤醒自己平生已有的知觉经验，从而获得美感和启发，引发情感的共鸣。这是诗歌的独特表达方式，也是诗歌的价值所在。否则，大家就会认为该诗没有诗味，甚至不是诗。"诗歌语言是包含着细节的语言。没有细节，诗歌也许仍然是睿智的，但肯定是无力而贫乏的。"①诗歌用细节在话语中最贴切地传达感受。

诗歌话语要尽量具体化，尽量使用"原初概念"，赋予其可感性，这是从大概率上说的。对此也不能绝对化，不能完全拒绝抽象词汇进入诗歌。我们不否认抽象诗的存在，不过，抽象诗应该是极少数，而且它也总是要间接地唤醒直觉和想象，引起联想，才能达到审美的目的。如果一首诗尽使用一些抽象的概念，如"集体主义、干劲、斗争"之类的词汇，不能给人具体感性的东西，是不可能成为一首好诗的。

"诗痛恨抽象，只处理特殊和个别。"这是在一般意义上和主导方面说的，走向极端就会成为一种"偏见"。其实，它总是通过比拟、隐喻、象征、暗示等，"以某种神秘的方式，它把个别和普遍结合在一起，在不受语言、历史、文化和理性制约的个别与普遍间建立起了直接的巡回路线。""正是这种对极为私人化的体验的清晰表达，才使诗成了最具公众性的文类。"②这似乎是矛盾的，但正是在这种矛盾的运行中，诗才实现了自身的目的。

---

① ［美］玛丽·奥利弗：《诗歌手册》，倪志娟译，北京联合出版公司，2020年8月版，第91页。

② ［英］特里·伊格尔顿：《如何读诗》，陈太胜译，北京大学出版社，2016年11月版，第16～18页。

（三）节律性

索绪尔的语言理论认为，语言符号的本质是"听觉印象与概念相联结"的结果。①听觉印象是符号的形式，叫作能指，概念是符号的内容，叫作所指，它们两者是凝为一体的。那么，前面我们是侧重从所指方面来对诗歌语言进行分析的，现在，我们再侧重从能指方面来分析一下。虽然能指与所指是一体两面不能分开的，但由于分析的需要，我们不得不在这里这么分开来说。

诗歌语言是最注重能指美感的语言。雅各布森认为："诗的本质不在指称、叙述外在世界的事物，而在具有表达目的的诗歌语言（词）的形式显现。"② 诗性语言把实用功能降至最低限度，把审美信息容量放在第一位，着力凸显自身的美感质地。

语言作为语音符号，或者哪怕作为书面的文字符号，用于交际时，我们都不是整体地一下子全盘接受过来。它必须在时间中线性地展开，成为语音或文字的"语言流"。而在这个"语言流"中，为了说话人生理的需要，也为了区别意义和情感，必须有大大小小的停顿。自然语言或日常交际语言有其或长或短符合交际功能的停顿，诗歌话语则有与之不同的停顿。诗歌话语与生俱来地具有相对更有规则性的停顿。它是特别凸显自身的语言，不但寻求有异于他者的有规则性的停顿，而且在这种停顿中去寻求美的律动。这种在规则中又不断变化的律动，即诗歌话语的节律性，或者叫韵律。

诗歌话语美感质地除了上文所述语词凝聚的形象意蕴美外，还在于利用自身的物质性对人听知觉的贴合和视知觉的激活。诗歌韵律是一个主要方面。这里说的韵律当然不是有的人狭隘理解的押韵的规律，而是从广义上指诗歌话语特有的有规则的律动。它是诗歌话语区别于散体文话语的特有属性，是诗学的基本范畴之一。日尔蒙斯基在《抒情诗的结构》中说："一首诗的结构的最原始的要素，我们认为是韵律和句法。"语言材料的组织是随语言实现自身功能需要的变化而变化的。实用语言服从交际功能，是以逻辑分析为基础的。诗歌语言的功能与之不同，因而具有一种特殊的结构方式。

中国历来就有重视诗歌语言美学价值的观念。《左传·襄公二十五年》记

---

① 索绪尔：《索绪尔第三次普通语言学教程》，屠友祥译，上海人民出版社，2007年3月版，第84页。

② 朱立元：《当代西方文艺理论》，华东师范大学出版社，2014年8月版，第37页。

孔子言："言之无文，行而不远。"说明那时文人们就意识到了文辞修饰美化的价值。魏晋时期是文体开始自觉的时期，曹丕指出"诗赋欲丽"的特点，陆机强调"诗缘情而绮靡"，绮靡即华美。他们所说的诗歌话语的"丽"与"绮靡"当然不仅仅是其形象、意蕴美，还包括韵律美。古代诗歌中，无论是上古时期的自然诗，还是后期人为性较强的格律诗，都很重视语言外在的感性质素，重视韵律的运用。

其实，诗歌话语的节律性不仅仅是语言问题，它有更加深层的原因。诗歌话语的节律化，与语意的跳跃、诗意空间的留白有天然的联系。可以说诗歌所包含的情感、思绪、意象和语言都是具有特殊节奏性的。由这些因素的共同作用产生了诗歌话语的节律性，我们在后面还要讲到，这里不详述。

的确，诗歌话语始终是最重视自身质感的。雅各布森说，只有言语突出指向自身时，其诗性功能才突显出来。现代诗歌更关注内在的意象和情志，但也不能忽视其语言能指方面的质地。即使部分韵律要素不再被广泛地关注和运用，但在必要的时候其作为一种技巧方法使用还是不应排斥的。如有的无韵诗也很有节奏感，有的自由诗很自然地押了韵。一些现代汉语诗歌完全放弃了对外在形式美的追求，把自由诗写成了"随意诗"，是近年诗歌形式散漫、粗糙的主要原因。这是值得深思、继续探求和调整的问题。

黑格尔认为，诗没有自己专有的材料和手段，应该"坚守真正的诗的地位，只用音乐和绘画这两门姊妹艺术作为助手，把精神的观念，即向内心的想象说话的那种诗的想象，作为诗应特别关心的主要任务，提到突出的地位"。[①]上文中阐述的情感性、可感性、节律性，在一定意义上就是借助绘画和音乐的手段，为诗歌艺术任务的确立和完成服务的。

总之，诗歌话语是特别追求美感的言说，从语言内部凝聚的形象感觉和情感意蕴到语言的外在形式，从所指到能指，无不表现出自身的美的光辉。

美感是多种多样的。如果仅仅把美感理解为多多堆积华丽的辞藻，那就过于偏狭了。华丽有华丽的美，朴实有朴实的美。浓墨重彩是美，清水出芙蓉也是美。意象转换顺畅协调产生美，有时凌乱也能产生美。描写有生命的事物产生美，描写无生命的事物也能产生美。描写美好事物能产生美，描写丑恶事

---

① [德]黑格尔：《美学（第三卷下册）》，朱光潜译，商务印书馆，1981年7月版，第16页。

物也可以创造美。波德莱尔创造《恶之花》，极大地拓展了现代诗歌的题材领域；闻一多的《死水》和李金华的《弃妇》，也创造了汉语诗歌的新奇美。诗材无禁区，美感来自客观事物的性质，也来自主体意识的着色，来自在客观物象中蕴含的思想情感倾向，来自主客的融合。

如果站在更高的视角进一步说，诗歌话语的审美属性究竟是什么？它就是唤起你特别注意甚至想入非非的那种诱惑的力量，就是让人感觉到它说出了自己想说而说不出的那种真从而激动不已的力量，它"令存在现身"。

二、诗歌话语是特别追求强化效果的言说——凸显性

前面讲诗歌语言情感性、可感性、节律性特征是从侧重、从微观层面，或者说，更多的是从组成语言大厦的砖瓦——词语或句子的角度来讲的。诗是词的表演。词语本身就有复杂性，词语的运用又有很大灵活性，仅仅做静态分析是有局限性的。现在我们从诗歌话语总体功能方面来讲。

在20世纪初期，俄国形式主义文学理论家及其继承者对诗歌语言的功能有深入的研究，他们认为诗歌作为一种艺术，主要是一种"手法"。维·什克洛夫斯基等人提出了陌生化理论，有的人将其翻译为"奇异化"。它和另一些人提出的前景化、前置、突出等有相通之处。

陌生化理论是建立在心理学基础之上的。在心理学上，有一种节省注意力规律，就是说，人在认识一种事物时，当他初次接触到它时，一般是从多方面细致地观察它、感受它、探索它，它一旦成为熟悉的东西后，就会自动化地对待它、超越它，最少地耗费注意力。"最合理地完成统觉过程"是人的天性，这是人类进化能力的表现。被自动化地对待后，"事物似乎是被包装着从我们面前经过，我们从它所占据的位置知道它的存在，但我们只见其表面。在这种感受的影响下，事物会枯萎，起先是作为感受，后来这也在它自身的制作中表现出来……在事物的代数化和自动化过程中感受力量得到最大的节约：事物或只以某一特征，如号码，出现，或如同公式一样导出，甚至都不在意识中出现。"[1]维·什克洛夫斯基认为，自动化吞没了生活中许多有趣的东西，为了

---

[1]　［俄］维·什克洛夫斯基：《散文理论（上）》，刘宗次译，百花洲文艺出版社，2010年5月版，第10页。

恢复对生活的体验和意义，诗人必须反自动化。

陌生化就是反自动化的一种手段和策略。"正是为了恢复对生活的体验，感觉到事物的存在，为了使石头成为石头，才存在所谓的艺术。艺术的目的是把事物提供为一种可观可感之物，而不一定是可认可知之物。艺术的手法是将事物'奇异化'的手法，是把形式艰深化从而增加感受的难度和时间的手法，因为在艺术中感受过程本身就是目的，应该使之延长。艺术是对事物的制作进行体验的一种方式，而已制成之物在艺术中并不重要。"①

陌生化的具体方法是多种多样的。维·什克洛夫斯基列举了托尔斯泰在写作中总是故意不说出事物名称，而直接把它当作第一次看见的事物来描写，从而使形象动作奇异化的方法，并对普希金等人使用民间俗语和热衷于穿插方言、外来语的情况进行说明。他认为诗歌语言的语音、词汇、句法和语义等都可以成为使感受摆脱自动化的手段，并且说，"它（诗歌）是一种障碍重重的、扭曲的言语。"②扭曲的目的是追求陌生化效果。

简·穆卡若夫斯基③则说："诗歌语言的功能在于最大限度地把言辞'前置'④。"把言辞"前置"，即基于心理学的原理，唤起心灵的特别关注，集中注意力"照亮"它。前置也是反自动化。"一种行为的自动化程度越高，意识对它的感知就越少。越是前置，意识对它的感知就越高。客观地说，自动化使事情程式化，前置则意味着打破程式化。"诗歌是"精致的讲话"，其精练的言辞需要特别用心感知，所以应该把需要突出的内容前置。

其他语言如科学论文等实用语言，自动化程度很高；新闻、广告用语也前置，但其目的在交际的主题上。"在诗歌语言中，前置达到了极限强度，前置就是语言表达的目的，它的使用就是为了它本身，而交流则被挤为背景。它不是用来为交流服务的，而是用来把表达行为、语言行为本身推到前台。"诗歌语言本身而不是它言说的对象是需要特别关注的。

---

① ［俄］维·什克洛夫斯基：《散文理论（上）》，刘宗次译，百花洲文艺出版社，2010年5月版，第11页。

② ［俄］维·什克洛夫斯基：《散文理论（上）》，刘宗次译，百花洲文艺出版社，2010年5月版，第22页。

③ ［捷克］简·穆卡若夫斯基：《标准语言与诗歌语言》，丁兆国译，见朱刚编《二十世纪西方文论》，北京大学出版社，2006年8月版，第25～26页。

④ 前置，foregrounding，有人译为"突出""凸现"，有使其十分明显的意思。

简·穆卡若夫斯基还说，"前置任何语言成分，必然有其他一个或多个语言成分作为自动化加以陪衬。"语调、语音、语义、语法各要素及其各部分不可能同时前置，因此，占据前景的前置语言成分与留在背景上的非前置部分是相对而言的。

前置有两个特征：一贯性和系统性。"一贯性表现在这一事实：只能沿着一个稳定的方向，对特定作品中前置的语言成分进行重新塑造。""在特定作品里，有系统地前置语言成分体现在这些语言成分相互关系的渐变中，即在它们相对主从关系的变化中。在这种高低秩序中占据最高位置的语言成分成为主导因素。其他语言成分及其相互关系，无论前置与否，都要从主导因素的角度来衡量。"主导因素把各种因素结合成一个整体，形成多样性中的统一、动态的统一。

前置的方法也是多种多样的。简·穆卡若夫斯基在这里提出两个方面，即"不断地通过词汇选择"和"不断地通过语境中结合在一起的词的特殊语义关系来实现"。这就分别类似于索绪尔普通语言学中的词语选择"纵组合关系"和词语搭配"横组合关系"，基本涵盖了语言使用的各种手段。形成韵律的各种手段能使语言成分前置，语词意义的选择和新奇搭配、语序的特殊变化等能使语言成分前置，陌生化的各种手法也能使语言成分前置。在诗歌话语中，明显多于其他话语地使用隐喻、转喻、提喻、比拟、夸张、排比、对偶、反复等修辞手法，无不是为了让人更明确地感知事物，从而更好地理解它、凸显它。

凭我的理解，简·穆卡若夫斯基的前置观点与维·什克洛夫斯基的陌生化理论观点在原理上是具有一致性的。它们的目的都在于在事物的相互关系中增加诗歌的可感受性，克服接受的自动化，最大限度地唤醒注意力，实现一种去蔽，让你深深地感觉到，不但让你的眼睛还要让你的心"看见"，增强诗歌话语的诗性功能，从而获得更好的艺术效果。比如，"黄河之水天上来，奔流到海不复回"，可能在李白之前还没有人这样说过。它带给人多么新颖、陌生的感觉，同时，也凸现了黄河水的特征。

诗歌话语往往具有令人惊愕的神秘性。耿占春说："诗首先是这么一种语言现象：它令你瞠目结舌。诗是一种令人惊愕的话语……我似乎感觉到，在语言这片林莽丛生残垣颓壁精灵出没之地，诗人所寻求的并不是'真理'，而是寻求'大吃一惊'。"①我经常在想，有多少人在第一次读到杜甫"香稻啄余鹦鹉粒，碧梧栖老凤凰枝"时不感到惊奇的，又有多少人在读到徐志摩的"轻轻的我走了，/正如我轻轻的来；/……软泥上的青荇，/油油的在水底招摇"不觉得特别的。怎么语言还可以这样运用？在汉语古今诗歌中，陌生化的诗句不胜枚举。如"飞流直下三千尺，疑是银河落九天""寻寻觅觅，冷冷清清，凄凄惨惨戚戚""我把日来吞了，我把月来吞了""三月是末日。/这个时辰/世袭的大地的妖冶的嫁娘/——春天，裹卷着滚烫的粉色的灰沙/第无数次地狡黠而来""卑鄙是卑鄙者的通行证""中国，我的钥匙丢了""用旧的生活"……

在中国诗歌传统中，诗人们一直非常讲究对语言的推敲和创新。"吟安一个字，捻断数茎须""两句三年得，一吟双泪流"的"一字之师"成为佳话，广为传播。中国文论、诗论中也讲究对新奇的追求，"传奇""拍案惊奇"一度成为一种风尚。苏轼说"诗以奇趣为宗"。不仅如此，中国文学传统中还具有辩证的"奇正观"，提出了"执正驭奇"理论。具体说来，还有人根据对象的不同，将新奇分出语奇、象奇、意奇、笔奇、趣奇、格奇等不同种类。无论是对用语的推敲，还是对意象、情思新奇的追求，都与上述西方的前置和陌生化诸观点有相近之处，是为了克服注意的自动化，消除感觉的钝化，从而突出艺术效果的方法。追求新奇和凸显是诗歌艺术的普遍规律。

总之，诗歌话语是一种在修辞学上特别追求强化效果的言说，古今中外亦然。正如特里·伊格尔顿所说："诗是增高、丰富、强化的言语。"②当然，在追求强化效果的具体方法上有所不同，往往呈现出不同的时代风格和个人风格。

三、诗歌话语是特别追求创造和增殖的言说——创生性

如前所述，诗歌话语特别重视自身的质地，重视词语的声音印象给人的感受，同时也重视词语身上凝聚的多种意义和承载的各种信息。它重视词语的指称对象意象塑造，更重视意象身上凝聚的主观精神和情感内涵。它的目的是唤

---

① 耿占春：《隐喻》，河南大学出版社，2007年9月版，第154~161页。
② ［英］特里·伊格尔顿：《如何读诗》，陈太胜译，北京大学出版社，2016年11月版，第57页。

醒接受者的感觉知觉和情感记忆，激发词语的构造活力，为"存在的词语性创建"和诗歌审美创造条件。

从客观上说，往往一个词有一个词的发展史。维·什克洛夫斯基说："一个词就是一座坟墓。"它埋葬着人类历史中无比丰富的财富。词的发展史总是和人的精神发展史相伴相生。在词的发展过程中，有继承也有演变。"诗是语言的保养和更新的重要源泉之一。已过世的诗人们为语言提供了传统的遗产，提供了如今依然生气勃勃、精妙绝伦的东西；活着的诗人们推动着语言前进。新的一代不会完全按先辈们的方式去感受世界，一代人有一代人的语言。单方面看，诗歌史就是诗的措辞发生、发展、消亡的循环史；每一次循环都始于革新，然后按其发展、深化的行程推进，最后退化为形式主义和机械的模仿。"①

诗歌依靠词与词的组合说话。在古今中外诗歌史上，有无数的词语组合产生诗意、彰显创造性的例子，如"红杏枝头春意闹""绿色的火焰在草上摇曳""一只夜的手臂伸进我的窗""芭蕉的绿舌头舔着玻璃窗""大雪的棉被覆盖着我""录音电话里/传来女秘书带插孔的声音""在寂静的喧嚣中"……这些特殊的词语组合中包含了无尽的想象，产生了丰富的诗意。耿占春在《隐喻》中说："词是沉默的孤立的，意义之兴起是在词与词'之间'发生了有规则的组织关系。只有当一个词被另一些词所'呼吁'的时候，它们才共同参与到一个意义的觉醒过程，或者说，一个意向的敞开之中……我们不是靠孤立的语词而是靠词的组合说话的。意义存在于词序即词与词的关联中。词序，这个'无可争辩的抽象实体'（索绪尔），是一个关系或意义结构。它指向语言的本质——逻辑——实体的有意义的结构，它们是人类建造形式的一种能力，是人类语言、对话和世界的可理解性的根基。"

诗歌为了话语的陌生化，不但使用一个词语惯常使用的意义，与其他文体的语言相比，它还更多地使用词的那些不常用的意义，从而"擦亮"词语，突显其言说的创造性。由于历史文化的差异以及个人经验的不同，人们对相同的词的指称对象可以有相同的感受和理解，也可能产生迥然不同的感受和理解。诗人总是不断地磨炼自己对语词的敏感性，以适应自己建构诗歌世界的需要。

---

① ［英］伊丽莎白·朱：《当代英美诗歌鉴赏指南》，李力、余石屹译，四川人民出版社，1987年10月版，第79页。

　　语词的多义性作为客观事实而存在着。诗歌，特别是现代诗歌，语言往往是复义的。作为日常交流和实用文体的说话方式，采取的是消除歧义的策略，是在逻辑和语法的限制下，靠具体的上下文和语境来从语词的诸多意义中选择出与要说的意思相一致的意义范围，得出确定性的单一的意义。诗歌却不同。诗人不但不避复义，有时还有意追求繁复的效果。正如保罗·利科所说："一词一义的意向并没有说明语言的所有力量。还有另外一种利用歧义的方法：不是消除而是推崇它。""诗对语言所采取的谋略，在于将语词从逻辑与语法的缩减下解放出来。诗化语言缩减的不是词语的意义关联域或其多义性，从而把一个词限指限义定时定位。而是缩减语法和逻辑关系，因而增加了语词自身的存在，或者说增加了语词的相互存在与同时存在……词与词之间将构成另一种全然不同的关系，即构成一种隐喻关系。"①另外，从诗的整体上来看，"诗是这样的陈述：它向公众世界公开发表，以便让我们把它理解成我们可能理解的。它是一部从来不会只界定为一种意义的作品。相反，它可以意指我们貌似合理地阐释它意指的任何东西——尽管许多解释只是停留在这种'貌似合理'上。"②因此，诗的话语常常是多义的，"它意在言外，以悟性代替知识"，在悟中去实现突破和创新。

　　诗歌话语语词与语词间的关系较少是相互限制的，更多的是相互支撑，构成一种"场"效应的"场型语言"，从而产生无限的增殖性。如马致远《天净沙·秋思》中，枯藤、老树、昏鸦等词语表现的意象都是朝着同一情感流向流动的，它们互相支撑，产生一个浑融的意境，创造出大于各要素之和的效果。"语言的创造的可能性根植于词的多义性和意义的非独立性之中……词与词之间的意义关系不是孤立不变而是互相作用，互相剥夺，互相给予。"③因而，词义成为繁复的，而且是动态的了。特伦斯·霍克斯说："诗歌使词的意义范围倍增，并常常令人困惑不解。它再一次提高了常规语言的活动水平。一个词从它习惯的所指对象'分离出来'，这最终意味着它可能自由地和大量的所指对象结合在一起。简言之，词的'诗的'用法使模棱两可性成为诗歌的主要特

---

①　耿占春：《隐喻》，河南大学出版社，2007年9月版，第141～143页。

②　［英］特里·伊格尔顿：《如何读诗》，陈太胜译，北京大学出版社，2016年11月版，第41～42页。

③　耿占春：《隐喻》，河南大学出版社，2007年9月版，第121～120页。

征，正是这个特征，使诗歌的结构作用从能指转到所指。"①诗歌语言因而是言少义多、以一当十的语言。

从语言的语词选择纵向空间轴上看，同义词与近义词的选用，在对比中突出差异，词语的特殊用法产生不同效果，产生新意，如"僧敲月下门"的"敲"字，与"推""叫""开"等，"灰烬已经冷静"的"冷静"一词，与"冰冷""变黑"等，"我想和你虚度时光"的"虚度"一词，与"共渡""消磨""度过"等，"桃花才骨朵，人心已乱开"的"开"字，与"动""想"等的区别。雅各布森认为："诗的功能在于指出符号和指称不能合一。"也就是说，诗歌话语往往打破符号与指称对象的稳固的逻辑联系，而为能指与所指的其他新的关系和功能的实现提供可能。诗歌话语就是这样通过语词的选用和调适，用出词语不常见的含义，从而创造性地生发陌生的意义，以实现诗性功能的。

从词语连缀横向时间轴上看，诗歌话语句法结构相对较为简单，不大重视语句前后搭配的逻辑性，反而重视词语搭配的灵活性。如前所述，诗歌语言的组织不是依靠逻辑，而主要依靠语流的自然顺序和韵律组合。它通过语言的自然流动来书写动作性、过程性，实现意向、意图的客观化。雪莱说，诗人就是立法者。他有时可以无视语法或创造性地利用语法，有意破坏语法的牵绊，改变语词的惯常搭配。如"香稻啄余鹦鹉粒，碧梧栖老凤凰枝""轻轻的我走了，/正如我轻轻的来""一只鸟在我的阳台上/避雨/青鸟小小地跳着/一朵温柔的火焰"……它们可以根据韵律和表达的需要颠倒习惯顺序，语序有很大的自由度和灵活性。汉语作为世界上少有的"孤立语"，搭配没有词形的变化，为语序的变化调整提供了比其他语言更大的空间。诗歌话语有意忽视逻辑性，重视神话运思的非逻辑性和审美直觉，防止词义的锁固。特别是现代诗歌，常用混搭手法来谋求语词异常搭配而滋生无穷无尽的新生意义。如"寂静的喧嚣""用坏的生活""同一个颜色的哀伤""打开的夜晚""带插孔的声音""充满叹息的身体"……它们用灵活多变非逻辑性的组合不断创生新的意义，让接受者在多义组合成的语义场中自己去寻找和确认意义，以此说出"人人所要说而苦于说不出的话"，或把难以表达

---

① ［英］特伦斯·霍克斯：《结构主义和符号学》，瞿铁鹏译，上海译文出版社，1987年2月版，第63页。

的东西带出来。它渴求用词语身上凝聚的多种多样的意蕴自由地组合，寻求日常意义以外的暗示能。

正因为对词语多种意义特别是不常见意义的自由选择，正因为词语或句子成分之间非逻辑性的自由组合，诗歌话语才具有丰富的创造性和增殖性，"无理而妙"地不断地滋生出新的用法、新的联系、新的意义，从而，为诗歌书写人类精神世界提供了极大可能。特伦斯·霍克斯在概述俄国形式主义的观点时说："诗的真谛最终必定在于诗歌语言的独特使用。""词语在诗歌中具有的地位不只是作为表达思想的工具，而是实实在在的客体，是自主的、具体的实体。""语词是作为语词被感知的，而不只是作为所指对象的代表或感情的发泄，词和词的排列、词的意义、词的外部和内部形式具有自身的分量和价值。"①这些观点，不但深刻地指出了语言的"诗歌的"用法的特点，而且从诗歌审美方式的高度揭示了语言"诗歌的"用法或诗歌技巧的价值。

总而言之，诗歌语言应该说不是一种特殊的语言，它只是一种特别讲究的言说方式，一类特殊的话语。它使用的是一种普通语言的同一套符号系统，该系统的一切语音、文字、词汇、语法规则它都可以使用。这为我们创作诗歌提供了丰富的资源和广泛的可能。与此同时，因为语言不是诗歌的专属媒介，它必然带来语言的其他使用方法和意识形态的影响和干扰。我们在创作和阅读诗歌的时候都必须对此有明白的意识。因为诗歌话语只是为了特殊的艺术目的，在日常语言的基础上做出了若干选择和调整，按"诗歌"的用法来使用。因此，以上讲到的一些属性特征很多都是从主导方面来说的，是相对而言的，只是在差异中求同一性，在个别中求普遍性，不能绝对化。

另外，话语都表现出不同的时代风格和个人风格。就汉语诗歌话语的时代风格来说，在20世纪新文化运动之前，格律诗主要使用的是文言文。100多年后的今天，我们作诗主要使用的是现代语体文，是当时期盼和建设中的"文学的国语"。两种语言材料具有质的差别，从文言文到现代语体文，不仅语音统一和变化，文字简化象意性锐减，而且词法、句法变化很大，特别是时间词语

---

① ［英］特伦斯·霍克斯：《结构主义和符号学》，瞿铁鹏译，上海译文出版社，1987年2月版，第61～63页。

和助词、关联词等大量增加，强化了语言的分析性和逻辑性，给诗歌创造带来了新的困难。现代汉语要用作诗歌话语，方法应该与用文言文有很大的不同。"白话诗"作为汉语诗歌现代转型初始阶段的一种探索，它的语言是革命年代"一种符合当时社会风尚的文学媒介"，对于冲破文言文和近体诗等旧形式的牢笼功不可没。但实践已经证明，语言过分浅白往往缺乏内涵和表现力。要增强语言的表现力，我们必须大力打捞古代汉语和方言等语言中有生命力的因子，同时借鉴其他语言中的有益因素，甚至吸收"网络语言"的词汇，结合我们现实语言的实际，走"语言共和"之路，用富于表现力的成熟的现代汉语创作现代诗歌。但诗歌话语不仅仅是语汇问题。诗歌话语是对语言材料的一种特殊的选择和组织，现代汉语诗歌话语是对现代汉语的"诗的用法"，应该在语言的逻辑性与诗性的对立之中找到一个平衡点，以此来创造现代诗。

诗歌的话语特性具有很多侧面，本节从总体上分析了其美感性、凸显性和创生性是语言的"诗的用法"的结果。

第三节　诗歌的听觉形式——韵律

上一节我们分析了诗歌话语的几个特殊属性，本节开始分析诗歌独特的外在形式。

诗歌外在形式是指其容易被人通过感官直接感知的模样，也是诗歌话语作为一种认知对象的客观属性的具体显现。它是词语的物质形式（包括音响和文字排列等），是语言的"肉身"，也是诗歌的"肉身"。雅各布森认为，言语突出指向自身时其诗性功能才凸现出来。"诗的本质不在指称、叙述外在世界的事物，而在具有表达目的的诗歌语言（词）的形式显现。"[①]"形式是艺术的生命"，诗歌是最讲究形式感的文学门类。诗歌是一种"有意味的形式"，其"形式也是内容的一部分，形式本身也在传达一定的内容"。诗歌形式作为其整体审美形态的重要组成部分，能控制情思有节制地释放，使内容表现得更加有序有力，创造读者的期待视野和达成默契，具有不可或缺的重要作用。

有人问，韵律是诗歌的语言问题，怎么不在上节一起讲却要分开来说？是

---

① 朱立元：《当代西方文艺理论》，华东师范大学出版社，2014年8月版，第37页。

的，韵律是语言问题，但同时它也是诗歌形式问题。诗的很多问题都可以归到语言问题，语言是个太大的概念，我们不能"眉毛胡子一把抓"。韵律和文字排列等诗歌外在形式是诗歌语言能指的组合和运用，是诗歌语言的自然延伸。我们把韵律和文字排列等单列出来，分别作为诗歌几大要素之一，就是为了彰显其重要性。诗歌作为形式感最强的一种文学体裁，其韵律的内涵相当丰富，很有必要作专节单独分析。

闻一多说："格律可从两方面讲：（一）属于视觉方面的；（二）属于听觉方面的。"[①]诗歌外在形式包括诗歌话语在侧重听觉方面的感性显现的韵律——"音乐美"；在侧重视觉方面的行列布局文字排列表现形式——"建筑美"。它们都作为形式因素在人内心造成一种律动。本节侧重从诗歌的听觉形式展开具体分析。

一、韵律的性质、作用和发展过程

日尔蒙斯基在《抒情诗的结构》中说："在从属于艺术任务的语言中，在语言艺术作品中，结构成为语言材料分布的规律。这种分布便是按美学原则去艺术地切分和组织的整体……在艺术家面前，堆积着许多个别的、复杂而矛盾的事实，其中包括意思上的（主题上的）、发音上的和句法上的事实。在这堆积物中，要输进艺术的对称性、规律性、组织性，因为一切独立的个别的事实都要服从于艺术任务的统一。"[②]因此，诗歌韵律是诗歌话语特有的组织方法，是诗歌内部元素的规则性律动。

关于韵律的作用，古今中外诗人有多种论述。王尔德在《英国的文艺复兴》中说："诗的真正特质，诗歌的快感，绝不是来自主题，而是来自对韵文的独创性运用，来自济慈所说的'诗句的感性生命'。"[③]日尔蒙斯基在《抒情诗的结构》中说："语言材料在诗歌里的句法和主题建构是以作品韵律结构的调整为背景的……基本韵律动机或者规律，总要在艺术语言的各方面发挥自

---

① 谢冕等：《中国新诗总论（1891—1937）》，宁夏人民教育出版社，2019年5月版，第256页。
② 朱立元、李钧：《二十世纪西方文论选（上卷）》，高等教育出版社，2002年6月版，第215~217页。
③ 转引自童庆炳、马新国：《文学理论学习参考资料新编》，北京师范大学出版社，2005年10月版，第496页。

己的效力，给那些无形式的混乱的材料以结构的严整性与和谐性。"[1]说明韵律具有组织结构的作用。叶芝说："我一直认为，韵律的目的在于延续沉思的时刻，即我们似睡似醒的时刻，那是创造的时刻。它用迷人的单调使我们安睡，同时又用变化使我们保持清醒，使我们处于也许是真正入迷的状态之中，在这种状态中从意志的压力下解放出来的心灵表现成为象征。"[2]有诗歌审美经验的人应该承认，韵律确实具有一种氤氲的神秘效果，将诗歌的情、意、象、言各要素融合在一起，把人引入"扑朔迷离的境界"，陶醉于其中，甚至手之舞之足之蹈之。维·什克洛夫斯基说："韵脚是对前面已说出的词的重复和回归，韵脚似乎是在为词之不同义而同音感到惊诧。长诗里各种意义（通过声音的搭配）的交错与回荡是通过韵脚、通过诗节的结构来实现的。"[3]的确，由于韵律各要素的共同作用，多种因素相互交织，更能使诗歌成为一个缜密的织体，结构也更加紧密，赋予诗歌"整体的交感"。

汉语诗歌跟西方诗歌一样，向来重视韵律的使用和调适。简要回顾汉语诗歌的韵律发生发展演变过程，我们可以将其分为三个阶段。

语言产生后，口头语言具有漫长的历史，及至文字产生，已是若干万年后的事情。即使文字产生以后，由于物质条件的限制，书写不便捷，书面语言和口头语言差异都是很大的。所以，可能存在很长一段口头语言很发达、书面语言较简略的时期。从中国最早的文字——甲骨文可见一斑。"口语诗的历史，比文字本身要古老得多。"[4]这也可以很好地解释中国第一部诗歌总集——《诗经》为什么就那么完美，那么富有艺术魅力。在漫长的口头语言、口头诗歌时代，人类的听觉意识非常发达，对语言美的感受、领悟与我们现代人比较，是不可同日而语的。那时的诗歌话语富有节奏感，仅其美感和神秘性就足以令人震惊，成为一种征服人心的力量。诗歌是从与舞蹈、音乐"三合一"的形式中分离、独立出来的，中国古代礼乐文明比较发达，诗歌与音乐的亲缘关

---

① 朱立元、李钧：《二十世纪西方文论选》，高等教育出版社，2002年6月版，第218～219页。

② 转引自赵澧译，见朱立元、李钧主编《二十世纪西方文论选》，高等教育出版社，2002年6月版，第86页。

③ ［俄］维·什克洛夫斯基：《散文理论（上）》，刘宗次译，百花洲文艺出版社，2010年5月版，引言第4页。

④ 向以鲜：《口语诗的缘起与变迁》，见《诗刊》，2020年5月上半月刊，第56页。

系决定了它的形式感和韵律感都保持得很好。大家知道，语言的声音是一种分节音，人们以音节的多少将语句从延续的时间维度分为一个一个的单元，又以发音部位和发音方法的不同作为一个个区别意义的音响符号。在世界各国语言中，汉语字词有其独特性，一个音节就是一个字，一个字只有一个音节，加上古代汉语以单音节词为主，一个字就是一个词，因而很容易将"语流"（语音流文字流）进行切割而不影响意义的表达，做到诗行音节数的整齐划一。因此，在近体诗产生以前，诗歌话语的节奏感是非常明显非常丰富的。如《诗经》的第一篇《关雎》："关关|雎鸠，在河|之洲。窈窕|淑女，君子|好逑。参差|荇菜，左右|流之。窈窕|淑女，寤寐|求之……"《诗经》中的诗大部分都如此。由于大量使用单音词和位置恰当的如"参差""窈窕""寤寐"等联绵词，自然形成了两音节一音顿、一行两音顿的内在节奏。那时，虽然没有人为制定的"格律"，语言节奏铿锵又自然和谐几乎成为所有诗人的自觉追求，那些古典诗歌至今都给我们丰富的语言美感享受。从韵律角度，我们把近体诗以前的这些"自然生长"的诗叫作古典诗或自然诗，把这个时期叫作自然诗阶段。

到了南朝，士族制度为文化的发展奠定了社会物质基础，外来文化又给文学发展带来新的影响。文学作为一门艺术，其自觉意识增强，诗的艺术美受到普遍重视，追求声韵美等唯美之风渐盛。"伴随佛教而传入的印度声明论，启发了音韵学上四声的发现和诗歌格律上八病说的制定。"[①]到了南齐永明年间，谢朓、沈约等人为诗歌约法，在五言、七言诗歌作为一种体式基本定型，汉语语音音调四声形成的客观基础上，确定绝句和律诗的行数、字数及调平仄、押韵、粘对等规则。从此，依人为确定的"格律"作诗成为文人的竞技，诗人开始追求音韵美的极致。这样的诗相对于以前的古典诗而言，是一种新体诗，在唐代逐步成熟，唐人称其为"今体诗"，现在我们称其为"近体诗"。这种诗先有格律框框后有诗，基本上是按固定的格式填词用字，人为性很强又要求不显露人工痕迹。这种诗在唐宋时期达到极盛，并一直延续到近现代，产生了不少优秀作品。它像一件件极其精美的手工艺术品，代表了器物时代古典美学的高峰。但是，作为一种固定的诗体，它限制在4行和8行几种规定的行数，20、28、40、56字等几种规

---

① 詹福瑞：《南朝诗歌思潮》，河北大学出版社，2005年5月版，第101页。

定的字数，在一定程度上影响了诗歌的语言容量，格式机械死板（各种不同的情感都套用这几种格律），失去了之前古典诗那种句式、节奏的自由灵活。它严苛的声调平仄和语言对仗要求，在形式上增加了创作的难度。1500年来，它作为一种主要的文学体裁，吸引又折磨着一代又一代的文人。文人们一方面皓首穷经，不断探索，将其发挥到极致，以成就相标榜，另一方面对其形式强大的规制不敢越雷池半步，代代相模仿，辈辈相因循，甚至发展到言语用典都要做到"无一字无出处"，把人心囚禁在文字游戏之中。相对于诗歌自由精神来说，无异于古代的"裹脚"，在痛苦中追求美的享受。当然，在其发展过程中也不是没有对格律诗的反抗。与之同时，古体诗虽不是主流但仍有发展，也产生了不少好作品。为了克服诗行过于整饬死板的问题，后来诗人们另辟蹊径创造了句式参差、节奏更加灵活、语词容量有所增加的词和曲等体裁。虽然也有固定的词调、曲谱、格律限制，但总体上丰富了体式。程毅中在《中国诗体流变》一书中比较近体诗和古体诗的特征，他认为近体诗只有整齐的五言或七言，古体诗则既有整齐的五古七古，也有夹杂三言、四言、五言、七言以至九言、十言的杂言；近体诗的句数有定，五律七律都是八句，五绝七绝都是四句，古体诗则句数不限，长短不齐。[①]这些状况从侧面反映了人们对节奏自由灵活与整齐划一的不同追求。由于种种原因，近体格律诗仍然雄踞主流地位，没有人能够撼动。在很长的时间里，不讲究格律的人基本可以说没有谈诗的资格。但是，即使才华卓著的诗人，也很难做到百分之百地符合格律理论要求。所以，又有人提出"一三五不论，二四六分明"作一些调和，适当地释放一定的灵活性。即使再困难，诗人们仍然不肯放弃对理想格律美感的追求，坚持在这"半亩方塘"中经营，一方面在突破难度中显露才华，另一方面在格律的桎梏中受虐。我们把这个时期人为性很强的诗体包括近体诗和词曲统称为格律诗，这个阶段叫作格律诗阶段。

19世纪末至20世纪初，中国社会、文化发生大变局，诗歌界也开展"诗歌革命"和"诗体大解放"，打破格律的桎梏，创立"白话诗"——"新诗"。"新诗应是自由诗"（废名语），这是应该肯定的判断。从格律诗到自由诗是一个发展的过程，在一定意义上也可以说是一个回归的过程，是"裹脚"后再"放脚"的过程。同时它也应该是一个诗歌体式历史性的进步过程："解放"

---

① 程毅中：《中国诗体流变》，中华书局，2013年4月版，第115~117页。

严苛的格律——人为制定的规则（就像八股文的格式一样），重返表达的自由。我们把通过"诗体大解放"后汉语诗走上现代性转化的这个阶段，叫作自由诗阶段。

在韵律的发展过程中，中国传统诗学对韵律有诗律、音律、声律、格律、音乐性、音韵美等多种表述，总体上指称诗歌话语语音上的美感质地。按照现代语言学的观点，语言能指与概念所指一样，在感官的意义上说，它也是由感觉产生出来的，是精神的。每个人心中都有一套词语的语音印象，在内心语言里，不动嘴唇就能够发出并倾听内心的话语，感受到韵律的作用。只有当语言在被实际说出时，才以声波的形式表现出来，成为物质性的分节音。所以，韵律既与语音的物理性质有关，也与人的心理和精神内容有关。下面分析诗歌韵律，不是完全像传统诗论那样从语音的物理性质或语音学方面来分析的，也不是从音乐的角度来分析其音高、音长、音强、音色等用于表现情感美的因素，而是从诗歌美学的结构元素上来分析的。

二、汉语诗歌韵律的五大元素

具体分析起来，汉语诗歌韵律主要由节奏、押韵、复叠、平仄、对仗等构成。现在，我们逐一分析这五大韵律元素。

（一）节奏

节奏是诗歌韵律的主要内容。明显节奏感是诗歌话语区别于其他话语的主要特征。语音是区别意义的分节音，一个个音节连缀而成话语。语音连缀而具有线性特征，有时间的长度，在时间的单一向度上渐次展开。语言因而天然地具有延续和停顿，具有节奏的特征。丁鲁在《中国新诗格律问题》中说："在古代，我们的先人曾经分开解释'节''奏'二字，把'奏'理解为发音，而把'节'理解为不发音，即停顿。"[①]这是从字面意义上对节奏进行说明，在一定意义上也是对节奏问题的准确理解。节和奏在时间维度上有规律地交替出现，就呈现为韵律。现实生活中，自然语言句子有长有短，比较散漫，没有相对均齐的节奏。散体文的语言就接近这种自然语言的节奏。自然语言或称散体文语言有其自然节奏，人们除了注意其急促与舒缓、抑扬起伏等方面对表达情

---

① 转引自许霆：《中国新诗韵律节奏论》，北京师范大学出版社，2016年1月版，第3页。

绪的作用外，很少注意其节奏功能。诗歌却不一样，它有相对均齐和规则的节奏。诗歌从产生之时开始，不但非常注意其语言的节奏感，而且一般都强化节奏的表现，甚至把它作为组织内容的重要手段，一刻也离不开。维·什克洛夫斯基说："艺术的节奏存在于对一般语言节奏的破坏之中。"[①]诗歌的节奏就是这样，它必须对自然语言进行适当切割，进行节律化，使其相对均齐。

节奏具有深刻的心理美学基础。它是一种有规律的交替重复。前面出现过的语言要素在后面以相近相似的面目重复出现，在变化中重复，似曾相识，给人亲切感和快感。它也是一种对照。上下文在心理上引起一种对照和交替，在交替中对照。正如维·什克洛夫斯基所言，诗歌语言是设置困难的语言，在交替中尽量延长回味的时间，促进心智和精神逗留，让人更久更多地感受美。叶芝更有节奏感产生旋律，产生催眠作用，使人如痴如醉，是对诗歌魅力所在的论述。前后反复对照产生一种回环往复运动，有助于在接受心理上产生一种"场"效应。

节奏的基本原理可作如下分析。一是反复性——在语言的线性延续中，语音元素在相似的位置上或能形成环形闭合结构的位置上多次重复出现。仅仅出现一次可以是一个节奏单位，不能构成旋律，两个或两个以上节奏单位才有旋律感。布鲁克斯和沃伦在《理解诗歌》一书中说："节奏是一种可以感受到的模式，是在时间中的重复。"[②]二是交替性——持续不变不会形成节奏波澜，只会形成一条直线，必须变与不变相结合，持恒与变异相交错。"要产生节奏，时间的绵延直线必须分为断续线，造成段落起伏。"[③]三是对照性——有与无、是与否对照产生落差，有明显对比度。四是结构性——对材料进行有规律的切分和组织，有联系上下诗行、构节成篇等作用。正如维·什克洛夫斯基所说："韵脚，还有节奏，是联系诗行的手段。"[④]"重复为我们所读到的东西建立结构。图景、词语、概念、形象的重复可以造成时间和空间上的节奏，这种节奏构成了巩固我们的认知的那些瞬间的基础：我们通过一次次重复之跳

---

① ［俄］维·什克洛夫斯基：《散文理论（上）》，刘宗次译，百花洲文艺出版社，2010年5月版，第23页。
② 转引自许霆：《中国新诗韵律节奏论》，北京师范大学出版社，2016年1月版，第26页。
③ 转引自许霆：《中国新诗韵律节奏论》，北京师范大学出版社，2016年1月版，第25页。
④ ［俄］维·什克洛夫斯基：《散文理论（上）》，刘宗次译，百花洲文艺出版社，2010年5月版，第131页。

动（并且把它们当作感觉的搏动）来认识文本的意义。"①这里说的不只是词语或语音的重复，还深刻地指出了重复手段或者说节奏的结构作用。在上述节奏形成原理中，核心是上下文的对照。

节奏的最小单位是一首诗形成韵律的基础，它由音组和停顿两个部分组成。节奏音组部分一般由一个至多个联系紧密的音节组成，是语音的持续存在。停顿，是语言中的自然停歇，是语音的不存在。正是停顿，将语音的绵延直线分割为时间中的断续线，可由"－－－－"示意。音组与停顿互相配合成就了节奏。在韵律学上，美国学者里博曼等提出"相对凸显"的韵律原则，认为一个最小的独立的节奏单位必须至少包括两个"相对"的成分。②这是符合汉语节奏实际的。音组与停顿是对立的，也是对照性的节奏元素。"音组+停顿"如"－"形成一个最小节奏单位。多个这种节奏单位连接起来，有无相间，不断反复，就形成韵律。

在诗学中，关于节奏的命名很多。有人侧重以声音的组成情况即声音的"有"为之命名，叫作"音步""音尺""音组""节拍"；有人侧重以声音的停顿即声音的"无"为之命名，叫作"音顿"或"顿""逗""读"。其实，每一个节奏单位都应包括"音组+停顿"两个部分，换句话说，很多时候说"音组"时已潜在地包含语音后的停顿，有时称"顿"时也已潜在地包含停顿前的语音。两种命名在实质上都指同一个东西，都是一样用以偏概全的方式对节奏单位命名。我们在后面作分析强调节奏单位的停顿时，为称呼的方便就与其他词合并称"某顿"，如"音顿""词顿""行顿"等。

汉语诗歌的节奏也与其他语言的一样，在一定程度上必须以实际语音的客观物理属性做先决条件，在此基础上作选择、调适和规范。那么，汉语诗歌节奏单位的内部具体是怎样构成的呢？

从语言学的角度看，词语是一种符号，语音印象是符号的能指，语义是符号的所指。语言在内心时，它表现为一种心象——听觉印象；语言表现为声音时，它是一种声波的物质性符号；语言表现为文字时，它是一种书面痕迹的物质性符号。它们都具有连接成链条的可能。如前所述，一个节奏单位是不能形

---

① 转引自李章斌：《在语言之内航行》，人民文学出版社，2014年版，第63页。
② 冯胜利：《汉语韵律诗体学论稿》，商务印书馆，2015年1月版，第59页。

成韵律的，一般至少两个连续的节奏单位才可以形成规则性的旋律①，产生韵律效果。诗歌话语从韵律上看，就是由一个接一个的节奏单位连缀起来形成的有断有续的一个语言链条。我们在打破自然语音的节奏创造诗歌节奏的时候，就要对语言链条进行切分，切分"手术"必然要与音、义、形三者相遭遇。我们在这里暂且不讲文字的排列（语流切分为诗行），重点讲语音与意义的关系。由于汉语具有音节与文字一一对应的关系，语音与意义的关系确定了，文字排列就简单了。

语言作为音和义的结合体，把语流切分成一个个节奏单位，必须兼顾"语音的时间段落"与意义单元相对完整两个要素。但有时二者是很难同时兼顾的，必须以一个方面为主，让另一个方面去调整适应它。于是，在实践中汉语诗歌自然而然产生了两类三种节奏模式——外在的音顿节奏模式和内在的词顿节奏、行顿节奏模式。

音顿节奏模式。音顿节奏模式侧重以"语音的时间段落"，或者说严格以音节数为主、以适当照顾语义完整为辅划分，是从语言的外在声音形式出发形成严整的形式化的诗歌节奏。

音顿节奏模式中最小的节奏单位叫作一个音顿。其构成方式有如下几种。

一个音节作一个节奏单位的。据冯胜利的研究考证，一个字或一个音节在诗歌产生的早期曾经具有独立构成节奏的条件，"上古汉语不仅不是双音化的一统天下，更早的时期（西周以前）可能是单音节音步的时代。"那时是二言诗的时代，"二言一句，一句两步"。②我们可以用《弹歌》做例子。到了春秋战国时期，汉语发生巨变，从"韵素音步"向"音节音步"转化，一个音节就很难作为一个节奏了。从后世的诗歌看，只有在五、七言诗的诗行最后一个音位上或者其倒数第三个音位上使用。有人认为是在韵脚位读音拉长作一拍，有人认为是半拍子音顿。在现代汉语诗歌中，一个音节作一个节奏单位的极少出现。

两个音节构成一个节奏单位的。到了西周和春秋战国以后，联绵词和双音节词组大量发展，诗体也由"二言诗"演化为"四言诗"。中国第一部诗歌总

---

① 冯胜利：《汉语韵律诗体学论稿》，商务印书馆，2015年1月版，第59～60页、第134页。
② 冯胜利：《汉语韵律诗体学论稿》，商务印书馆，2015年1月版，第115～142页。

集——《诗经》以四言诗为主，是其典型代表。《诗经》中的诗绝大部分是音顿节奏模式的诗，这有多方面的原因，其中也许有合乐的需要。它体现了选编者的审美选择。例如《诗经》及魏晋时期古典诗歌：

> 采采|卷耳，不盈|顷筐。嗟我|怀人，置彼|周行。
> ——《诗经·卷耳》

> 桃之|夭夭，灼灼|其华。之子|于归，宜其|室家。
> ——《诗经·桃夭》

> 燕燕|于飞，差池|其羽。之子|于归，远送|于野。瞻望|弗及，泣涕|如雨。
> ——《诗经·燕燕》

> 东临|碣石，以观|沧海。水何|澹澹，山岛|竦峙。
> 树木|丛生，百草|丰茂。秋风|萧瑟，洪波|涌起。
> ——曹操《观沧海》

这些诗都是四字一句的短句子，每句四个音节，每两个音节组成一个音顿，一句两顿，是非常严格地遵守音顿规则的。《诗经》中绝大部分诗都是这样的四言诗，前两个音节为一个音顿，后两个音节为一个音顿。在词语选用上，只要把不能分开使用的双音节联绵词和名词，如"卷耳""窈窕"等安排在诗句一、二或三、四音位就行。这样，它们就会在一个节拍里，不会造成音义矛盾，不会造成一个关系紧密的词语跨两个音顿的现象。后来，无论在近体诗中还是在古体诗中，都是以双音节音顿为主。五绝、五律每句中就有两个双音节音顿，七绝、七律每句就有三个双音节音顿。在诗句音节数为奇数的五、七言诗中，由于汉语诗歌节奏具有从左至右的"自然组向"性质[①]，两两组合后剩下的那个单音节可以单独构成一个音顿。如在五言近体诗"平平仄仄平"

---

① 冯胜利：《汉语韵律诗体学论稿》，商务印书馆，2015年1月版，第3页。

和七言近体诗的"仄仄平平仄仄平"等理想诗句中，前面的音节两个两个地自然组成一个节拍。一般最后剩下那个字，有时是倒数第三个字单独作一个音顿。如"国破|山河|在，城春|草木|深""客路|青山外，行舟|绿水|前""独在|异乡|为|异客，每逢|佳节|倍|思亲""独怜|幽草|涧边|生，上有|黄鹂|深树|鸣"等。在音顿模式的现代汉语诗歌中，由于现代汉语词汇绝大部分是双音节词，也常常以双音节音顿为主，如闻一多的《死水》。因此，在音顿模式中，双音节音顿在从古至今的诗歌中都是占主导地位的。这是由汉语语言的特性决定的。汉语两个音节构成一个节奏单位，既可以照顾联绵词等双音节词，又可以统摄两个单音节词，是有着组合双音节音顿的天然优势的。

三个音节构成一个节奏单位的。随着语言的发展和丰富表达的需要，在战国时期楚歌中就已出现不少三个音节的节奏。如屈原的《国殇》"操吴戈兮|被犀甲，车错毂兮|短兵接。旌蔽日兮|敌若云，矢交坠兮|士争先……"中，"操吴戈""短兵接"等，分别是一个动宾词组、主谓词组作一个节奏单位。三音节节奏既可以由一个双音节词前后附加一个单音节词组成，又可以由三个单音节词组成，还可以包容很少但很难拆分的三音节词，有很大的灵活性和很强的构成能力。三个音节作一个音顿不是太长，是听觉和心理上可以接受的节奏单位。但为了不显得太急促，《楚辞》中往往在句中用一个舒缓语气的"兮"作衬字。这样，一个诗行就相当于两个节奏单位了。在整个古代汉语诗歌中，三音节音顿相对于双音节音顿还是较少的。

在音顿节奏模式中，一般只有这三种节奏构成情况。四音节就被分成两个双音节音顿，五音节就被分成一个双音节音顿加一个三音节音顿或两个双音节音顿加一个一音节音顿。更多音节的诗句依此类推。总的说来，在音顿模式诗歌中始终是以双音节音顿为主的。

下面我们进一步举例说明音顿节奏模式的音组构成情况及其局限。先举近体诗中的绝句，如杜甫的《江畔独步寻花七绝句》（录二首）：

稠花 | 乱蕊 | 畏 | 江滨，
行步 | 欹危 | 实 | 怕春。
诗酒 | 尚堪 | 驱使 | 在，
未须 | 料理 | 白头人。

黄四娘家 | 花满 | 蹊，
千朵 | 万朵 | 压枝 | 低。
留连 | 戏蝶 | 时时 | 舞，
自在 | 娇莺 | 恰恰 | 啼。

　　前一首"稠花乱蕊"在现代诗歌中，我们可以把它作为一个词组，可以作为一个顿，在音顿模式的近体诗中，由于节奏对称的需要却必须作两个顿理解。四音节词一般放在行首或行中，作为两个音顿看待。"白头人"三音节词放在行尾，也可以理解为"白头"和"人-"两个顿。有一种说法，说五言诗每行是由一个双音节加一个三音节组成的，七言诗是由两个双音节加一个三音节组成的，三音节节奏都放在行尾。这一行诗也可以做这样的理解。但对后一首"黄四娘家"做音顿切分就遇到了麻烦，如果切分为"黄四"和"娘家"两个顿显然有害词义，切分为"黄四娘"和"家"两个顿，节奏又不对称，从节奏规范上来说好像也不妥。以上这些情况说的是音顿节奏体系中节奏的构成问题。这也可以看出汉语诗歌"音节计时音步"传统的特点和局限。

　　在现代诗歌中，所谓"现代格律诗"也常常采用音顿节奏模式。它的节奏构成仍然以双音节为主，三音节相对于近体诗有更多出现，一音节很少出现。如闻一多的《死水》：

这是 | 一沟 | 绝望的 | 死水，
清风 | 吹不起 | 半点 | 漪沦。
不如 | 多扔些 | 破铜 | 烂铁，
爽性 | 泼你的 | 剩菜 | 残羹。

也许 | 铜的 | 要绿成 | 翡翠，
铁罐上 | 锈出 | 几瓣 | 桃花；
再让 | 油腻 | 织一层 | 罗绮，
霉菌 | 给他 | 蒸出些 | 云霞。

让死水 | 酵成 | 一沟 | 绿酒，
漂满了 | 珍珠 | 似的 | 白沫；
小珠们 | 笑声 | 变成 | 大珠，
又被 | 偷酒的 | 花蚊 | 咬破。

那么 | 一沟 | 绝望的 | 死水，
也就 | 夸得上 | 几分 | 鲜明。
如果 | 青蛙 | 耐不住 | 寂寞，
又算 | 死水 | 叫出了 | 歌声。

这是 | 一沟 | 绝望的 | 死水，
这里 | 断不是 | 美的 | 所在，
不如 | 让给 | 丑恶 | 来开垦，
看他 | 造出个 | 什么 | 世界。

　　这首诗是"现代格律诗"的典范作品，也是现代诗歌中音顿节奏模式的代表性作品。每行顿数相等，都是四个音顿构成一个诗行。虽然每行中三音节音顿位置不定，但都是经过精心选择的三个双音节音顿加一个三音节音顿构成一个诗行，诗行显得非常整齐，获得了相当均衡的节奏美感。这些整齐的诗行形成一个更大的节奏单位，我们把它叫作行顿。前四节都是由两个行顿组成一个行组顿，每个行组顿的诗行甚至音节数都相等；并且在行组顿的最末一个音节位置上确定韵脚位置，押大致相同的韵。全诗五节，每节行数相等，音顿数相等，音节数也相等，产生了一种均衡美。这样的格律诗相对于近体诗释放了一定的灵活性，也尽量使用现代语言词汇，诗句变长，语言容量扩大了，但因其在音律上过于追求音顿的工整，我们在欣赏其音韵美的同时，也要看到它的局限性和从近体诗"解放"为自由诗的过渡性质。

　　但是，无论在音顿模式的近体诗还是音顿模式的"现代格律诗"的诗句中，音顿与音顿之间的音节数基本没有相差两个以上的。闻一多及其后继者为创造现代格律诗做了艰苦探索，他们把"顿"强调到非常高的地位。他们主张以双音节音顿和三音节音顿为主体，但是，对四音节音顿和五音节音顿也没有找到妥善的处理办法。如处理"托尔斯泰""维斯杜拉河"等，或者不让其入诗，或者主张进行干脆不顾语意硬性将其砍成两个顿的语言暴力。按音节数划分节奏，在具体划分时可以尽量照顾到语义，但始终不可能做到完全一致，这是音顿节奏模式的固有缺陷。

在音顿节奏模式中，节奏主要依据语音形式进行划分。汉语诗歌音顿模式的特点有以下几个。等时性，突出强调语音时间段落相等即顿内音节数相等，如果音节数难以相等，就不惜弃而不用，另选他词，以满足音节数的规定性要求。形式性，即更多地强调语音文字数的外在形式相等，形式化趋向明显。也因为此，语音很容易与词义、语法单位不协调。齐整性，即音节相等、书写整齐。由于汉字"独体单音"的特点，语音与文字有一一对应的关系，自然地为诗歌节拍感的形成创造了优越条件。与此同时也产生了一个问题，就是字数与节拍的深沉纠葛，以字数定诗的行句。直到现在，很多人分析古代诗歌，仍然把一个字叫作一"言"，而不说一"音节"。《诗经》以四字诗句为主，叫"四言诗"。汉代文人诗以五字为一句叫"五言诗"。这里的"言"既指音节数又指字数。人们从字数来认识诗句，非常强调诗句书写是否整齐的问题。均衡性，指行与行、节与节的均齐一致，使诗歌产生平正和谐的审美效果。

词顿节奏模式。随着人类精神和现代诗歌的发展，诗歌韵律或音乐性出现内在化的趋势，趋向以意象—情感或语义为主，以"语音的时间段落"的相似性为辅的节奏构成方式。这种内在节奏可分成两种，一种是词顿节奏模式，另一种是行顿节奏模式。

词顿节奏模式侧重以意义来进行划分，节奏构成更多照顾顿内语词意义完整，"语音的时间段落"变得没有那么重要了，只求长短差不多。它的最小节奏单位一般就是一个词、词组、短语或句子成分，所以，我们概略地叫它词顿节奏。这种节奏模式的诗歌也是古已有之的。如中国第一部诗歌总集《诗经》，它虽然是四言音顿节奏模式的诗占绝大部分，但它的编撰者也没有完全拒绝收入像《伐檀》等词顿节奏的诗。这首诗三节相似，我们以它其中的一节为例：

坎坎|伐檀兮，|
置之|河之干兮。|
河水|清且涟漪。||

不稼|不穑，|

胡取禾|三百廛兮？|

不狩|不猎，|

胡瞻尔庭|有县貆兮？||

彼君子|兮，|

不素餐|兮！||

为了更加醒目，这里采用现代诗的分行排列形式排列。该诗的前三行，书写砍伐檀木树的劳动场面和环境，是一个意群。第四至第七行由艰苦的劳动自然联想到奴隶主贵族的不劳而获，连连发出质问，可以看作第二个意群。最后两行，说那些所谓的"君子"，真是不"白吃饭"啊，无奈之中表达出极端的愤懑，可以看作第三个意群。这两行末尾的语气词"兮"，表达非常强烈的情感，应该读得重又长，所以单独作一个节拍。从我们标注的作停顿位置的竖线可以看出，在每个意群中，诗句的节奏是有规律地对称的。这种诗在表达上以意义为主划分节奏单元，特别注意照顾意义单位的相对完整性，而每个顿的节奏构成不像音顿诗歌那么整齐。有的只有一个音节，有的多到四五个音节。但是，顿与顿之间情感意义量是大致相等的。如果我们把音节少的顿读得重一点、长一点，把音节多的顿读得轻一点、快一点，它们在时值上也应该是有相似性的。这种节奏与音顿节奏显著不同，字数相差较大而要求的时值基本相等。这首诗从诗句长短上来看与现代自由诗差不多，参差错落。但因为在一定句群中节奏是对等的，也不失其韵律特征。与《诗经》相比，战国时期的《楚辞》中采用词顿节奏模式的相对更多一些，并且常常呈现出音顿模式与词顿模式混融的状态，这是非常有意义的事。

在漫长的近体格律诗占统治地位的时期，词顿节奏模式受到了很大的压制，词顿节奏的诗歌很少，但也不是没有。李白的诗歌就常常冲破格律的束缚，追求相对自由的节奏。在现代自由诗中，这种节奏模式表现得更加突出。正因为如此，现代诗"自由形式"理论的开创者庞德说："不要按照节拍器的机械节奏，而要根据具有音乐性的词语的序列来进行创作。"[①]艾伦·侯德认

---

① 转引自黎志敏：《现代诗歌的自由法则》，人民出版社，2022年3月版，第25页。

为，自由诗的韵律"不应该以传统的机械的音步划分为基础，而应该以词组为基础"，明确诗歌以词组为基础构成节奏单位，是自由诗形式理论对诗歌发展的重大贡献之一。①

在现代诗歌诞生之初，胡适在《谈新诗》中谈到新诗的节奏时说："新体诗句子的长短是无定的……白话里的多音字比文言多得多，并且不止两个字的联合，故往往有三个字为一节，或四五个字为一节的。例如：万一|这首诗|赶得上|远行人。||门外|坐着|一个|穿破衣裳的|老年人。"他是很有远见的，他虽然没有把这种节奏命名出来，但已经用实例做了说明。

在"现代格律诗"的探索中，同是新月派的徐志摩、朱湘等，其作品就区别于闻一多的《死水》等音顿节奏的诗，他们运用这种词顿节奏模式写出了不少诗歌。现代自由诗所使用的语言更接近口语，大量的诸如介词、时态助词、语气助词等虚词有轻读的现象，它们一般都附着在实词前后，共同作为一个节拍，成为一个词顿节奏单位，从而为顿内音节数的多少增加了弹性。如徐志摩的《雪花的快乐》：

> 假如我|是一朵|雪花，
> 翩翩的|在半空里|潇洒，
> 　我一定|认清我的|方向——
> 　飞飏，|飞飏，|飞飏——
> 这地面上|有我的|方向。
>
> 不去那|冷寞的|幽谷，
> 不去那|凄清的|山麓，
> 　也不上|荒街去|惆怅——
> 　飞飏，|飞飏，|飞飏——
> 你看，|我有我的|方向！
>
> 在半空里|娟娟的|飞舞，

---

① 转引自黎志敏：《诗学构建：形式与意象》，人民出版社，2008年5月版，第48页。

认明了 | 那清幽的 | 住处，
　　等着她 | 来花园里 | 探望——
　　飞飏，| 飞飏，| 飞飏——
啊，她身上有 | 朱砂梅的 | 清香！

那时我 | 凭借我的 | 身轻，
盈盈的，| 沾住了 | 她的衣襟，
　　贴近她 | 柔波似的 | 心胸——
　　消溶，| 消溶，| 消溶——
溶入了她 | 柔波似的 | 心胸！

　　这首诗充满幻想，回环往复，旋律优美，这不但取决于其有规律的押韵，而且它每行的节奏相似相等，都是由三个词顿构成。这类诗歌还有朱湘《采莲曲》等，每行内的顿数不一，但对应诗行的顿数是相等的。它们行内顿非常明显，行与行之间节奏形成对照，是意义的"顿"与语音的"顿"非常契合的诗歌。这类诗歌是现代诗歌中最富于韵律性和音乐美的诗歌，是现代自由诗探索的重要成果。这些词顿节奏不是严格等值的"语音的时间段落"，而是具有较大弹性的，有二、三或四音节不等的节拍。词顿节奏不求音节数的完全一致，因此由词顿与词顿聚合而成的诗行也就很难整齐划一，即使诗行与诗行内部的顿数相等，行与行之间的音节数也不一定相等，诗行常常就显得参差不齐。但是，虽然诗行不齐，全诗节奏韵律感却很强。

　　词顿的划分常常要照顾上下文的节奏对称。如闻一多《也许》："蛙 | 不要号，| 蝙蝠 | 不要飞。"这是一个诗行内的前后节奏对称。还有在前后诗行对称的，如艾青《树》："在泥土的 | 覆盖下 || 它们的根 | 伸长着 || 在看不见的 | 深处 || 它们把根须 | 纠缠在一起"。由于对应诗行是两拍，倒数第一行为了与其节奏对称也只能划为两拍，不应划为"它们把根须 | 纠缠 | 在一起"。

　　总之，词顿是古已有之的节奏模式。它在现代诗中的复兴，一是因为诗歌使用的语言发生变化，词头、词尾和虚词增加，读音虚化、弱化为之提供了条件，二是自由诗"不拘格律"，脱离人工痕迹严重的严格的音顿节奏模式，趋向节奏散化，满足自然语气的需要。词语与其前后的虚词一起构成一个团状的大致差不多的节奏单位，非常适合现代汉语的特性。这种节奏模式最大的优点是能兼顾顿内语词意义的完整，又不失话语的节奏感，节奏还充满弹性，鲜活而不死板。

行顿节奏模式。这种节奏模式在一定意义上是现代自由诗的产物。20世纪初的新文化运动中，胡适等要建立"文学的国语"，让书面语与口头语更好地结合起来，提出了用"白话"作诗的主张。在诗歌中，现代汉语逐步取代文言文。现代汉语有个明显的特点是双音节词汇大量增加。随着社会的发展，国际交往加强，外来词增加，多音节词语也大量增加。加上口语中助词、介词等虚词大量进入书面语，诗歌的语言基础发生了很大变化。于是，出现了两种内在节奏的诗歌：一种如前述的音顿、词顿节奏诗歌，行内顿较明显，另一种是行内的节奏不明显、不规则，行与行之间对比内部节奏也不明显的诗歌。如上文列举的郭沫若的《天狗》的第一节。再如戴望舒的《我的记忆》（第一节）：

> 我的记忆是忠实于我的，
> 忠实甚于我最好的友人。
> 它生存在燃着的烟卷上，
> 它生存在绘着百合花的笔杆上，
> 它生存在破旧的粉盒上，
> 它生存在颓垣的木莓上，
> 它生存在喝了一半的酒瓶上，
> 在撕碎的往日的诗稿上，在压干的花片上，
> 在凄暗的灯上，在平静的水上，
> 在一切有灵魂没有灵魂的东西上，
> 它在到处生存着，像我在这世界一样。

我们认为它实质上还是一种侧重以内在语义为参照划分节奏的诗歌，只是它的节奏基础更粗犷，以诗行为最小节奏单位，节奏没有细化进入诗行内部。它只求诗行长短的大致整齐，"时间段落"的大致差不多，诗行与诗行"情感意义量"和地位大致相等。我们把这种节奏称为行顿节奏模式。

行顿节奏诗歌的韵律性相对较弱，没有行内顿明显的诗歌那样强烈的韵

律感，但它并不是没有韵律的。我们认为，现代诗歌的这种韵律是区别于传统节奏韵律内涵的新韵律。"在这种诗歌中，诗节的作用取代了诗行的作用，诗行本身变成了韵律的组成部分，而且诗行的长短变化形成了一定的节奏。"[1]由于诗行成为了最小节奏单位，那么诗歌的韵律感只有在更大范围（多个诗行之间）去寻找。这一点是与现代诗语言容量的扩大相适应的。由于现代诗歌采取分行排列的书写方式，给予行顿一种物化形式，更加突显了行顿的地位和作用。薛世昌说："每一个诗行，不论其七长还是八短，都是诗歌语言运行的一个空间单位；每一个诗行，不论其七短还是八长，也都是诗歌语言运行中的一个时间单位。其所占据的诗歌语言的运行时间，具有理论上的相等性。"[2]

　　早在现代诗歌发展初期，新月派诗人石灵就提出"以行为诗的单位不以句为单位"。古代诗歌不分行书写，只有句的概念，没有行的概念。现在我们的确有必要区分行与句的概念：行是一个诗学概念，句是一个语法概念。目前，从现代诗歌写作现场来看，行顿诗歌在数量上占有很大比例，可以说行顿现在已经成为现代诗歌主要的节奏模式。诗句分行排列，以行作为节奏单位，是借鉴西方诗歌形式的结果。美国劳·坡林谈如何读诗时说："诗行是节奏的一种单位，你得表达出行末，不管那里有无标点。如果行末无标点，一般要给予短暂的停顿或把行末那个字比一般字慢读一些。"[3]诗行作为一种节奏单位，行末在文字上有转行，在语音上也应有停顿，是视觉和听觉共有的暗示，它也造成前后意义一定程度的疏离，是现代诗歌最富有意义的艺术手段之一。

　　在现代自由诗中，有时单独一个字一个词作为一行，读得重些长些，有特别强调之意，可以看作一个特殊的节拍。如徐志摩的《春的投生》第一节："昨晚上，/再前一晚也是的，/在雷雨的猖狂中/春/ 投生入残冬的尸体。"其中"春"不但单独作一拍，还单独作一行，有特别强调和前置之意，联系上下行还有参差抑扬之感。王光明说："诗歌的阅读成规是以行作为基本单位的，单字单行或二字一行，不仅意味着它支配了整行的空间，也意味着分享了该行

---

[1]　［英］罗吉·福勒：《现代西方文学批评术语词典》，袁德成译，四川人民出版社，1987年版，第114页。

[2]　薛世昌：《话语·语境·文本》，中国社会科学出版社，2015年4月版，第5页。

[3]　［美］劳·坡林：《怎样欣赏英美诗歌》，殷宝书编译，北京出版社，1985年5月版，第18页。

的时间。"①因此，不论一个诗行的长短，我们在主观意识中都应把它当作一个相等的节奏单位。

在音顿模式和词顿模式诗歌中，音顿与音顿连缀而成诗行，词顿与词顿连缀也形成诗行。我们把这些诗行视为一个比音顿、词顿更大的节奏单位，叫行顿。而行顿节奏模式诗歌的最小节奏单位是诗行，这种诗行内部不能再明显分出更小的节奏单位。这两种诗行在外观上一样，但在诗学上是有区别的，前者是二级节奏单位，后者是一级节奏单位。在诗行之上，三种节奏模式中组成更大、更高级别节奏单位的方法就是差不多的了。行与行组成一个行组，是一个更大的节奏单位，叫行组顿。音顿模式中，一般一联两行为一个行组。词顿模式和行顿模式中，一般一个句群就是一个行组。行组之上的单位是诗节。一个诗节从意义上看是一个诗段，从韵律上看叫一个节顿，是大于行组顿的节奏单位。诗节连缀构成诗篇。当然有的诗歌是不分节的，一节就是一个篇章。不分节的诗我们在阅读时也可根据语义找到句群单位。总之，从音顿、词顿到行顿、行组顿、节顿、诗篇，节奏由低到高分为几个层级，是一个比一个长的"时间段落"。它们自然连缀而形成一个体系，一个诗篇构成一个自足的韵律体系。

总体上来看，音顿节奏与词顿和行顿节奏两类节奏模式的区别在于以下几点。一是划分节奏的侧重点不一样。前者是传统诗的主流模式，特别重视外在语音的等时性；后者是现代诗的主流模式，重视语义，以语义为主导而把外在音节的一致性放在从属地位。二是等时性要求上有宽严不同的差异。音顿节奏模式严格要求顿内音节数相等，哪怕有时损害意义也要迁就形式上的等时性，有过分形式化的趋势。词顿和行顿节奏模式只要求顿内音节数大致差不多，倡导更接近口语的自然节奏，没有那么突出的等时性要求和外在形式感。三是齐整性要求不同。音顿节奏模式一般要求行与行内部音节数或顿数相等——"行的均齐"，是传统的人为性强的节奏模式。词顿和行顿节奏模式不求行间均齐，只求诗行间节奏的大致对称和平行，包括行内对称、行间对称、行组间对称、节的对称等，突出一种"对等关系"。有时为了表达需要略有不规则节奏也无所谓，或者反而将其视为一种规则中必要的变化，一种有意为之的有意义

---

① 王光明：《音律以外的诗歌形式实验——论"图像诗"》，《天津社会科学》，2004年第2期。

的"破格"。意群有大有小，顿的划分不仅仅看词语意义或语句结构，有时还要从诗行和诗行的对称上来衡量。雅各布森说，对等原则是诗歌结构的基本特征。现代诗歌韵律的产生，在很大程度上源于诗行间结构的对等。所以，节奏的划分特别是词顿、行顿节奏的划分，还要从诗行间节奏的对称方面来入手。四是组合关系有差异。音顿与音顿在行内排列自然连续，显得随意而灵活。词顿与行顿体系中顿与顿在排列上更重视前后语义间的需要和句法结构关系，为了对等的需要，有时有必要灵活变换句子成分的位置。

　　词顿和行顿构成的侧重点在意义单位，而不是拘泥于每一顿内音节数量或时值的完全相等，因此，有人将它们统称为意顿。意顿的产生是有理论依据的。黑格尔说："语言并不完全等于外在的声音，它的基本的艺术因素在于内在的思想或意义。事实上，诗在它用语言所明白表达出的思想和情感里，就已可以直接找到实质性的界定方式，作为停止、继续、流连、徘徊、犹豫等运动形式的依据。""只有通过意义，诗在音律方面才获得最高度的精神方面的生气。"[1]这就为从意义方面着手调适诗歌的韵律找到了依据。在现代诗歌诞生之初，胡适在《谈新诗》中倡导"语气的自然节奏"，要求"依着意义的自然区分与文法的自然区分来分析"，这就为现代诗歌从形式化的音顿节奏模式向更加内在化的意顿节奏模式转变指明了方向。从音顿模式向意顿模式的转变，是诗歌韵律美学观念的一次深刻变革。韵律节奏的重点从外在转向内在，从语言的所指转向能指，从语音转向意义，从音节转向语调，从精细转向粗略，这是一个大变化。这种变化是新的话语形式的需要，由此奠定了现代自由诗的形式基础。

　　从诗歌的传播和消费方式来看，现代诗歌与古代诗歌（主要指近体诗）很不相同。现代诗歌主要更加接近口语的朗读（言说），甚至默看阅读，更多地在意义的理解中领会情感；古代诗歌需要一字一字拉长腔调吟诵（嗟叹），词曲还配乐咏唱（咏歌），更多地在声音中体会情感。现代诗歌由于主要朗读和默看，仿佛距语言的声音印象和听觉元素越来越远，对押韵和平仄问题越来越淡漠。现代诗歌体现出与歌词更大、更明显的分流。这些原因都使它表现出不同于古代诗歌的韵律特征。现代诗歌的韵律是语义与语音的结合，给人的印象

---

① 　[德]黑格尔：《美学（第三卷下册）》，朱光潜译，商务印书馆，1981年7月版，第83页。

是更为内在的情思意绪和意象的律动，视觉与内心感觉的律动，听觉的音律有所弱化。

这里产生了一个问题：既然节奏是"语音的时间段落"，那么它们音节数相差这么大，又怎么能成为一个同样的节拍呢？需要注意的是，在诗歌审美中，"语音的时间段落"不是物理时间而是心理时间的段落。换句话说，这种时间段落不能全按音节的个数计算，也不能像音乐那样用节拍器来计时，更不能用精密的计时器来计量。传统韵律理论一般纯粹地从外在客观因素来分析节奏，可以说现在已经过时。现代理论发现人类天然具有节奏化处理事物的潜能[1]，认为"节奏感知过程是一种主观乃至阐释性的活动"[2]，认识到节奏具有主观性。所以，侧重从人的内部心理来分析主观节奏。另外，从使用的语言看，如果说近体诗中的字音吟咏起来都比较实，那么，自由诗由于使用更接近口语的"白话"或现代汉语，朗读起来部分字音相对较虚，语速快慢富于变化。由于轻声、变调现象的大量存在，再加上汉语有个明显的特点——单个字字音轻重、长短不明显，放在句子中音节的轻重、长短可根据表达需要适度变化，所以，存在音节数多的节拍可读得轻快一点以压缩时长，音节数少的节拍可读得重一点拉伸时长以适应节奏需要的现象。朱光潜曾指出："在音组里每音的长短高低轻重都可以随文义语气而有伸缩。意义着重时，声音自然随之而长而高而重；意义不着重时，声音也自然随之而短而低而轻……除意义轻重影响以外，一音组中每音的长短、高低、轻重，有时受邻音的影响而微有伸缩。"[3]这确实是现代汉语诗歌实际存在的现象。这样，现代自由诗的节拍构成和节奏长短就表现出很大的弹性和灵活性，只要人们感觉它是差不多时长的一个语音单位就行。这也是现代诗歌与近体诗节奏的区别所在。实质上，诗歌节奏问题不仅是一个语音的物理问题，而且更重要的它是一个心理美学问题。这样理解，诗行音节参差不齐却不失节奏韵律的问题就解决了。

另外，词顿与行顿也不是完全不顾及"声音的时间段落"的长短。既然是为了形成有规律的节奏，它们还是在可能的情况下力求长短一致，音节数差异不能太大。词顿要顾及音节数大致差不多，行顿也要顾及诗行长度大致差不

---

① 黎志敏：《现代诗歌的自由法则》，人民出版社，2022年3月版，第156页。
② 黎志敏：《诗学构建：形式与意象》，人民出版社，2008年5月版，第58～61页。
③ 朱光潜：《诗论》，广西师范大学出版社，2004年11月版，第125～126页。

多（除有时有意构成参差对比外）。一般说来，一首诗应有大致差不多长短的诗行作为基础诗行，才能显出行顿的规则性。从经验看，在基本规则的诗行之上，除了个别需要特别突显的诗行外，一般长不要比基础诗行长出一半，短不要比基础诗行短一半。这样，更能显出行顿的规律性和节奏感，同时有利于把特长和特短作为一种强化诗意的手段。基础诗行并不排斥在其间插入长诗行和短诗行，在追求规则性的同时有时也要追求参差变化。这样，能显出规则与变化的交替美感。

音顿节奏与词顿、行顿节奏似乎有着难以调和的矛盾。曾经写出被称为"开辟了新诗音节的新纪元"的《雨巷》的戴望舒，不久就自我反叛认为"诗不能借重音节""韵和整齐的字句会妨碍诗情，使诗情成为畸形的"，于是追求话语节奏的散文化，写出《我的记忆》等以行为顿的现代诗。自由诗节奏应该以相对散化的自然节奏为主，在同一首诗中，即使偶然介入一些像格律诗那样具有行内对等性节奏的诗行，也不能改变以相对散化为主的局面。否则，确有畸形之感。所以，写作自由诗，有时有防止坠入整齐、铿锵的音顿节奏模式的必要。

"20世纪20年代中期诗人为新诗创格时，闻一多、孙大雨等人探索的是音顿节奏，徐志摩、朱湘等探索的是意顿节奏。"[①]闻一多和徐志摩都在追求现代诗歌韵律的极致，但实质上他们写的是两种不同类型的诗歌，前者如《死水》是宽泛的侧重音顿节奏的诗歌，后者如《雪花的快乐》是词（意）顿节奏的诗歌。这两种诗歌虽然节奏模式不同，但效果相近，都能较好地兼顾语意单位和声音单位的切割划分，是现代诗歌中韵律感最强的诗歌，但也是各自都有难度和局限性的。

从上述分析的情况总体上来看，无论是音顿模式诗歌，还是词顿模式诗歌，还是以行为最小节奏单位的诗歌，现代汉语诗歌都应该是有其韵律节奏的。只是它的韵律和传统诗的韵律内涵有所不同、外在韵律感有强有弱罢了。

音顿诗歌顿内的音节最整齐，读来音韵铿锵。古代诗歌和民歌多采用这种模式。在音顿诗歌中，一个音顿与词语不协调，一看起来就很打眼，我们叫它因文（音）害义。所以，诗人们一般都要重新做出选择、调整，以做到音义相适。他们依音同时参义，选词、用词即在语言的"选择轴"上花的功夫是非常

---

① 许霆：《中国新诗韵律节奏论》，北京师范大学出版社，2016年1月版，第46页。

多的，很多诗人成为"一字之师"。词顿诗歌是自然语言的节律化，也有较强的节律感。行顿诗歌行内节奏模糊，基本上就是对自然语言进行了分节化的处理，外在韵律效果最弱。现代诗歌呈现韵律内在化趋势，特别是近年来基本上都使用外在韵律不那么明显的行顿模式。有时，我们也能由此体会到这种诗的散文美感。这是诗歌韵律对散文节奏的吸收、兼容的结果。现代诗初创时被预设为"写诗如说话"，在语言形式上最大限度地接近现实生活中的"真"，其质的规定性就决定了话语不能采用传统吟诵体的铿锵节奏，必须采用叙说式话语相对自由的词顿、行顿自然节奏。人们应该转变观念，习惯和接受这些节奏模式。但是，这些节奏模式是非常具有危险性的，它极容易造成自由诗形式散漫和粗糙，需要我们时刻警惕。或许可以说，克服节奏过于散漫是现代自由诗形式永恒的话题和自律的边界。我们应该明白，即使是词顿、行顿的现代自由诗，也仅仅是以意义为侧重点而不是完全不顾及音韵的诗歌。我们时刻不能忘记胡适在《谈新诗》中说的，新诗也不能不注重"音节"（音韵、韵律），"诗的音节全靠两个重要分子：一是语气的自然节奏，二是每句内部所用字的自然和谐"。在中国新诗史上，无论是新月派诗人，还是其若干后继的音乐美追求者，他们都在追求诗质的同时自觉追求音韵的和谐，以提高整个诗歌的美学价值。当代诗人应该充分学习和借鉴这一点，加强自由诗的韵律美建设。

从现代诗歌百年的历史可以看出，从近体诗到现代自由诗，在韵律节奏方面取得了很大的发展。古老词顿节奏的复兴和行顿节奏的产生，是现代诗歌产生和发展的重要标志。近体诗不但强调行内音顿数的相等，而且规定了行内音节数的相等，具有严苛的形式要求。朱光潜说："旧诗的顿完全是形式的、音乐的，与意义常相乖讹。""旧诗的'顿'是一个固定的空架子，可以套到任何诗上，音的顿不必是义的顿。""节奏不很能跟着情调走，这的确是旧诗的基本缺点。""补救这个缺陷，是白话诗的目的之一。"他看到了新、旧诗节奏不同的本质性问题，也在这方面明确了现代自由诗努力的方向。他提出"用语言的自然的节奏，使音的'顿'就是义的'顿'"，达到音义契合的观点。[①]胡适提出"诗体大解放"，要打破"从前一切束缚自由的枷锁镣铐"，倡导"语气的自然节奏"。闻一多等发现对韵律的全然放弃是一种错误，提出

---

① 朱光潜：《诗论》，广西师范大学出版社，2004年11月版，第139页。

诗歌的"音乐美"，将双音节音顿作适当放开与三音节音顿混合使用，释放一定灵活性，创造《死水》等音节数与音顿数仍然相等的具有过渡性的诗歌。徐志摩、朱湘再进一步探索节奏的放开，结合口语的特点给予节奏更大的弹性，创作《雪花的快乐》《盖上几张纸》《采莲曲》等音顿数相等而不求音节数完全相等的词顿诗歌。他们在一定限度内打破了机械的等时性，能更好地容纳现代汉语虚词和多音节词进入诗歌，是对诗歌韵律的一大贡献。艾青、郭小川等在行顿上有更大的发展，创造了不少既有参差美又有韵律感的现代诗。从近年的诗歌看来，打破传统的形式化的节奏，倡导口语的自然节奏，打破近体的格律诗体转变为自由诗体的"诗体大解放"目标已经部分实现了。从沈约等倡导为诗歌"裹脚"到胡适等倡导为诗歌"放脚"，是一个韵律节奏的历史性转变和发展过程。总之，从近体诗音节数相等到"现代格律诗"音顿数相等，再到音节大致差不多的词顿，再到不重视行内顿而重视行间顿的诗歌节奏规则发展过程，诗歌文体走着形式逐步解放，语词容量逐步扩大，更适合现代汉语运用，更适应自由表达新事物、新情志需要的发展之路。

　　现代自由诗由于使用接近口语的语体文，与散文诗的自然节奏更加接近，因而常常出现两种文体混淆的现象。如有的人将鲁迅的《野草》视为现代诗，而有的人将明明是散文诗的话语武断地切分为毫无韵律可言的分行文字，完全没有必要地充作现代诗，这是对现代诗节奏的误解。我们有必要明确和重申散文诗与自由诗文体形式的区别，以防止现代诗文体的散漫和出轨。散文诗与自由诗有结构上的相似之处，它们都有比兴、象征等以象明意的诗意结构，但在语言的节律性上是有区别的。自由诗的节奏更加接近散文的节奏，相对伸缩自如，但又不等于散文的节奏。它应该有比散文相对均衡的语流段落即诗行，应该有更加明显的节律感。它应该通过语词的选用、句法的调整、语意的对称、语调的运用等种种手法强化话语的韵律性。自由诗的话语节奏应该是既避免完全口语化的散漫，失去相对的规则性，又避免完全齐整化，失去伸缩的自由性，在规则与散化之间找到一个自然的平衡点。艾青曾说，"我写诗……具有内在的节奏，念起来顺口，听起来和谐"，我们再补充一个"诗行大致均衡"，这大概就是自由诗的自然平衡点。

　　（二）押韵和复叠

　　押韵又叫压韵、协韵，是指在前后文中特定位置有规律地使用韵母相同或相近的音节，形成前后呼应、回环往复的和谐美感。

押韵也是诗歌韵律的重要构成手段，它的作用是多方面的。押韵创造美感，在音质上前后对照，读到前面时对后面音质有求同的期待，读到后面时对前面的音质有回想和熟稔的愉悦，具有一定审美价值。第二种说法是它具有帮助记忆的作用，鲁迅就曾说过它能帮助记忆诗歌。其实，押韵的主要作用还是强化节奏，构成韵律。在固定的位置作音质的重复显现，在整个语言流中形成语音规则与变化的交错与波动，增强了语言的律动感。押韵作为韵律要素，对诗篇还有整合和组织作用。维·什克洛夫斯基说："韵脚，还有节奏是联系诗行的手段。"[1]在古代诗歌中，由于没有使用标点符号和分行书写，押韵还有提示节奏、强化停顿、帮助断句等作用。

押韵的话语叫韵语，记载韵语的文字叫韵文。早在韵文产生之前，口头的韵语就产生了。[2]古代韵文用得很广泛，有用韵文记事的。韵语有较强的节奏感，它的规则性区别于口语的自然节奏。因此，韵文也区别于散体文，在句式整齐上有不同要求。古代中外的诗歌多数都押韵，这可能是诗歌在自然生成的过程中就与音乐的关系非常密切，和韵语的关系自然也非常密切，一直沿袭下来的结果。

古今中外押韵的方式很多。汉语诗歌有的行行都押韵，有的隔行押韵。有的一韵押到底，有的中途换韵。古体诗押韵比较灵活。近体诗对押韵有更加严格的规定，不但押韵的位置有规定，如绝句的第二行行末、第四行行末字位必须押韵，律诗的第二、四、六、八行行末字位必须押韵，押韵字的声调平仄还有规定，必须是平声字。但汉语诗歌一般都在行尾字位上押韵，叫押尾韵，又叫脚韵或韵脚。总体上看，相对于一些西方诗歌押韵要简单得多。西方诗歌不但有押尾韵的，还有在句首押韵和句中押韵的。即使押尾韵，样式也有多种。如随韵（行行押韵AAAA）、偶韵（偶数行才押韵ABCB）、交韵（交错押韵ABAB）、抱韵（首尾抱中押韵ABBA）、双韵（两行押一种韵AABB）等。

押韵还有用韵宽窄问题。大致说来，汉语诗歌中唐朝以前完全依照口语押韵，用韵较宽，唐朝以后则依照韵书押韵，用韵较窄。现代汉语诗歌押韵较宽，

---

① ［俄］维·什克洛夫斯基：《散文理论（上）》，刘宗次译，百花洲文艺出版社，2010年5月版，第131页。

② 王力：《汉语韵律学》，上海教育出版社，1979年11月版，第1～3页。

大致相同相近都行。过去语音不像文字便于保存，所以，古今语音变化很大。古代社会交往不如现在频繁，方音也很多、很难统一。所以，特别是到了后期，按韵书押韵对于许多持方言的人来说，其效果基本是无感的。现在，写近体格律诗的人都不再按古韵书用韵了，即使按古音押韵也没有多少人能领会，都用现代普通话语音押较宽的韵，有人编出《中华新韵》等韵书。写现代诗的诗人们用韵一般也按现代语音押韵，也不再拘于平声韵，实行平仄声调通押了。

古代诗歌基本都用韵文，现代诗歌不少也用韵文写成，特别是新月派等探索建立"现代格律诗"的诗人们，都把押韵作为诗歌的重要手段和特征看待。但是，我们仍然不能确定韵文一定是诗歌的固定、必要元素。不是所有使用韵文的都是诗，诗也不一定是韵文。即使在古代，也有不用韵的诗。所以，我们不能把韵文和诗混为一谈，它们没有本质上的必然联系。

20世纪70年代末以来，除了写近体格律诗的外，写押韵诗的人越来越少了。这不能不说是诗歌传统美学元素的丢失。康白情曾在《新诗短论》中说："新诗重在精神，不必拘韵，偶然用韵以增美的价值，也要不失自然。"[1]这是恰当的说法。也就是说，诗人们不一定要写押韵诗，但有时有意识地写一些押韵诗，只要韵押得自然，还是能给人带来美感的。如徐志摩的《沙扬娜拉——赠日本女郎》押韵自然无痕。现代诗是自由诗，其押韵的位置、韵式的宽窄、韵字的平仄，都由作者自由确定。

我们要看到现代诗歌去韵化的潮流、趋向及其原因。它的深层原因应该是诗与歌的进一步分流。现代诗的音乐性弱化，是黑格尔早就指出了的，现代诗更多地走向内在的感受性和精神性。我们要自觉接受无韵诗，而不是有的人抵制无韵诗，有的人坚持无韵诗，各自为政，永无息日。我们没必要以传统诗押韵而否定不押韵的现代诗，也没必要因为现代诗不同于传统诗而完全拒绝押韵，可以让押韵与否成为个人风格爱好，或者在每一首自由诗形式创造时随机而为，允许有不同选择。

复叠，是上下文相应位置上部分相同或相近语音文字的反复和迭现。它近似于押韵，也有一种前后呼应、回环往复的和谐美感。具体又可分为重章、叠句、叠字、双声、叠韵等。重章，是节与节的相似。《诗经》以及其他许多

---

[1] 肖向云：《民国诗论精选》，西泠印社出版社，2013年7月版，第38页。

古代诗歌大量采用这种手法，现代的歌词有时也采用这种手法，达到一咏三叹的效果。这一特点体现出与音乐的密切性、相似性。现代诗歌与音乐越来越疏远了，重章的比较少见了。叠句，是相同或相似的句子的重复出现。相同句子的反复出现，有强化节奏、突出主旋律的效果，往往作为一种创作手法用于突出诗的主旨，同时也增加诗的韵律感。叠字，是相同音节的重复。古代诗歌中有很多这样的诗句，如《诗经》中"关关雎鸠，在河之洲""采采卷耳，不盈顷筐""桃之夭夭，灼灼其华""燕燕于飞，差池其羽""氓之蚩蚩，抱布贸丝""坎坎伐檀兮，置之河之干兮""蒹葭苍苍，白露为霜""昔我往矣，杨柳依依。今我来思，雨雪霏霏"。其他如"江南可采莲，莲叶何田田""青青河畔草，绵绵思远道""翩翩堂前燕，冬藏夏来见""行行重行行，与君生别离""青青陵上柏，磊磊涧中石"等等。双声，是指声母相同的两个关系紧密的字组成的联绵词。如上文举到的《关雎》中"参差""雎鸠""辗转"等。叠韵，是指韵母相同的两个关系紧密的字组成的联绵词。如"窈窕""徘徊"等。总之，这些联绵词也与重章叠句一样，使用的目的是追求一种回环复沓的韵律效果。在现代自由诗中，这些韵律元素都不再是必需的了，但作为一种手法偶尔使用一下还是可以的，也能为诗增添韵律感和趣味，使用中要特别注意自然协调。

押韵和复叠有相似之处，它们都是利用反复出现在特定位置上相同或相似的语音音质，形成一种前后文的互相响应、回环复沓，取得一种韵律效果。这种语音之间的复沓效果，与前文讲的语音间隙停顿形成的节奏效果相互交织，共同形成繁密的诗歌韵律。

（三）平仄和对仗

平仄是汉字语音声调的分类。古代汉语语音声调分为平声、上声、去声、入声四类。平指声调为平声的音节，读音高、平、长。仄指声调为上去入声的音节，读音短、轻、浊。现代汉语语音声调已经发生很大变化，分为阴平、阳平、上声、去声四类。一般以阴平、阳平为平声，上声、去声为仄声。南朝齐梁年间四声理论渐趋成熟，沈约等人提出"四声说"，开创了"永明体"诗歌，成为近体诗调平仄的滥觞。

近体诗把平仄与押韵、对仗等视为同等重要的格律组成要素，在格律诗中占有非常重要的地位。在实践基础上，诗人们确定近体诗中平仄排列的规律是以两个相同的声调为一个节拍，平仄节奏交替出现。即每行中的平仄排列都以两个或三个相同的平声或者相同的仄声相连，然后再转换到两个或三个相连的仄声或者平声，形成前后相反对照。如七言诗的四种理想的基本句型是："平平仄仄平平仄、仄仄平平仄仄平、仄仄平平平仄仄、平平仄仄仄平平"。大家可以看出，在一句之内是前后节拍平仄相反形成对照的，在第一句和第二句、第三句和第四句相应位置上，也是平仄相反形成对照的。我们用现代韵律节奏观点对其进行分析，可以发现其中一个规律性的问题。这种律句还是以两个或三个音节为一个节拍，构成一个音顿。偶数行押韵只押平声韵的规定，有利于强化韵脚拉长韵字字音吟咏诗歌，也相当于一个音顿。单独一个平声字摆在行中不便拉长读就不行，有的叫"犯孤平"。平仄音顿相互交错能使语音产生有起有伏、抑扬顿挫的美感效果，大大增强了诗句的节奏感。这样讲究平仄是格律诗创造美感的重要手段，也是格律诗严苛格律规则的体现。

在现代诗歌中，闻一多等积极探索创立"现代格律诗"的诗人们也曾部分使用这些方法。但由于现代汉语双音节词大量增加，在一个双音节词中，它的前后字声调是固定的，很难再像传统诗歌那样调平仄。现在除写近体格律诗外（这种诗一般选用的双音节词相对较少），诗人们基本都已放弃对这种严苛格律的追求。许霆在《中国新诗韵律节奏论》中说，现代汉语诗歌已经无法用平仄律建立节奏体系，应"废平仄"，但也"可以考虑平仄的作用"，"把平仄作为追求新诗音乐性的一种技巧"，在必要时使用一下。[1]其所持的是理性的态度。胡适在《谈新诗》中讲道，新诗不能再像近体诗那样讲平仄，但强调语调的自然高下和平仄的自然交错。我们认为，现代自由诗在部分重要诗行，局部地适当注意平仄的自然交错是可以的，也是讲究诗歌韵律应该做到的。

对仗，也称对偶、联句。对仗必须有上下两句，上句叫出句，下句叫对句。要求出句与对句音节（字数）相等，排列起来非常整齐，句子结构相似，上下句相同位置上的词语词性要一致，甚至音调要平仄相对。这是其他许多语言的诗歌难以做到的。汉语特别是单音节为主的古代汉语为对仗的产生创造了很好的自然基础。对仗也是格律诗必须具备的基本要素之一。如五言七言律诗，一共八句，按两句一联分为首联（第一、二句）、颔联（第三、四句）、颈

---

[1] 许霆：《中国新诗韵律节奏论》，北京师范大学出版社，2016年1月版，第65页。

联（第五、六句）、尾联（第七、八句）四联。格律规则要求，颔联和颈联的内部上下句要用对仗，其他两联不作强制规定。在对仗句中，出句和对句相同位置的平仄必须是相反的，叫作对。联与联之间，上联的下句和下联的上句的平仄应是基本相同的，叫作黏。黏与对把诗句连缀成章。如杜甫的《登高》：

风急天高猿啸哀，渚清沙白鸟飞回。（首联）
无边落木萧萧下，不尽长江滚滚来。（颔联，对句）
万里悲秋常作客，百年多病独登台。（颈联，对句）
艰难苦恨繁霜鬓，潦倒新停浊酒杯！（尾联）

在现代诗中，不绝对排斥对偶句的出现。按照雅各布森发现的对等原则，诗行的对偶和对称也是很好的，有时是必要的。但自由诗在本质上是对散化句法的吸收，要整中有散，散中有整，不局限于整饬之中。黄遵宪曾厌倦于格律诗的整饬，反对人为性很强的对偶句，在《人境庐诗草自序》中提出"以单行之神，运排偶之体"的愿景。胡适也说，新诗"非要做长短不一的诗不可"。所以，在现代自由诗中，严格的对偶句非常少见了。

平仄和对仗，作为汉语格律诗特有的修辞手段，把对声韵美的追求推到了无以复加的地步。它们适应农耕时代的慢生活和文人士大夫的雅兴追求，创造了不少精致优美的诗歌。其音律方面的抑扬顿挫之美和对称美，即使到现在，在语音发生了很大变化的情况下，都还能给我们带来美感享受。但是，在现代汉语已经使诗歌创作的客观基础条件发生很大改变的情况下，它们的难度和局限又使诗人望而却步。它们与已经发生转换的现代诗歌审美体系也很难融合。

上面对汉语诗歌韵律的五大元素进行了逐一分析。黑格尔把音律（韵律）分成"按节奏的进展和按音质的组合"这两个体系，"第一个体系是根据节奏的诗的音律，它要按音节的长短形成不同类型的见出回旋的组合和时间上的承续运动。第二个体系是由突出单纯的音质来形成的……有时有规则地重复同一个或类似的音质，也有时按照对称的轮换的原则。双声、叠韵、半谐音和韵脚等都属于音质体系。"[1]对于汉语诗歌来说，黑格尔的说法也是相当恰当的。

---

① ［德］黑格尔：《美学（第三卷下册）》，朱光潜译，商务印书馆，1981年7月版，第71页。

前者体现为按时间"长短"和"承续运动"形成的节奏单位，后者如押韵、双声、叠韵和平仄等则与声音的物理性质相关，是音质体系的具体内容。

在上述五大韵律元素中，节奏是核心元素，上下文相应位置对照呼应是共有的基本方法，其他几大元素都在一定程度上有强化节奏的作用。它们相互交织，共同铸就一首诗的韵律，完善诗歌的美丽"肌质"。"其实所有具有某种共同特征的语音都能作为节拍标志"①，这种观点是正确的。节奏是韵律的中心，其他韵律元素都是以规则性反复帮助强化节奏的。近体诗平声有规律地出现高音的反复，韵脚有规律地出现相似音质，还有复叠和对仗，都具有帮助强化节奏的作用。现代自由诗中，排比句中的同语反复，有西方诗歌押首韵的美感。前后相似句子结构形成的对照，有相当于对仗句子的对等美感。这些，都是具有强化节奏效果的韵律手段。艾青强调诗歌的散文美，但他同时又是把这些韵律元素运用得最好的诗人之一。

三、现代自由诗的韵律趋向

下面我们探讨现代自由诗韵律内在化的理论依据及基本思路。从上面的分析可以看出，在现代自由诗中，各韵律元素的作用都有所减弱。从格律诗到自由诗，发生了"韵律内在化"的美学嬗变。现代自由诗较大程度地放弃平仄、对仗，甚至弱化音顿、押韵等人为性较强的外在性的传统韵律元素，侧重于话语内在的节奏韵律，这是有其深刻的精神原因的。

两百年前，德国哲学家黑格尔就说："随着观念愈向内心深入和愈经过精神化，它也就愈要脱离自然界外在因素……观念从此就凝聚在观念本身上（反躬自省），以至把语言的躯体方面部分地抛弃掉，只挑出足以传达精神性意义的那一部分，其余部分则作为无意义的东西扔到旁边去。"②黑格尔是有远见的。现代诗更突出语义情感内容，不再像古代格律诗那样高度重视语音外在韵律（语言的躯体方面），这是一个总体趋势。在诗歌韵律方面，现代汉语诗歌与西方近现代诗歌走着相似的道路，出现了外在韵律弱化、内在化的"自由诗"。当然，这也可以说是传统美学元素的丢失，是一种值得遗憾的趋向。但

---

① 黎志敏：《诗学构建：形式与意象》，人民出版社，2008年5月版，第66页。

② ［德］黑格尔：《美学（第三卷下册）》，朱光潜译，商务印书馆，1981年7月版，第83页。

与此同时，也给诗歌开辟了新路和带来了无限生机。

诗歌话语始终不可能完全放弃韵律，我们前面就已说到节律性是诗歌与生俱来的特征。不仅如此，节律性还是诗的文体的区别性特征，必须长期保持。诗歌话语必须具有一定的节律性，这是诗歌不容撼动的外在形式特征。黑格尔也曾指出："至于诗则绝对要有音节或韵，因为音节或韵是诗的原始的唯一的愉悦感官的芬芳气息。"①这里的"音节"，我们可以理解为节奏或韵律。节律性是诗歌话语与散文话语在外在形式上的基本区别，也是诗歌区别于散体文的底线。如果这个基本特征也取消了，就成了散文诗或"带有诗意的散文"，换句话说，诗就不成其为诗了，这种文体形式自然消灭了。

现代自由诗也不能没有韵律。胡适在《谈新诗》中说："现在攻击新诗的人，多说新诗没有音节，不幸有一些做新诗的人也以为新诗可以不注意音节。这都是错的。""新体诗句子的长短，是无定的；就是句里的节奏也是依着意义的自然区分与文法的自然区分来分析的。"②他这里所说的"音节"用现在规范的概念来表述当然指韵律。今天看来，这篇现代诗歌发轫期的"纲领性文件"观点还是正确的。胡适不但认为新诗要有韵律，而且指出了韵律的依据和标准。新诗要有韵律与"新诗应是自由诗"并不矛盾。自由诗也是有底线的，不是毫无原则的散漫无纪。我们不能以部分不讲韵律的劣诗为据，认为现代诗可以不讲韵律，或攻击现代诗没有韵律。彻底的自由只能是陷阱，自由诗也需要规则性重复形成话语的节律性。我们必须破除对自由诗习惯性的误解。

但自由诗的韵律却不能是传统诗的韵律。法国哲学家马利坦指出，现代诗完全致力于释放诗性意义，弱化古代诗那种"词语的音乐"，"诗不能没有音乐，但是主角从词语的音乐换成了直觉律动的内在音乐。"③19世纪中叶，自由诗首先在英语诗中产生，不但语句长短不定，节奏不一，还出现大量无韵诗。可见，"音乐内在化"不是哪一个地区的诗歌事件，而是一个世界诗歌史上普遍的现象。现代汉语自由诗的韵律也明显呈现出内在化的趋势，主角换成了直觉律动的内在音乐。

---

① ［德］黑格尔：《美学（第三卷下册）》，朱光潜译，商务印书馆，1981年7月版，第68页。

② 肖向云：《民国诗论精选》，西泠印社出版社，2013年7月版，第11～13页。

③ ［法］雅克·马利坦：《艺术与诗中的创造性直觉》，克冰译，商务印书馆，2013年11月版，第352页。

　　诗歌"音乐内在化"具体表现应该怎样？从经验看，现代自由诗的特点应该是：没有固定格式，诗行多少不定，诗行长短不定；没有固定韵式，可押韵可不押韵；根据内容和情感表达的需要自然成体；根据话语"意义的自然区分与文法的自然区分"随机地创造节奏感。正如马利坦所说，诗歌韵律的主角从词语的音乐换成了直觉律动的内在音乐，现代诗的发展走上了一条把音乐逐步"内在化"的道路。所以，那些认为自由诗可以不要韵律随便写的人，实在是不懂诗。

　　格律诗的音乐美是格式化的，是与语义美、形象美脱节的形式规范。现代自由诗的韵律则侧重表现在语义方面，并能使语义和语音两者建立密切联系，同时，它不是有格之律，而是随机赋形的韵律。在汉语诗歌的现代性转型过程中，语言条件发生了很大改变，以近体格律诗为主要观照对象的传统韵律观念不能不改变了。这是现代诗歌形式变革的内在根本原因和"诗体大解放"的充足理由。

　　现代汉语自由诗的音乐内在化也不是新观点了，但我们不能长期以此为口号，却始终言而不详。怎样更好地利用新的语言创造新的韵律？这是新诗创作必须解决的问题。对此我们应该有明确的认识，有具体的、可操作的规则和方法。自由诗长期的诗歌实践已经积累了丰富的经验，大家可以在实践中不断地进行总结。

　　关于现代自由诗的韵律，下面提出几个具体意见供大家参考。

　　一是必须始终强调话语节律性。强调节律性，是现代诗歌形式理论建设的必然要求。从上文的分析可以看出，在诗歌现代性转型的过程中，必然带来韵律观念的转变，必然产生韵律元素的此消彼长。音乐的最基本特征是节奏，诗歌音乐性最基本的特征也是节奏。经过研究我们发现，在现代自由诗中，其他几大元素都可以弱化或在某一首诗中不再出现，但节奏（或者更准确地说有规则的节奏感）是不能取消的。不仅因为它是韵律的核心，也因为它是诗歌情感、意象、直觉等要素的内在特征。诗歌的情感、意绪、意象都包含在话语中，它们共同组成情感流、意识流、意象组合和语言流，在时间中绵延，呈现出可分节性和律动感。追求它们协调一致的律动，是曾经出现的所谓"纯诗"的依据，在一定程度上也是诗的普遍特征。如果规则性的节奏感也没有了，诗歌话语就完全跟散体文一样成为自然语言的散漫节奏，诗歌形式将不复存在。即使诗意文字，也只能算散文诗或诗意散文了，诗歌作为一种文学体裁将彻底消失。维·什克洛夫斯基说："艺术的节奏存在于对一般语言节奏的破坏之中。"[1]简·穆卡若夫斯基也说，诗歌是"对标准语言规范进行有系统的违背"。诗歌话语与生俱来地具有区别于生活中自然话语的节奏，是对自然话语的切割和"暴力"加工，因此而获得比自然话语更多的关注，多一层游戏的性质。现代自由诗打破传统格律诗外在强加的、千篇一律的等数计音的节奏论，实行无格式之律，以意为主、音随意动、自由地走停起伏的节奏论，是一种极大的变化。格律诗在固定格式中求微妙变化，自由诗反固定格式在随机变化的形式中求规则，是它们追求韵律的不同路径。查理·哈特曼说："自由诗只在某种特殊意义上是'自由'的。所有诗歌都必须创造能为诗歌整体意义做出贡献的语言节奏，所有诗歌都必须依赖某种韵律学将这种节奏转化为意义。"[2]节奏和韵律不但是诗歌话语语音形式上的特殊属性，也是语象、语义上的属性，现代自由诗也不是没有韵律。所以，我们说节律性是诗的底线，诗歌不可没有韵律。

二是必须强调词顿和行顿等内在节奏。传统韵律侧重在语言表层的音响质地，现代诗随着人们更加重视内心观念变化，对外在韵律逐步丧失兴趣，更重视内在的思想情感律动和直觉律动，重视内在韵律。词顿和行顿形成侧重以语义为主的自然节律，成为现代诗韵律的直接的感性显现。我们要有在这种心灵直感律动中去感受韵律的明确意识。王力曾经指出诗歌话语的视觉节奏。黎志敏认为，人脑能在认知过程中多维度地寻求外部信息中包含的某种特征并以此进行节奏建构，诗歌节奏主要是听觉节奏和视觉节奏。[3]语义作为内感节奏也是诗歌的特征之一。词顿和行顿各自的顿与顿之间除了语音长短相近外，在文字视觉和语义内觉上也相近，故能形成崭新的内在节奏。自由诗的内在音乐性必须依赖这两种节奏模式。这是崭新的节奏观。

三是必须深刻理解和运用好对等原则。对等原则是雅各布森发现的诗歌的普遍原则。中国传统诗中五大韵律元素都体现出反复、对称、对照和对比，是对等原则的广泛运用。现代自由诗也要充分运用好这一原则，创造具体可感的内在

---

① ［俄］维·什克洛夫斯基：《散文理论（上）》，刘宗次译，百花洲文艺出版社，2010年5月版，第23页。

② 黎志敏：《诗学构建：形式与意象》，人民出版社，2008年5月版，第50页。

③ 黎志敏：《诗学构建：形式与意象》，人民出版社，2008年5月版，第64页。

韵律。近体诗通过押韵、平仄交替等在语音上造成反复以加强节奏感，受语词容量限制，很少有词语重复出现。现代诗歌可以采取同语反复或相同句子结构反复的方法，在上下行之间形成前后回环对照的韵律效果。这种对照具体可分为正对照（同语反复、相似音质及相似词语的反复、排比、相同句法结构等）、负对照（同中求异的相反对照）、特殊对照（两个单位的对称、对比、对偶）等。

例如：相同词语在相应位置反复出现创造的排比效果。

> 假如我是一只鸟，
> 我也应该用嘶哑的喉咙歌唱：
> 这被暴风雨所打击着的土地，
> 这永远汹涌着我们的悲愤的河流，
> 这无止息地吹刮着的激怒的风，
> 和那来自林间的无比温柔的黎明……
> ——艾青《我爱这土地》

例如：相同诗行反复出现创造的回环往复效果。

> 在彻响声里
> 太阳张开了炬光的眼，
> 在彻响声里
> 风伸出温柔的臂，
> 在彻响声里
> 城市醒来……
> ——艾青《叫喊》

例如：相同相似的句子结构有规律地出现，形成前后诗行的对照，强化语意上的紧密联系和听觉上的反复，起到韵律的组织作用。

> 他起来了
> 他起来

将比一切兽类更勇猛
又比一切人类更聪明

因为他必须如此
因为他
必须从敌人的死亡
夺回来自己的生存
    ——艾青《他起来了》

在黄河流过的地域
在无数的枯干了的河底
手推车……

在冰雪凝冻的日子
在贫穷的小村与小村之间
手推车……
    ——艾青《手推车》

但是在泥土的覆盖下
它们的根伸长着
在看不见的深处
它们把根须纠缠在一起
    ——艾青《树》

　　黄玫引述雅各布森的观点说："（诗歌语言的）这种相似性不仅体现在选择轴，即诗篇外，而主要的是体现在组合轴上，本是相邻性的单位也成了相似性的俘虏。于是相似性，即对等原则，成为诗歌结构的基本特征。"[1]上引各诗行正是对等原则的体现，是现代汉语诗歌韵律创造的实例。

① 黄玫：《韵律与意义：20世纪俄罗斯诗学理论研究》，人民出版社，2005年2月版，第53页。

　　四是必须大胆进行语词的选用、句式的选用和语序的调整。现代诗歌在语言"选择轴"上下的大量功夫往往不易被人察觉和重视。上述列举的大量情况表明，现代汉语诗歌也可以选择相同相近的词语造成音质上的重复，产生回环往复的韵律效果。在语序方面也就是语言的"组合轴"上，为了创造诗歌的韵律，成熟诗人也是很讲究的。古代诗歌中，如崔颢《黄鹤楼》"晴川历历汉阳树，芳草萋萋鹦鹉洲"等诗句，利用文言词语间灵活的结构性，对语序做了非常大胆的调整，创造了很好的诗意效果和韵律效果。现代诗歌也一样。艾青《太阳》的第一节诗，如果我们用一般散体文的语言方式和语序表达为："从远古的墓茔、黑暗的年代和人类死亡之流的那边，太阳向我滚来，若火轮飞旋于沙丘之上，震惊沉睡的山脉。"在语言组织和表达效果上是极其平淡而没有韵律感的。而经过诗人韵律化处理就大不一样。因此，诗歌的语言组织与散体文是明显不同的。再如徐志摩《再别康桥》中，"轻轻的我走了，正如我轻轻的来"的倒装句式运用，也体现了调整语序适应韵律需要的特征。有人指责其为语言的欧化，那是一种误读。黄玫说："诗的句法特点主要是由特殊的韵律组织造成的，因而必须同韵律层的特点结合起来考察。韵律对句法的影响首先体现在诗行上。""诗歌句法的调整多是为了适应诗歌整体结构的要求，趋向整齐、对应。"[①]这说的是非常在理的。

　　五是必须"骈散"结合，以散文句法为主。现代自由诗讲求韵律要自然，而不能像传统诗那样有过多骈体化语句、对偶句和齐整的音顿节奏。自由诗使用以口语为基础的语体文，让大量相对散化节奏入诗，具有接近散文的句法和自然鲜活的语气、语调，节奏过分相等势必使诗句骈偶化，走向传统诗的外在韵律。所以，即使在对称中也讲求变化。如艾青的《盼望》：

　　　　一个 | 海员说，
　　　　他 | 最喜欢的 | 是起锚所 | 激起的那
　　　　一片 | 洁白的 | 浪花……

---

① 黄玫：《韵律与意义：20世纪俄罗斯诗学理论研究》，人民出版社，2005年2月版，第127页、第181页。

一个|海员说，
最使他|高兴的是|抛锚所|发出的
那一阵|铁链的|喧哗……

一个|盼望|出发
一个|盼望|到达

艾青提倡自由诗的散文美，但他的诗却处处体现出对等原则。不是均齐的相等，而是对应诗行节奏的相似。如这首诗第一、二节是参差句法，如朋友娓娓道来，亲切、自然，非常切合表现自由畅谈的情调，两个诗节对应诗行节奏基本一致，有对称美感，但句式和用词都作了变化，以避免单调。第三节两行诗用的完全对等句法，显出对偶句的整饬效果，与前两节形成区别，用作感悟性结句非常恰当。这首诗达到了"骈散"的自然结合。当然，追求整齐美和追求长短句的参差美都是自由诗的自由。

六是不排斥押韵等传统韵律手法的适当使用。其实，在一定意义上，押韵也是强化节奏的一种手段，是相似位置、相等距离间相同或相似音质的重复，实现把"选择过程带入组合过程"，构成一种在时间中旋进的韵律感。如艾青《盼望》每节末字押韵（花、哗、达），又如徐志摩《沙扬娜拉——赠日本女郎》双行押韵（羞、愁），都是不露痕迹地押韵。使用的韵脚比较自然，起到了增强韵律感的效果，又不显得生硬做作，不是为押韵而押韵。勒内·韦勒克和奥斯汀·沃伦说："节奏的规律性与周期性给人的一般印象通常由于语音和句法上的手法获得了加强。"[1]确实，双声叠韵、叠字、叠词、押韵等语音手法，对称、对偶、排比、对比和结构相似平行句等句法关系运用，都是现代自由诗获得听觉上的韵律效果的手段。

现代诗诗行间的关系不再像传统音顿诗歌那么简单连续排列了。它们诗行间往往是对照对称对等的关系，在诗行中的音节和句法结构等方面去寻找异同，确定一致与变化，从而产生生动、丰富的听觉效果。刘勰在《文心雕龙》

---

[1] ［美］勒内·韦勒克、奥斯汀·沃伦：《文学理论》，刘象愚等译，文化艺术出版社，2010年9月版，第177页。

中把韵律概括为"异音相从谓之和，同声相应谓之韵"。我们如果更新观念在诗行间更大范围上来理解，这在现代诗仍然是适用的。同时，这种诗歌的韵律也异于传统诗歌的外在形式化韵律，不仅仅是声音方面的谐和，而更多倾向于内在情绪和语义结构的对等、谐和。只要我们改变韵律观念去感受，这些内容是不难感受到的。

在这一节里，我们侧重从听觉形式上来分析诗歌的韵律。韵律主要是听觉的，但又不全是听觉的。如对仗，它不但要求平仄相对，还有字数、词性、意义方面的对称要求，就不是听觉上的。王力在《汉语韵律学》中提出耳韵、目韵等，目韵就是视觉上的。新诗中对应诗行对称，造成诗行有长有短、韵律节奏有起有伏，也不全是听觉上的。可见，听觉形式与视觉形式有互相交叉、渗透的部分，它们共同创造了诗的韵律感和外在形式。韵律不仅是听觉的，也是视觉的，更是直觉的，我们要结合对视觉形式和意象、情思的分析，更新我们的韵律观。

第四节　诗歌的视觉形式——文字排列

从诗歌的文字表现形式看，中国古代的诗歌长期既不分行书写，也不加标点符号，全靠读者在阅读吟诵中自断"句读"，自品韵味。到了现代，诗歌句子参差不齐，诗人们借鉴西方的标点符号和分行排列等手段来创作现代诗歌，由此而来，现代诗歌就出现了文字排列的问题。闻一多把这种诗歌文字符号在空间排列上的形式美叫作"建筑美"，作为现代诗"三美"之一。

文字作为记录语言的符号，它将语音和词义表现为视觉可见的外观形式。作为诗歌的物化形式，它对诗意建构和情感表达具有重要的作用。理查德·伯德弗德说："诗歌文字的书面呈现方式在诗歌美学和诗歌表意方面可以起到和诗歌的音乐性一样强大的效果。"[1]

建筑艺术具有"形式服从功能"的原则，诗歌作为以言语建构的功能性"建筑"，其外在形式同样遵循这一原则。无论是语音印象还是文字空间形象，诗歌的节奏韵律和标点符号、行列摆布、外观形式等，它们交织成一种美的旋律，非常密切地融合在一起，共同作为诗歌实现表达目的的辅助手段。

---

[1]　黎志敏：《诗学构建：形式与意象》，人民出版社，2008年5月版，第49页。

建筑物具有不同的风格和特色，诗歌的"建筑美"也不能只是一个模样。有的人一提到"建筑美"就只想到整齐美，观念里根本没有参差的对称美、大致一致的自然美，这是对它的片面理解。

一、诗歌外观形式的五大元素

具体说来，汉语诗歌的建筑美主要包括分行、空格、缩格、分节、标点等五大元素。

（一）分行排列

分行也是建行。站在宏观的角度来看，诗歌话语的节奏划分叫分行；站在行顿内节奏的组成微观角度来看，就叫建行——诗行的建构。一个诗行是由一个个音节、音顿或词顿连缀组建而成的。大概是受到古代书写材料的限制，或者还有汉语诗歌诗句字数一定、比较整齐，边读边断句已成为一种习惯等因素的影响，中国古典诗歌是不分行书写的，也没有分行的概念。当然，也有回文诗等注重文字作特殊形式排列的，这是个别特殊趣味的表现，不是诗歌的主流。由于书写的便利化和印刷业的发展，再加上表达更加细微、精确的需要，现代汉语诗歌在自由诗产生的初期，就借用西方诗歌的方法分行排列。在1917年2月新诗第一次公开发表时，就是分行排列的。有人说这是胡适从西方诗歌"引进"的，虽然他从未论及为什么要采用"分行"的形式。①

分行排列是从听觉时间单位向视觉空间单位、从语音印象向文字符号的过渡。字与字间的空格、缩格、换行等，基本上都与语音上的间隔、延宕有关，是时间间歇和声音节奏的空间显现。同时，在语义上，一个诗行也是一个相对完整的意义单位。诗行是诗歌话语音、形、义三者相契合的产物，因而成为现代诗歌的基本形式单位。

英国文论家伊格尔顿把分行看作诗人的一个重要工具，认为现代诗歌尤其如此。诗歌的分行，无论如何都是对自然语言的一种系统的割裂和扭曲。切分的理由是韵律和形式的需要。一般说来，分行的目的有：一是照顾节奏的需要，为了诗行的大致整齐和规范；二是造成前后词语的适当疏离，制造书面排列的空白和时间接续上的停顿，放慢节奏，留下思虑、想象的空间，创造一

---

① 黎志敏：《现代诗歌的自由法则》，人民出版社，2022年3月版，第127～128页。

种特有的意味；三是突显要强调的词语或句子成分，突出某些意象和情感；等等。

诗歌分行的作用或功能有多种。第一是文体标志功能。一般说来，虽然分行的文体不全是诗，但现代诗都是分行的，诗句分行成为它最为显著的外在特征。分行这种形式本身就是一种用于识别文体的符号，一下子就将诗歌与散文诗、诗化小说等区别开来。"那里在散文中我们发现一种从属的、没有规则的继续；这里在诗中我们发现次序和匀称。我们在诗中感觉一种秩序，这种秩序在散文中根本没有。"①标志两种不同文体具有不同特点是有必要的。特里·伊格尔顿说得更具体："在纸面上把一个文本分成行，是一种将其视为虚构的提示。但这也是一种特别注意语言自身的指示，即将词语作为物质的事件来体验，而非径直通过他们获得意义。"②分行成为诗歌审美性质的标志，其基本作用就是告诉读者：这是诗歌，需用读诗的方式阅读和体验。第二，在第一时间造成一种阅读期待，为诗歌审美活动准备必要的条件。正如于坚所言："分行，就像京剧中的脸谱，一旦把你脸画成那样，就是你还没有唱，大家已经将你视为演员了。现在你的一切行为都是演戏，你可以杀人，可以放火，这就是演戏。"③外观分行的诗歌借助视觉手段散发信息，给人一个文体的暗示。"言语一分行，读的人知道是诗，就会立刻引起一种场效应，这种场效应甚至能使散文的语言产生诗的效果。"④这是确凿的事实。我们一旦面对分行的文本，就总是想把它当成一种特殊的文体来寻味。第三，造成韵律感。现代汉语诗歌由于采取分行排列的书写方式，给了突显行顿一种物化形式。行与行之间形成视觉距离，暗示产生听觉上的停顿，使行间停顿规律性地反复从而形成视觉带动听觉的节奏感、韵律感。第四，拓展语意表现空间和丰富表现形态。行间停顿是非常明显的停顿，使前后诗行意义之间产生疏离感，为读者留下思考的时间，从而有利于开启更大语义空间。特殊的行头和行尾、句子跨行、独词成行等，能突出和强化语意，丰富语意表现手段和表现形态。表达某

---

① ［瑞士］沃尔夫冈·凯塞尔：《语言的艺术作品》，陈铨译，上海译文出版社，1984年版，第319页。

② ［英］特里·伊格尔顿：《如何读诗》，陈太胜译，北京大学出版社，2016年11月版，第68页。

③ 于坚：《分行》，《当代作家评论》2009年第6期。

④ 袁忠岳：《心理场、形式场、语言场》，《诗刊》1992年第6期。

种情思意绪，传达兴发感受和人生经验是诗歌的根本目的和功能，诗歌分行和标点的使用是为了使表达更准确，更精微细致。第五，是创造建筑美感。诗歌分行后，从整体上看，有的整齐，有的错落有致，往往产生一种视觉上的形式美。现代汉语诗歌分行排列已经成为诗歌创作和诗歌阅读的一种约定俗成的形式，已经成为"艺术直观本身的基本组成部分"。诗行是情思的外化，情思的符号化。诗歌分行排列对诗歌整体表达具有重要意义。

现代自由诗分行的基本依据是诗歌情思语言流的自然节奏。行是一个节奏单位——行顿，行同时往往也是一个意义单位，要照顾到内容展示和意义表达的需要。情感意绪总是能分出一定层次的，每一个大大小小的层次、环节在语流中就有一个自然的段落，这就是分节、分行的基础。因此，分行要同时兼顾词义的完整和语音的韵律规范。分行时一般要照顾句子成分和词义的相对完整。若不是表达的需要，原则上没必要把一个结构紧密的短句或词语打破分置于两行，否则会造成破碎之感，形成"诗歌语言的暴力断裂"。具体从组成内容看，一个诗行可以是一个完整、简短的句子或分句，也可以是一个或几个句子成分，可以是一个词语，还可以是一个短句加上句的句尾、下句的句头，是两个前后对称的语段，是多个短语的拼接，等等。是否明确其行内节奏，要看诗体和上下行的关系确定。无论它内部是否节奏明晰，它本身应该被看作一个节奏单位。

分行的原则是对等、协调、自然。对等是韵律上的重要原则。诗行既然是一个节奏单位，首先应该考虑节奏的一致性，使其相对均衡，不要太长或太短。太长或太短、没有规律、没有约束，就成了散体文。近体诗追求精致细密的节奏韵律，对音节数有严格的限制，必须相等。与闻一多《死水》类似的每行顿数和音节数都相等的"现代格律诗"也跟近体诗一样，它们在外在书写形式上追求的是整齐之美，是和谐、匀称、平正的庄雅风格。诗行与相邻行节奏完全相等，形成对比对偶，将事物并置罗列展示，从而起到一种联系上下文的韵律组织作用。对等则不完全是相等，也包括上下行大致对称、对应行交错对称等。现代诗歌过分追求整齐容易产生机械、板滞之嫌和节奏疲劳感，"豆腐干"诗形令人反感。所以，有人追求艾青《盼望》和徐志摩《沙扬娜拉——赠日本女郎》等诗歌那样的诗行长短交错、抑扬顿挫的参差美，长短相间，抑扬有致。除了整齐美、参差美以外，更多的是长短大致差不多的更接近说话口吻的自然美，这也是我们应该充分肯定的现代诗歌语言美。如戴望舒的《我的记忆》等。这种自然美的诗行与诗行之间除个别需要强调和突出的诗行外，长度总是相差不大的。诗行间不管是长度相等还是对称或大致一样，这三种形式都是对等原则的体现。

对等原则不仅仅指语音文字等外在形式上的相当，还要有情感意义量上的考量，话语要与情感意义协调。陈本益提出情绪平衡原则，认为自由诗相邻诗行所包含的情绪要大致平衡，"自由诗诗行的情绪虽然强弱不等，一般却是等量的""情绪强，诗行就短，情绪弱，诗行就长"。[①]这是很好的意见。这个原理可以逆推，为了突显某个词或短语的意义，把它单独作为一行，它虽然短，却拥有了与其他诗行相等的情绪意义量，从而起到前置和强化的作用。薛世昌也说"诗歌作者应该根据诗歌的意义来进行诗歌的分行"，"把每一个诗行都看作是独立且平等的意义单位，才能做到平衡原则的合理把握，从而安排出具有均衡之美的诗歌行列"。[②]我们在韵律部分说的词顿和行顿等节奏模式，不就是按情感意义量来考虑的吗？当然，诗行具体采用怎样的长短，还要由诗歌表达内容和作者的语言习惯、兴趣爱好决定，总体上要自然、协调。

诗歌分行是最讲究技巧、最值得玩味的，也是写作中最考验诗人的艺术修养的部分之一。如果我们总结出一些带规律性的原则，就有利于克服现代诗歌分行的随意性，既在读写之间达成默契，又在规则与变化之间找到美学生长点。现代自由诗在这方面的经验亟须进一步总结。下面略谈几点意见。

第一，诗行的长短问题。一般说来，短行表现得欢快、流畅或肯定、有力等；中型行表现得平稳、平和；长行表现得细致委婉或沉闷压抑，有较强叙述性。当然，这要与全诗的情感基调相协调。下面分别是短、中、长诗行的例子：

> 下雪天走路
>
> 冷，但是很干净
>
> ——树才《冷，但是很干净》

---

① 陈本益：《自由诗建行的原则》，《诗探索》，1996年第2期。
② 薛世昌：《话语·语境·文本》，中国社会科学出版社，2015年4月版，第9页。

洒完了汗水
再抬起头来
这就叫顶天立地

     ——牛庆国《老天在上》

再没有比这更残酷的事了
看一支蜡烛点燃，然后熄灭
小小的过程使人惊心动魄

     ——周伦佑《看一支蜡烛点燃》

为了让更多的阳光进来
整个上午我都在擦洗一块玻璃

     ——宇向《圣洁的一面》

一位滨海女子飞往北漠看望一位垂死的长者，
临别将一束火红的玫瑰赠给这位不幸的朋友。

     ——昌耀《一十一枝红玫瑰》

如果说中国革命曾经穿过几天刑衣，那么，就让我们
永远记住开满红花、黄花、白花的这片色彩斑斓的草地

     ——黄亚洲《草地》

  第二，长短参差变化问题。如艾青的诗歌很少用整齐的诗行，总是用长句子入诗，分行排列，长短结合，语意连贯，在参差变化中体现一种语态的流动性，同时又在流动中追求一种节奏对称美和语气的气势。语意连贯起到了前后的组织作用，而节奏的长短交错和对称又造成语调的抑扬抗坠、起伏变化的韵律美。在一个诗行中，音组音节多则读得凝重，在语调上属于"抑"，音节少则读得轻朗，属于"扬"。长短交错，抑扬起伏的韵律感由此形成。例如：

二月啊，马蹄轻些再轻些

别让积雪下的白骨误作千里之外的捣衣声

——古马《青海的草》

没有什么比我的思维更加跌宕

天山

以一种亘古不变的古铜色

欢迎我这个初次涉足的来客

——周占林《我穿行在天山的胸膛》

第三，单独成行凸显和前置关键词语。在适当位置将一句话切断或变换语序，把关键词语或句子成分单独放在一行，一个词语就拥有了与其他行一样的情感意义含量和地位，有凸显语意的效果。例如：

霜降是霜的生日

满地

投下白花花的刀子

——李瑛《霜降的田野》

罪与恶修炼成精

在湖光山色中

永生

——张道通《岳坟》

一般说来，这样的短诗行占了与其他诗行同样的物性空间、情感空间和文体地位，有对内容特别突出和强调之意。用之，应有必要，用后，应有此效。

第四，尽量突出转行的作用。把一个句子从中间切断，要尽量实现它特有的作用。或者是为了满足行与行间节奏协调的需要；或者是有意制造停顿，给读者阅读理解留下时空空白，暗示具有特殊意义；或者造成更多的阻滞感，减缓语调，引人沉思。例如：

那么　就让我将痛苦薄薄地说出
像吐出一口浊气那样方便地
吐出衰老的迹象　既不掩饰
也不夸张
　　　　　　　——翟永明《小酒馆的现场主题》

玻璃已经不是它自己，而是
一种精神。

语言就是飞翔，就是
以空旷对空旷，以闪电对闪电。
　　　　　　　——欧阳江河《玻璃工厂》

　　有的转行是一句话、一个分句、一个句子成分结束了，为配合行顿的需要，自然地转行，而这里的"既不掩饰/也不夸张""而是/一种精神""就是/以空旷对空旷"等，本可以放在一行里，却为了突出诗意或强化节奏有意制造转行。

　　第五，必须处理好句子与诗行的复杂关系。转行和处理好句与行的关系，都是自由诗有待进一步探索和规范的大问题。

　　艾略特说："诗的音乐性，可以说，是一种潜藏在同时期的普通语言中的音乐。"[1]所以，我们要在诗歌所使用的普通语言中去找韵律的根据。格律诗使用单音节实词为主，语句简短，除极个别情况一句话分成两行外，一般一行就是一个句子，因此人们常常对行与句不予分辨。现代自由诗使用的现代汉语字词容量增大、句子变长，而其诗行长短又有一定规范性，很多长句放在一个诗行就不可能。现代自由诗对散化节奏的吸收允许长句子入诗，但同时又要照顾诗行的规范性，所以，对长句进行切分就显得十分普遍，分行成为使用新语言入诗的必然现象和突出问题，句子与诗行的关系因而复杂化。

---

[1]　黎志敏：《现代诗歌的自由法则》，人民出版社，2022年3月版，第26页。

从诗行与语句的关系看，一个诗行虽然一般也是一个意群，但它在诗里毕竟是一个节奏单位，所以和语法单位的句子不完全相等。它们的相互关系可以归纳为三种情况。

第一种情况，句等于行。在古代诗歌和近体诗中，"句读"兼有停顿和断句的作用，虽然也存在一句话分在两行，奇"读"偶"句"的现象，但这是极少的，绝大部分时候一个句子就是一个诗行，所以行句相等，关系很简单。在现代自由诗中，很多时候一个简短的句子或分句也可以直接作一个诗行，简洁明快。但人们认为，这种诗行过于流畅，不利于表达沉郁的情感和促进沉思；有时全是这种节奏，就显得单调而缺少变化。因此，要作一些特殊处理。

第二种情况是句大于行。现代汉语由于双音节和多音节词汇增加，虚词进入诗句，句子成分复杂，句子一般变得较长，一个句子很难容在一个诗行中。所以，"破句分行"即将一个句子切分为多个诗行的情况比比皆是。艾青的诗句常用复杂的句子成分，很多时候一句话就组成多个诗行。如他的《太阳》：

> 从远古的墓茔
> 从黑暗的年代
> 从人类死亡之流的那边
> 震惊沉睡的山脉
> 若火轮飞旋于沙丘之上
> 太阳向我滚来……
>
> 它以难遮掩的光芒
> 使生命呼吸
> 使高树繁枝向它舞蹈
> 使河流带着狂歌奔向它去
>
> 当它来时，我听见
> 冬蛰的虫蛹转运于地下
> 群众在旷场上高声说话

城市从远方
用电力与钢铁召唤它

于是我的心胸
被火焰之手撕开
陈腐的灵魂
搁弃在河畔
我乃有对于人类之确信

　　这首诗第一节用一句话写"太阳向我滚来"，三个"从……"作为中心词前表处所的状语成分展开写所来自的地方，有排比的效果和语调上从抑到扬再到抑的语感。整个一节诗就是一句话的分行排列。第二节用复杂谓语三个"使……"写太阳光给世界带来的变化，用排比句式铺展太阳神奇的威力，语调上由抑到扬，写得很有气势。整个一节诗也是一句话的展开。这首诗有多处都将句子成分单独提出作为一个从句，句式调整以适应韵律需要。我们可以看出艾青是创造内在韵律的高手。

　　除上面那种把一个简短的从句单独作一个诗行外，也有明显地把一个句子"主谓宾"主干切开分为多个诗行的。如"城市从远方/用电力与钢铁召唤它"，切断句子以就行顿的需要，同时形成行与行之间语意的自然牵连和语气上的抑扬顿挫。我们把这种情况叫作跨行法。这是现代诗中普遍使用的方法。

　　把一个诗行末尾的重要词或短语单独抛到下一行去作一个独立的诗行，以突出其意义的方法叫作抛词法。如：

只轻轻一扫
就永远地卷去了我们的父兄，
把幸存者的脊椎
扭曲。
…………
除了五条巨大的舳舻，

我只看到渴求那一海岸的

船夫。

——昌耀《划呀，划呀，父亲们！》

而裂开的人缝不是为了便于它穿梭

而是为了对应天上的那些窟窿

那些被我们误以为是出路的

大悲伤

——张执浩《什么是走兽，什么是飞禽》

在这些诗行中"扭曲""船夫""大悲伤"，都被前置和凸显出来了。

第三种情况是句小于行。这是一方面要满足诗行与其他诗行长度和情感意义量相对均衡，另一方面要满足韵律的需要，而将两个以上短句拼接成一个诗行的形式。拼接行具体又分几种情况。

第一，半逗律。将一个诗行分为前后两半，前后对称，产生行内对等的节奏感。这是古已有之的，现代诗歌中也常见。如：

五花马，千金裘，呼儿将出换美酒，与尔同销万古愁。

——李白《将进酒》

车辚辚，马萧萧，行人弓箭各在腰。

——杜甫《兵车行》

大地寂静 村子安详

袅袅白烟 于一片青黛深处

漾出恍若隔世的苍茫

——刘松林《大地寂静 村子安详》

在郑州街头 不费吹灰之力

碰上了三年前的女友

面对面四条河流

在郑州城下交汇

黄河顿时异常清澈　既不泛滥又不枯瘦

　　　　　——朱山坡《我只想给郑州补下一场春雨》

第二，留词法。为了韵律需要和突出形象动作等满足诗歌前置手法的需要，将部分句子成分留置于前行末尾，将重要句子成分放在下行开头以突出其重要性，因而使前行成为拼接行。使用留词法和抛词法都要注意，一个结构紧密的词语原则上不能划在两行，要保证词义的相对完整性。留词法在古代诗歌中是没有的，在现代诗歌中却较为常见，如：

我只能用别人的话说出"我爱你"。我只能

摘一朵朱丽叶的玫瑰，吹一口林黛玉的东风。

但玫瑰早已不是玫瑰，假如

所有的玫瑰在同一朵里开放。

　　　　　——杨小滨《一个后浪漫主义者的爱》

第三，多单位拼接。有的诗为了增加行中的停顿，增加语句的阻滞感，一行达到三个以上成分拼接。但不是为了表达的需要，一般不要拼接太多，否则，诗句显得破碎，节奏凌乱而无意义。例如下面几段诗拼接行中的停顿，较好地给人留下了停歇、沉思的空间：

蚂蚁并不惊慌，只是匆忙。

当它匆匆前行，没人知道它想要什么，尤其是（与后句头拼接）

当它拖动一块比它的身体

大出许多倍的食物时，你会觉察到（与前句尾拼接）

贪婪里，某种辛酸而顽固的东西。（强调宾语、名词性并置）

　　　　　——胡弦《蚂蚁》

那年，风调雨顺；那天，瑞雪初降。（半逗律式前后对称节奏）
一位江南小镇上的湘夫人接见了我。
她说，你的灵魂十分单薄，如残花败柳，（长句有突出效果）
需要一面锦幡引领你上升。

——潘维《梅花酒》

月圆之夜，
世界变得简单；寂静，
悬挂着、赤裸着苍白。（上下行节奏对称）

——潘维《月圆之夜》

诗行与语句关系的这三种情况及其特点，是需要写作者和阅读者注意品味的，不是随意而为的。总之，在自由诗中，行是节奏单位，"行是形式概念而句是意义概念；句是内容单位而行乃形式单位"[①]，现代自由诗要分辨清楚和处理好两者之间的关系，既创造规则性律动的内在韵律，又满足意义前置的需要，产生自然协调的美感。

从以上分析可以看出，自由诗的分行、建行不是随意而为的。诗行中间的停顿能增加话语阻滞感。相比较而言，行中无标点不停顿或停顿少，句子语气更流畅，适合表现比较轻快的气氛和愉快的感情；行中稍加一点标点和停顿，能增加话语阻滞感，放慢阅读速度，便于增加语调的弹性，或能表达沉郁的感情和留下思索的空间；句子首尾部分语法成分的上留或下抛，有利于行顿的体现和造成行断意不断的延宕效果。但都要掌握好一个度。有的诗行中的标点、停顿太多，转行过于随意，就产生了散漫的效果。如张枣的《边缘》节奏太散漫零乱，已失去分行作自由诗的必要。这种诗是否可以直接写成散文诗呢？自由诗要讲究韵律节奏，在诗行与诗行之间做到大致平衡，字数的多少和情感的容量大致平衡。如果部分语句较长，可以做取长补短的"手术"，像艾青《太阳》那样调整句子结构，将一些句子成分单独成行，或部分截留到上一行，部分抛掷到下一行，方式灵活多样，富于变化和创造性。当然，强调行与行之间

---

① 薛世昌：《话语·语境·文本》，中国社会科学出版社，2015年4月版，第7页。

语词容量相对平衡是就一般情况说的，并不是绝对否定个别诗行相对较长或较短的参差变化，只要这种个别诗行的变化能帮助其取得好的表达效果，我们认为还是应该肯定的。总之，诗行的建构也要体现出目的性和艺术性，有明确的艺术理由，不能胡乱为之。

（二）空格与缩格

空格与缩格都是诗歌外在形式的表现手段。空格是指诗行中空出一个字的位置，以示诗意的离断和时间的延宕、节奏的停顿。一般说来，诗行内空格的使用一定是行内语词或句子之间的明显离断，确有停顿的必要。有的是语句的自然停顿，在使用标点符号的诗中用标点表示，在不用标点的诗中就用空格表示；有的不宜用标点的停顿，在句中也用空格隔开，表示的是节奏性停顿。如：

> 从绽开之初我就担心
> 它打开自己的愿望那么热烈
> 单纯而热情　一尘不染
> 它是否知道　牺牲已经开始
> 　　　　　　　——李琦《白菊》

> 就在附近的一间房子里
> 我肯定生活过多少年　娶妻荫子
> 我记住这地方的名字　清水河
> 我将回到漫长世间　审问自己

> 你是谁　让我耗尽一生积蓄
> 在这个世界的荒凉车站　等你
> 你是谁　这么晚上路
> 　　　　　　　——刘亮程《来世之路》

在这些诗句中，"它是否知道　牺牲已经开始""我将回到漫长的世间　审问自己""在这个世界的荒凉车站　等你"，应该是节奏性停顿，被诗人用空格表示出来。这种有意制造的停顿，也应该是有必要才有意为之的，而不是随意滥用。

缩格是指诗行头一个字的位置不作整齐的排列，退后两个或多个字的位置开始书写。这种表现形式有几种意义：一是突显缩格后排列的词语，引起特别的注意；二是显示行列对称美、参差美等视觉美感的需要；三是造成时间上较长的延滞，表达一种暂停的节奏感和复杂的意绪。如徐志摩的《沙扬娜拉——赠日本女郎》：

> 最是那|一低头的|温柔，
> 　像一朵|水莲花|不胜|凉风的|娇羞，
> 道一声|珍重，|道一声|珍重，
> 　那一声|珍重里|有|蜜甜的|忧愁——
> 　沙扬娜拉！

"沙扬娜拉"是日语"再见"的音译词。一个"再见"被说得抑扬顿挫，情牵意连，荡气回肠！那个女郎究竟长得有多美，不可详求。但那种"娇羞"，那种"蜜甜"，那种让人注视和"珍重"的程度令人终生难忘。这种效果一是来自句式长短变化。长句音调上显"抑"，短句音调上显"扬"，长短交错实现抑扬结合，起伏变化。二是缩格的运用。第二、四、五行不但缩格，而且有变化，在外形上创造了建筑美。三是创造延滞感。第五行缩格多，有更加明显的时间上的延滞感。

（三）分节

与诗歌的分行、建行一样，分节也是诗歌的一种形式化的手段。诗节与散体文的段落有所不同，它不但是一个意义单位，还是一个节奏单位——节顿，它是大于行顿、行组顿的"声音的时间段落"。与诗歌的内在意义相呼应，它意味着意群与意群间的分层，也意味着诗歌中节与节之间在语意和时间上比行与行之间、行组与行组之间存在更大的间隙和停顿。在书写形式上，它也成为一个空间单位，用空一行隔断前后文的形式表示。在长诗中，有时用番号隔断几个节，组成更大的分层单位。

如同诗行与诗行地位是平等的一样，一个诗节与另一个诗节的地位也是平等的。前后诗节的意义可根据表达的不同呈现出各种不同的关系，但它们在情感意义量上具有相对均衡性，在节奏韵律上是同一个级别的独立单位。这样，"作者往往会把内容凝重的诗行，让它——或它们——单独成为一节，通过独立地位的给予来实现诗歌意义的强调"，读者也应该给予尽可能同等的注意。[①]

一般说来，一个诗节就是一个意义单位，它要体现意义层次相对的完整性。有的讲求节与节的对称、均衡，每节的诗行数相等或大致差不多；有的是根据意义的自然层次分节，不求节与节的诗行数的相等，但这种诗每一节在形式上的地位也是相等的；有的是诗行固定的体式如十四行诗体对分行、分节有约定俗成的规则要求。在现代诗歌发展中，有一些特殊情况值得注意。如有的诗为了追求形式美，或者为了取得一种特殊的表达效果，借鉴西方诗歌的"抛词法"等，故意把一个诗行或一个词语放在下一诗节的情况。无论怎样处理，检验处理得好坏的标准是看是否有利于整体意义的表达，是否确有必要。

（四）标点

中国古代诗歌是不使用标点符号的。近体格律诗是严格限字数的，它以相等的字数来决定停顿的位置，又辅以平仄和押韵等方式来强化节奏和停顿，生活中的自然语气很难进入诗句，标点不是那么重要。现代汉语诗歌兴起的时候，恰好是中国新文化运动时期，现代汉语借鉴西方语言文字的方法使用标点符号，使意义表达更加精准、贴切。在白话诗产生的初期，汉语诗歌使用标点符号作为一种创新和潮流，与诗歌分行一样获得令人惊异的效果。现代诗歌特别注重精密地表达情思意绪，标点有助于意义的表达，同时，有的标点运用得好也有助于节奏韵律的创造，所以，使用标点符号成为普遍的表现。

以上所述五元素是现代诗歌外观形式表现的基本手段，也是常用手段。但是，从目前现代自由诗写作现场来看还比较混乱，表现为随意性太大，创作缺乏基本的规范性。如在实践中，有的诗歌使用标点符号有很大的随意性，在同一首诗中部分使用、部分不用。我们觉得这是应该进行规范的不恰当行为。当然不能因规范而钳制创新，但基本的规范都没有肯定是不成熟的表现，并且必将影响诗歌的接受和诗歌创作的发展。王光明说："没有形式背景的诗歌是文类模糊、缺少本体精神的诗歌，偶然的、权宜的诗歌，是无法被普遍认同和被传统分享的诗歌，正如未被形式化的内容是粗糙的素材或灵感的火花一

---

① 薛世昌：《话语·语境·文本》，中国社会科学出版社，2015年4月版，第11页。

样。"①而有的诗作者不但缺乏对诗学的深入研究，还以自由、现代、创新之名掩饰自己的短处，以破坏为革命、为光荣，否定所有的作诗规范。这是现代诗歌形式发展趋缓的重要原因，特别值得广大诗作者深思。

从以上对诗歌外观形式因素的分析可以看出，文字排列不是一个单纯的视觉美感问题，它们总是深深地与听觉上的韵律因素交织在一起，互相渗透、互相吸收、互相支撑，共同为创造诗的外在形式感及内容服务。而汉语诗歌从格律诗到现代自由诗，总体上呈现听觉因素逐步减弱，走向"内在化"，视觉因素更加丰富，外观形式感增强的趋势。

另外，关于汉语诗歌文字造型美和图案诗。诗歌表现为文字形式而产生一种视觉的美感，闻一多把这种美感叫作"建筑美"。其实质是利用文字的书写形式传达一定的审美信息。一是文字本身的美。语音是语言的一种符号，文字又是语音符号的符号。虽然汉语的语音系统和文字系统是"两种不同的达意系统"，文字有独立的会意功能，但文字记录语音的功能还是主要的。同时，我们也应注意到作为表意型的文字——汉字，符号本身有其独特的美妙之处。这里不是指其书法艺术，而是指其字形结构产生的视觉感受。很多有经验的诗歌创作者和接受者都把这种感受作为诗歌的要素之一，从而增加了诗美的元素。例如，王维《辛夷坞》："木末芙蓉花，山中发红萼。涧户寂无人，纷纷开且落。"前五字有视觉效果：木是光树枝，末是添了新叶，芙是生出花蕾，蓉是鲜花开放，花是全面开放，展示出一种循序渐进的自然过程，营造了一种超然物外的境界。再如《诗经》中："今我来思，雨雪霏霏。""雨雪霏霏"四字，给人造成视觉冲击，直感到片片雪花纷纷扬扬，非常生动地书写了悲凉之境。二是文字排列的美。在中国古代诗歌中，就有所谓的回文诗。在现代汉语诗歌中，也有写瀑布就将文字排列为瀑布状、写雪松就将文字排列为松塔模样的。它们都是借助文字书写手段传递视觉信息，给人一种直观的美感。这些过分追求外观形式的图案诗，有过分游戏化倾向，我们不作细说。

二、正在进行中的汉语诗歌现代性转型

1917年2月，胡适在《新青年》上发表《白话诗八首》。这是"白话

---

① 王光明：《现代汉诗的百年演变》，河北人民出版社，2003年版，第143页。

诗"——现代自由诗第一次面对公众发表，是诗歌走上现代性转型征程的标志性事件，也是诗歌韵律和体式进入自由诗阶段的标志性事件。

"诗体大解放"——汉语诗歌的现代性转型，这是汉语诗歌历史上少有的一次诗学革命。这次革命动力既有世界自由诗潮带来的影响，又有中国社会变革精神诉求引导出的语言形式诉求，既有深刻的社会历史根源，也有诗学内部形式自身发展的根源。鸦片战争以后，有识之士开始睁眼看世界，在中西对比中加深了对自我的认识，逐步汇聚起社会、文化更新的洪流。在语言方面，人们对文言文长期积累起来的浮文绘藻、套语陈言深恶痛绝，对文言文能看不能听、能吟不能说、言文不一非常不满，普遍生长出革新的企求。太平天国就曾公开发出诰谕提倡"朴实明晓"的"语体文"。新文化运动时期，为了让语言掌握最大多数人，更是成立了国语研究会，研究统一和创新语言。留洋回来的胡适主张走先有"国语的文学"然后才有"文学的国语"的语言生成路径，因而提出创造"白话文学"的主张。语言的革新成为时代的大趋势。[1]语言是诗歌的材料，文化革新与语言革新必然带来诗歌革新，语言革新与诗歌革新紧密相连。除了外在的社会、文化革新和语言革新外，来自诗歌内部的革新要求也非常强烈。这时的诗中已长期充斥封建文人士大夫的旧思想、旧情趣，意象也代代袭用，难以出新、少有出新，更不用说诗歌体式一成不变，新时代的新事物难以入诗。梁启超说"读之似在某集中曾相见者"是最可恨的，要求要有"新意境""新语句"，让新名词、新事物入诗，要有新的"真精神真思想"，明确提出"诗界革命"的主张。[2]胡适首倡的白话诗无疑是顺应这种时代潮流要求而出现的，由此开启了汉语诗歌的现代性转型之门。

任何事物的蜕变都是艰难的，更何况这次诗学转换是历史上少有的深刻，是"地震级"的革命。百年来，无数新诗人做了不懈的探索，取得了若干理论和实践成果。但是，直至现在，现代诗还没有出现足够多的质量上稳定的上乘之作，现代诗歌理论也缺乏应有的提升和总结，缺乏系统化和大面积的共识。在此之间，不少人面对中国近体诗和词曲等古代诗歌强大的格律诗传统，无

---

① 欧阳哲生：《胡适文集》，北京大学出版社，2013年10月版，第116页。
② 谢冕等：《中国新诗总论（1891—1937）》，宁夏人民教育出版社，2019年5月版，第2～3页。

不时时引颈回望，处于深深的焦虑之中。毛泽东在1965年致陈毅的信中说新诗"迄无成功"，影响很大。新时期老诗人郑敏对新诗的"危机"也提出要作深刻的"反思"。当然，她不仅仅是从外在形式方面指责批评，但新诗作为一种文学体裁，形式没有完全确立起来是主要原因。这有一定代表性。另外还有很多追求诗歌精美的人对现代诗形式有不满情绪，甚至有的人对新诗持全盘否定的态度。这都是"影响的焦虑"。

现代诗在发展过程中先后遭受了政治经济等方面的干扰，更让不少人感到前程迷茫。特别是20世纪80年代后半期以来，诗界一些主义和口号纷纷出笼，自相标榜，各立山头，把自己的一点点创想无限夸大，唯我独尊，诗界成了一个名利场。一方面确实发现了诗歌的更多向度，哪怕是死胡同也要坚持下去，勇往直前的精神可嘉；另一方面，每个人都有自己的观念，哪怕是别人的翻版和混杂，就是不能与别人沟通和相互借鉴吸收，因而在创作上各自为政，各是其所是，无起码的公共标准可言。再加上媒体的推波助澜，大量劣诗、俗诗、伪诗抢人眼球，让人无所适从。近年来从理论上探讨现代诗形式问题的人越来越少，似乎诗歌界处于一种放任自流的状态。

诗歌是聚集多种美学元素逐步生成的。格律诗的潜力虽然"还没有耗尽"，还有存在的价值，但我们必须正视现实，看清历史的发展方向，重点选择符合现代诗歌生成的美学元素，推进实现汉语诗歌的现代性转换。面对传统，我们要排除影响的焦虑。既不要过分留恋和模仿传统，也不要急功近利地期望新诗马上与之比肩而立。一切都在改变，历史不可重来，一个时代有一个时代的文学。现代诗歌无论在创作实践方面还是在理论方面都取得了丰硕的成果，目前最重要的是梳理这些成果，深入分析和认识这些成果的价值和意义，用以提升现代诗歌青春的自信，指导创作实践。现代诗歌要根据现代语境中现代汉语和书写对象的实际，寻找自身的优势和美学生长点，经过一代又一代诗人的不懈努力，以成就自己的高峰。

现代自由诗诞生之初一切都显得非常稚嫩，除了使用"白话"、分行排列外，新规则基本没有。由于旧格律被打破，过去那种固定的体式没有了，整饬的节奏没有了，韵脚没有了，甚至稳定的意象也没有了……"诗体大解放"了。新的诗歌形式究竟应该建设成什么样子，百年后的今天应该逐步形成大面积共识和定论。

在新诗发展过程中，对于诗体韵律形式建设问题大致可以分为持不同意见的三种人。

第一种人主张新诗用不着在乎韵律。在新诗诞生之初，有人片面理解"用散文的语言作诗"，提出不必考虑节奏和押韵等，自由诗就要充分自由。进入新时期后，更多的人只追求诗歌的意义表达，基本忽略诗歌的外在形式感。现在很多诗歌作者缺乏对诗歌形式应有的修养和研究，只在语言和意象创造等方面用力或跟风，基本不在诗歌形式上下功夫。有的人认为现代诗应为"内在韵律"，对内在韵律具体是些什么却语焉不详；有的人认为韵律是落后古典的象征，自由诗用不着什么韵律。2005年7月，《文艺报》上发表署名为"孙琴安"的一篇文章说："以今天的眼光来看新诗，形式其实并不那么重要。""不要在形式上纠缠不清。"[1]这代表了很大一部分人的思想。即使主张"诗体大解放"的胡适，也早在1919年发表的《谈新诗》中就说过"这都是错的"。这种思潮的危害：一是导致大量诗歌比较散漫、粗糙，缺乏应有的精练；二是诗歌韵律美彻底丢失，诗歌文体特有"魅力"丧失。目前诗坛大量存在诗人只注重意义表达，忽视诗歌韵律创造和有效规范，不大在形式上有所追求的事实。这不能说不是这种思潮影响的结果。

第二种人与第一种相反，主张建立"现代格律诗"。这成为新月派诗人及其后继者的自觉追求。在20世纪80年代，邹绛编了一本《中国现代格律诗选》。他在其序言中回顾新诗格律化时说："中国是一个有悠久诗歌传统的国家，人们从小读惯了精练而又有韵味的古典格律诗，因而也希望在自由诗之外出现一种束缚较少的新的格律诗，这是理所当然的事。"[2]在此文中他简要回顾了闻一多、朱湘、徐志摩、卞之琳、冯至、何其芳、孙大雨等人在探索新诗格律化的过程中取得的成绩，并且引用何其芳在《关于现代格律诗》中的一段话："我们说的现代格律诗就只有这样一个要求：按照现代的口语写得每行的顿数有规律，每顿所占的时间大致相等，而且有规律地押韵。"邹绛也以此作为该书选诗的标准，也就是从节奏和押韵两个要素来谈现代诗歌的格律。这是主张现代格律诗一派的很有代表性的一种标准。在该书中他将格律诗分为五

---

① 转引自吕进：《中国现代诗体论》，重庆出版社，2007年1月版，第309页。
② 邹降：《中国现代格律诗选》，重庆出版社，1985年8月版，序言第17页。

类。一是每行顿数整齐的。二是每行顿数基本整齐的（个别诗行多一顿或少一顿）。三是一节之内每行顿数不整齐，但前后节对应行之间完全对称和基本对称的。四是以一、三两种形式为基础而有所发展变化的。以上四种都是押韵的。五是每行顿数整齐或每节互相对称但不押韵的。这非常有意思！其实，他是将格律诗分为押韵和不押韵两大类，在押韵诗大类中又按顿数分出整齐、基本整齐和对称等四个不同小类。这是对传统诗歌韵律元素的部分放弃和部分坚持，以求在"束缚较少"的同时又保持较强的传统韵律感。

吕进大概是追求新诗格律化最执着的一个人。2007年，他主编的《中国现代诗体论》出版了。在该书中，他表达了对人们不重视新诗格律问题的不满："格律体新诗……至今在诗歌界还没有广为人知，甚至遭到种种误解，受到排斥和否认，蒙受种种不白之冤。"他在梳理中国古代诗体和外国诗体的基础上，提出建立格律体新诗诗体的主张，并且将其确定为"新诗二次革命的重要内容"，新诗"起衰救弊"的"三大要务之一"。他还提出"新诗的诗体重建……有两个美学使命：规范自由诗；倡导现代格律诗。"[1]在他身上，我们看到一个孤独的精神战士的英勇形象。

第三种人努力探索现代诗歌新形式。他们既看到了"现代格律诗"的优点，也看到它的局限，但是不相信现代诗歌还能回到格律的老路上去。这种人现在越来越多，应该是汉语诗歌发展的中坚力量。虽然他们也没有彻底解决现代诗歌韵律问题的方案，但他们在默默地试验和探索，力求用现代汉语把诗写得更精练、更具有"自然的韵律"。他们反对依"格"填诗，但他们知道绝对的自由就没有诗，自由诗的"自由"也应该是在一定规范约束之下的自由，是在一定的诗歌经验和诗歌原则指导下的自由。他们在用实绩为现代诗形式建设作贡献。

我们既不赞成彻底否定诗歌韵律的态度，也不赞成在"自由诗之外"另建"现代格律诗"的提法。彻底否定诗的韵律，会让诗失去文体的主要特征和作为独立文体存在的必要。建立"现代格律诗"提法的第一个问题是其与"诗体大解放"的目的相抵牾。"文学革命的目的是要替中国创造一种'国语文学'——活的文学。""这一次中国文学的革命运动，也是先要求语言文字和文体的解放。新文学的语言是白话的，新文学的文体是自由的，是不拘格律

---

[1] 吕进：《中国现代诗体论》，重庆出版社，2007年1月版，第310页、第316页、第49页。

的。"①我们不能忘记初心，废除近体诗严苛的枷锁又安上一种新的略为宽泛的套子。现代诗应该是自由诗，不再是格律诗。另外，坚持"格律"有一个最为致命的问题，就是坚持传统的音顿节奏模式，使韵律观念难以得到发展。第二个问题是在自由诗之外又分出"现代格律诗"会导致美学观念的分裂。说现代格律诗，它的潜台词是还有不要格律的现代自由诗。这样分类从表面上看是有利于诗体的多样化的，但其弊端是让一部分现代诗回到格律的老路上去，造成比近体诗略宽泛的讲究节奏和押韵的方块诗，而让大多数诗歌进入不讲任何韵律的放任自流状态，最终造成现代诗歌美学观念的分裂，不利于现代汉语诗歌形式的确立。当然，有选择地使用现代汉语创作传统格律诗或韵律感强的自由诗另当别论。现代"自由诗"也应有一定的韵律，但它应是根据内在情思意绪而随机寻得并适当完形的一种有大致规律可循的韵致，能体现出一定规则性、创造一定美感就行。可以分出外在韵律感较强的、次强的、较弱的等不同级别韵律的自由诗，或做更多细化的规则分类。但它即使韵律感较强，也是自由诗的韵律，始终不能是有"格"之律，不能体现为固定的格式化的"体式"，否则就可能影响表达的自由或回到格律的老路上去。"现代格律诗"与长短不齐的自由诗形成形式上的二元对立论，至今成为影响现代诗形式确立的重要因素。当前，出现了一个十分明显的怪现象，即只有极少数诗歌形式的研究者对"格律"感兴趣，诗作者们几乎都对其置之不理。在近年的诗歌实践中，诗人们完全放弃了"现代格律诗"的追求。因此，建议在诗学上放弃将现代诗歌作"现代格律诗"与自由诗分类的方法。这并不排斥把自由诗写成齐言诗和押韵诗，写现代齐言诗和押韵诗也是自由诗"自由"中的应有之义。

　　还有人提出"增多诗体"的主张。这种说法的前提还是确认固定的"体式"。体式再多也是模板。当然，对诗歌体式风格规律进行一些总结用以指导写作是必要的，但到了现代还"定体"写诗似乎是不行的。从总体上来说，自由诗应该是有"律"无"格"的，是无"体"之体，它应根据情志、意象和表达的总体需要，因诗而异、"量体裁衣"地寻找出临时成立的规则，找到一定的规律感就行，在体式方面应该享有充分的自由。在随机创造中彰显才华，在随机创造中猎获惊奇。

---

① 肖向云：《民国诗论精选·胡适：谈新诗》，西泠印社出版社，2013年7月版，第4～5页。

现代诗的体式建设不能脱离现代语境来考虑问题。一是不能脱离现代已经发展变化了的思想文化背景，二是不能脱离已经更新了的现代汉语。自由诗是使用现代汉语创作的诗歌。现代汉语是现代诗形式建设的基础，语言基础发生了变化必然带来形式的变化。现代汉语既不同于其产生初期的"白话"，更不同于传统的文言文。现代汉语与古代汉语比较，语言形态有许多不同，对于诗歌来说主要有以下变化。一是语音形式的变化。现代汉语已经没有入声字，轻声和变调增加。二是改变了文言文以单音节词为主的状况，双音节词和多音节词大量增加，使用广泛。国门打开后，大量音译外来词增加为多音节词，如"乌托邦""托拉斯""托尔斯泰"等；词缀的丰富增加多音节词，如"老百姓""红太阳""思想家"等。三是介词、助词、连词等虚词和时间名词增加，增强了表达的细致严密和逻辑性。四是由于多音节词增加和表达的需要，语词容量增加，句子变得更长。长句子在诗歌中要适应韵律和相对齐整的需要，必然要进行切分，切分句子就带来许多新的问题。五是句子结构复杂化。如艾青的《太阳》等，"从句"大量增加，复杂状语、定语、复杂谓语等增加。六是独词句与长句常常交错出现，语言更显散体化。七是语调更趋口语化。陈述、疑问、祈使、感叹等语气入诗，更显自然和亲切。这些都为现代自由诗的韵律生成带来挑战，使得传统诗歌严格的节奏感、匀称感不易实现。由新语言的新特性决定，诗歌的节奏很难像传统格律诗那样整齐划一。要自然又不因文害意，只能具有大致相当的节奏。我们必须抛开传统的有"格"之律，寻求另外的规则来建构现代诗的"体式"。

现代汉语诗歌的先驱们开创新诗的目的就是打破传统诗的格律桎梏，运用"白话"——现代语体文实现"诗体大解放"，以容纳"新内容和新精神"。那么，现代汉语诗歌的韵律能不能再沿袭传统韵律？如果不能沿袭传统韵律，又需要做哪些变化？哪些美学元素可以利用，哪些必须放弃？我们必须在对汉语诗歌韵律具体分析中得出结论。闻一多说过，"律诗的格律是别人替我们定的，新诗的格式可以由我们自己的意匠来随时构造""新诗的格式是相体裁衣""层出不穷"[①]。这就指出了新旧诗在外在形式方面各自的特点和变化。也就是说，现代自由诗无论在以听觉为主的韵律方面，还是在以视觉为主的外

---

① 谢冕等：《中国新诗总论（1981—1937）》，宁夏人民教育出版社，2019年5月版，第257页。

观排列方面，都应有区别于传统格律诗的自己的规则和标准，以"内在的音乐"元素和特有的外观形式元素，随机地构建每一首诗自己的独特体式。

因此，自由诗定体虽无，规则则有。我们可以从诗歌实践中总结出一些具体的自由诗体式规则。

三、现代诗歌的体式规则

米·米·巴赫金说："在文学发展过程中，体裁是创造性记忆的代表。正因为如此，体裁才能保证文学发展的统一性和连续性。"[①]诗歌作为一种文学体裁，有其自身独特的形式和特征，如上文讲的节律性。在诗歌内部，又可以分出格律诗与自由诗、定体诗与非定体诗等二级、三级具体的体裁样式。传统的格律诗，具体体式是别人定好了的，诗作者必须按严格的体式规则作诗，换句话说，依"格"填诗，不能随意创造。"诗体大解放"后，自由诗只有一些适应新的语言和表达需要的粗略规则，而没有既定的、固定的具体体式可以套用，每一首诗的形式都由作者自行创造。现在，经过百余年的发展，现代自由诗形式创造已不是想当然地无中生有，而是可以在"创造性记忆"中提炼一些规则指导创作实践，做到有章可循的。创作自由诗的诗人必须懂得形式创造的一些初步规则，并注意下功夫进行具体的形式创造。下面我们提出诗歌的几组体式规则作一些分析，供大家参考。

定体诗与非定体诗。定体诗指对诗的行数、字数和韵律形式有具体严格限制，呈现出一种固定格式的诗。如我国的律诗、绝句、词、曲，部分民歌体，引进的西方国家的十四行诗等。非定体诗是指对行数、字数和韵律没有固定格式限制的诗。现代自由诗应是非定体诗。

定体诗与非定体诗不是你死我活的矛盾关系，而应该是"共和"的关系。我们绝不能因强调现代诗歌主流是自由诗而否定定体诗。语体形式在很大程度上决定诗体形式，以单音节词为主的文言文是律诗、绝句、词、曲的决定因素，以双音节、多音节为主的现代语体文是现代自由诗体式的决定因素。正如我们不能把现代汉语中的文言词语、单音节词全部清除出去（也没有必要清除出去，适当的文言词语能使话语更简练厚重，适当的单音节词能使句式更加灵

---

① ［俄］米·米·巴赫金：《诗学与访谈》，白春仁、顾亚玲译，河北教育出版社，1998年版，第1页。

活、充满活力），我们也没有必要否定定体诗。即使是近体诗，它的潜力也远远没有耗尽，它也不是完全不能书写现代的事物、经验和情怀。所以，即使是自由诗占据了主流地位，也没有必要排斥定体诗。同样，热爱近体诗、格律诗的人，也没有必要否定非定体的自由诗。

齐言诗与非齐言诗。"言"是中国传统诗学中的一个概念，既指一个文字又指一个音节，既是听觉符号又是视觉符号。如"五言诗""七言绝句"等，分别指每行五个字、每行七个字的诗。齐言诗是诗行字数相等的诗。近体诗是齐言诗。齐言诗一般是音顿模式的诗歌。非齐言诗是诗行字数不相等的诗歌。历史上的杂言诗就是非齐言诗。杂言诗有的诗句可能是五个字、七个字，有的不是。词多数是在近体诗的基础上变化而成的非齐言诗歌。在诗与词比较中，近体诗诗行整齐，词的句子参差错落。整齐有整齐的美，参差有参差的美，各美其美。整齐美有庄雅高妙的特点，参差美有自由通俗的特点。

现代诗歌发展初期追求白话的自由风格和自然话语的参差美，闻一多等又试图扭转风气创造齐言诗，如《死水》等所谓现代格律诗。现在的自由诗基本都是非齐言诗。齐言诗具有整齐美，但如不像近体诗那样讲究内部细致的平仄、押韵、对仗等技巧，很容易显得板滞枯燥。所以，现代汉语诗歌中，齐言诗呈现出越来越少的趋势。非齐言的现代诗歌中，既有特意追求参差美的如艾青的部分诗歌，更多的是如口语自然、语调和谐的诗歌。如戴望舒《烦忧》：

烦　忧

说是 | 寂寞的 | 秋的 | 清愁，
说是 | 辽远的 | 海的 | 相思。
假如 | 有人问 | 我的 | 烦忧，
我不敢 | 说出 | 你的 | 名字。

我不敢 | 说出 | 你的 | 名字，
假如 | 有人问 | 我的 | 烦忧。
说是 | 辽远的 | 海的 | 相思，
说是 | 寂寞的 | 秋的 | 清愁。

　　这首诗与艾青《盼望》比较，齐言与非齐言的区别十分明显，外在形式上的整齐美和参差美判然有别，节奏效果显然不同。《烦忧》是运用现代口语写的齐言诗，每行九言四顿。每行必须有一个三音节音顿，因此"有人"和"问""我"和"不敢"词汇意义和语法结构不是非常紧密，也必须划为一顿。虽然三音节音顿位置没有固定，但多数行其位置是对称的，对称中的适度变化还取得更加生动的效果。两节诗诗行语词对称性反复，具有一咏三叹的效果，非常恰切和有趣地书写了心思中爱的"清愁"。从总体上看，诗节匀称均衡、诗行整齐，无论从听觉还是从视觉都给人一种和谐美感。我们认为，写这种齐言诗也是自由诗的"自由"中的应有之义。希望见到更多的这种齐言诗。

　　前面列举的艾青的《盼望》前两节是非齐言的，第三节是齐言的。这首诗给我们一个启发：齐言与非齐言是可以在一首诗中得到混合和统一的。又如郭沫若的《凤凰涅槃》等，也是两种形态混合在一起的。这是值得自由诗形式探索者进一步借鉴的。

　　音顿诗和词顿诗、行顿诗。如前分析，以语音作为节奏划分的主要标准，严格规定顿内音节数量和音顿数，诗行和全诗采用音顿节奏模式的诗歌，如近体诗和闻一多《死水》类似的诗，我们称为音顿诗。以词顿作为划分节奏的主要标准，诗行和全诗采用词顿节奏模式，只求顿内音节数或行内音顿数大致差不多，节奏时长富于弹性，语言跳脱活跃，如徐志摩《雪花的快乐》，与其类似的诗，我们叫作词顿诗。以行为基本节奏单位，行与行之间没有对比明显的行内顿数比较的，我们叫作行顿诗歌。

　　从目前汉语诗歌写作现场总体形势上看，以行为基本节奏单位的行顿诗歌已经成为普遍现象，而当代诗歌中的音顿诗歌几乎绝迹。这也许是时代风尚使然。我们不期望回到"现代格律诗"的路子上去，但我们仍希望见到一些韵律感强的音顿诗、词顿诗。否则，我们认为，现代自由诗不是完全意义上的"自由"诗。

　　行顿诗又可以分出三种形式来：均等式、对等式和非对等式。均等式是指诗行均齐或基本均齐的诗。对等式是指像艾青《盼望》前两节那样的对应诗行长短相当的。非对等式是指诗行长短大致差不多，无规律可循的。如郭沫若《天狗》第一节、戴望舒《我的记忆》那样的诗行。这种诗大概是韵律感最差的诗，但现代自由诗体应该给这种自然语气的诗留下存在的空间。这一类诗任意性最大，最容易走向放任自流，失去诗的形式感，需要诗人特别警惕。

等顿诗与非等顿诗。等顿诗是指诗行与诗行内部顿数相等的诗。近体诗是齐言诗也是等顿诗。"现代格律诗"的追求者把韵律的重心放在顿上面，也就是放在音组上而不是"言"上。"构成现代格律诗最关键的东西是顿"①，这是适应现代汉语表达更加自由复杂、句子变长的需要，主张在近体诗格律规矩基础上的适当"解放"。但这种解放是有限的，"不管诗行字数整齐与否，诗行的顿数一定要整齐。顿数整齐是现代格律诗最基本的要求。"②这仿佛就明确了现代格律诗的底线，虽然不再要求等言但必须等顿。

现代诗的等顿又有多种，包括全诗各行顿数都相等的和有规律地交叉相等的。前者如闻一多的《死水》、戴望舒的《烦忧》等。后者又有如行组内上下行顿数相等而行组间不相等的、行组内行与行顿数交叉相等的、节与节之间相对应行顿数对称的……换句话说，顿数有规律可循，诗行有对称美感。这种诗不至于像各行顿数完全相等那样死板，而是富于变化的。如朱湘的《采莲曲》第一节：

> 小船呀 | 轻飘，
> 杨柳呀 | 风里 | 颠摇；
> 荷叶呀 | 翠盖，
> 荷花呀 | 人样 | 娇娆。||
> 日落，
> 微波，
> 金丝 | 闪动 | 过小河。
> 左行，
> 右撑，
> 莲舟上 | 扬起 | 歌声。||

这是一首非常有名的现代格律诗。全诗共五节，每节十行，各节顿数都跟

---

①　邹绛：《中国现代格律诗选》，重庆出版社，1985年8月版，序言第2页。
②　邹绛：《中国现代格律诗选》，重庆出版社，1985年8月版，序言第10页。

这第一节一样。第一至第四行为一个行组，行内顿数分别是2、3、2、3，在行组内第一、三行对称，第二、四行对称。第五至第十行为一个行组，行内顿数分别是1、1、3、1、1、3，在行组内第五、六行与八、九行对称，第七行与第十行对称。这就是有规律地相等。

再如徐志摩的《再别康桥》也很有特色：

  轻轻的｜我走了，
   正如我｜轻轻的｜来；
  我轻轻的｜招手，
   作别｜西天的｜云彩。

  那河畔的｜金柳，
   是｜夕阳中的｜新娘；
  波光里的｜艳影，
   在我的｜心头｜荡漾。

  软泥上的｜青荇，
   油油的｜在水底｜招摇；
  在康桥的｜柔波里，
   我甘做｜一条｜水草！

  那榆荫下的｜一潭，
   不是清泉，｜是｜天上虹；
  揉碎在｜浮藻间，
   沉淀着｜彩虹似的｜梦。

  寻梦？｜撑一支｜长篙，
   向青草｜更青处｜漫溯；
  满载｜一船｜星辉，
   在星辉｜斑斓里｜放歌。

　　但我不能｜放歌，
　　　悄悄是｜别离的｜笙箫；
　　夏虫也｜为我沉默，
　　　沉默是｜今晚的｜康桥！

　　悄悄的｜我走了，
　　　正如｜我悄悄的｜来；
　　我挥一挥｜衣袖，
　　　不带走｜一片｜云彩。

　　这首诗诗节匀称，每节都是四个诗行；行的长短也大致差不多，基本均齐；每节内双行基本押韵。从总体上来看，它是隔行对应相等的等顿诗，趋于口语化，音韵和谐优美。这首诗诗行内的节奏还是较分明的，可以把一行划分为两个顿或三个顿。它的意顿节奏弹性很大，有一音节顿、双音节顿、三音节顿甚至四音节顿。邹绛说"他写的诗在格律上却并不严谨"[1]，这是没有认识到志摩诗歌行内顿的弹性和从音顿节奏向词顿节奏、向行顿节奏过渡的特点，没有认识到这恰好是一种进步。

　　总之，等顿诗强调诗行间行内顿数的一致或对称。这种现代汉语等顿诗还有一些特点：与近体诗相比，它的顿更宽泛了，不但有双音节顿还有三音节顿甚至一、四音节顿；与近体诗相比，它的三音节顿的位置也更加灵活了，放在行首、行中、行尾都可以，具体放在什么位置视行间节奏对称的需要来定，重点在于对称美。

　　非等顿诗，就是诗行与诗行间内部顿数不相等的诗。也就是在诗行内部不管顿数多少——不论音顿数还是词顿数。这种诗一般不是齐言诗。如果诗行间顿数不相等又是齐言诗，那种诗只求诗行文字形式的整齐而不求节奏和谐，就是人们所谓的枯燥的"豆腐干"诗了。齐言诗不一定是等顿诗，反之，等顿诗

[1] 邹绛：《中国现代格律诗选》，重庆出版社，1985年8月版，序言《浅谈现代格律诗及其发展》第18页。

也不一定是齐言诗。非等顿诗趋向以诗行为基本的节奏单位。从现在的诗歌写作现场来看，大部分诗歌行内节奏已经不大鲜明，已经不再考虑或者说多数时候不再考虑诗行内部的节奏，而以行为基本节奏单位，换句话说，是非等顿的行顿诗占主导地位了。

从齐言诗到等顿诗，从等顿诗到非等顿诗，呈现出现代汉语诗歌的一个发展更新的路径。这个路径体现出汉语诗歌形式的解放过程。

雅各布森以独特的眼光发现了诗歌的"对等原则"，该原则对于诗歌的语言、韵律、体式和表达策略都适用，具有极高的诗学价值和深刻的诗学意义。诗歌的节奏性、韵律性要求诗行相对整齐，体现出节律性。齐言诗、等顿诗是严格的相等，非齐言诗、非等顿诗是大致的相当，或者是对称交错地相等，都是对等原则在韵律和体式上的具体体现。我们可以把严格的相等的前者叫作"均等式"，更富于变化的宽泛的后者叫作"对称式"。这是现代诗歌韵律、体式的两种重要模式。

分节诗与非分节诗。分节诗，顾名思义是诗的内部分成若干诗节的诗。分节的依据有两种：一是侧重从语音形式因素进行，如一些传统格律诗词，从西方引进的十四行诗等；二是侧重从表达意义进行，现代自由诗一般从意义角度切分。分节表现出几种情况：一是兼顾形式需要均衡分节的，如多数"现代格律诗"，要求节与节行数相等，意义上相对均衡；二是兼顾形式需要对称分节的，要求节与节行数交叉相等，形成形式上的对称关系；三是行数均衡与对称、不对称混合地分节的，这是更多兼顾表达的需要做出的放弃规则形式的选择；四是完全不顾行数形式的外在要求，只针对意义群落的需要进行分节的，这种分节一般不考虑行数均衡等外在形式因素，就跟散体文的分段基本是一回事。

非分节诗顾名思义就是不分节的诗。现在很多短诗由于本身内容简短，行数较少，按简单从实的原则省去形式化的成分就不用分节了。不分节的诗在意义理解上和韵律把握上，只有根据上下文和意群确认行组，把意义相对紧密的行组作为一个层次，来分析层次并把握诗歌的意义。

押韵诗与非押韵诗。押韵是语音中质素相同相近部分的反复、前后照应，是一种形成节奏和美感的重要手段。近体诗都押韵，"现代格律诗"强调押韵，现代自由诗可以不押韵，但也不能完全拒斥这种手段。至于押韵方式可以更加灵活、自由，总体上趋向更加宽泛、更加稀疏、自由创造，产生清新自然的韵律美感。从目前诗歌写作现场来看，押韵诗偏少，缺乏了一些趣味。

标点诗、半标点诗和无标点诗。在现代诗歌创作实践中，似乎约定俗成地形成如下几种情况。

一是一首诗各诗行全部使用标点符号。即除了一个句子切分为两行以上的，句意连贯紧密，句中转行处不标点外，其余按语句的需要，每个诗行不论行内需要停顿时还是行末停顿时，均按照语义在该标点的地方都加上标点符号。这种方式有助于精确地表达意义和情感，适合用于语气、语调变化大的诗歌。

二是全部不使用标点符号。行末句末和行中停顿都不使用标点符号。如果行中有停顿的需要，用空一字格的形式表示。这大概是基于这样一种考虑：现代自由诗既然分了行，行末的停顿是必然的事，行中的停顿一般比行末停顿小，只要用空格读者就会领会停顿的用意。这种诗的停顿、断句和语调全靠读者凭视觉感知和语意理解，留下更多的空白和想象空间，在品味文字意义中去把握。这种形式适合语气、语调变化不大，表意不必非常精确的诗歌。

三是半使用标点符号的。即在所有诗行转行处都不使用标点符号，只在诗行中间停顿时适当地使用标点符号。因为诗歌行末和句末自然都要停顿，建立在写读双方的默契之上，如果语调变化不大，就不用标点了。

有的诗歌只是部分诗行用标点，多数地方不用。我们不赞同这种做法。这种做法增加了诗歌形式的随意性。过大的随意性对于诗歌形式的建立没有好处。

以上是诗歌体式方面的重要元素和大致规则，它们之间可以呈现出若干交叉的形态。如：闻一多《死水》是齐言等顿分节诗，徐志摩《雪花的快乐》是非齐言等顿分节诗，徐志摩《沙扬娜拉——赠日本女郎》是非齐言非等顿不分节诗……还有如艾青《盼望》等，其中有齐言与非齐言、等顿与非等顿在同一首诗中混合出现的情况。也许是时代风尚的原因，有的形式在现在很少出现了。当前，许多创作现代诗的诗人缺少在自由诗形式上探索的热情。我们提倡诗人们在这些方面做更多大胆探索，不断创造出各具特色的经典作品。

正如德国文学家席勒说的"理性要求统一，自然要求多样"，现代诗是在充分尊重精神自由而又适当遵守形式规范基础上形成的"自由诗"，形式上不能人为制定模板，更自然地适应内容需要，体例千变万化，但它也不是毫无规范、随意而为的。既不影响意义表达又能带来形式美感，就是现代诗歌的美学追求。张戒的"诗人之工,特在一时情味,固不可预设法式也"①,也许较适合用来对自由诗的特征进行概括。许霆说得好:"自由诗体形式不应有固定模式,只须有某些有效原则,其最为重要的特征就是内外律的有机统一。"②他看到了自由与规范的平衡问题。

诗体的"自由化"是历史的大趋势,但这并不等于一定要全盘否定诗歌传统和韵律美。诗体的发展应是一个渐变的过程。作为对近体诗齐言形式的反拨,词又叫"长短句",引入长短不一的诗行,但很多词调仍保留五言、七言对句的节奏和平仄形式。词虽然留着近体诗的一些"齐整律"的尾巴,但它总体上遵循的是"参差律",这个总趋势是应该肯定的。自由诗在节奏的散化方面比词曲走得更远,更加参差不齐、灵活自由。但是,它走得再远,也不能失去诗之为诗,区别于散体文的必要的形式感。它要遵循一种"内在律",就是诗行情感内容的对等律。它在诗行和节奏形式上也应该有多元化的"自由",或者表现为行与行齐整的均等,或者表现为对应诗行之间的对等,或者表现为二者混合的"骈散兼",或者表现为大致差不多的"自然调"等具体形式。

现代自由诗的产生,是适应现代社会生活和现代汉语需要,顺应历史潮流而人为发起的一场"革命"的结果,是一种美学模式的大转换,是一场"地震级"的突变。在现代自由诗产生并逐步发展、艰难成长的百年过程中,出现了不少对它的不满意和非议,有的影响很大。有的人侧重从韵律,有的人侧重从语言,但更多的人是从整体形式上对它进行否定。"很多人在评论中国现代诗歌时,不合适地运用了中国传统诗歌形式美学思想的基本准则作为评价标准。"如朱光潜等人认为新诗的形式还没有建立起来,是以新诗也要有某种固定格式为前提。"事实上,中国现代诗歌的基本特征乃是'自由'形式,其形式美学思想的最基本原则是'无定式'。"③正如上文所说,现代自由诗不像传统诗那样有固定体式,每一首诗的体式都是诗人自由创造的结果。它的体式也不是随意而为由"回车键"决定的,而是要遵循一定规则的,形式必须具有艺术表现力,有利于整体意义的表达。这些规则除了上面归纳列举的一些,还

---

① 童庆炳、马新国:《文学理论学习参考资料新编(中册)》,北京师范大学出版社,2005年10月版,第1344页。

② 许霆:《中国新诗韵律节奏论》,北京师范大学出版社,2016年1月版,第161页。

③ 黎志敏:《现代诗歌的自由法则》,人民出版社,2022年3月版,第123~124页。

需要我们在实践中不断总结和丰富。随着现代自由诗进一步走向成熟，人们肯定会发现更多的手段和方法。

诗人们认识到强调自由诗吸收散化节奏的好处，如胡适提出"诗体的大解放"，非做"长短不一"的诗不可。废名强调新诗"句子的散文性"。艾青提出诗的散文美，肯定"散文的自由性，给文学的形象以表现的便利"。但自由诗又永远不可能完全不要体式规范。当前实在要简单概括自由诗的体式规范，我想是否可以表述为：既有情感语义和语句音调的自由，又有克服彻底散文化的有限制的形式感，既有灵活自由的个性发挥，又不失适度的规范，每首诗都要在表达自由与形式规范之间寻找到一个自身体式的平衡点。黎志敏说："在现当代诗歌创作过程中，没有既定的形式可以套用，诗人必须注意诗歌形式本身的创作。无论诗人创作什么样的具体诗歌形式，都必须让形式本身具有内容表现力，也就是说：现当代诗人的形式创作必须具有明确的艺术理由。"[①]这应该是自由诗形式创作的总要求，也是规范自由诗形式的标准——任何形式的创建都要有一个让人看得出来的"艺术理由"。

总之，现代自由诗是在语言、节奏充分自由的基础上实现形式自觉的诗歌。我们认为好的现代自由诗形式上的标准是：话语干净洗练，叙述具体简洁，音韵自然协调，句行关系妥帖，每一首诗都要有一定自己的形式感和内在韵律感，随机赋形，依情建体，在表达自由与形式规范之间找到一个自身体式的平衡点。

以上三节讲诗歌话语、诗歌韵律、诗歌文字排列形式，比较集中地分析了诗歌的节律性特征。下面将用两节内容，重点分析诗歌以象明意的功能性特征。

第五节 诗歌的意象

艾略特说："通过艺术形式表现情感的唯一方法，就是找到'客观对应物'。所谓客观对应物，即指能够触发某种特定情感的、直达感官经验的一系列实物、某种场景、一连串事件。"[②]诗歌的情感不是直接说出来的，直接说

---

① 黎志敏：《现代诗歌的自由法则》，人民出版社，2022年3月版，第33页。
② 黎志敏：《诗学构建：形式与意象》，人民出版社，2008年5月版，第25页。

出来不能给人深刻印象，是无效的，诗歌"不是放纵情感"，而是要为情感找到"客观对应物"，通过载荷有情感和经验的事物表象唤醒读者的记忆，把读者的情感激发出来，让其自主地获得相应的感受和启迪。诗歌通过话语创造的艺术世界虽然不像小说那样全面、系统，总是以片段形式表现出来，但也不失其具体性、丰富性，并达到以少胜多的艺术效果。这些"客观对应物"就是意象，是诗歌里层不可或缺的主要元素之一。正如钱钟书说："诗也者，有象之言，依象以成言。"

一、意象的性质、作用和特征

诗歌的意象是诗人利用语言材料构筑的表达情感意绪的具体可感的一种文学形象，它是主观情志与客观事物表象的复合体。意象不能以某种传统的文学形象观来僵死地理解成一种呆板的物象。它不是客观生活世界所存在的那种光学影像，它是事物反映在人心目中的一种表象。人们常常称它为一种物象，但它不是物理学上的"物象"，而是存在于文学审美主体意识中的一种貌似物象的"心象"——在意识中的"象"，即表象。劳·坡林说这是一种包含着感情和思想的"感觉印象"和"内心的图景"。[①]只是为了称道的方便，有时人们仍然称它为物象。审美主体凭借自己的体验和感悟在审美观照中创造审美意象，并依托语言符号传达给其他主体，其他主体凭借语言符号的交际功能和自己的理解，也能在自己的意识中唤醒生活中已有的经验，生成和感受到这种意象，并激活相关的情感意念。情感—意象—语言符号（形式）—意象—情感构成人们情感意念交流的链条。意象是一种能够被强烈地意识到却不能被触摸到的虚幻的实体。

有人说意象就是"意"加"象"，这种说法有一定合理性，是一种探索认识的特定方式的体现。意象确实是主观情志和客观事物表象的复合体，是能够刺激读者产生智性或情感等心理反应的意念、情感和"行动信息"的多种元素构成的"综合物"。[②]也就是说，它区别于科学认识的冷冰冰的情感信息几乎为零的表象，是明显地寓含情感意念等多种精神内容的"综合物"。它是意

---

① ［美］劳·坡林：《怎样欣赏英美诗歌》，殷宝书编译，北京出版社，1985年5月版，第41页。
② 黎志敏：《诗学构建：形式与意象》，人民出版社，2008年5月版，第85页。

与象的融合，心与物的同一，情与景的交融，既是"客体物象的心灵化"，又是"主体情感的对象化"，是主客体的审美契合。"的确，'观念'常常融于具体的事物中，并且纯粹借助于具体的事物而为人们所理解。"①"象"是体格，"意"是魂魄。虽然我们可以分别开来认识它们、分析它们，但在意象中，"意"和"象"两者永远是一体浑成、一刻不离的。

意象作为诗歌艺术中能够独立运行的基本单位，本身也是一个具有相对稳定性的艺术符号。意象与语词相联系，语词既是某种概念的载体，也是某种意象的载体。意象以表象性语词表达出来，词语成了它的物质外壳。一般说来，在汉语中，一个名词、动词等实词和他的修饰词就能提供"事物"的表象——物象或事象，成为表示一件事物的意象词。从语言上看，意象呈现为一定的语词组合关系，是表达某种特定意念而让读者得之于言外的语言形象。如"枯藤老树昏鸦""黄叶树""白头人""风的刀""用旧的春天""黑色的眼睛""绿色的火焰""芭蕉的绿舌头""充满叹息的身体""同一个颜色的哀伤""一滴走失的水""与时光和解"等。它是诗歌言说的对象，但又不是单纯的对象，而是一种别有寄托的东西。

从诗歌审美形态的整体结构来看，诗歌语言是诗歌的表层面貌，诗歌意象是诗歌里层的实体部分，是诗歌深刻精神内容的载体。诗歌语言符号的所指给人们提供了这种载体。意象是诗歌生命的实体。意象与诗歌的言语、情志一样，是诗歌美学的核心范畴之一，在诗歌审美形态结构中具有极其重要的地位。人们依凭语言而获得言外之象，依凭意象而获得象外之旨，意象成为一个桥梁，它的使命就是传达一种意念和兴发感受。

勒内·韦勒克等指出："诗歌不是一个以单一的符号系统表述的抽象体系，它的每个词既是一个符号，又表示一件事物，这些词的使用方式在除诗之外的其他体系中是没有过的。"这种"事物"或意象是"有关过去的感受或知觉上的经验在心中的重现或回忆"。"它的功用在于它是感觉的'遗存'和'重现'。"②换句话说，诗歌语言提供这种载体，目的不仅仅是给人提供一

① ［英］伊丽莎白·朱：《当代英美诗歌鉴赏指南》，李力、余石屹译，四川人民出版社，1987年10月版，第26页。
② ［美］勒内·韦勒克、奥斯汀·沃伦《文学理论》，刘象愚等译，文化艺术出版社，2010年9月版，第204～205页。

种外物的表象，而是提供一种记录和唤醒人普遍具有的感受或知觉经验的中间物。了解、把握、使用意象，"作为一个心理事件"，总是"与感觉奇特结合"在一起的。以意象承载的感知经验来传达兴发感受和情志内容，是诗歌实现表达目的的特殊途径和独特方式。

"外师造化，中得心源。"意象来源于审美主体对客观世界的审美观照。它可以包容客观世界的一切事物但又不限于这些事物，它还可以包容一切可感的甚至想象中的事物及其品质。传统诗歌偏重对现实世界的客观摹写，但光有摹写是不够的。黑格尔曾经指出："诗的任务并不在于按照显现于感官的形状去详细描绘纯粹外在的事物。如果诗以此为主要任务而不使这种描绘反映出外在事物的精神联系和旨趣，它就变成冗长乏味了。""诗的原则一般是精神生活的原则"，它"只是为提供内心关照而工作"。①诗歌意象是"表意之象"，万事万物进入人的心海都成了一种心中之象。这种"心象"无不是带着情感、带着人心甄别勘验的痕迹，带着某种意味的。胡适在《谈新诗》中说"诗须要用具体的做法，不可用抽象的说法"，并列举了一些古代诗歌，如"绿垂风折笋，红绽雨肥梅""芹泥随燕嘴，蕊粉上蜂须""四更山吐月，残夜水明楼""鸡声茅店月，人迹板桥霜"等等。这些诗句叙述冷静客观，取法"以物观物"的视角，我们可以从中看到诗人对外在事物细致入微的观察和摹写，但与此同时，我们仍然可以觉察到人类精神的隐微痕迹，如"肥""上""吐""明""人迹"等，并且可以发现在这所有事物后面人类那双洞悉一切的眼睛。

诗歌意象既然来自对客观世界的审美观照，那么，客观世界对于我们人类认识来说是无疆界的，意象也应该是无疆界的。无论是自然的还是社会、人文的题材，是农耕时代的还是现代工业文明的题材，是美的还是不美的题材，都可以进入我们观照的视域。但是，中国古代很多诗歌的意象和题材范围相对狭窄，多数都是对日月星辰、山川草木、风花雪月、飞鸟鸣虫等自然景物的书写。这一方面是因为中国长期处于农业社会，农耕文明在诗人精神世界根深蒂固，自然而然和大自然的关系特别亲近，书写特别多；另一方面是因为自然景物更具有生命、情态，便于寄托情思意绪——"自然界总是象征意象的巨大仓

---

① ［德］黑格尔：《美学（第三卷下册）》，朱光潜译，商务印书馆，1981年7月版，第5页、第19页。

库"①。直至现代，汉语诗歌对于现代城市和工业文明题材意象还缺乏大力开拓。鲁迅1926年在译介俄国象征派诗人勃洛克时感慨："我们有馆阁诗人、山林诗人、花月诗人……没有都会诗人。"②这个问题在现在城市化进程已经很深的时候也没有很好解决。在意象世界的开拓方面，不能不说我们的诗质现代化、诗歌现代化还有很长的路要走。

诗歌意象应该是多种多样的，视觉上的形象是一个重要方面，但韦勒克反复强调"意象不仅仅是视觉上的"。意象表述需要调动我们各种直接或间接的感受和知觉经验。除了视觉外，还包括听觉、嗅觉、味觉、触觉、运动觉、平衡觉等各方面的经验。甚至，诗人广泛地生产出或者由反常的心理性格引起的，或者由文学上的惯例引起的把一种感觉转换成另一种感觉的"联觉意象"。从不同的感官形式来分辨可以分出不同的意象类别，但诗歌意象不局限于任何类别。如"昵昵儿女语，灯火夜微明。恩冤尔汝来去，弹指泪和声"中的"昵昵"从听觉摹写说话声；"暝入西山，渐唤我一叶夷犹乘兴"中"一叶夷犹"四个合口呼字音，犹如身处小舟中在平静如镜的水面滑行的全身感觉。当代诗歌更有很多使用通感手法和联觉意象的，诗的触角在各种感知觉之间游移，它们丰富了诗歌的审美感受，凸显了诗语的生动性。

中国诗学传统中有"诗中有画"之说，说的就是诗歌中呈现的绘画美、视觉美。闻一多提出的著名的诗歌音乐美、建筑美和绘画美"三美"理论，其中的绘画美就是指诗中呈现的意象美。外国诗人刘易斯在《诗的意象》中说，意象"就是一幅以词语表现的画"。③这是在认识的发展过程中的一种突出强调视觉特征的以一概全、以主代全的说法，我们不能作机械的理解。意象不仅仅是静态的画，它更多是动态的，即使是画面也应有生动的内涵，可以将其视为视频。在语言的作用下，诗人或读者心灵或"灵视"中总要浮现出一些这样那样的"事物"。无论是山川河流、风雨雷电，还是花草虫鱼、飞鸟走兽，一派景色，一片光影，一个人物，一串动作，一颗流星的划过，一阵香芬的飘临，一抹微凉的侵袭……它们都可以成为诗歌意象。这些意象应是多感的、联觉的、精微的，几乎可以和生动的现实世界媲美的。只有如此，它才能借以反应

① ［美］玛丽·奥利弗：《诗歌手册》，倪志娟译，北京联合出版公司，2020年8月版，第106页。
② 鲁迅：《鲁迅全集（第7卷）》，人民文学出版社，1981年版，第299页。
③ 朱先树等：《诗歌美学辞典》，四川辞书出版社，1989年9月版，第448页。

形形色色的大千世界，言人之不能言，言言之不能言，"立象以尽意"。

诗歌意象可以是立体的、多侧面的。同一个事物往往具有多方面的品质，因而同一个事物给人带来的感受和知觉经验是多方面的。比如"雪"，给人带来的知觉经验是"白""轻""冷""洁""飘扬""覆盖""掩埋"等，甚至可以相反，因其铺厚了像一床厚厚的被子而有了"暖"的知觉经验。所以，美国意象派诗人庞德对意象的界定是"一种在瞬间呈现的理智与感情的复杂经验"，一个"各种根本不同的观念的联合"。①

诗歌意象唤醒的感受和知觉经验是有个体差异的。人们对事物的感受和知觉经验来自个人的生活，来自不同人的不同经历。经历不同，经验沉淀往往就不同，可能产生不同的经验或相同经验的不同深浅程度。所以，在读写诗歌时，不同的人对同一个对象的敏感度不一样，同一个人对不同对象的敏感度也会不一样，甚至同一个人不同时期对同一个事物的敏感度都不一样。但是，由事物的客观属性决定，人类经验中大多数的知觉经验应该是相同或相近的。诗歌就是要运用这些相同或相近的知觉经验——这个"最大公约数"传递精神内容，引起人与人之间的同感"共情"，让人感同身受，从而吸引人、感染人、打动人，最终实现审美目的。

诗歌意象作为一种心象直接承载着的感性经验，有的来自诗人的瞬间观照，也有的来自文学上长期的习惯和传统，有的来自人类长期的历史文化沉淀。比如顾城的《感觉》，先写环境中一切事物都是"灰色"的，再写"在一片死灰之中/走过两个孩子/一个鲜红/一个淡绿"。红色联觉的是火焰、鲜血、热烈，淡绿联觉的是绿草、青春、生机等，而灰色令人联想到的是阴暗、冷清、沉寂的东西。诗中鲜红、淡绿和灰色形成鲜明对比，在沉闷中给人希望和光亮。这就是意象上面附着的感性经验在发生作用。

诗歌意象既然包含着人类历史文化积淀，那么，操持不同语言的族群之间，对待同一物象有相同的感受和反应，必然也有不同的感受和反应，也就是说，物象相同而心象不一定相同。这就是诗歌意象有不确定性，有相通之处，也有不相通之处，不同语种的诗歌难以原原本本地转译的原因。意象作为一种

---

① ［美］勒内·韦勒克、奥斯汀·沃伦：《文学理论》，刘象愚等译，文化艺术出版社，2010年9月版，第205页。

艺术符号，它成为创作者与接受者之间的一座桥梁。古代与现代、族群与族群、此人与彼人之间，借助它来传递经验和感受。它肯定有自己的优势，也有自身的局限。它的不确定性是一种优势，正因为不确定性，所以表现出多种可能性和丰富性；也是一种局限，有时令人费解。这是考验诗歌和诗人的地方，需要在确定性与适当的不确定性之间把握一种平衡。

因为人们对同一物象具有相同的感受和反应，诗人们常常沿用相同的意象，于是意象具有了递相沿袭性。"意象的递相沿袭性，其研究的对象则专指那些在历代诗歌中反复出现而用以表现创作者特定感情的具有比喻性或象征性的诗歌意象。"[①]这种沿袭性在中国古代诗歌包括近体诗中表现得相当突出，虽然在现成的意象使用中有很多变化，但主要的意义没有变化，如杨柳惜别、鸿雁思归、落叶惜时、望月怀人、凭栏思人、流水落花伤逝、叶落花飞怀旧、古道西风怀远……这一方面给美感的传递带来了便捷，因为这些意象的象意非常明显，作为现成意象利用起来比较方便，对创作者和接受者都很省事。另一方面"寻味前言，吟讽古制"有一种传承美感。但是，它同时也带来了审美心理上的自动化、心理钝化。用现代的观点来看，长期地反复地使用，又使这些意象成了一种套语，令人生厌。

现代诗非常注重意象的创新，即使相同的物象也要随时赋予其新的象意，因而，很多意象是临时性、一次性的，是意与象瞬间的遇合和呈现，表现为对生活中常见事物表象的不同运用。如根子把三月这个春暖花开的时节视为"末日"，余秀华写出"俗烂的春天"，还有"打开的夜晚""死去的明天""被永恒收走""叛逆的水"等。它们以陌生化克服自动化，尽量减少使用现成的意象。但是，意象既要有不断创新，又要有一定的传承。过多沿袭性意象产生令人生厌的套路化，没有稳定的意象体系又使诗歌显得非常艰涩。汉语诗歌从近体格律诗"解放"为"白话诗"后，由于主要是写"新事物"，传统的意象体系断裂，新的意象体系没有建立起来，既没有传统的用典，又缺乏对新事物的"赋魅"，诗歌的内涵一度变得非常单薄。意象过多的沿袭和过度的创新都有不足之处。意象的新与旧、恒与变、创新与传承，都有个度的问题。具有鲜明个性的诗人，总是有自己独特的意象体系和自己常用的中心意象的。这是意

---

① 陈植锷：《诗歌意象论》，中国社会科学出版社，1990年8月版，第180页。

象持恒的一种方式。在诗歌传统中适当继承也是一种方式。这是值得进一步探讨的问题。

正因为意象具有丰富的包容性，作为以类比思维和神话思维为主体思维和表达方式的诗歌，几乎没有不运用意象表达的。"意象是诗人凝聚地传达情感，表现思想，升华感觉印象的一种基本艺术方式。"[①]哪怕有人提出"拒绝隐喻""反意象"，也不可能彻底做到一首诗没有意象的。欧阳修在《六一诗话》中说的"含不尽之意，见于言外"，诗歌要表达的若干情感意绪，虽然没有明说，但都借用意象附带出来、暗示出来、表达出来了。

诗歌意象的质地在很大程度上决定了诗歌的质地，创造意象的能力往往成为诗人水平的标志。我们应该承认，很多时候，我们品味和谈论诗歌的美其实是在品味和谈论诗歌的意象。意象是诗歌最耐人寻味的元素之一。由于意象是"理智与感情的刹那间显现"，它自有一种打动人的兴发感动的力量，而且常常呈现出冷静而形象的外表，给人凝视和寻味的诱惑。很多诗人和爱诗者反复品味的不仅仅是诗歌的语言也是诗歌的意象，总是长时间沉浸在诗歌意象的审美想象、审美感受中。意象的含蓄蕴藉的美，以少胜多，价值丰厚，远胜情感的直抒和浅薄的呼喊。绝大部分诗歌靠意象取胜。意象的锐利和力量来自感知的具体和贴切，诗歌意象的新颖、独特、精微，往往成为诗人追求的重要目标。

从诗歌审美的流程看，意象只是一种言说的中间物，不是诗歌的唯一言说对象。这种言说对象背后或者说更深层的底里还有一个言说对象——主观情志，它才是最终的言说目的、言说主题。诗歌广泛运用类比思维，必须有两层以上的言说对象，"言在此而意在彼"。这两个言说对象之间具有一种比喻、象征、暗示、映射的关系。李梦阳在《缶音序》中说："夫诗，比兴错杂，假物以神变也。"这句话说破了诗歌表达途径和手段的秘密，"假物"就是对客观物象的利用，"神变"才是诗歌的最终目的。这就是袁枚说的"诗含两层意，不求其佳而自佳"。言说主题是言说对象里面更深层次的存在或者说是最终的言说对象。现代汉语诗歌在初期白话诗阶段，普遍写得过于直白，缺乏这个深层的言说对象，是一种美的缺失。后来，这些诗歌成为一些人攻击的对

---

① 盛子潮、朱水涌：《诗歌形态美学》，厦门大学出版社，1987年12月版，第57页。

象，很多人却不知道这不是现代语体诗歌形式本身的问题，而是当时的一些诗歌的写作方法存在问题。

为什么诗歌一定要使用意象呢？这是涉及诗歌表达方式的一个根本性问题。从诗歌审美方式上说，它的艺术性立场决定了它不是像论说文、散体文那样直说或思想观点直陈的文体，否则，它的艺术性就失去了场地和根基。从艺术效果上说，如果完全采用"竹筒倒豆子"式的直抒胸臆，诗歌就会变得索然无味，了无生趣。诗歌采用意象表情达意，特别是在中国是有着自然而深厚的历史和传统的。钱钟书说："《诗》也者，有象之言，依象以成言。舍象忘言，是无诗矣。"①陈伯海在《中国诗学之现代观》中，对此有深入的考察。他认为诗歌意象有两个源头：一是《老子》《庄子》《易传》的玄理之象，二是先秦两汉之间出现的人文之象。在魏晋之际才发展为审美意象。《易传》中说："子曰：书不尽言，言不尽意……圣人立象以尽意。"也就是说，"观物取象"是前提，"立象尽意"是手段，以不尽之意见于言外，是诗歌表达的根本策略。所以，诗歌是使用意象表达思想情感的文体。"意象作为诗性生命本体（即诗歌审美实体），是不容否定的，没有意象便没有诗。"②

陈伯海将意象生成的途径归纳为两大类型："寓目辄书"和"假象见意"。前者指"诗人在外物的直接感发下进入艺术构思状态，这样构造出来的意象往往带有比较鲜活的自然物象的色彩，而附着于物象上的诗人情意亦多呈现为直感式的生命体验"。后者"则是让生活中获得的感受先积淀下来，经过反思的加工提炼，冷却、凝定为某种意念，再选取合适的意象加以表达"。③前一种意象创造要特别注意不要拘泥于事实本身。"诗贵意象透莹，不喜事实黏着。"④后一种意象创造要特别注意"意"与"象"的自然贴切，要大胆进行想象拼接和加工。明朝何景明说："意象应曰合，意象乖曰离。""意"与"象"之间水乳交融，"合"——贴切是基本要求，"神与物游"的"游"——运动是更高表现。

---

① 转引自陈植锷：《诗歌意象论》，中国社会科学出版社，1990年8月版，第60页。
② 陈伯海：《中国诗学之现代观》，上海古籍出版社，2019年5月版，第139页。
③ 陈伯海：《中国诗学之现代观》，上海古籍出版社，2019年5月版，第131~132页。
④ 王廷相：《与郭价夫学士论诗》，《王廷相集·王氏家藏集卷二十八》，中华书局，1989年版，第502页。

意象中意与象不但不能分离，它们的内部还总是不断地发生一种双向运动。谢榛说："诗乃模写情景之具，情融乎内而深且长，景耀乎外而远且大。""作诗本乎情景，孤不自成，两不相背。""景乃诗之媒，情乃诗之胚：合而为诗，以数言而统万形，元气浑成，其浩无涯矣。"[1]这就阐明了情与景、意与象的内外一体浑然天成的关系。刘勰在《文心雕龙》中提出"神与物游"的观点，即情志与物象相伴相生，双方处于一种交会和互动的关系中。"'心物交感'并不限于意象触发的那一瞬间，而有一个往返交流、不断生发的过程……情意得物象的赋形而渐觉鲜明，物象亦经情意的提炼而更见条理。"[2]这就非常深刻而生动地揭示了意象参与艺术思维运行的一般规则。

在诗歌中，除了意与象合，还要恰当地处理好意与象、情与景之间、多与少、直与曲的分寸关系。遍照金刚说："事须景与意相兼始好。凡景语入理语，皆须相惬。当收意紧，不可正言。"[3]理必须与景融洽，表意语言要收"紧"，特别是在惜字如金的格律诗中，很多时候只用一两个字点到为止，若隐若现，不能太多太直，不能破坏景象构成的和谐意境。这些是汉语诗学传统的精华。

二、意象组合的意义和种类

人们常常在单个物象的意义上使用意象这一概念。其实，诗歌中的意象极少时候是单独存在的。就拿新时期北岛的一首影响很大的小诗《生活》来说，全诗只有一个字"网"。"网"是一个物象，在本诗中也是一个意象。"网"是多根线交织而成的，唤醒人的感受是许多事物、关系相互交错纠缠在一起的，促使人联想到现实生活中的各种关系的交织，心有同感，从而直觉地产生美的艺术感受。本诗言说的主题是生活，言说的意象是"网"，这两个言说对象之间构成一种特殊关系，一种比喻、象征、映射的关系。即使这样的单个意象，像本诗中的"网"，也是与"生活"的实相相配合而实现审美功能的，诗

---

[1]　转引自童庆炳、马新国：《文学理论学习参考资料新编（中册）》，北京师范大学出版社，2005年10月版，第1346页。

[2]　陈伯海：《中国诗学之现代观》，上海古籍出版社，2019年5月版，第131页。

[3]　转引自童庆炳、马新国：《文学理论学习参考资料新编（中册）》，北京师范大学出版社，2005年10月版，第1341页。

的标题给定了诗的语境。这种单意象的诗歌是很少的，比较成功的更少。

世界之中万事万物总是相互联系的，诗歌中的意象一般也是由多种事物之间以各种各样的联系组合在一起的。意象与意象组合成意象链、意象群、意象世界。只有这样，才能反映人丰富的思想感情和纷繁复杂的精神世界。"在诗中，意象作为感觉能够分辨且有欣赏意义的最小单位，只有当它们恰当地组织在一起时，才会因意象之间的相互关联而产生整体美感效应。"①万物之象总是以一定的空间形式存在的，它们不是凝固不变的，物的运动变化又必然在时间形式中表现出来，成为一种事象，时空中的联系呈现为自然、社会和心理的融合，成为心灵之光的综合投射，激发出丰富的想象。诗歌作为综合性类比思维方式的产物，它最适合在直感观照下的整体性加工，适合自由联想和自然组合。

意象的组合是不可穷尽的。意象一经组合，就发生了新的作用，产生了新的美学价值。盛子潮、朱水涌认为，组合而成的意象结构的意义至少有三个方面。

一是完形的意义。一件艺术品，完整性和内部的组织性是它的必要前提。在《歌德谈话录》中，歌德说"艺术要通过一种完整体向世界说话"，这是一种共识。各门艺术样式的作品实现完整性的途径有所不同。小说、戏剧等叙事性作品往往通过有头有尾地叙述一段生活过程，表现一个事件来实现其完整性。"诗歌是精粹的说话"，它惜字如金，篇幅极其有限，不可能详尽叙述。诗人的必备手段之一就是有效地"留白"，真正懂得跳跃述说的艺术。如余光中的《乡愁》，从"小时候"到"长大后"到"后来啊"再到"现在"，短短四节诗，写了长长的一生。格式塔心理学家韦特默研究指出，人的心理结构是一种稳定性结构，具有一种"完形趋向律"。只要主要条件具备，心理的组织作用总是力趋完善。如一个圆圈，不一定画完整，只要大部分线条具备向一个圆发展延伸的趋势，人们总是自觉不自觉地在意识中就把它看成一个圆了。诗人们正是自觉不自觉地利用完形心理学的原理去实现作品的完整性。像画国画一样，在该用墨的地方用墨，在该留白的地方留白。留白不但不是一种缺失，反而更能调动欣赏者的主动性和积极性，主动投入想象、参与其中，激发审美情绪。

---

① 盛子潮、朱水涌：《诗歌形态美学》，厦门大学出版社，1987年12月版，第58页。

　　二是美学控制意义。我们在上文中就说过，事物的属性往往是多方面的，我们对它的感受也是多种多样的，因而，我们利用这些感知觉经验创造的意象也是各有侧重各不相同、丰富多彩的。如以"雪"创造的意象就多种多样，有寒冷、有洁白、有轻盈……甚至有温暖。"雪落在中国的土地上，/寒冷在封锁着中国呀……"（艾青《雪落在中国的土地上》），"寒冷"二字就固定了此处雪的意象的特征。"假如我是一朵雪花，/翩翩的在半空里潇洒"（徐志摩《雪花的快乐》），这个雪的意象是轻盈而浪漫的。而有时雪的意象却是温暖的。如"我是你雪被下古莲的胚芽"（舒婷《祖国啊，我亲爱的祖国》），雪成了被子，那肯定是温暖的。"我是幸福的/冰保卫着我/雪拥抱着我/……我会睡得很温暖/我会梦得很平安的"（胡风《小草对阳光这样说》），雪就更加温馨而有人情味。诗中究竟要选择利用事物的什么属性、贮藏的什么知觉经验，要看诗歌表达情思意绪和诗歌创新的需要。如前所说，诗歌一般是由若干意象组合在一起构成的。但这种构成不是随意的堆砌，而是通过诗人内心激烈运作后有序化地组合在一起，使意象与意象之间产生一种融洽的关系，体现出一种统一的结构。从而，"一个个意象组成整体结构，各个意象原先独立时的复杂的多义性便削弱了，指向、意蕴和表现力都得服从于结构整体的功能，不仅意象与意象之间相互限制，而且所有的意象都摆脱不了整体结构的控制。""意象结构的诞生即意味着对意象实施限制性美学控制的开始。"[1]换句话说，诗歌就是这样通过建立一种意象结构，明确意象与意象之间的独特关系，来使诸意象的意蕴得到规约，单个意象的多向性和自由度减小，以产生相对稳定的意蕴指向，实现统一的审美表达目的的。

　　三是审美生成价值。在意象结构中，意象与意象以一定的方式联系在一起，这个意象集合体既相互制约又相互补充、支撑，于是产生一种新的质素和整体氛围、意蕴。它往往是单个意象所没有的，因此意象结构大于诸意象之和。这就是意象结构的审美生成价值。诗人总是选择那些具有代表性的典型意象进行组合，为欣赏者留下足够的空白去填充，从而达到以少胜多、以一当十的表达效果。

　　意象组合的方式或者意象结构的形态是有章可循的，一般说来，归纳起来

① 盛子潮、朱水涌：《诗歌形态美学》，厦门大学出版社，1987年12月版，第63页、第65页。

主要有以下几种。

递进组合。指随着诗歌叙述逐步展开，意象一个个顺移推进，前后意象表现出一种自然承续关系的组合。有的表现为时间的先后顺序。如余光中的《乡愁》从"小时候"写到"长大后""后来啊""而现在"，从这些标示时间的词语我们就可以看出，是按时间顺序从过去写到现在的回忆式语调述说的。有的表现为事件的发展顺序和过程。如唐代李商隐的《登乐游原》："向晚意不适，驱车登古原。夕阳无限好，只是近黄昏。"因为"意不适"，就去"登古原"，然后看见了"夕阳"，于是产生了"只是近黄昏"——日子将尽的悲凉以及要珍惜生命和当下的感慨。这首诗整体看来，一个个环节之间具有层层相因的关系。有的表现为情感逻辑上的层层递进关系。如艾青的《我爱这土地》：第一层写"假如我是一只鸟，/我也应该用嘶哑的喉咙歌唱"祖国大地经历的苦难和奋起抗争的希望；第二层写"——然后我死了，/连羽毛也腐烂在土地里面"；第三层提升到总体上写"为什么我的眼里常含泪水？/因为我对这土地爱得深沉……"在情感表达上体现出一种层递嬗变关系。递进组合是按照一定秩序自然推进的一种顺序性组合，是实现诗歌意象有序化的一种最常见的组合方式。这种组合方式常常带有一种叙述性和情节性特征。

并置组合。指意象与意象之间既没有时间先后关系也没有情感层递关系，把相似、相近的意象依据统一的情感基调罗列在一起的组合。在中国近体诗等古典诗歌中，广泛运用对偶修辞方式。在那些对仗句中，除了部分所谓的"流水对"具有时间先后承续关系外，多数是并置的意象组合。传统诗词广泛运用列锦修辞手法，将名词或名词性短语并置在一起，互补或叠加构成意境，表达情感。如陆游《书愤》中"楼船夜雪瓜洲渡，铁马秋风大散关"，温庭筠《商山早行》"鸡声茅店月，人迹板桥霜"，柳永《雨霖铃》"今宵酒醒何处？杨柳岸，晓风残月"等。又如马致远的《天净沙·秋思》前三行中有九个意象，我们可以认为是并置的，但这些意象处于同一环境中，是相近的关系，共同构成一个透明而亲切可感的意境。在现代诗歌中，往往运用距离较远的意象并置，创造一种相互交织的、具有繁复感的意象群落。如舒婷《思念》第一节：

一幅色彩缤纷但缺乏线条的挂图，
一题清纯然而无解的代数，

一具独弦琴，拨动檐雨的念珠，
一双达不到彼岸的桨橹。

并置组合的意象与意象之间的关系往往是平等的，其位置是可以互换的。在意象的选择使用上，必须注意选择那些具有统一情感基调的意象，一致地为表达目的服务，否则，就会杂乱无序，不知所云。要让它们在意蕴上具有互补关系，相互映衬，相辅相成。

意象的递进组合表现出纵向的延伸性、流动性，易于创造一定的情感波澜和深度。并置组合则表现出横向的空间拓展性，产生较强的张力，强化情感的丰富性和力度。递进组合与并置组合体现出一种相异的向度，可以看作是一对相反和互补的组合方式。

对比组合。指把意蕴上互相对立和矛盾的意象组合在一起，产生一种反差强烈的前置效果。王维诗句"蝉噪林逾静，鸟鸣山更幽"，表现鸣噪与幽静的对比；杜甫诗句"朱门酒肉臭，路有冻死骨"，表现富贵与贫穷的对比。

从意象与意象的组合关系上看，对比意象实际上还是一种并置关系。我们可以把它看作一种特殊的并置意象。对比组合是只有两个方面的并置和对照比较，又可分为两个方面均衡的对比和两个方面非均衡的对比两种。

发散组合。也可叫辐射式组合，指由一个主意象从各种角度进行联想裂变出一系列意象，从而形成一个网状的意象复合体的组合方式。如杨炼的《铸》：

就这样，钢水
深红的血液，
沸腾着，注入我的心中。
金黄的花束和星星，
组成一个婴儿最初的笑容。
生命开始了——
钟声嘹亮、清澈
像悬挂着露珠的黎明；
早霞在迸溅

——我站起来

美丽、灼热、年轻……

　　主意象是"钢水"，是流动的，于是联想到深红的血液；金黄的钢水飞溅，于是联想到花束和婴儿最初的笑容；钢水凝固铸造，于是联想到新生儿生命开始了，联想到钟声和黎明，联想到朝霞迸溅。各种不同方向、不同感官性质的意象在与"铸造""生命开始"相关的意蕴上被组织到了一起，体现出一种发散性思维特征，在很大程度上增加了意象的丰富性和创造性。

　　聚合组合。也叫辐辏式组合，是指由广泛的意象逐步收拢，汇聚到一个关键意象上的组合方式。如艾青的《波斯菊》，先描绘各种颜色的众多波斯菊，接着写油田各处"波斯菊歌唱着秋天"，再写当年延安"波斯菊花枝招展"，最后集中在一点上，"不知是哪个延安人/把种子带到了大庆——/波斯菊一开花/就会想起延安"，从而把大庆和延安联系了起来，它们都是奋斗的、美丽的地方。聚合组合逐步汇聚到一点上，就对这个点有突出和强化作用。

　　发散组合与聚合组合在意象的组织方向上是恰好相反的，在效果上也各有特点，值得好好体会。

　　叠加组合。也叫意象叠加，是指意象与意象不但并置在一起，它们相互还形成一种隐喻和交错互文的关系。用英美意象派代表诗人庞德的话说，"是一个思想放在另一个思想上"。如他的影响极大的诗《在地铁车站》："人群中这些面孔幽灵一般显现，/湿漉漉的黑色枝条上的许多花瓣。"面孔和花瓣相互交织，你中有我，我中有你。意象派的另一位诗人休姆说，这是"两个视觉形成一个可称之为视觉和弦的东西，它们联合起来暗示一个不同于两者的新的意象"。[①]叠加组合与意象并置相似，由两个或两个以上意象组合在一起，不用连接词，它们的不同点是：意象并置的意象与意象之间没有隐喻关系，而意象叠加的意象与意象之间具有隐喻关系。同时，意象叠加的意象与意象之间又不像一般比喻那样本体与喻体主从关系明确，它的意象不分主次，地位平等，互相交错，互相渗透。

　　蒙太奇组合。蒙太奇是电影剪辑和拼接的加工手法，借用到诗学中来，是指对意象的切分和组接。这样的意象组合中意象与意象间距离较大，意象按一

---

① 朱先树等：《诗歌美学辞典》，四川辞书出版社，1989年9月版，第450～451页。

定规律如时间顺序等并置在一起，大大增加诗歌的跳跃性和内涵跨度，同时，给人留下较大想象空间。如臧克家的《三代》，又如余光中的《乡愁》：

> 小时候
> 乡愁是一枚小小的邮票
> 我在这头
> 母亲在那头
>
> 长大后
> 乡愁是一张窄窄的船票
> 我在这头
> 新娘在那头
>
> 后来啊
> 乡愁是一方矮矮的坟墓
> 我在外头
> 母亲在里头
>
> 而现在
> 乡愁是一湾浅浅的海峡
> 我在这头
> 大陆在那头

错综组合。指诗人根据表达的需要，有意打乱意象在生活中的单线条演进秩序，将其分割成若干片段，以破碎的意象片段进行组接，创造一个凌乱而令人难以捉摸的意象群落，获得跳跃、转换和流动的变形效果，折射无法言喻的心理状态和思想空间。如舒婷的《往事二三》：

> 一只打翻的酒盅
> 石路在月光下浮动

青草压倒的地方
　遗落一枝映山红

桉树林旋转起来
繁星拼成了万花筒
生锈的铁锚上
　眼睛倒映出晕眩的天空

　　这类意象群落表达的涵义和情感较难把握，要更多地从总体上借助直感去玩味。

　　从意象组合后意象密度看，叠加组合、错综组合等密度相对较大，递进组合密度相对较小。

　　以上归纳的意象组合方式中，前面两种是相对传统的，后面的是新颖的组合方式。这些意象组合方式是为了研究的方便而从创作实践中概括出的抽象模型。诗歌创作实践中，实际上往往在一首诗中将几种方式同时运用，是根据表达的需要灵活选择和组织的。

　　意象组合在传统诗歌中往往是单线条的、平面的、静态的，读起来简单、明朗，意旨清晰。随着诗歌表达复杂情感的需要和诗歌现代性的加强，越来越多地呈现出多线条的、立体交叉的、动态的表现形式，如前面分析的后几种模式。这种变化，减少了意象对现实世界的简单临摹，更加彰显了诗人的主体性。诗人也因此获得创造"第二自然"的更大自由。这个艺术世界可以是现实世界的模仿，是自然和谐的，也可以是杂乱、繁复的，是立体的特有心绪的表现。如雷平阳在《四季可以让万物独立》一文中说："我阅读诗歌时，尤其喜欢某些复杂的甚至混乱的作品，大堆的线头糅合成线团，打散开来就有满地的开始和结束。"现代自由诗在意象方面的现代性，不仅是让体现时代特征的新事物如高铁、飞船、极光、微信等入诗，反映现代生活，更是以意象组合的繁复性、凝缩的隐喻性表达方式等，展现现代人的心理和情绪特征。这样一来，自然增加了现代诗歌的阅读和欣赏难度。现代性阅读成为一种痛苦的仪式，而在这种仪式中，更能让人领略到深刻和巅峰状态的美感。

　　在所有意象组合或意象结构中，我们能够根据意象间的关系寻绎出它的内部线索，从而破解诗歌的秘密。意象组合的结果，呈现出各种各样的意象结构形态，有意象链、意象板块、意象群落，在意象群落中，还有主意象和辅意象之分，等等。但是，它们的形态再复杂，都有一点是不变的，那就是：它们都是为表达某种情思意绪而有序地组织在一起的。不管是单线条的组合，还是立体的、繁复的、动态的甚至错杂的组合，我们都要能从中找到它的情思脉络。正如陈伯海说："从诗歌文本构成的'言—象—意'系统来看，'寻言以观象''寻象以观意'，'象'在联结整个系统中起着承上启下的枢纽作用，它确是诗歌作品的内核。"[①]因此，我们可以看出意象的重要性。

三、意象与客观形象的区别与联系

诗歌意象与小说等其他叙事文学作品中的一般形象是有区别的。小说等其他叙事文学作品中的形象多数是对现实物象、事象的客观摹写。诗歌中也有这种客观形象的摹写，摹写的事物是现实中实际存在的，摹写和叙说的态度是客观的，不偏不倚，有时很难看出叙说者主观加工的痕迹，很难看出事物"言在此而意在彼"的暗示性含蕴。我们把这种形象叫作客观形象。客观形象多数是现实中普遍存在事实的表象，人们常常对它见惯不惊，对它持中性的立场，几乎不能引起任何情感或思想的反应。但它能帮助人模仿生活、记录生活，是诗歌创造感性世界所必需的基础。而诗歌要比较直接地表达各种情感心迹，又必须拥有喜恶哀乐等种种倾向，必须有情感意识的加入，拌和在一起充分地想象加工，仅仅有客观的形象是不够的。如果说小说里多半是客观形象，诗歌里则多半是包含主观意志的意象。

意象虽然也离不开生活中各种事物的表象，但是，它与上述客观形象不同，它或多或少带有人的主观意志，有时甚至是使客观物象发生扭曲变形的强大意志，使事物形象成为牛头马面人身似的现实中似乎不可能存在的奇异的表象。如马致远《天净沙·秋思》中的"断肠人"，闻一多《末日》中"芭蕉的绿舌头"，穆旦《春》中"绿色的火焰在草上摇曳/它渴求拥抱你花朵"等，都体现出诗人明显的主观意识和强大意志，以自有的观念和感受改变和加工了客观形象。意象里面灌注着人的主观意志、意向、意绪、意趣和情感，因而，

---

① 陈伯海：《中国诗学之现代观》，上海古籍出版社，2019年5月版，第138～139页。

它带有主观想象过的痕迹，成为情感的"客观对应物"，成为心灵的写照，成为带有情感倾向的表象。诗人运用意象，运用意象承载的感性经验，携带、暗示、传达出语言不能直接表达的东西，从而超越语言的极限，实现自己的传达意图。意象不能在现实中直接看见，但它能让人通过想象在内心中"看见"，在内心明显感受到，因而成为诗意世界中的重要角色。

　　为了进一步弄清楚客观形象与意象的区别，下面我们分析一首新诗来说明。冈夫的《故乡》[①]：

　　　　走近县城的城郊，
　　　　天色已经昏暗，
　　　　转过一排杨林，
　　　　奇景突然呈现。

　　　　齐削削一条长街，
　　　　几时开始修建？
　　　　电灯那么光亮，
　　　　几时开始发电？

　　　　五颜六色广告，
　　　　吸引着人们的视线，
　　　　有人迈进百货公司，
　　　　有人涌入了书店。

　　为了节约篇幅，请允许我只摘录这首诗的前三节。第四、五节写孙儿问祖母什么叫科学经验等文化内容，六、七、八节写青年催伙伴去夜校。整首诗没有意象的点化，似乎成了客观现实的实录。作者要写家乡的巨变，但全篇没有一个意象——没有"芭蕉的绿舌头""绿色的火焰"等那样明显带有主观意绪的意象，有的只是我们上面说的生活中的客观形象。诗歌话语是以社会实践经

---

① 张志民等：《当代短诗选》，百花文艺出版社，1984年5月版，第68～70页。

验为基础的会意性话语，最忌无意可会，一览无余。所以，我们有理由认为，这首诗缺乏一首诗以象明意的基本要素，缺乏言外之意，只能算"分行的散文"，而不成其为诗。我们可以相信这些内容全是现实生活的直接反映，有客观的物象、事象，甚至有作者真实喜爱的情感，但它的表达方式使人一览无余，不能给人带来任何诗意。虽然，它也有相对整齐的诗行，还隔行押韵，具有诗的外在形式，但它不能叫诗。

诗必须有意象，意象比形象多一层象外之旨。陈述形象不是目的，形象里面还要自带有意味、有意绪、有情感和意趣，有第二层甚至更多的意蕴，即象外之旨。袁枚说，诗含两层意，不求其佳而自佳。弗罗斯特说，诗是借用另一件事来说一件事。他们的说法都指出诗的关键是追求象外之旨，追求物象、事象背后深藏着的主观情志。这就是寓意于象，是意象的价值所在。那么，有人会提出：古代一些诗歌基本没有这种意象，还算不算诗呢？其实，客观形象虽然很难看出人的主体性，但一经语言表述，它就成了无不是经过主体思考、甄别、想象、加工过的东西，自然或多或少地带有主体的心迹。有的古典诗歌收意较"紧"，基本不用表达主观性的词语，但我们还是能从中寻绎出主观色彩，发现其为整个形象着色的主观性。如马致远《天净沙·秋思》中的"断肠人"，看似在客观叙述，却从侧面隐晦地为全诗定了底色。再如韦应物的《滁州西涧》："独怜幽草涧边生，上有黄鹂深树鸣。春潮带雨晚来急，野渡无人舟自横。"全诗好像从标题到内容只在客观地写景，但我们从"独怜"二字就可以找到诗的主观意图。这两个字宣示了主体对闲适情趣的追求，表达了喜欢闲静清雅的性格，为全诗的景物确定了一个情感基调。我们根据这个情感基调再来阅读和欣赏这些景物，好像个个都成了有情之物，幽草、黄鹂、春潮、雨水、野渡、小舟，都自主地来到我们面前表演，它们就是那么闲静自然。因而，客观形象被着上了主观色彩，被点化成为意象，赋予了诗意。古代诗歌一咏三叹的形式和强烈的韵律感，也把叙说主体的意志灌注在一般形象中，使形象具有了诗意。黄梵认为："古典诗词的严谨格律和音乐性，这些形式本身就自带诗意。"[1]当然，古典诗歌也确有一些是诗意稀薄的，另当别论。现代诗歌也有这种情况——一个普通的表述，因在特定语境中的运用而具有了隐喻的

---

① 黄梵：《意象的帝国：诗的写作课》，广西师范大学出版社，2021年8月版，第86页。

意义，具有了诗性。但诗性总得让人用直感寻绎得出来，让人感到话中有话。

在诗歌中，意象的具体表现形式是多种多样的。有的整首诗就是一个意象，或者说有一个核心意象；有的诗没有核心意象，而由多个意象构成，呈现为局部意象。从总体上来看，局部意象的诗歌更多。如艾青的《礁石》：

> 一个浪，一个浪
> 无休止地扑过来
> 每一个浪都在它脚下
> 被打成碎沫、散开
>
> 它的脸上和身上
> 像刀砍过的一样
> 但它依然站在那里
> 含着微笑，看着海洋

这类诗歌在现代诗中还不少。它有一个核心意象——礁石。它把礁石拟人化了，塑造了一个饱经风霜的战士形象。海浪等显然是它的对立物，是辅助核心意象的。这类诗主题容易集中，比较容易理解。而更多的诗是由多个意象构成的，意象与意象之间构成一种相互支撑和阐明的关系。这里就不举例了。

不论是古典诗歌还是现代诗歌，形象和意象常常交织在一起共同构成诗的肌质。有的以形象在前面做铺垫，后面用意象进行点化，揭示形象中的意蕴；有的前后形象与意象相互穿插，交织成非常复杂的组织体。下面分别举例说明。如王维洲的《古松》：

> 要三个人才能合围，
> 这一棵老皮粗糙的古松，
> 由于年久，或者是酸苦的基因，
> 树皮碎裂，大块大块地剥落。
>
> 然而它在多么坚韧地了望

在一个险峻的陡崖上，
平直地伸出十七条苍老的胳膊，
仿佛在托着大山的重荷。

在那砍伐森林的年代，
它偶然地成为一个幸存者，
在数百里光秃的群山中，
它强忍着，以苦涩的沉默。

它以泪水凝聚自己的力，
支撑起年迈的倾斜的躯体，
盼望着——哪怕再过一个世纪，
甘愿倾送入一片郁郁葱葱的绿色。

　　这首诗第一节是对松树的实写，是客观形象。后三节我们就可以看出，诗人已经不把它当树写了，"了望""胳膊""沉默""年迈""盼望""甘愿"，赋予古松人才会有的动作、形态和心理，把它人格化了。这首不算很好的诗，语言上还有不足之处，但它第一节以客观形象做铺垫，后三节逐步将其意象化（画线的部分为意象），其结构是比较典型的，甚至具有咏物诗的套路之嫌，形象为意象服务，贴近生活，做好铺垫，然后用意象把形象整体诗意化。上面列举的艾青的《礁石》也是如此。
　　再举一首客观形象与意象穿插交织的诗。大解的《眺望》：

染上了浮光的山巅此时正在加冕
并接受了王冠　我欣喜地看见
鸟群在风里散开　仿佛信使
领受了不可言传的话语

每当这时我都要给上苍写信
一句　两句　用心地

　　说出一个愿望

　　这里没有晚祷的钟声
　　在白楼和山巅之间
　　是空气带着余晖在流动
　　当我抬起头来　感受体内的震颤
　　总会有一种力量　穿越心灵

　　此刻白昼将熄　太阳的光
　　正从尘世退回到天空
　　我知道这不断重现的景象意味着
　　生存之奥秘　让人领略造物之神奇
　　并深深地感恩

　　这首诗是形象与意象穿插交织的能比较容易辨识的诗。景物形象被比较客观地描述出来，如诗中未画线的部分。在形象的陈述过程中，不断地穿插进主观想象，以情思意绪对形象进行点染着色，如画线部分。太阳余晖中的山巅好像在接受神的"加冕"，戴上了"王冠"；群鸟飞散，好像"信使"领受了神的信息。这些都是以主观的想象为之赋魅。"我"要"给上苍写信"，做人做不到的事情——其实不是写信，是表达内心的情感和"震颤"，也是主观意象的书写。形象与意象穿插交织，表现出"神与物游""思与景偕"的诗歌之高妙。其中，还穿插着叙说者的补充、交代性、抒情点染性语句（画波浪线部分）。
　　再比如熊焱的《父亲》中的一节：

　　我的孩子第一次喊我时，我记得
　　那世界融化的情景
　　我相信，我第一次喊你的时候
　　世界的朽木正在逢春

这一节诗不但诗行交错对等，节奏变化起伏，韵律非常优美，而且形象、意象、交代性、点染性语句交错搭配得十分巧妙。两个意象表达得新颖而浪漫：我的温暖和激动不是"热泪盈眶"，而是"世界融化"；父亲的温暖和高兴不是"踌躇满志"，而是"世界"都在逢春，充满生机和希望。"我记得"，是实实在在的感受；"我相信"，是推己及人（父亲）的确信。两个交代性短语穿插其间，既增强了节奏感，又实现了角度的转换。可见，整个一节诗技巧是很高妙的。

形象与意象交织融合，在多数时候是很难彻底分开和明确分辨的。如《眺望》这首诗中的"染上""散开"等似乎也带有主观的成分，确定为形象或意象可能都有人有异议。同时，阅读诗歌去做这种彻底分辨似乎意义也不大。但我们研究诗歌有必要提出来，为的是更好地认识意象的作用，以及更好地利用意象为创造诗意世界服务。由于主观意志或显或隐地介入，由人的完形心理的作用，而使作为铺垫或支撑的客观形象也或多或少地具有了灵性，成为底色或背景，融合成为一体了。如艾青《礁石》的首节，如马致远《天净沙·秋思》的前三句，都已被"赋魅"。

在诗歌中，除了客观陈述描绘的形象，以及主观性的意象外，有的还有补充交代、完善语境、抒情点染的话语。如上面的《眺望》一诗中，既然是眺望，就该有个眺望者，而这个眺望者"我"，就充当了一个解读者的角色，穿插在诗中做解读性独白（画波浪线部分），起补充交代和引导想象的作用。

诗歌话语，有描述形象的，有书写意象的，有补充交代的，有抒情点染的，它们相互交织，有机融合，共同创造出诗歌的肌质。

近年的许多现代诗，描述形象和补充交代较少，追求高密度的意象结构，几乎句句有意象。如欧阳江河的《老人》：

> 他向晚而立的样子让人伤感。
> 一阵来风就可以将他吹走，
> 但还是让他留在我的身后，
> 老年和青春，两种真实都天真无邪。
>
> 风景在无人关闭的窗前冷落下来。

遥远的窗户，无言以对的四周，
一条走廊穿过许多早晨。
两端的花园低音持续。
应该将哭泣和珍珠串在一起，
围绕那些雪白的刺眼的
那些依稀夏日的一再回头。

我回头看见了什么呢？
老人还在身后，没有被风吹走。
有风的地方就有临风站立的下午，
但老人已从远处回到室内。
风中的男孩引颈向晚，
怀抱着落日下沉。
在黑暗中，盲目是光之起源，
如果我所看见的是哀悼光芒的老人。

这首诗以观察老人的视角写对青春时光的留恋与执着，语言很美，意象跳跃大，密度大，技巧性强，有一定解读难度，但相对还算好理解的。

意象密度在很大程度上决定诗意的浓度。意象密度低则诗意淡雅，密度大则诗意浓稠。有的诗意象密度过低，缺少诗歌应有的意味；有的诗意象密度过大，给读者解读带来"隔"的困难，有的过于迂回曲折，成为智力游戏，甚至无人能解。在意象营造方面个别先锋的探索是必要的，是有利于诗歌发展的，但过于"智力游戏"又伤人胃口，让人望而却步。更多的诗歌还是应该有一个合理的意象密度，以给人美感和情感经验的传达为重心。有人认为，一般以三至五行一个意象为宜。

由于过度的意象化产生负面影响，有的诗又走了另一条路子——反意象化。反意象化作为对意象负面影响的一种解脱，有一定的作用和成果，但局限是明显的，因为它是反诗的。这些诗凭借口语的语气、语调创造语感意味，营造诗意，在一定意义上开辟了诗意的生成途径，但它们的最终结果还是不能彻底清除意象的作用。

创造意象的方法是各种各样的修辞方法的运用，主要包括比喻、拟人、借代、对比、象征、错位混搭等比较性的积极修辞手法，也包括省略制造逻辑空白、空格转行制造停顿、故意不说明而暗示、穿插主观独白等消极修辞手法。

总之，意象是一种百读不厌的迂回表达。它有特有的细节和氛围，以客观事物表象的形式，呈现丰富多彩的感性经验，又以主观的情思意绪做成艺术的请柬，引领读者自主地领略美感世界。

西方诗人如艾略特等也强调意象在一首诗中的有机统一问题，但西方文论没有发展到创立"意境"美学范畴的高度。"意境"作为中国诗学的特有范畴，具有深刻的思想内涵。

> 意境作为意中之境，是指为诗人情意（生命体验和审美体验）所灌注和渗透的艺术世界，它呈现为一种层深的建构，从而开启了生命自我超越的通道，并最终指向生命的本真状态。"意境"一词在具体使用中又有广、狭二义：广义指整个艺术形象体系，连同象内和象外空间一起；狭义则专指象外世界，不包括具体的意象在内。但不管哪一种含义，意境都应具有开拓象外世界的功能；诗歌作品若是只能"意尽象中"，而不能将人的审美生命活动引向超越，就算不上有意境。①

这段话就把意境的含义和功能、价值说清楚了。意象与意象组合成一个自足的艺术世界。意象只是这个世界中的元素，是个别的，是局部，是意境的基础。意境是整体性、系统性的，是整个审美信息系统产生的总体效应和氛围，是在意象基础上的延伸和超越，并且特别强调"境生象外"，强调"文外之旨""文已尽而意有余"，强调从艺术"空白处所生发出来的想象空间"。意境能更好地引领读者进入诗意世界中去感受和想象。

祁彪佳说："境界是逐节敷衍而成。"②一个意象不能形成境界，多个互相协调的意象连缀而成意境。一首诗总体上就是一个意境。杨载说："诗不

① 陈伯海：《中国诗学之现代观》，上海古籍出版社，2019年5月版，第152～153页。
② 转引自胡经之：《中国古典美学丛编（上册）》，中华书局，1988年版，第253页。

可凿空强作，待境生而自工。"①中国传统诗歌都强调出境界，现在有人说"诗到语言为止"，在一定意义上，我们还是应该说诗到境界为止，境生诗自工。刘禹锡说："诗者，其文章之蕴邪？义得而言丧，故微而难能。境生于象外，故精而寡和。"朱承爵说："作诗之妙，全在意境融彻，出音声之外，乃得真味。"②王国维说："词以境界为最上。有境界则自成高格，自有名句。"③境界才是诗歌的最精妙之处。可见中国传统诗学多么强调意境的价值。其实，现代诗歌也应该同样重视意境。一个意境就是诗人用言语构建的一个特有的语义场，要理解诗歌，要品到诗歌的"真味"，离不了这个语义场。

在诗歌从创作到欣赏的整个活动中，万事万物都可以成为心中之象，为我所用，被我着上主观色彩，赋予精神的灵气和生命。同时，它们之间又因密切的联系，共同构成一个自足的世界，形成一个灵动的诗意境界。

第六节　诗歌的情志

诗歌的言说对象从表面来看是意象，但我们如果仅仅停留在对意象的初浅了解上，那就是还没有真正理解诗歌。把握意象不是最终目的，而只是获得了进入诗歌之城的舟桥。罗伯特·弗罗斯特说："关于诗歌，我自己已说过很多，但是最主要之点在于诗是一种隐喻——说的是一件事，指的是另一件事，或者借用另一件事来说一件事。"④中国诗论家袁枚也说"诗含两层意，不求其佳而自佳"⑤。诗的终极目标是唤醒读者的感性经验，激发想象，让人在阅读和想象中独自获得兴发感受，受到启迪。读者只有把握和理解了诗歌意象背后那个"另一件事"——更加深层的情志，才叫作真正理解了诗歌。俄国形式

---

① 转引自童庆炳、马新国：《文学理论学习参考资料新编（中册）》，北京师范大学出版社，2005年10月版，第1345页。
② 转引自童庆炳、马新国：《文学理论学习参考资料新编（中册）》，北京师范大学出版社，2005年10月版，第1350页。
③ 王国维：《王国维文集（第1卷）》，中国文史出版社，1997年版，第141页。
④ ［英］伊丽莎白·朱：《当代英美诗歌鉴赏指南》，李力、余石屹译，四川人民出版社，1987年10月版，第55页。
⑤ 袁枚：《随园诗话》，吉林文史出版社，2004年1月版，第237页。

主义代表人物维·什克洛夫斯基说："中国诗学是物象的，建筑在种种事物的相互关系和引用无数历史典故唤起遥远联想的基础上。这些联想使短短的诗句产生第二层和第三层的意境。"①诗歌的情志在一些文论中有时被叫作诗歌的主题，是诗歌的重要内容，是诗歌最终的言说对象，是诗歌作为一种独特的言说方式和认知方式要表达和实现的根本目的。

情志就是诗歌的思想情感内容，是一种复杂而抽象的形而上的复合体。诗歌内部的这种思想情感张力是诗歌深层的核心元素，是诗歌话语言说的根本对象。对于诗歌的这个言说对象，在中国诗学传统中长期存在着"言志说"和"缘情说"两种观念之别，它们共同构成了中国传统诗学的诗本体观。陈伯海近年在充分吸收前人研究成果的基础上，在《中国诗学之现代观》中对此做了比较深入和全面的考证和辨析。

他说："'诗言志'构成中国诗学的逻辑起点。这不单指'诗言志'的观念在历史上起源最早，其更意味着后来的诗学观念大都是在'诗言志'的基础上合逻辑地展开的。比如说，由'志'所蕴含的'情'与'理'的结合，可以分化出'缘情''写意'（或称'主情''主意'）的不同诗学潮流，成为后世唐宋诗学分野的主要依据。"②"由情意混沌经志情分化到情志互融，是一个曲折的发展过程，于此再进一步，便顺理成章地产生了'情志'的复合概念。"③有的人不把它叫作"情志"，而叫作"情意""情理""情思""思想感情""情思意绪"。我们可以把它们理解为相似的概念按习惯运用，不必做过多的区分。孔颖达说："在己为情，情动为志，情志一也。"有人把情志理解为同一个东西，而我觉得应理解为它们虽有不同却是一体或一致的。陈伯海说："'情志'是由'情'和'志'复合而成的，两者的原意都是指人与外在世界交流感通（即心物交感）过程中所产生的情感性的生命体验活动，所以能结合为一体。不过两者之间也有差别：'情'单指人的情感心理体验，'志'则在情感体验外，还具有意向规范与引导的性能，或者可以说，'志'本身便是情感生命原质与意向规范的结合体，而且意向规范在其间起着主导的

① ［俄］维·什克洛夫斯基：《散文理论（上）》，刘宗次译，百花洲文艺出版社，2010年5月版，第184页。

② 陈伯海：《中国诗学之现代观》，上海古籍出版社，2019年5月版，第39页。

③ 陈伯海：《中国诗学之现代观》，上海古籍出版社，2019年5月版，第61页。

作用。"①这样就把情志关系引到了感性心理与理性思维的关系上去，并且强调了理性思维的主导作用，更加深入地说明了它们的异同。作为一种二元建构，"情志"中的情（感情、情感、情绪）与志（意、思、理、思维、思想）的内涵和相互关系还可以进一步深究。

从现代心理学的角度看，情绪是人脑的高级功能，是一种极其复杂的心理现象。中国古代常把情分为喜、怒、哀、惧、爱、恶、欲七种，认为是与生俱来的人的天性。西方心理学中，普拉切克根据自己的研究提出了恐惧、惊讶、悲伤、厌恶、愤怒、期待、快乐和信任八种基本情绪，伊扎德提出兴趣、愉快、惊奇、悲伤、愤怒、厌恶、轻蔑、恐惧、害羞、胆怯等十种基本情绪。基本情绪与基本情绪相互组合，派生出若干千变万化的复杂情绪，它们都是人对外部环境和客观事物的不同反应。不论怎样认识和划分，由于情感自身的倏忽即逝的变动性和微妙性、复杂性，它是很难把握和客观界定的。

思维是在感觉、知觉和记忆的基础上发展起来的同样十分复杂的心理活动。它是人借助语言、表象或动作等实现的，对客观事物的一种内部的运行、组接、改造、加工、融合的心理活动。它具有间接性，因而人们可以超越感知觉提供的信息，认识那些没有直接作用于人的感官的事物和属性，揭示事物的本质。诗歌的思维不同于运用概念进行判断、推理、归纳、演绎、分析，综合的、冰冷的、客观的逻辑思维。诗性思维作为情感与理智的统一，侧重和青睐于形象思维、经验思维、直觉思维、隐喻思维、类比思维等。它不仅是对现实事物的简单再现，而且是对已有的知识经验进行改组、重建和提升。与情感相比较，思维相对更理性、更具有稳定性。

情感活动和理性思维既有相对的独立性，又有很多一致性。情感作为人类进化过程中形成的一种本能，是在认知基础上产生的一种综合能力。它是人类长期认知世界的一个综合的结果，也是继续认知世界的基础。它比人类理性更久远、更基础、更重要。它常常自然而隐蔽地引导理性思维的方向，成为理性思维的原动力。理性思维又反过来规范情感，实现情感表达的有序化和有理性。二者相辅相成，并行不悖。

情和思虽然是两种不同的心理现象，但它们都是"人与外在世界交流感

---

① 陈伯海：《中国诗学之现代观》，上海古籍出版社，2019年5月版，第66页。

通（即心物交感）过程中所产生的情感性的生命体验活动"，所以它们永远相伴相生，不可分离。我们既要反对片面强调情感作用的观点，也要反对片面强调志意、思想的观点。俄国文学评论家普列汉诺夫在反驳托尔斯泰艺术是人类感情交际工具的观点时说："说艺术只是表现人们的感情，这一点也是不对的。不，艺术既表现人们的感情，也表现人们的思想，但并非抽象地表现，而是用生动的形象来表现。"①普列汉诺夫的观点是正确全面的。它具有以下几层含义：包括诗歌在内的艺术作品，它突出地传达了人的情感，调动各种艺术手段来打动人，实现以情动人的目的，这是无可非议的突出功能。可是作品中的情感不是混乱的、盲目的、错误的任其泛滥的情感，它是一种在一定理性思维指导下的情感。说诗后面总有形而上的东西没有错，但诗思之所以为诗思，应区别于冷静客观抽象的科学思维，区别于形而上学的哲学思想。诗思还有更加丰厚的内涵，不是用形而上的几句"主题思想"可以完全概括的；它永远与"生动的形象"结合在一起，贯注为形象的灵魂；它总是与情感、经验和想象等感性的东西结合在一起，相辅相成，一刻也不分离。有人说，"诗与哲学是近邻"，近邻毕竟还是"邻"。诗有其自身的独立性，它与哲学一样有认识价值，但它的方式是不同的，它不是用概念，而是用感性形象、知觉经验进行思维，认识中始终贯注着情感的力量。如果单从这个方面说，"诗与哲学是对头"。对于一些纯粹思辨的所谓"哲理诗"，我们不难发现其常常缺乏审美价值，成为纯粹理性的、缺乏情味的智力游戏。

情与志（思）不但不分离，相互之间还存在非常复杂的关系。志意对情感有规范作用、主导作用。清朝吴乔在《围炉诗话》中说，"意为情景之本""意为主将，法为号令，字句为部曲兵卒"。②但是，一般说来，在诗歌中用意不能直接说出来，不宜直言而应"曲行"，曲则多姿，曲生趣味。"诗意大抵出侧面。"清朝钱谦益说："诗言志，志足而情生焉，情萌而气动焉。"③情感则为志意增加动能和强度。在具体表现中，情与思可以各有侧重，因而它们的相互关系呈现出各种各样不同的样态。

---

① 转引自王志英：《清人诗论研究》，江苏古籍出版社，1986年11月版，第224页。

② 转引自王志英：《清人诗论研究》，江苏古籍出版社，1986年11月版，第112～113页。

③ 转引自胡经之：《中国古典美学丛编（上）》，中华书局，1988年1月版，第24页。

陈伯海根据中国传统诗歌中情与思各有侧重的表现形态，归纳出四种"范型"。

"以志节情"。它注重群体理性规范对于个体感性心理的导向与制约作用，它不抹杀"情"作为诗歌生命原质的重要意义，却更强调诗中之情要合乎社会价值规范。我们也可以理解为理性思维对情感涌动的规范制约作用。

"以情激志"。它更侧重对情感生命体验的自身关注，以抒述情怀为诗歌创作的基本使命，但不排斥志意对情感活动的规范引导作用。

"举性遗情"。这种范型是由"以志节情"更偏向于性、理方面发展，虽然提出"咏性不咏情"，但它实际上咏的还是"情"，"不过是咏那种以超脱之心性来观照世情而引起的旷达超逸的情怀"，常常呈现为超脱于世俗之情的平和心境和淡然情趣。王维的诗歌是其代表。

"任情越性"。这种范型是由"以情激志"更往"情"的方面发展，提出"情性本于自然"，"诗缘情"说和"文章放荡"说，突出情感涌动的恣肆浪漫，极力张扬诗歌的情本位理念。如汤显祖说"世总为情，情生诗歌"，徐渭说"人生坠地，便为情使"[①]，郭沫若说"诗的本质乃是情绪的潮流"，等等。

总之，情与志（意、思、理）不是一个东西是可以肯定的，但不论是"主意"的理本位说，还是"主情"的情本位说，虽然有多种表现形态，都不能否定它的对立面的存在，并且情与理总是相互渗透和交融在一起，相伴相生，此隐彼显，不能分离的。如人们一般认为的那样，唐诗主情，宋诗重思，浪漫主义诗歌主情，现代主义诗歌主思，等等，它们作为诗歌的结构元素，表现程度和形式不同则构成诗歌的不同风格。所以，我们把情志看作一种复合体，并且不作具体分解，它们共同成为诗性生命的本根。

"诗以情志为本"，这是为中国历代诗家普遍认同的诗学观念。

陈伯海指出中国诗学的生命论特色："若按中国传统心性之学，'情志'尚非人的精神本体，'心性'才是本体。心之未发曰'性'，已发曰'情'，'心性'乃实体，而'情志'不过是它的活动功能。但未发的'心性'是虚静空明、寂然不动的，它不会产生诗；只有当它活动起来，转化为'情志'，再用合适的语言意象表达出来，才有了诗。所以《毛诗序》论述诗歌源起，即

---

① 转引自陈伯海：《中国诗学之现代观》，上海古籍出版社，2019年5月版，第73页。

以'情动于中而形于言'开宗明义，可见'情志'正是诗歌活动的实在的生命本根。立足于人的真实的生命活动和生命体验，便成了中国诗学的基本的出发点。"①其实，西方现代文艺理论也普遍摒弃了模仿论的观点，认为诗歌是心灵的自我展现。"心智把语词和意象都用作自己的器官，从而认识出它们真实的面目：心智自己的自我显现形式。"②心性是本体，情志是其功能和内含物。这是人类所有精神活动的基本形式。

诗歌的价值不像形式主义者有时所片面强调的那样，仅仅决定于诗歌的言说方式和技法，虽然他们强调诗歌文本结构的"文学性"有一定的道理和价值。即使是俄国形式主义的代表人物维·什克洛夫斯基，他在他后期的著作中也对他早期的"艺术是纯形式"的观点进行了修正，反复强调说："放弃艺术中的情绪或是艺术中的思想意识，我们也就放弃了对形式的认识，放弃了认识的目的，放弃了通过感受去触摸世界的途径。"③诗在本质上作为一种高级的心智活动，它是沟通人的精神与世界存在的桥梁。雅各布森侧重从语言学方面对其内部规律进行揭示，巴赫金则从社会交往方面对其价值进行揭示，这两种理论不应是完全矛盾的，应是互为补充的关系。而其连接点大概应该在情志上。打个不一定恰当的比方，就像一个侧重研究汽车的内部组织系统的机能，另一个侧重研究汽车的外部运行功能一样，它们的连接处在同一目标上。即使强调文本为中心的美国新批评派代表人物都认为，作者与读者"共同的基础是'目睹和参与人类的努力，通过体验来获取意义'"。一首诗的主题相当于对已有人类价值观的评论，对生活的阐释，可以是不同观点之间的对话。"诗虽是自存自足的，却又使人'更意识到诗歌本身之外的生活。'"④被认为具有形式主义倾向的新批评都不能完全排斥社会历史批评，诗的社会功能不能被抹杀，诗的情志及主题自具力量。

情志既然作为诗歌的生命本根，在形式艺术价值相当的情况下，诗歌的质

---

① 陈伯海：《中国诗学之现代观》，上海古籍出版社，2019年5月版，第2～3页。

② ［德］恩斯特·卡西尔：《语言与神话》，于晓等译，生活·读书·新知三联书店，2017年1月版，第122页。

③ 转引自维·什克洛夫斯基：《散文理论（上）》，刘宗次译，百花洲文艺出版社，2010年5月版，译者前言第6页。

④ ［美］克林斯·布鲁克斯、罗伯特·潘·沃伦：《理解诗歌》（第4版），外语教学与研究出版社，2004年11月版，导读第2页。

量在很大程度上也取决于诗歌情志的质量和价值。

诗歌情感质量的基本要求是真挚和不低俗。真挚是一种社会人生经验的真实传达，是在一定的社会环境和个人境况中自然而生的感受，是人们普遍能够认同和领悟的自然产生的情感。如果与大多数人的体悟相左，不被普遍认同，"为赋新诗强说愁"，或如部分民歌那样浮夸高拔，就是不真挚的。过于片面的与人们普遍的经验相去甚远的诗或无病呻吟的诗是伪诗。情感真挚源于品格的诚实。《易经》中说，"修辞立其诚"，诚就是忠实于内心对现实生活的真切感受，是真性情的自然流露。个人的真感受也常常是人的普遍的真感受，只有它才能引起他人的认同和共鸣。诗的情感还应该有起伏，有落差，不能太平淡，才更容易打动人。

不低俗是诗歌情感的底线。现在，现代自由诗不如以前传统诗讲究高雅，有的人求真挚而不注重诗的情感格调。虽然我们要反对一度出现的"假大空"诗歌，但我们也不能经常写过分低俗的诗歌。诗歌的情感要求能够给人美的享受和积极向上的激励，而不是对低俗事物的沉溺。虽然题材无禁区，但即使写的是丑恶的东西，写的是传统文化中不便言的性和屎溺等令人恶心的东西，也应以审美的态度来进行"审丑"。如闻一多的《死水》和李金发的《弃妇》等都有非常严肃的内容和美感。诗歌要给人温暖和力量，而不是使人向着病态的方向沉沦。诗歌作为一种社会意识形态，它的社会性决定它必须如此，它必须体现社会价值。伊格尔顿说诗歌是道德的书写，也就是说它最终是一种价值观的传递，必将体现出社会伦理性，我理解的就是这个意思。中国诗歌传统中所谓格调就是讲的这个问题。近年的个别诗歌放弃了这个标准，写得低俗而平庸，是美的失落，成为万人所指的俗诗。这就是诗歌情志的格调低下问题。

诗歌志意质量的基本要求是丰富、新颖、深刻。丰富是指思想有一定广度和多样性，而不是千人一面。闻一多要求现代诗歌思想感情应具有丰饶性、繁复性。梁宗岱曾经批评说："《诗刊》作者心灵生活太不丰富。"他们都对诗思丰富性有很高的要求。"正如怀特赫德所说，诗创造全新的洞察力，使心灵更丰富更充实。"[1]现代诗要大胆表现充满悖论的现代思想和情绪。

[1] ［英］伊丽莎白·朱：《当代英美诗歌鉴赏指南》，李力、余石屹译，四川人民出版社，1987年10月版，第24页。

　　新颖是指独特少见，人无我有，人有我异，充满个性。人的主观能动性决定了，他从来不满足于已有的认识，不想在已有的知识和经验上单纯地重复，他总是不断地去开拓认识新的天地。"诗人在创作中发现自我和世界"[①]，所以，所有作者都要主动去创造新思想、新发现，即使不能有新的发现，也要有变幻着的新的探索和体验方式。诗歌不能没有求真意识。关于诗歌的功能孔子有"兴、观、群、怨"之说，有的人解读为社会教化作用，有的人解读为个人修养作用，有的人解读为审美、认知、交往、批评四种功能。不管怎么解读，都离不开一种求真意识。中国近现代"诗歌革命"运动，从旧诗歌的改良到现代新诗的产生和现代诗歌的发展，努力挣脱旧形式的束缚，诗人们的奋斗始终都贯穿着一个价值追求，那就是为了"表达新思想"的需要。现代自由诗的一大成功之处在于，独立自由的"人"在诗歌中的确立。张谦宜在《絸斋诗谈》中说："造意是诗骨，故居第一。"人的主观能动性最反对简单的重复。在一首诗中，"诗思"上要讲究有"发现点"，这是非常重要的。读者读一首好诗，不但要收获美感享受，还要求获得新的启悟和认识。"真"与"美"并行不悖，我们要认识到，有时"真"本身就是很美的。

　　好诗在情绪饱满的同时又要思致深刻。近年很多自由诗用意很浅，大同小异，给人言而不及、半途而废的感觉。这是小看了现代诗歌的创作难度，不知道从何处用力，随意写出"急就章"的劣诗。凡是伟大的诗歌，它们的情志不但要丰富、特殊，还要深刻，见人之未见，言人之不能言，使人脑洞大开，为其认知而震撼。另外，诗的志意要由意象等材料自然产生，不能为深刻而深刻，生硬地拔高，要一体浑成，"神与物游""思与境偕"。

　　诗歌志意的新颖和深刻，在现代诗歌中有一种发展诗歌理论特质的现象。也就是说，诗学理论是建立在一种特有的系统化理论基础之上的，如意象主义诗歌是建立在心理学和意象主义创作论上，美国黑山派诗歌是建立在黑山派创作论上，语言学派诗歌是建立在现代语言学上的，等等，都以其独有的诗学理论赋予诗歌理论特质。这种诗歌的理解和欣赏都离不开其特有的诗学理论作指导。这种诗的好处是可以别开生面地开掘诗歌的认知领域，拓展人的智性，

---

① ［英］伊丽莎白·朱：《当代英美诗歌鉴赏指南》，李力、余石屹译，四川人民出版社，1987年10月版，第16页。

不断地创造出新颖深刻的志意。^①不足之处是有学理化特征，容易钻牛角尖，缺乏情感内涵，拉开与日常生活的距离，体现其"先锋性"，让普通人难以解读。

下面我们举例分析。比如新时期舒婷的两首诗。《神女峰》写的是长江三峡岸边代代相传的"望夫石"，为了望夫回家直到自己化为石头，这是一个美丽而忧伤的故事，宣示爱情是何等坚贞。以前人人都这样写，但舒婷就不落俗套，她要做那个众人向它挥舞各色花帕中"手突然收回"的突有感悟的"谁"。她说再也不能"错过无数次春江月明""与其在悬崖上展览千年，不如在爱人肩头痛哭一晚"。我们不能不称道她诗中这人性的光辉在闪耀，是新的价值观的体现，是新时代女性真挚感情的自然流露，是新颖独到的。另一首《致橡树》：

> 我如果爱你——
> 绝不像攀援的凌霄花
> 借你的高枝炫耀自己；
> 我如果爱你——
> 绝不学痴情的鸟儿
> 为绿荫重复单调的歌曲；
> 也不止像泉源
> 长年送来清凉的慰藉；
> 也不止像险峰
> 增加你的高度，衬托你的威仪。
> 甚至日光。
> 甚至春雨。
> 不，这些都还不够！
> 我必须是你近旁的一株木棉，
> 做为树的形象和你站在一起。
> 根，紧握在地下，

---

① 黎志敏：《现代诗歌的自由法则》，人民出版社，2022年3月版，第53～71页。

叶，相触在云里。

每一阵风过，

我们都相互致意，

但没有人

听懂我们的言语。

你有你的铜枝铁干，

像刀、像剑，

也像戟；

我有我红硕的花朵，

像沉重的叹息，

又像英勇的火炬。

我们分担寒潮、风雪、霹雳；

我们共享雾霭、流岚、虹霓。

仿佛永远分离，

却又终身相依。

这才是伟大的爱情，

坚贞就在这里：

爱——

不仅爱你伟岸的身躯，

也爱你坚持的位置，足下的土地。

诗中伟岸的橡树"你"是本诗的诉说对象，抒情主人公"我"要做"一株木棉"显然是相对阴柔的女性形象。这首诗是一首非分节诗，但我们可以分成三节来理解。第一节写世俗的爱情和普通的爱情。借高枝炫耀的凌霄花、重复单调歌曲的痴情鸟是世俗的，我"绝不"；泉源、险峰、日光、春雨，能给对方慰藉和帮助，"这些都还不够"。由此可见我的爱情非同一般。这是第一节，写我不满意的爱。"我必须是你近旁的一株木棉，/做为树的形象和你站在一起。"这就彰显了新女性的独立人格。但我们的爱情也不失浪漫，"相触在云里"，"每一阵风过，/我们都互相致意"，"没有人听懂我们的言语"，我们"终身相依"。这是第二节，写我们应该怎样爱。我的独立不是疏远和有保留，不是有限度的爱，我是要帮你"分担"，是要和你甜蜜"共享"，是更加投入更加无私的爱。最后五行为第三节，点明"伟大的爱情"理想。它的更为"坚贞"之所在——不仅爱你"伟岸的"形象，连同"你坚持的位置，足下的土地"都一起爱。真可叫"爱屋及乌"了！这样写爱情，不但情感真挚，而且诗意较为深刻，在1977年那样思想僵化的时期，其新颖独特立纸可见。

再如两首写大雁塔的诗。大雁塔作为西安城里闻名全国的唐朝古建筑，具有丰厚的历史底蕴。诗人们写它一般都是从挖掘其历史内涵开始的。诗人杨炼的《大雁塔》是一首长诗，它以大雁塔自述的拟人化手法来写。写"我被固定在这里/已经千年"，"也许，我就应当这样/给孩子们/讲讲故事"。然后，他讲了"遥远的童话"，曾经的欢笑和辉煌；讲了受压迫和"被剥夺"的戍卒似的痛苦，"在我遥远的家乡/那一小片田园荒芜了，年轻的妻子/倚在倾斜的竹篱旁/那样的黯淡，那样的凋残/一群群蜘蛛在她绝望的目光中结网"；讲到"我被叛卖，我被欺骗/我被夸耀和隔绝着/与民族的灾难一起，与贫穷、麻木一起/固定在这里/陷入沉思"的悲剧；最后，抒写"我常常凝神倾听远方传来的声音"，希望凝聚起力量，实现"将和排成'人'字的大雁并肩飞回/和所有的人一起，走向光明"的英雄式的理想。诗写得具体生动，情感真挚饱满。

再看韩东的《有关大雁塔》：

　　　　有关大雁塔
　　　　我们又能知道些什么
　　　　有很多人从远方赶来
　　　　为了爬上去
　　　　做一次英雄
　　　　也有的还来做第二次
　　　　或者更多
　　　　那些不得意的人们
　　　　那些发福的人们
　　　　统统爬上去
　　　　做一做英雄

然后下来

走进这条大街

转眼不见了

也有有种的往下跳

在台阶上开一朵红花

那就真的成了英雄

当代英雄

有关大雁塔

我们又能知道些什么

我们爬上去

看看四周的风景

然后再下来

与杨炼的《大雁塔》相比，这是一首思想上更为新颖独特的诗。它诗意的独特之处在于，抛开那些历史文化积淀，直击现实生活的现场。在大雁塔的现场，游客如云，各有心性，不是人人都能去领略古塔的历史文化内涵的。"很多人"包括"那些发福（物质富足而发胖）的人们"只是来做一次短暂的登高"英雄"，下去走进大街就不见了。那个别"有种的"，往下跳，开出一朵红花，就成了"当代英雄"。这是一首分节诗。"有关大雁塔/我们又能知道些什么"两行诗作为本诗的主旋诗行，在一开头就进入人们的眼帘，非常醒目而让人震惊。然后又在第二节作为整节内容重复，使全诗的主题得以强化。第三节诗，补充书写人们的空虚与无聊。诗歌真实地写出了人们面对文物和凝固的历史文化的茫然和空虚，写出了现代普通人与历史文化的隔膜。本诗与杨炼的相对传统的诗歌相比，文化底色和书写手法大不相同，在中国改革开放的新历史时期，仿佛更加真实可信，诗思不能说不新颖独特。

诗歌的情感和志意总是结合在一起，相生相成的。情感贯穿着志意的脉络和规约，志意贯注着情感的动能和力量。它们可以有程度上的差异，但不能走极端。情感过度会走向滥情或混乱，志意过度会缺乏热情和温度。诗不拒绝道德伦理价值，但"诗歌不是宗教，我们不能奢望得到超出它能给予的东西"。①"诗与哲学是近邻"，但是诗歌永远不能代替哲学。"诗思"不是过度冰冷的哲思，它在思中还灌注着情感和美的力量。上述所引的两首诗，都在思中表现出洞见，而同时，前者的热情和决绝，后者的嫌恶和反讽，增强了诗歌的力量。

关于情志有格调说和境界说。这是从总体上对情志高下的感悟和价值评价，也是诗歌"善"的伦理价值的体现。"有境界自成高格"，是从作者的内在世界与反映在作品中的格调的关系来说的。我们反对以假大空和远离人性的一套意识形态的东西对作品做无谓的拔高。新时期以来很多诗歌为了拨乱反正追求真实更多地走向个人内心无可厚非，但是，我们如果完全沉浸在一己得失的狭小世界或"屎尿"、淫靡的小情趣里，要写出伟大诗歌几乎是不可能的。在文学史或诗歌史上有一席之地的作品，无不是既有艺术价值又有思想价值的作品。诗歌作为一种语言艺术作品，它的价值不仅体现在艺术性上，也体现在其思想性上。它不但要在艺术上有独特的创造，在思想情感上还要以对事物的准确洞察和经验的真切感受，传达给人对世界的深刻理解和人生的深切感悟，让接受者获得认识的价值。诗歌要发表出来，它不能仅仅是自娱的作品，它也是社会交往的工具。诗要追求伟大，人们就有理由对它要求更高。诗的功能不是单一的，"兴、观、群、怨"就分别体现出娱乐、认知、交往和批评的综合价值观。诗歌作为一种精神产品，它的终极价值就是帮助人克服现实中的困境，把人带向更真、更美从而也更善的境界。由此，我们可以看出情志在诗歌整体质量中的价值。要写出格调高远的作品，诗人必须强化自身内在精神世界的修养。

诗歌的内在结构是与诗歌的情志活动同形同构的。区别于其他叙事文体的情节结构，诗歌内在结构往往就是其情志结构，而诗歌的情志结构主要还是志意的结构。我想借用语法中复句内部关系的分类来归纳，常见的结构关系为：承接关系、递进关系；条件关系、因果关系；转折关系；并列关系、选择关系；围合关系；等等。这是从诗歌志意前后关系观察到的形态，我们可以称之为诗歌的纵向结构。诗歌遵循的是情感逻辑。情志脉络作为诗歌结构的一种线索，将语言、意象等连贯成一个整体，对感受、感情、想象有控制和定向的作

---

①　[英]伊丽莎白·朱：《当代英美诗歌鉴赏指南》，李力、余石屹译，四川人民出版社，1987年10月版，第20页。

用，从而实现诗歌情感的有序性和结构的稳定性。

如从诗歌语言中情志结构与具体意象等并行因素的关系来看，则又有多种多样、或隐或显的表现形态。我们可以把这种结构叫作诗歌的横向结构。诗歌的情志线索就像编发辫一样，与意象、感受、语言、韵律等其他因素交织在一起，或隐或显，形成骨骼与肌质的关系。情志意脉是全部内容的贯穿线索，只要我们下一番功夫，总是可以寻绎出来的。我们可以根据诗歌语言中部分特别显露情感的词语和情感生活发展的逻辑，来把握诗歌情志的进展线索。具体可归纳出如下类型。

明线与暗线。明线情感结构是指由语言的表层就能明显看出情思发展脉络的诗歌形态。浪漫主义的诗歌和当代的政治抒情诗常采用这种形态。这种形态情感外露，有直抒胸臆的表达，容易写得浅白直露，在写作中需要特别节制。这种诗在近年已经少见，但在歌词中相对较多。

这种明线情感结构的诗，如前面列举的舒婷的《致橡树》，首先列举了六个意象，两个是我"绝不"作的，四个是不足的，然后用"不，这些都还不够！"进行了否定。这是志意的第一个层次。紧接着用"我必须是……"阐明我的爱情观是怎样的，我们应该怎样相爱。这是志意的第二个层次。最后说，"这才是伟大的爱情"，用总结性话语点睛式地对全诗主旨进行了升华，情感达到了高潮。可以说，这首诗的情志脉络还是比较明显的，一眼就能看出来。

暗线情感结构是指由语言的表层不能明显看出情思的发展脉络，必须根据诗歌意象的活动和个别语句来体悟情思线索的诗歌形态。这种结构形态的诗歌展现在读者意识中的，似乎只是一些在某种外在力量支配下的具象运动。正如波特莱尔对诗作者所说，"你先把你的情绪、欲念和愁思交给树，然后树的呻吟和摇曳也就变成你的"[1]，诗人真正"托物言志"了，物的表演就是他所要的情志的展示。读者有时较难把握这类诗的情志脉络。但是，我们必须始终坚信一点：作者所要表达的情思意绪肯定是贯穿在所有这堆材料中的，否则，作品就是散乱和不成功的。这样，我们就能破解所有诗歌的情志密码。

如元代马致远的《天净沙·秋思》前三行罗列九个意象，它们的共同特点都是老旧萧索，都处于秋日傍晚"夕阳西下"的大背景中。作者利用这些景物

---

① 转引自盛子潮、朱水涌：《诗歌形态美学》，厦门大学出版社，1987年12月版，第47页。

第一章　什么是诗歌——本体论

的展演究竟要表达什么呢？它的用意是比较隐晦的。我们只能在个别词语中去寻绎。"断肠人"为我们提供了意脉线索。他为何断肠？"在天涯""思"。你置身于那样的环境，你不生发如此哀愁吗？人之同情。情由景生，触景生情。诗歌情志密码于是自然得解。王维的许多诗歌也是如此。

顺向、折向与反向。一般说来，诗歌的情感结构与意象的展呈和诗思的发展是并行不悖的，是基本一致顺向发展的。但诗人们有时为了增强诗歌的趣味和力度，往往进行创新，创造出折向和反向的情感结构。所谓折向的情感结构，是诗歌的情感在按照常理发展到一定程度时突然发生转向，使人获得相当意外的感受的表现方式。如法国诗人艾吕雅在德国纳粹侵占法兰西时写下的《戒严》：

> 有什么办法门是看守住了，
>
> 有什么办法我们是给关住了，
>
> 有什么办法路是拦住了，
>
> 有什么办法城市是屈服了，
>
> 有什么办法它是饥饿了，
>
> 有什么办法我们是解除武装了，
>
> 有什么办法夜是降下了，
>
> 有什么办法我们是相爱着。

该诗写"我们是给关住了"，在军事强力之下"我们"非常无奈，连用八个"有什么办法"。但是，诗思发展到最后突然发生转折，"有什么办法我们是相爱着"，与前七行似乎绝望的情感惯性恰好相反。也就是说，敌人"关"得了"我们"的身"关"不了"我们"的心，"我们"的心不会屈服。不是"我们"没有办法，而是只要"我们"相爱着，"我们"就有力量有办法。这种情感在发展过程中方向发生大转弯的发展模式，我们叫作折向情感结构。

反向情感结构是指，肯定的情感以否定的形式表现出来，否定的情感以肯定的形式表现出来。这是一种婉曲的表达形式，往往具有反讽的艺术效果。我们要把握它的情志脉络，需要揭开语言表层的含义，从底层去把握其真实的意蕴内涵。如前面列举的闻一多的《死水》，中心意象"死水"象征死气沉沉的旧中国，写作中用"翡翠""桃花""罗绮""云霞""绿酒""歌声"等优

163

美的事物来比喻一些令人恶心的东西，具有反讽的意味。但是，它真是"一沟绝望的死水"，抒情主人公要弃之而去吗？不是。在最后两行"不如让给丑恶来开垦，/看他造出个什么世界"表达了愤懑之情。反讽和愤懑，恰好表达的是更为关切，热爱之情以相反的形式表现出来。这与郭沫若在《凤凰涅槃》中写旧世界的"你群魔跳梁着的地狱呀！/你到底为什么存在？"的惊天之问在情感上是一致的，都是抒发要通过革命性行动，打破旧世界创造新世界之情。两者不同之处在于，前者是通过反向形式表现的，后者是正向直接表现的。

单向与多维。单向的情感结构是指情感发展是单线条推进，或者层层加深，或者回环复沓。爱就是爱，恨就是恨，思念就是思念，情思意绪相对单一。很多短诗都是这种表现形式。

多维情感结构，是指相对复杂甚至矛盾的情感交织在一起，情思呈现出若干分枝和变化的表现形态。在有的现代诗歌中，甚至情志表现出多维杂呈的特点，呈现一种"原生态"的复杂景象，增加了读者领悟辨识的难度。这在相对长一些的诗歌中有更多的表现。

诗歌的情志一般不能被直接言说出来，而只能通过形象可感的方式表现出来。这是诗歌的基本原理和表达策略决定的。诗含两层意，一层在叙说物象、事象，一层在表达情感和志意。否则，作品就没有品味价值，没有诗味。如诗人要表达爱意，绝不是说"我爱你"，而是要婉曲地说，"你是一朵最漂亮的玫瑰""他们都说你好美"……因为婉曲，才能给接受者提供体会的时间和空间，才能给接受者感受领会理解提供一段路程和一定难度。诗是折磨读者的艺术，"诗是困难的""诗里障碍重重"（维·什克洛夫斯基语），否则，竹筒倒豆子，一下子没了，就缺乏艺术性。诗歌本身就是一种精神生活的方式，你不能期待它飞快结束，反而你的心灵应该在里面沉浸着。

第七节　诗歌的形态结构

通过前面几节的分析和甄别，我们对诗歌的几个层面和要素有了一定的认识。现在我们来对它们做一个综合分析，以期全面把握诗歌的整体结构和各个层面、要素及其相互关系。

盛子潮、朱水涌在《诗歌形态美学》一书中说："我们提出诗歌形态美学的问题，作为对文体研究的加强，我们将着力于从诗歌作品可观可感的形式中去透视诗歌内在的结构秩序，研究诗歌各要素之间以及要素与艺术整体之间的积极的机能性的关系，从而揭示诗歌作为艺术形态之一，它的要素——结构规律，它的艺术地把握世界的特性和特征。"[①]诗歌是文学各门类中形式感最强的一个文类，是一种特别"有意味的形式"。从诗歌形态美学的角度来把握诗歌的总体结构特征，对于人们认识诗歌文体的性质和特点，确实具有很大的帮助。遗憾的是，这本小书至今没有得到诗歌界的足够重视。我们遵循和借鉴这本书揭示的诗歌"要素——结构规律"，做出进一步的阐发和部分调整，以期完善和宣示中国汉语诗歌的诗学体系。

在《诗歌形态美学》的第一章导论中，盛子潮、朱水涌把诗歌的性质和表现形态放在整个人类精神活动中来考察，做了三个层次的界定。他们说，"作为人类精神活动的一部分，艺术活动与哲学、宗教、法律等其他精神活动，是以互为联系和互为差异的关系构成社会意识形态整体"的，艺术作为意识形态的一个部门，既存在与其他部门共同具有的普遍规律，又有自身的特殊规律。艺术"形象地反映客观世界"的说法只是揭示了"艺术形态与非艺术形态表层上的不同，其深层的差异还在于各种意识形态的各自对象上"。艺术的特殊对象就是审美情感，艺术审美情感是艺术区别于一切非艺术形态的根本标志。艺术的本质是审美情感的具象形态。这是第一个层次，将艺术形态与非艺术形态区分开来。各门类艺术的艺术家内向的情感体验方式和外向的情感表现方式以及所依赖的媒介材料是不同的，都在不断加强和突出各自思维材料的特点。语言艺术家对语言文字有突出的依赖和敏感，着重以语言文字的特性去思考和表达审美情感。这是第二个层次，将语言艺术与音乐、绘画和雕塑等其他艺术形态区别开来。各种文学样式之间的区别关键仍然表现为思维特征的不同。诗歌的整个思维过程是伴随着诗的节奏和音律化的文句而进行的，节律化的语言文字结构形态正暗合了诗人审美情感的动态形式，而成为诗人内在情感的外化形态。不管诗歌具体形态特征怎样千变万化，"构成诗歌形态的原则——审美情感的节律化是不变的"。这是第三个层次，将诗歌与小说、散文等其他语言艺术区分开来，确定诗歌的本质是利用语言媒介实现的审美情感节律化的艺术形

[①] 盛子潮、朱水涌：《诗歌形态美学》，厦门大学出版社，1987年12月版，第1页。

态。这样，他们就主要是从诗歌外部意义的层层限定中，确定了诗歌作为一种人类精神产品、一种特殊意识形态的本质特性和价值方位。

但是，这才仅仅是认识诗歌的第一步。要准确把握诗歌的特性，还要"从诗歌作品可观可感的形式中去透视诗歌内在的结构秩序，研究诗歌各要素之间以及要素与艺术整体之间的积极的机能性的关系"——也就是掌握其内部的结构规律。

在《诗歌形态美学》中，盛子潮、朱水涌用五章的篇幅从深层到表层、由里而外地分析了诗歌的内部结构。五章分别为：诗的内在本质结构——情感结构、诗的意象结构、诗的音乐美、诗的视觉美、诗歌语言的审美信息量。我们可以将其后三章归纳为诗歌的语言形式问题。于是，诗歌的内部结构就成了意（包含情感和志意）—象（包含境）—言（包含音乐美、视觉美、话语审美信息量等）的关系。

陈伯海的《中国诗学之现代观》也从"情志篇""境象篇""言辞体式篇"三篇来揭示诗歌的内部规律，与《诗歌形态美学》揭示的上述的"意—象—言"结构是一致的。

当然，对诗歌内部结构持这种观点的还不止这些著作。由此，我结合平时的认知和思考，认为从言、象、意三个层面来建构汉语诗学的主体架构是恰当的，是符合诗歌活动实际的，是长期诗歌实践的经验总结。上述两书都是按由内而外的顺序来展开的，而本书却是按表层、里层、深层三个层面，由外而内、由浅入深的顺序展开讲述的。无论以哪种顺序表述，无论是由里而外还是由外而内，无论它们在具体表述上有否细小差异，它们都是对诗歌结构层次的确认。我想，这是中国诗歌长期发展的经验总结和理论概括，应该成为中国汉语诗学体系的基本框架。

对于诗歌这三个层面的关系，我们可以借用中国古代易学研究中的理论来阐述。王弼在《周易略例·明象》中说：

> 夫象者，出意者也；言者，明象者也。尽意莫若象，尽象莫若言。言生于象，固可寻言以观象；象生于意，故可寻象以观意。意以象尽，象以言著。[1]

---

[1] 转引自陈伯海：《中国诗学之现代观》，上海古籍出版社，2019年5月版，第33页。

这是表述言、象、意关系最经典的一段话。《诗经》与《易经》是相通的。从这段话中，我们可以得到许多很有价值的关于诗歌的认识。第一、二句话，从创作目的论的角度指出了言和象的作用和价值，初步揭示了三者之间的关系。言明象，象出意，体现出作品的一种连贯性传达过程和机能。这也是诗歌运行的基本过程和原理。第三句指出能够充分表达意的没有比象更好的了，能够充分描绘象的没有比言更好的了，进一步强调了诗歌作为一种艺术方式的独特性，它是源于实践的一种无比美妙的艺术形式。第四句从接受的角度来逆向反观，揭示诗歌活动来回运行的过程。这样，就从总体上阐明了诗歌活动的原理。诗歌传情达意，始终以"象"为舟船和桥梁，是一种婉曲的表达方式。最后一句，从效果上指出诗歌表达目的得以实现的特殊途径。诗歌中的意象言关系与易学中的意象言关系是完全一致的。

诗歌的三个层面说只是对诗歌内部结构的一种认识和内在规律的发现和表述。实际上，这三个层面不是彼此分离的，而是水乳交融地结合在一起、难以清晰分辨和切然分开的一个有机体，它们共同构成一个功能性结构——诗歌艺术作品。诗歌，从本质上说就是这样一个制成品，是用节律化的话语创造意象世界以表达一定思想情感张力的物化形态，是诗人为了实现审美目的而创作出来的一个功能性结构。在这个结构中，它让人有条件完成创造性的精神直觉，实现人的本质力量对象化，实现"存在的词语性创建"。

韦勒克引用英伽登对文学作品进行声音意义单元的组合、要表现的事物、形而上性质等层面分析的观点说明："对一件艺术品做较为仔细的分析表明，最好不要把它看成一个包含标准的体系，而要把它看成是由几个层面构成的体系，每一个层面隐含了它自己所属的组合。"[①]这些国际著名的文学理论大家的观点表明，用层面分析方法来对诗歌进行分析，不是中国个别诗歌理论家的独创。他们的理论与中国传统诗学对言象意关系进行的分析在方法上不谋而合。

黄玫认为"文学作品是由不同成分和层面按一定规律组织起来的体系"。他在分析诗歌结构时将其划分为"五个自成体系的结构：韵律层、句法层、形

---

① ［美］勒内·韦勒克、奥斯汀·沃伦：《文学理论》，刘象愚等译，文化艺术出版社，2010年9月版，第161页。

象层、含义层和作者层"。①与我们的分析也大同小异。

诗歌作为一个功能性结构，不是哪个人心血来潮的发明，而是人类长期思维发展和语言实践自然生成的结果。恩斯特·卡西尔说："语言与神话乃是近亲。"②他在《语言与神话》一书中力图说明："神话的隐喻思维实际上乃是人类最原初最基本的思维方式，因为'语言'这一人类思维的'器官'就其本质而言首先就是'隐喻的'（语言是与神话相伴才发展起来的），语言的逻辑思维功能和抽象概念实际上只是在神话的隐喻思维和具体概念的基础上才得以形成和发展的。"③乔治·莱考夫等也说："不论是在语言上还是在思想和行动中，日常生活中隐喻无处不在，我们思想和行为所依据的概念系统本身是以隐喻为基础的。"④这些论述都从人类文化的源头和根本上揭示了隐喻思维的性质、价值和地位。隐喻思维是人类原初的思维，是人运用已知的经验推想未知的事物的心理活动，是包括逻辑思维在内的一切人类文化的根基。隐喻思维更多地运用的是"具体概念"，因而带有更多个别性和感性的东西。诗歌和神话一样，恰好主要是运用隐喻思维的实践活动，是最古老的语言艺术方式之一。区别于科学理论文章以概念、判断、推理为主要形式的逻辑思维，诗歌更多地使用直觉、暗示、象征、类比、"部分代替整体"等隐喻思维形式。弗罗斯特说得最直接："最主要之点在于诗是一种隐喻。"诗歌与科学的分工就在这里，诗歌永远存在的理由也在这里。这样的观点，就不是像修辞学那样仅仅从浅表层面揭示诗歌语言的隐喻性，而是从最深处揭示出诗歌思维的独特性。简言之，隐喻思维是诗歌的基础，诗歌是建立在人类的原初思维——隐喻思维上的一种审美情感的物化形态。

认识诗歌本质的关键或核心就在这里，就在于它的这种特有的传达方式。它以言明象，但"象"还只是手段，以"象"尽"意"，情意才是最终目的。诗为什么要绕这样大一个弯子？这分析起来是深有用意的。诗表面言说的是

---

① 黄玫：《韵律与意义：20世纪俄罗斯诗学理论研究》，人民出版社，2005年2月版，第123~125页。

② ［德］恩斯特·卡西尔：《人论》，甘阳译，上海译文出版社，2013年6月版，第186页。

③ ［德］恩斯特·卡西尔：《语言与神话》，于晓等译，生活·读书·新知三联书店，2017年1月版，第13~14页。

④ ［美］乔治·莱考夫、马克·约翰逊：《我们赖以生存的隐喻》，何文忠译，浙江大学出版社，2015年3月版，第1页。

"象"，而"象"中别有寄托。"象"和"意"有同一性但还有一定的疏离性，不可能完全相等，"象"大于"意"。"象"能给审美主体留下想象和自由创造空间。因其具有确定中的不完全确定性、多面性和复义性，诗正好可以借此超越语言，表达语言不能表达的东西，创造无穷意味，把人带到其构建的感性世界中去。对诗的这种表现策略，不少中外诗人都有论说。弗罗斯特说，诗歌是用另一件事来说一件事。袁枚说："诗含两层意，不求其佳而自佳。"[①]诗往往说的是一回事，指的又是另一回事，古人认为诗另有寄托就是这个意思。诗意需要寄托在具体可感的事物之中，没有寄托的直说就没有诗意。张戒说，"乐天云：'说喜不得言喜，说怨不得言怨。'乐天特得其粗尔。"[②]诗是委婉的艺术，历来得到诗人认同。

　　对诗歌内部结构的认识，在前面几节我们讲到了情与志（意、理、思）、感情（情感、情绪）与思想（意念、意向、意思）的区别与联系，讲到意象及意境，讲到诗歌话语的特性与韵律、分节分行排列等外在形式各要素的联系，这些都是居于三个层次架构中的诗歌的重要元素。诗歌的元素还有很多，如中国古代诗学中提到的格、气、韵、味、调、趣、文、质、体、式、性灵、肌理……"无论是韵律、语义，或句法、形象，都是处在诗歌统一的结构整体中。"[③]各要素既相对独立，又密切相关，水乳交融，共同构成一个浑然的整体。各要素在诗中又是一起发展变化的，"节奏和意象在诗的马具上并行不悖。"[④]"神与物游""思与境偕"。诗歌是这诸多元素的整体律动。我们分析诗歌，总是首先把握其总体结构框架，其次再做各要素的详细分析。因为篇幅所限，我们在本书中只对构成诗歌整体结构的主要元素做出分析，不对诗歌全部元素一一做具体的辨析和讲解。

　　言、象、意作为诗歌整体结构中的三层次，是相对平行的，它们的结构关系可视为一种横向的关系。除了通过这种不同层面横向来认识诗歌的内部结构，

---

① 袁枚：《随园诗话》，吉林文史出版社，2004年1月版，第237页。

② 张戒：《岁寒堂诗话》，见童庆炳、马国新主编《文学理论学习参考资料新编（中册）》，北京师范大学出版社，2005年10月版，第1344页。

③ 黄玫：《韵律与意义：20世纪俄罗斯诗学理论研究》，人民出版社，2005年2月版，第97页。

④ ［英］伊丽莎白·朱：《当代英美诗歌鉴赏指南》，李力、余石屹译，四川人民出版社，1987年10月版，第55页。

我们还可以从内容发展和形式变化先后的纵向关系来认识诗歌的内部结构。

盛子潮、朱水涌说："我们以为诗与叙述文体的内在区别，在于诗歌形态的内在结构是情感结构，而其他叙述文体，诸如小说、戏剧、报告文学等，其形态的内在结构则是以作家艺术思维中对客观的人与事所构成的生活的重构，它常常表现为情节结构。"[1]这里就又提出诗歌的一个特征——它的纵向结构是情感结构，区别于叙事文体的情节结构，当然更不同于论理文章的逻辑结构。它也许是情感层层加深的，是波浪起伏的，是起承转合的，是片段组合的，但除了个别叙事性强的诗歌外，它一般不会在意情节，更不会像论理文章那样具有严密复杂的逻辑关系。它往往在结构上更简单、更跳跃，更忠实于情感本身的"逻辑"。

盛子潮、朱水涌进一步阐释说："审美情感虽产生于客观特性对于主观心理、意识的作用，但它并不是客观本身；它虽来自主观的心灵世界，但也不是纯粹主观的心灵物；它是艺术家透过审美棱镜，对自身或客观现实的观照后而形成的一种浓缩了的思想情感，是主客观的一种统一体。更确切地说，它是由客观世界的某些内在性质、外在特征吻合于主观世界的认知、情感、愿望，从而交融同化而成的一种特殊情感，一种外化人的本质力量的情感……审美情感既具有社会性现实性内涵，又具有人的本能的诸多特性。在社会性现实性方面，它与客观世界的结构、现实丰富的生活以及时代的价值结构的全部复杂性相联系、相对应；在人的本能特性方面，它是人的多种心理过程如感觉、理解、情感、意志、想象等因素的复合。同时不可避免地渗入了人的无意识心理活动，往事的经验，童年的印象，内心深处的记忆等，这一切的总和积淀转化成一种人的本能，随时都在影响着艺术家的审美活动，渗入由审美而产生的情感中。"[2]这就把艺术的特殊对象——审美情感的来源、内涵、特性阐述得很清楚了，同时也反映出诗歌诸元素一体浑成、整体律动的特征。

我们在上一节内容中说的诗歌的情志，应该与他俩所说的这个审美情感（或思想情感）理解为同一个东西。这里需要进一步强调的是，审美情感或情志即使相对于诗歌的意象、语言等要素而言，也是更为重要的诗歌的"本

---

[1] 盛子潮、朱水涌：《诗歌形态美学》，厦门大学出版社，1987年12月版，第33页。
[2] 盛子潮、朱水涌：《诗歌形态美学》，厦门大学出版社，1987年12月版，第7～9页。

根"。白居易说，"诗者，根情……"就是这个意思。

诗歌纵向结构特征在于——审美情感的节律化，这是"诗歌形态的原则"。无论是诗思的浓缩和跳跃，诗的分行分节，诗的重章叠句，诗的蒙太奇手法的运用，诗歌复沓的韵律等，都是强化诗歌节律化的手段。盛子潮、朱水涌说，"可以这样说，诗歌形态的所有表层特征——分行、重叠、韵律、不用或少用关联词——也都是为了强化、凸现诗人审美情感的节律运动，是为了吻合情感的基本运动形式而产生的。"①

诗歌的节律化是诗歌在长期的历史发展中自然形成的一个重要特征，它是由内而外的，不仅仅表现在语言方面，其内在思想情感、物象及事象的罗织相对于其他文学体裁也更明显地具有分节的特征。诗歌节律性是它们各要素共同贯注生命的集体律动。诗歌不仅仅是其话语体现出节律性，诗歌情感有强弱、高低起伏变化，思绪意脉有隐显、承续、转折、递进、跳跃、照应等各种各样有层次的发展，都体现出节律性。即使诗歌中相对静态的物象，只要在数量上或地位上大致相当，都能形成一种对等的组织（包括均衡和非均衡对等）。由诗歌特别精练、浓缩和集中的表达方式决定，诗歌中的行为运作、事象展示也区别于其他叙事文学，在时间延续中自然形成一定的阶段性和片段，形成一定的节奏韵律。

因为这种对内容分节和语言节律化破坏了普通语言的自然节奏，所以，西方有学者说诗歌是"扭曲的言语"，是对普通语言有组织地违背的结果。它似乎在一定程度上约束了思想情感的自由发挥。在以文言文为语言媒介的诗歌中，由于单位词句中的语言信息量很大，语句链条相对较短，这个问题还不是很明显。在信息进行稀释后语句较长语词容量较大的所谓现代"白话诗"中，这种对思想情感的约束有时就表现得非常明显。所以，戴望舒在其《雨巷》"替新诗开创了一个新纪元"后不久，在音乐性方面就进行了自我反叛，认为"韵和整齐的字句会妨碍诗情，或使诗情成为畸形的"，提出"诗不能借重音乐，它应该去了音乐的成分"。这是20世纪30年代初，作为现代派对闻一多提出诗歌"三美"说和新月派过分追求音顿整齐的音乐美的一种反拨，侧重强调"新的诗应该有新的情绪和表现这情绪的形式"②，是有

---

① 盛子潮、朱水涌：《诗歌形态美学》，厦门大学出版社，1987年12月版，第22页。
② 肖向云：《民国诗论精选》，西泠印社出版社，2013年7月版，第88～89页。

其一定合理性的。但是，它不能让人走向错误的另一个极端，成为诗歌不讲节律及韵律、导致诗歌散漫的理论依据。诗歌的节律化是其内在和外在统一的总体上的独特标志。

总之，诗歌特有的以象明意的传达方式及其功能性结构特征，以及节律性的话语形式特征，都是在人类长期思维发展和语言实践中自然生成的。这大概也是诗歌牢不可破的本质性、永恒性属性。

新时期的一些诗歌不断追求新变，标新立异成为一种时尚，没有很好处理艺术的变异与守恒的关系。其恶果是使写诗和评诗丧失了起码的标准，让诗人和读者都难辨是非，不知所向。其实，"艺术形态的创新、变化和它的守恒同等重要"。[①]因此，建立诗歌的主流标准是当务之急。在做如上分析后，有别于闻一多提出的诗歌音乐美、建筑美和绘画美"三美"标准，我们从诗歌结构要素论和层面说的观点出发，提出现代自由诗"五美"说，即情思美、意象美、语言美、韵律美、外观美，不知妥否。

这"五美"在前面几节中我们都已经讲到并做了具体分析。情思即情志，它是"诗骨"，在全诗中具有核心作用和支撑作用。它要有真实性、有现实感、有发现点、有丰富性、有深度、有品位。意象作为表达过程的中间物和美感的主要载体，它要有具体可感性、新颖性、抓人心魄的真切性、与人心性互动的鲜活性。语言美是侧重从语义语用和语言的所指角度来讲的，具体包括语言精准地传情达意的能力、言词传递的感性信息量、言词本身散发的前置夺目的光辉等。韵律美是侧重从听觉的角度来讲的，是诗歌的音乐性、节律性的具体表现，在现代诗中是有别于传统韵律的新韵律。外观美是侧重从视觉的角度来讲的，包括诗歌的文字美、诗行排列的视觉美。韵律美和外观美是诗歌外在体式上的风格特点，当然包括诗歌各种表现技巧的巧妙运用等。

我们的现代汉语自由诗已经走过了百年历程，在这百年历程中，诗人们从各个向度做出了不懈的探索，无论是理论上还是实践上都取得了丰硕的成果。一是产生了一批基本成熟的诗人及其作品；二是确立了崭新的现代诗歌理论体系；三是自由诗体始终占据着诗坛主流地位，形成了独特发展脉络；四是诗歌语言的现代化渐趋完成；五是新的韵律观、体式观初步形成。因此，我们现在

---

① 盛子潮、朱水涌：《诗歌形态美学》，厦门大学出版社，1987年12月版，第26页。

有理由作出上述总结和梳理。

但是，现代自由诗真正的成熟期还没有到来，汉语诗歌的现代化还有不少路要走。基于上述诗歌美学观点，我们提出汉语自由诗的"五个现代化"努力方向，即情思的现代化、意象的现代化、语言的现代化、韵律的现代化、体式的现代化。总之，现代自由诗的"自由"不是无规则的放纵，而是在充分认识诗歌文体内部规律基础上的有理性自觉的自由，是建立在现代汉语话语效果敏感性上的理性选择的结果。

第八节　诗歌的表现技巧

前面我们已经说过，诗歌与神话一样，其基本思维方式是隐喻思维。乔治·莱考夫等认为，隐喻无处不在，"概念是在以隐喻的方式建构，活动也是在以隐喻的方式建构，故此，语言也是在以隐喻的方式建构"。[1]诗歌就是利用了语言的这个特点和特长，主要是以隐喻的方式表达的。耿占春也说："诗是一种独特的语言形式，这就是说，某种特殊的语言形式包含着诗。包藏着美和无名的真实。不难发现，这种特殊的语言形式就是隐喻。""隐喻不仅是诗的根基，也是人类文化活动的根基。隐喻不仅是语言的构成方式，也是我们全部文化的基本构成方式。"[2]中国古代诗人李梦阳说："夫诗，比兴错杂，假物以神变者也。"沈德潜也说，诗歌"比兴互陈，反覆唱叹"。诗歌是"比兴之体"，充满丰富烂漫的想象，无比不成诗，古今中外诗人不约而同地都发现了诗歌的这个秘密。

诗人罗伯特·弗罗斯特说："最主要之点在于诗是一种隐喻——说的是一件事，指的是另一件事，或者借用另一件事来说一件事。"[3]乔治·莱考夫等还说："隐喻的本质就是通过另一件事物来理解和体验当前的事物。"[4]中国

---

① ［美］乔治·莱考夫、马克·约翰逊：《我们赖以生存的隐喻》，何文忠译，浙江大学出版社，2015年3月版，第3页。
② 耿占春：《隐喻》，河南大学出版社，2007年9月版，第3～5页。
③ ［英］伊丽莎白·朱：《当代英美诗歌鉴赏指南》，李力、余石屹译，四川人民出版社，1987年10月版，第55页。
④ ［美］乔治·莱考夫、马克·约翰逊：《我们赖以生存的隐喻》，何文忠译，浙江大学出版社，2015年3月版，第3页。

诗人耿占春也说："正像隐喻总是超出自身而指向另外的东西，它使人类也超出自身而趋赴更高的存在。语言的隐喻功能在语言中创造出超乎语言的东西，隐喻思维使人类在思维中能思那超越思维的存在。隐喻思维使得人类把存在的东西看作喻体去意指那不存在的或无形的喻意。"①也就是说，在这里，我们不是仅仅把隐喻看作词源上的一种构词方法或语言的一种修辞方法，而是看作一种超越性的思维方式和表达手段。诗歌就是以这样的方式给艺术世界中的万事万物命名的。隐喻思维是诗歌美学的基础。

对照组合是诗歌直觉思维、隐喻思维的基本方法，前后音长、音质的相似对照形成韵律，说的与被说的、喻本与喻体对照组合成隐喻关系的诗意结构。隐喻思维应该属于类比思维，它突出强调的是一事物与其他事物的相互关系。因此，它至少涉及两个事物，自然具有了一种组合作用。无论这种思维是在不同的事物中求相似，还是在相似中比较差异，或者部分与整体之间的相互替代，它们突出的都是事物间的关联关系。正如耿占春说："以事物间的某种时空的邻近性特别是以某种抽象形态的相似性为基础，通过广泛的类比作用，文字构成了隐喻性的表义程序，构成了一个无穷的隐喻系统。这个隐喻系统是一个中介体，思想借助于这个中介体才能来思考世界，并把这个中介体归诸和结合到世界中去。思想把这个中介体引入世界的方式是把这个中介体所隐含的秩序引入世界。世界的可能的秩序、人与自然的关系等，都是由于语言文字这个中介体的存在、由于它的类比规则或隐喻功能才能被思考。"②"隐喻功能是在不同的存在之间建立类同或对等的一种结构性的能力。"③"隐喻造成意义的对等或重复。"④勒内·韦勒克等引用M·伊斯曼的观点说："诗歌中起组织作用的两个原则是格律和隐喻"。⑤我们在前文中已经说到韵律的组织作用，我们现在还要认识到隐喻在内容和篇章结构中的组织和建构作用。隐喻既根据自己的需要加工意象，使其连续和融会贯通，浑然一体，又使需要陈述的

---

① 耿占春：《隐喻》，河南大学出版社，2007年9月版，第5页。
② 耿占春：《隐喻》，河南大学出版社，2007年9月版，第96页。
③ 耿占春：《隐喻》，河南大学出版社，2007年9月版，第79页。
④ 耿占春：《隐喻》，河南大学出版社，2007年9月版，第161页。
⑤ ［美］勒内·韦勒克、奥斯汀·沃伦：《文学理论》，刘象愚等译，文化艺术出版社，2010年9月版，第203页。

目标事物——喻本，与用以陈述的事物——喻体组织到一起，形成一种密切的关系，达成彼此间精神的交流和互通，相辅相成，共存共生。

耿占春指出："语言的隐喻性正在衰亡。"随着人类理性和实用技术的发展，人类生存中原始文化综合体解体，人与自然无情地离异，人被从自然中彻底放逐，精神丧失了与世界一体的家园。词语"山头""树身""桌腿"等不再含有人体的影像，"成熟"不再含有植物的意象，"苦涩"也不再有味觉的唤醒……隐喻已经在科学理论语言、日常语言等实用性语言中基本消失。在一定意义上，这是人在世界上的一种厄运。

为了克服这种厄运，"诗人有一种不可遏制的冲动去寻求隐喻，寻求把人与自然，把生命和宇宙统一起来的那种原始的力量"。"诗是隐喻的复活。""复活了的隐喻就重新成为宇宙统一性的力量。凭借了这种力量，诗人就在万物之间，和人与万物的无限相似性与同一性中穿越世界。"[1]也就是说，写诗是区别于一般实用性的语言运用，与语言的发展潮流逆向而行，恢复"语言的原始形式"，恢复语言的神性。从这一特点看来，似乎诗歌语言是一种倒退，但正因为有了它，语言才有了前行和回顾两途，才充满活力和生机，而不至于枯竭。

隐喻性是诗歌的根本方式和策略，但具体来说，诗歌的创作技巧非常多。诗歌的很多技巧既有利于构建诗体结构，"状难写之情如在目前"，贴切而精确地表情达意，又能给人带来美的享受。我们不可能在本书中一一列举，只能选择诗歌中常用的几个创作手法或修辞方法进行讲解。下面讲的这些手法，基本是建立在隐喻思维之上的。

比喻。"无比不成诗。""比"，又叫比喻、譬喻、打比方，在中国诗歌传统中被归纳为《诗经》"六义"之一。作为一种常见的修辞方式，它在古今中外诗歌中都有非常广泛的运用。它是运用类比思维根据两类不同事物之间的相似点，用乙事物来比甲事物，用乙事物的特征来说明和体验甲事物，以达到言说难言或不可言之物的目的。乙事物就叫作喻体，甲事物叫作本体或喻本。喻本和喻体之间常用"象""是"等比喻词联结起来。根据比喻词是否出现和比喻词的类型，可分为明喻、暗喻和借喻三种。

---

① 耿占春：《隐喻》，河南大学出版社，2007年9月版，第6～7页。

明喻是使用"象""如""如同""好似""犹如"等比喻关系较明显的比喻词的比喻。如"历史博物馆和人民大会堂/像一台巨大的天平""天空血淋淋的/犹如一块盾牌"等。暗喻是使用"是""当作""成为"等比喻关系不很明显的比喻词的比喻。如"我的一生是辗转飘零的枯叶/我的未来是抽不出锋芒的青稞""高粱是预言家"等。借喻是喻本和比喻词都不出现,直接用喻体来代替本体的比喻。如"欲悲闻鬼叫,我哭豺狼笑",其中的"鬼"和"豺狼"比喻阴险和残暴的敌人。由于借喻是喻体直接代替本体出现,所以,和借代相似。明喻是明确的、被直接陈述出来的比较,暗喻是含蓄的比较,而借喻是更加隐晦的比较。暗喻和借喻的比喻词不很明显,故有人把它们也叫作隐喻;而有的人把所有比喻都叫作隐喻,如"诗人总是通过创造新奇的隐喻来扩展和加强他的思想和描述"。[①]

比喻的灵活运用,产生出许多变化了的形式,大家可在实践中不断学习和总结。如现代诗歌追求诗意的凝练,常用"某某的某某"等凝缩方式表达比喻,同时,由于远取譬的原因,喻体和喻本之间形成一种混搭的效果,产生出新颖而浓烈的诗意。如"波澜的网""绿色的火焰""用坏的生活""充满了叹息的身体""同一个颜色的哀伤""少女一阵阵出生"等等。

比喻不但能把抽象的事物表达得具体生动,刺激人去感受和想象,还有更重要的目的,是增加语义的繁复性和美感,创造事物之间的联系空间。在实用语体中,词语的多义性,词语的意义关联域或象征作用,在逻辑与语法的限制下被大大削减。"诗对语言所采取的谋略,在于将语词从逻辑与语法的缩减下解放出来,诗化语言缩减的不是词语的意义关联域或其多义性,从而把一个词限指、限义、定时、定位,而是缩减语法和逻辑关系,因而增加了语词自身的存在,或者说增加了语词的相互存在与同时存在。"[②]比喻就是这样,把抽象的与具象的、此时空的与彼时空的、此类别的与彼类别的事物共时地置于一处,相辅相成,让人在它们的相互关系类比中去有所领悟,获得新的东西。"在隐喻现身之时,日常语言与意识中隐匿和消亡了的意识的双重视点、双重视野、双重影像又被魔幻般地召回。""隐喻的效应就在于使这两种存在进入相互作用

---

① 〔美〕克林斯·布鲁克斯、罗伯特·潘·沃伦:《理解诗歌》(第4版),胡家峦译,外语教学与研究出版社,2004年11月版,导读第3页。
② 耿占春:《隐喻》,河南大学出版社,2007年9月版,第143页。

的张力场。两个主体都承受了另一主体的经验世界，而把自己固有的语义场和经验关联域悄然加诸对方。"①意义的丰富性和张力场的形成即产生无限美感。

比喻是类比思维和隐喻思维的结果，是诗歌修辞的主要手段之一。随着时代的发展，人们对事物理解和感受方式在变化，修辞方式也在微妙地变化。从语言的风尚来看，当代诗歌与现代诗歌比较，明喻在减少，而暗喻和借喻大大增加。"每一个时期均有其特别的隐喻法。"②一般说来，"山头""瓶颈""桌腿""针眼""河床""眼帘"等词源性比喻和"光明的前途""心中的太阳"等文学传统中某个时期用滥了的俗套比喻，产生的修辞效果已经较微弱。它们因为使用频率过高，意义固定，而基本成为"僵死的隐喻"。比喻要求新颖、独特，要求"远取譬"和陌生化。"隐喻的力量来自两个被比较的事物之间的对照，两者越不相似越好。""隐喻是'语境之间的交易'，隐喻的力量就在于把极为不同的语境联系在一起。"③我读到"传来女秘书带插孔的声音""充满叹息的身体""桃花才骨朵，人心已乱开"等诗句时，是感到非常震惊和兴奋的。只要找得到两个事物的关联点，什么事物都可以做比较。例如诗与汽车是两个距离多么远和语域完全不同的事物，一般很难把它们联系在一起，但它们之间也不是找不到关联点的，如"诗跟汽车一样，它由多种内部元素组织起来实现某种功能"。

借代。借代是用与此事物相关或相近的事物来代替此事物的修辞方式，也属修辞学上的修辞格之一。它们所表达的关系在逻辑上往往是可以分析的，可分为因果互代、位置互代、主从互代等。部分代替全体的，如"吟罢低眉无写处，月光如水照缁衣"中借"眉"代"头"；特定代普通的，如"千万个雷锋又站起，一代新人接班来"，"雷锋"代表思想品德和政治素质很高的新一代人；具体代抽象的，如"王杖和皇冠必将滚落"，"王杖"和"皇冠"代表贵族手中的权力和地位；特征代替事物本体的，"扔出一个袁大头"，"袁大头"代替印有袁世凯头像的银圆；材料或工具代替事物本身的，如"无丝竹之

① 耿占春：《隐喻》，河南大学出版社，2007年9月版，第259页。
② ［美］勒内·韦勒克、奥斯汀·沃伦：《文学理论》，刘象愚等译，文化艺术出版社，2010年9月版，第219页。
③ ［美］克林斯·布鲁克斯、罗伯特·潘·沃伦：《理解诗歌》（第4版），胡家峦译，外语教学与研究出版社，2004年11月版，导读第3页。

乱耳"，"丝竹"代替"弦乐和管乐"；作者代作品的，"读点鲁迅"，"鲁迅"代替"鲁迅著作"……

借代和比喻分别都是人类基本的思维方式和认知模式之一。它们都以人的经验为依据，并用于特定的语用目的。它们都具有体验性，是在彼类事物的暗示之下感知、体验、想象、理解、谈论此类事物的心理行为和语言行为及文化行为。它们的不同点是：比喻是以相似把不同事物组织到一起，借代是以相关把不同事物组织到一起。

比拟。比拟是为了表达的需要，故意把此事物当成彼事物，赋予此事物本身所不具有的彼事物的特性，使其异乎寻常地生动形象，从而构建和传达丰富体验的一种创作方法。它包括多种形态：有把物当作人来写，使物"人性化"的拟人。如"鸟儿呼朋引伴"，让鸟儿有了朋友和伙伴；又如"黎明在外面跳着肚皮舞，/朋友亲戚丰富来访"（于坚），激发人用直觉去思维和体会。有把适用于物的词语用来描写人，使人"物性化"的拟物。如"他们如今张牙舞爪"，把"他们"当成了动物。有把适用于此物的词语用于彼物，使其"他物化"的拟物。如"丰收山歌驮在马背上"；又如"阳光从树叶中飞下来，/啄食着那些花草和毛虫"（于坚）。比拟能使抽象的东西具象化，寻常的东西陌生化，实现增加理解的认知效果和体验美感的审美效果，加强诗歌的艺术感染力。比拟一般在诗歌中局部使用，如整篇使用就基本上成为象征手法的运用了，如曾卓的《悬崖边的一棵树》、牛汉的《华南虎》、艾青的《礁石》等。

比拟的本质仍然是隐喻思维的运用，是在不同的人或物之间寻找共同之处，确定相通之处。它们都打消了人与物、物与物之间的界限，是"万物有灵论"的具体体现。

象征。象征在本质上还是一种类比，是用一种事物代表、暗示、影射另一种事物。韦勒克说："在文学理论上，这一术语较为确当的含义应该是：甲事物暗示了乙事物，但甲事物本身作为一种表现手段，也要求给予充分的注意。"[1]他还区别了象征与意象和隐喻，他说，"首先，我们认为'象征'具

---

[1] ［美］勒内·韦勒克、奥斯汀·沃伦：《文学理论》，刘象愚等译，文化艺术出版社，2010年9月版，第207页。

有重复和持续的意义。一个'意象'可以被一次转换成一个隐喻，但如果它作为呈现与再现不断重复，那就变成了一个象征，甚至是一个象征（或者神话）系统的一部分。"①也就是说，象征就是两个事物在相似的焦点上反复地映射，形成了一种相对稳定的关系。象征关系往往是综合的和多侧面的。"象征手法的进一步使用就是诗人自己创造景物，并在景物的具体细节上建立情感联系；不明确指明诗的主题，而是让主题从景物的具体细节中自然而然地流露出来。"①

兴。兴，又叫起兴，是一种"先言他物以引起所咏之辞"（朱熹）的修辞手法。作为《诗经》"六义"之一，是一种中国传统诗歌特有的修辞手法。它触物起情或托物发端，一般用于诗篇的开头。如《陕北民歌》中"一对对山羊串串走，谁和我相好手拉手"，以山羊走路的形态引出情人亲密的表现。兴，除了托物引出个别的人和事，往往还引出全篇的主旨性的意义。如："关关雎鸠，在河之洲"，雎鸠在一起"关关"和鸣，引出男女之间的爱恋故事；"孔雀东南飞，五里一徘徊"，孔雀的"徘徊"引出夫妻矛盾不安和生离死别的悲剧。只看到兴"引出"的导入作用是不全面的，往往引出物与被引出者之间有一种意象叠加、情感类同的效果。用于引起所咏之辞的"他物"出场，往往对下文内容有环境铺垫和气氛烘托的作用，有利于创造意境和氛围，增强诗歌整体的艺术感染力。"他物"与"所咏"之间往往具有若有若无的相似点，所以，具有一种微弱的比喻和象征关系，前后形成一种"双重影像""双重视野"，让人的精神在其中逗留，在来回的比较体验中获得感受和理解，获得兴发情感的力量。这种表现手法仍然是隐喻思维和类比思维运用的结果。兴主要用于诗篇的开头，但在现代诗歌中有时发生了一些变异，也有用于中间部分的。诗中"他物"与"所咏"不一定像比喻关系那么紧密，有时有宕开一笔、伸缩自如之感，能增加内容的丰富性。

有研究认为，从事物的原意描述、非原意无喻的借代、非原意有喻的转喻到比喻、比拟、象征等，它们都以事物之间某种相似性和邻近性而产生的交感作用为基础比较，以"双重影像"为特征，体现出从相关到相近到相似的过

① ［英］伊丽莎白·朱：《当代英美诗歌鉴赏指南》，李力、余石屹译，四川人民出版社，1987年10月版，第69页。

渡，实际上是一个认知模式中的连续体。它们都是建立在类比思维基础之上的关系可作层次分析的同一思维模式，都是用一个事物理解和体验另一个事物的心理活动，因而成为诗歌惯用的方式。

以上分析的几种方法，在言语修辞学上是几种不同的修辞格，在写作学中是几种不同的写作技巧和手法。人们常常关注它们的不同之处，认识它们的区别是为了更准确地辨别它们。其实，它们还有极其丰富的表现形态，并且随时移而生变异，表现出不同的时代风格和个人风格，变幻多端，难以穷尽。我们只有在阅读和写作的实践中不断学习、借鉴、总结、创造。我们在这里更应该关注的是它们的相似之处，关注它们的同一性和相似的艺术效果。关键是看联想逻辑是否起作用，是否站在万物有灵论的立场上思想，是否真正理解它们共同的类比思维和隐喻思维的根基。这就是诗的表达策略，是诗性的根本所在。

省略跳跃。诗，决不能写成流水账。诗以少胜多的表达策略和凝练的特征决定，无论古代诗歌还是现代自由诗都必须大量运用省略方法，语意充满跳跃性。古代诗歌就不说了，现代诗如臧克家的《三代》："孩子/在土里洗澡。//爸爸/在土里流汗。//爷爷/在土里埋葬。"像国画一样，以大幅度的留白给读者提供很大的想象空间。余光中广为人知的《乡愁》，写"小时候""长大后""后来""现在"四个阶段的不同感受，由远及近做时间上的大跨度跳跃，把一生的经验在一首小诗中表现出来。这些都是在诗歌意象之间省略留下想象空间，语意大幅跳跃增强诗性概括力的具体表现。

再如舒婷的《思念》：

> 一幅色彩缤纷但缺乏线条的挂图，
> 一题清纯然而无解的代数，
>
> 一具独弦琴，拨动檐雨的念珠，
> 一双达不到彼岸的桨橹。
>
> 蓓蕾一般默默地等待，
> 夕阳一般遥遥地注目，

也许藏有一个重洋，

但流出来，只是两颗泪珠。

呵，在心的远景里

在灵魂的深处。

1978年5月

　　这首诗第一节由四个诗行组成，每一行一个意象。第一行从视觉角度写，起初思念若有若无，像印象画色彩缤纷但模糊不清缺乏明晰的线条；第二行写思念有时似乎"清纯"但像代数题一样难以求解；第三行从听觉来状写思念，它像独弦琴，状其孤寂，又像屋檐的雨滴，断断续续，不得停息；第四行由第三行的"独"转而为"一双"，但仍然是"达不到彼岸的桨橹"。四个隐喻性意象并置在一起，多感官多侧面立体地状写出思念给人带来的经验感受。后面两节之间也跳跃性很大，诗句省略了意象之间的联系词语，甚至喻本和主词都省略了。这首诗意象与意象之间的跳跃是不可谓不大的。

　　句法变化。格律诗语词容量狭小，但诗人为了韵律的需要，常常苦心孤诣地寻找和选择适合的用字，有时也变换惯常的语序创造新颖的诗意。现代汉语虽然句子语词容量大，逻辑性增强，句子成分位置相对固定，但也有调整空间。现代自由诗不但注意选词用字，调整句子结构和句子成分，前置、后置句子成分也是变化多端的。它们能在看似随意的诗句中表现出相对有节律又有起有伏、和谐自然的语气语调，在自由中体现出和谐的音韵之美。如艾青《太阳》，用多个介词短语构成并置的诗行，表现出排比句非凡的气势，又有急有缓，伸缩自如，表达了对光明的礼赞。徐志摩《再别康桥》，用倒装句式将"轻轻的"的状语成分前置，形成了自然协调又不乏节奏感的韵律，很好地烘托出一种轻倩优美的浪漫气氛。

　　省略跳跃、句法变化等，在修辞学中属于消极修辞，在诗歌写作中是非常重要的写作手法。诗歌要追求精练、追求节律化，就离不开它们。有时，它们甚至是诗意产生的直接手段。我们要更好地欣赏诗歌，就必须领会它们的妙用。

　　赋法。《诗经》"六艺"中"风、雅、颂"属于体式风格问题，这里不谈。"赋、比、兴"属于艺术手法问题，我们已经讲了"比"和"兴"，再说一下"赋"。作为艺术手法的"赋"，其含义是"铺陈其事而直言之"（朱熹）。它的主要特点是铺张扬厉，对气氛渲染和对事件细节的多方面铺陈。它一般运用在长诗中。现在的抒情诗一般较短，现代汉语不如文言文信息密度大，用赋法的已经很少，但在于坚的一些诗中已有成功运用，如其作品《他是诗人》：

> 他是诗人 有些愣 人家谈论生计 婚嫁 仕途
> 海鲜降价 房贷利息上升 他望着别处出神
> 似乎天赋与众不同而被判罚轻度中风 那边
> 啥也没有啊 云又散了 风在搬运新灰尘 公交车
> 吐出一串黑烟 老电梯在公寓里上下折腾 左邻
> 右舍关着防盗门 他从众 忍受与生俱来的制度
> 偶尔收缩肺叶 无碍大好形势 天将晚 黄昏永垂不朽
> 又卷起一堆玩扑克的小人 当大家纷纷起身结账
> 这个吝啬鬼把一点什么记录 在案 像沙漠上的
> 教堂执事 折起一张羊皮纸 藏在胸口 拍拍
> 放正 压实 酷似刚刚出院的神经病
>
> 千年诗国 第一回将骚人墨客看扁 市场沸沸滔滔
> 石牌坊前流氓上台 走马灯下骗子拍案 绕开灯红
> 酒绿 穷途末路 在陌巷 跟在百姓后面继续 美
> 继续仁 继续义 继续礼 继续智 继续忠 继续孝
> 继续善 继续 温良恭谦让 迷信头上三尺有
> 神明 遣词造句 在微光中立命安身 够了 足以
> 看清字眼 最后一排 他时常小寐 靠着母亲
> 水泥缝里菊花又开 父亲在叫 天气潮湿 儿子 回家
>
> 时代日异月新 他却说什么 写作就是为世界守成
> 因此囊中羞涩 一个可以欺负的家伙 有人在背后说

守仓库的在押犯　迷恋过期事物　一钱不值　是的
多次拆迁的城　他总能找到虚无的故居　当春天
在高架桥下跌倒　他扶起来　摸出语词编结的花冠
他点头　他讪笑　他跟着喝点假酒　不是要继承
斗酒诗百　大雅久不作　大隐隐于市　谁都得或此
或彼　装着对正襟危坐的走肉行尸　满怀兴趣　少点
烦　喝白开水　写醉醺醺的诗　豪气不让汉唐　只要
准写　怎么都行　他可不想与老天爷对着干

道成肉身　其貌不扬　小区没有礼拜堂　古老而无用的传统
精神事务　一向是文人负责　没有账目　无需成本　自负
盈亏　一字千金　要到天堂才能支取　哦　诗人　那就是
一坨石头在洪水中　无缘无故地挡着　骑单车　步行　发呆
向后看　此身合是诗人未　细雨骑驴入剑门　在现实中永远
扮演自己的小号　有点儿鹤立鸡群　有点儿不识时务　有点儿
不务正业　有点儿不可靠　有点儿自以为是　有点儿自高自大
有点儿自作主张　有点儿不亢不卑　有点儿自得其乐　有点儿
原始　有点儿消极　有点儿反动　有点儿言过其实　但
无足挂齿　只会令会计室心存芥蒂　嗯　如果此辈绝种
失重的国　会转得快些　故国明月下　对影成三人　孤独多么
高贵　黄鹤一去不复返　仙人　残山剩水　你保管着辽阔的心

哦　李白　别以为他不会痛饮狂歌　跋扈飞扬　此朝非唐
诗人叨陪末座　依然要写　一笔一画　无愧太史司马迁
写得慢些　慢些　再慢些　尔拆何其速　汝书多么慢
诗言志　赋比兴　力要使够　账要记清　大义微言　比
宋朝还慢　比明朝还慢　就回到了长安　一樽酒　细论
文章　老杜呢　开会去也　小轿车熙熙攘攘　先知
自觉靠朝一边　让它们先走　趁机弯下腰　拉起塌掉的鞋跟

这是一首写诗人的个性特征与复杂现实的落差的诗。由于它广泛使用短句和行大于句的分行方式，虽然只有五节，行数也不多，但给诗歌创造了较大的语言容量和内含空间。这种大容量给诗歌的赋法提供了用武之地。如第一、二行中，为了用别人的高谈阔论与诗人沉默不语的"愣"进行对比，就罗列了"生计""婚嫁""仕途""海鲜降价"海鲜降价"房贷利息上升"五个方面的谈资，具有渲染气氛、铺张扬厉的作用。对于诗人来说，这些世俗生活日常琐碎的东西与他格格不入，他"出神"的原因是在思考更高境界的东西。这样写来很有现场感。此诗中多处都有这种大事铺张的赋法使用，我们都能感觉到。有的如"继续……继续……""有点儿……有点儿……"等排比式罗列，有的如"大雅久不作　大隐隐于市""喝白开水　写醉醺醺的诗"等对举式罗列。又如"精神事务　一向是文人负责　没有账目　无需成本　自负/盈亏　一字千金　要到天堂才能支取"，感觉有骈有散，语调自然起伏，不失诗歌语言节律感，又总是创造出一些幽默效果。这里需要注意的是，对于"直言之"的"直"要辩证地理解。诗用于建构意象体系或表层事件的细节可以说是直写，但其深层寓意表露仍然是不"直"的、是婉曲的，那些情感意蕴都躲在唠唠叨叨的叙说背后。

叙事。叙事是对事件过程的叙说。它是所有文学作品的基本手段，当然也是诗歌表达情感的重要手段。诗歌离不开叙事，不是叙事诗中才有叙事，多数抒情诗中都有叙事的成分，在叙事过程中人和事物才能出场表演，才能把诗意寄托其中。因此，把叙事用好是诗歌创作的基础。诗歌中的叙事与记叙文不同，它不求时间、地点等事件要素面面俱到。它常常省略具体时间地点，以留下更多空白供读者展开想象填充。诗的叙事也要有感性细节，避免空洞和言之无物。如于坚的《尚义街六号》，这是一首叙事性非常明显的诗。叙事过程中的细节，如"老吴的裤子晾在二楼/喊一声　胯下就钻出戴眼镜的脑袋""大家终于走散/剩下一片空地板/像一张空唱片　再也不响"。这些细节，都是当年我们生活中似曾相识的。一旦进入诗歌，就让那一代有类似经历的人过目不忘，感同身受。其中的幽默、留恋和不舍，情由景生，情蕴象中，煽起强烈的共情。

新诗产生后，由于受所谓浪漫主义思潮影响和大变革时代激情抒发的需要，诗学观念上认为"诗的本质专在抒情"，因此比较直接，表达方式上"常常以直接抒情的方式"出现，如前文中列举的郭沫若的《天狗》，直抒胸臆的诗较多。直到20世纪80年代，主流的抒情方式逐步发生大转换，由"直抒胸臆"向寻找"客观对应物"的委婉有节制的以叙说为主体的抒情方式转变，诗的内容由在一定程度上的单薄、空洞，向更加丰富、充实和更加"言之有物"转变。这也是诗歌审美方式的大转变。因此，现代诗歌已经走向了以叙说为主流的时代，叙事显得日益重要。在叙述、描写、抒情、议论、说明五大表达方式中，对于诗歌来说，叙述应该是主要的和首先要掌握好的艺术。对日常生活细节的叙述，既能贴近生活，增加诗的现实感，又能为诗意的起飞增加丰富多彩的材料，打好扎实基础。

典型细节。以个别的事物反映普遍的问题，是文学作品的一般规律。越是具有个性特征的细节，越能给人经久不灭的印象。诗人的思考，是运用人们在生活中取得的知觉经验的思考。生活中的世俗之物以及人对它的回应，是现代诗歌异常丰富的源泉。那些局部的感性印象，是诗的基本材料。胡适在《谈新诗》中介绍诗歌的做法时认为，最关键的一条就是，"诗须要用具体的做法"，要"能引起读者浑身的感觉"。从古至今，优秀诗歌都是以典型细节植入人心，让人读后难以忘怀的。例如：

氓之蚩蚩，抱布贸丝。匪来贸丝，来即我谋。

——《诗经·氓》

行者见罗敷，下担捋髭须。

少年见罗敷，脱帽着帩头。

耕者忘其犁，锄者忘其锄。

来归相怨怒，但坐观罗敷。

——《陌上桑》

你用你厚大的手掌把我抱在怀里，抚摸我；

在你搭好了灶火之后，

在你拍去了围裙上的炭灰之后，

在你尝到饭已煮熟了之后，

在你把乌黑的酱碗放到乌黑的桌子上之后，
…………

————艾青《大堰河——我的保姆》

在小说和戏剧等长篇叙事文学中，可以依赖故事情节等表现手段，而诗歌除了极少数的叙事诗外，是不具有这些条件的。因此，抓取生活细节的功夫就显得更为重要了。如果我们能善于抓取日常生活中具有代表性的细节，就能增加诗歌的现实感、现场感，增加打动人心的力量。

诗歌不是说理文，一般说来，它拒绝逻辑推论，它更相信事实的力量，直接用事实和细节说话。因此，它常常是具体生动细节的直接呈现，以此作为避免情感思想空泛苍白做到言之有物的有力举措。如李金发《里昂车中》：

细弱的灯光凄清地照遍一切，
使其粉红的小臂，变成灰白。
软帽的影儿，遮住她们的脸孔，

如同月在云里消失！
朦胧的世界之影，
在不可勾留的片刻中，
远离了我们
毫不思索。

山谷的疲乏惟有月的余光，
和长条之摇曳，
使其深睡。
草地的浅绿，照耀在杜鹃的羽上；
车轮的闹声，撕碎一切沉寂；
远市的灯光闪耀在小窗之口，
惟无力显露倦睡人的小额，
和深沉在心之底的烦闷。

呵，无情之夜气，

蜷伏了我的羽翼。

细流之鸣声，

与行云之漂泊，

长使我的金发褪色么？

在不认识的远处，

月儿似钩心斗角的遍照；

万人欢笑，

万人悲哭，

同躲在一具儿，——模糊的黑影

辨不出是鲜血，

是流萤！

　　李金发诗歌话语中常夹一些文言词语，常被人诟病为"不文不白"。其实，他的这些语句除了使用"惟、之、底"等文言词语外，还有长短不一的句式、现代语文的标点符号和口语语调入诗，是很具有表现力的。这首诗就是如此，表达细微而精准。车内外片刻宁静的小景，使人远离了世界"模糊的黑影"，但仍赶不走疲乏与心底的烦闷，辨不出是现实痛苦的鲜血还是浪漫的流萤。这首诗写他在20世纪初法国大都会里昂的车上所见，生活中一系列的细节都得到具体、感性的，又不乏主观感受、主观意向的呈现。

　　戏剧化。这里说的戏剧化，不仅仅是把诗歌描写对象角色化、分角色对话等，而是指事物、意象的自我演绎。耿占春说："语言形式不仅仅是一种构架或模式，而是一种活动。这种结构性的活动乃是最本源的。""语言形式作为一种构成活动，不是把自在的独立于语言的东西说出来，而是把无可名状的在话语形式中带出来，也就是把前语言的、无言的和超语言的东西显示在语言中。"它"是带着其内在过程或内在性的一种展示，是带着其无名之物的无名与沉默，是带着其不可表达之物的不可表达性的一种表达。因而它是事物（无名之物）自身的自我表达，而不是我们这个单一主体的表达"。①弗罗斯特说："诗是词的表演。"在诗歌中，我们要让事物自己去表演、去展示，同时"带出"生动可感的超验性的东西，实现诗歌的目的。如杜甫《旅夜书怀》：

> 细草微风岸，危樯独夜舟。
> 星垂平野阔，月涌大江流。
> 名岂文章著，官因老病休。
> 飘飘何所似，天地一沙鸥。

这首诗中，细草、微风、江岸、星、月、沙鸥等一系列事物在一个特殊的环境中纷纷出场，自行运作，做出自己的表演。整体看来，既是一幅画又是一出剧。在广阔的天地中，一只沙鸥当然是孤独的，这是我们能够直接感受到的超验性的存在。而"名岂文章著，官因老病休。飘飘何所似"说明题旨的声音也浸入其中，意与象相应，融为一体，相辅相成。

再如卞之琳的《断章》：

> 你站在桥上看风景，
> 看风景的人在楼上看你。
>
> 明月装饰了你的窗子，
> 你装饰了别人的梦。

这首诗就像电影的两组蒙太奇画面。前两行写白天的你与别人；后两行写夜里的你与别人。四种情况，人与景，人与人，景物与精神，呈现出非常复杂的关系，表现出特别的意味和心境。人、风景、明月等都成为戏剧的角色，自动呈现出来。

总之，诗歌是建立在隐喻思维之上的，它总是"通过另一件事物来理解和体验当前的事物"，而它的具体手法是多种多样的。阅读诗歌，我们要善于自觉欣赏这些手法的美妙之处；创作诗歌，我们要善于灵活运用这些表现技巧。

---

① 耿占春：《隐喻》，河南大学出版社，2007年9月版，第108～119页。

第二章
怎样阅读诗歌——鉴赏论

　　诗歌文本作为一种精神文化产品，是精神内容的一种载体。如果这种精神产品生产出来而没有它的消费活动，那么，只能说诗歌活动进行了一半。诗歌离不开阅读和欣赏。相对于创作而言，阅读应该更加重要，不必人人都能写出好诗，但更多的人应该理解和欣赏诗歌、享受诗歌，分享诗歌的审美价值。本章讲关于诗歌阅读和欣赏的基本知识。

　　古代诗歌特别是近体诗、词、曲有很强的韵律感和音乐性，人们除了对它进行文字的识读外，还有吟诗咏曲等活动。现代诗歌外在的音乐性减弱，但也可以分为诗与歌两个支脉。歌谱曲而唱，诗的消费主要是阅读，偶有表演性的诗歌朗诵。无论古今，阅读都是诗歌艺术品主要的消费活动。我们主要讲怎样阅读、欣赏诗的问题，不展开讲吟咏和朗诵。

第一节　培养对话语的特殊敏感性

　　文学，包括诗歌，是以语言为媒介的艺术产品。把握语言的特性自然而然成为文学活动包括诗歌活动的基础，诗歌阅读和欣赏亦然。

　　解除语言障碍是阅读和欣赏的前提。对于一般读者而言，要更好地理解和欣赏诗歌，首先得解除语言障碍。在古代，语言文字掌握在少数人手里，诗歌活动成为少数人的游戏。新中国成立后，开展了文化普及活动，特别是现在普及了义务制教育后，应该绝大部分人都具有了一定的文字识读能力。这为诗歌活动的广泛开展提供了很好的条件。但是，解决语言障碍问题仍有必要提出来。这并不仅仅指诗歌有时可能运用相对生僻的词语的问题。如有生僻的词语，只要利用字典、词典等工具书或网络搜索都能解决。难点在对语词理解的深入上，要加深对语词身上特殊信息的感知，要避免对语词做似是而非的理解。

美国诗人罗伯特·弗罗斯特说，诗歌是"词的表演"。因此，词在诗歌中具有非常重要的意义。诗歌是精粹的艺术，它的词语特别是个别特殊词语具有非常重要的地位。诗歌语言是特别追求美感、追求强化效果、追求创生性的话语，它特别重视自身的质地。阅读诗歌，不能仅仅满足于理解词语的字面意义，它的深层寓意、它的情感色彩、它的造型作用、它的语气语调，甚至它的字词排列和声响在诗歌表达效果上有时都是很重要的。所以，我们要自觉提高对语词、话语的感受能力。

俄国形式主义文艺理论家维·什克洛夫斯基说："一个词语就是一座坟墓。"每一个词语都有它的生命，有它的产生、发展、演变、湮没、再生的历史，它里面可能埋藏着非常深厚的历史文化底蕴。有的词语在现在看来不是很常用，但它可能在历史上的某个时期非常活跃；而有的词语在历史上意义很简单，但它在后来某个时期变得非常复杂、非常活跃。某个词语在现在的常用意义是明显的，但这个意义可能是被引申出来的，与它的原意相差很远。随着时代的发展，新的事物不断产生，就需要创造新的词语来对其命名，如"工业革命"产生的很多工业产品的命名——火车、轮船、电视，如近年产生的很多网络词语——博客、微信等。诗歌是特别追求创生性的话语，它经常可能使用词语的不常用的意义或者赋予词语新的临时的意义。诗歌大量运用隐喻性思维，它的词语又常常与历史上或他处的含义形成互文的关系。所以，我们要增加和积累语言知识，了解词语的历史和多义性。

我们阅读古代诗歌，更有必要了解词语的历史，了解它在古代语境中的含义和作用。这就是训诂。

闻一多解读和欣赏《诗经·周南·芣苢》为我们做出了示范。原诗为：

采采芣苢，薄言采之！采采芣苢，薄言有之！
采采芣苢，薄言掇之！采采芣苢，薄言捋之！
采采芣苢，薄言袺之！采采芣苢，薄言襭之！

芣苢是这首诗中所有动作的对象，是全诗的中心意象。如果把它仅仅理解为一种植物，就很难进入此诗的境界。我们必须对它有更多的了解。那它是什么样的植物呢？为了加深对全诗的理解，闻一多对文字作了考辨疏证，在现代第一次弄清楚了其本意。他据《毛诗话训传》确认芣苢是如今的车前草。它是一种草本植物，其叶和籽都可入药。现在人们对它有更多的认识了。叶绿色，开紫色花，夏日结籽，也是深紫色的，外观甚是好看。在农村成长起来的人或采中药的人、学植物学的人可能对它有更多感性且直观的经验。这样，比对芣苢仅仅是一种植物的认识就深入了一层，有了更多的感性认识。

孔子在讲学《诗》的作用时说，学诗可以"多识草木鸟兽之名"。闻一多说："须知道在《诗经》里'名'不仅是'实'的标签，还是'义'的符号，'名'是表业的，也是表德的，所以识名必须包括'课名责实'与'顾名思义'两种含义，对于读诗的人，才有用处。"[①]因此，闻一多考证了多种典籍，认为在古籍中凡提到芣苢都说它有"宜子"的功能，是源于禹母吞芣苢而孕禹的故事产生的一种普遍观念。在两千多年前医学还不是很发达的"诗经"时代，人们都认为芣苢有治妇女不孕和难产之症的功效，甚至赋予它神性，是不足为怪的。闻一多还从古声韵学的角度揭示"芣苢"与"胚胎"古音不分，本义相通。这就从古文化的角度挖掘了这个中心意象更加丰富的情感经验含义，也就为理解这首诗进一步打开了语言通道。

当然，由于时代相距久远，这首诗还有一些词语意义也应该疏通一下。诗中的"薄言"是语助词，相当于"薄薄然""赶快的"，有勉力为之的意思。在《诗经》中有十八处用到，都是这个意思。这首诗每章前面"采采"连用，是指茂盛的样子，而不是动词"采摘"。第一章第二句的"采"是采摘，与"薄言有之"的"有"意义相近，都表示动作。"有"据考证从艸（草）从又（又，即手），是收取的意思。第一章的两个动词"采"和"有"都是相对较浮泛的动词。第二章的掇（duō，拾取）和捋（luō，用手从茎上抹取），更具体生动地写动作方法。第三章的袺（jié，手持衣角盛物）和襭（xié，把衣襟掖在腰带间装物），则从收纳动作方面书写妇女采摘芣苢的劳动。

在远古和上古时期，劳动特别是手工劳动是非常发达的，与之相应的语词

---

① 转引自毋庚才、刘瑞玲：《名家析名篇》，北京出版社，1984年10月版，第3页。

也是非常丰富的。随着人类文明的发展，我们无论在这些行为动作的感性直观方面还是在用语方面都有萎缩之势，逐步忽略了各种动作生动的情态区别。所以，现在我们在这样的诗歌中容易感到语言单调、内容单薄，失去了丰富的感性的东西。阅读这样的诗歌，关键在于我们要从这些民歌重章叠句、回环复沓的形式中，体会到欢快的语气、节奏和诗歌的情趣与力量。如果不是如上这样具体地领会这些词语的差别和动作的情态，我们能够感受的东西就要大打折扣。我们就会觉得该诗太单调无味了。

闻一多把这首诗的主要词语给我们考证梳理一遍后，我们对该诗内容就有了更多感性的理解。但是，闻一多说"单调不犯忌讳"，并举了几个"单调"的例子，意思是说单调没有关系。其实，他没有看到这些诗也在力避单调，如：

> 江南可采莲，莲叶何田田。
> 鱼戏莲叶间。
> 鱼戏莲叶东，鱼戏莲叶西，
> 鱼戏莲叶南，鱼戏莲叶北。
> ——《江南》

> 十三能织素，十四学裁衣，
> 十五弹箜篌，十六诵诗书。
> 十七为君妇，心中常苦悲。
> ——《古诗为焦仲卿妻作》

> 我所思兮在太山，欲往从之梁父艰。侧身东望涕沾翰……我所思兮在桂林，欲往从之湘水深。侧身南望涕沾襟……我所思兮在汉阳，欲往从之陇阪长。侧身西望涕沾裳……我所思兮在雁门，欲往从之雪雰雰。侧身北望涕沾巾……
> ——张衡《四愁诗》

> 何以致拳拳？绾臂双金环。

何以道殷勤？约指一双银。

何以致区区？耳中双明珠。

何以致叩叩？香囊系肘后。

何以致契阔？绕腕双跳脱。

何以结恩情？美玉缀罗缨。

何以结中心？素缕连双针。

——繁钦《定情诗》

　　这样的诗在汉朝及以前的诗歌中还有很多，不胜枚举。它们的述说对象是单调的，但又在单调中极尽铺张之能事，创造情趣。在单调与丰富中寻找张力，实现一种情感氤氲的效果，就是这种诗歌的力量所在。它们的语言更亲近音乐，更具规律感、仪式感和游戏性。它们的话语更加凸现其自身，体现了语言的"诗的用法"。这种话语被形式化后就产生了一种新的价值，就是使日常的生活现象脱离日常而被赋予神性和诗性。南北朝以后，由于诗人追求严格的人工性、很强的固定格式的近体诗的格律之美，在几个空间狭小的模子中做文章，这些丰富多样的诗美元素受到排斥，逐步在诗中消失。

　　在这个闻一多解诗的例子中，因为该诗使用的是上古时期的语言，对其词语就有个训诂的问题，对其相似句法的妙处也有个语言环境的把握问题。如果不懂点训诂学，不深入其语境之中，不是像闻先生那样把那些词语的各种含义搞清楚，体会到词语身上承载的感性信息，就叫作没有解除语言障碍，因而很难真正进入诗歌的境界，很难获得现实感、现场感，达到欣赏诗歌的目的。而要达到闻先生那样运用植物学和风俗学进行的训诂和解读，又不是常人能做得到的，因而很多人哪怕看了一些带简单注释的书籍，也是似懂非懂，不能完全进入这种诗歌的境界。因此，对这类诗歌的解读和欣赏，非长期修养或借助详细的品读文字不能如愿。朱自清在《新诗杂话》中说："意义的分析是欣赏的基础。"我们要阅读和欣赏诗歌，必须从充分了解和分析语词含义入手。

　　秦汉以后的诗歌，虽然还是使用的文言文，除了个别文字特别简省古奥以外，大部分诗歌都没有如上那样大的语言障碍。但这并不是说就没有任何语言问题。如关于用典的问题。诗歌作为一种精粹的文体，以少胜多的特性就决定了它是要经常使用典制故实的。朱自清认为"典故其实是比喻一类"，个别的诗可以不用，但"整个儿的诗是离不开典故的"。典故不但具有以古比今、以古证今的作用，还能充实内容，丰富内涵，雅化词句。

《古诗十九首》是东汉末年文人五言诗的代表，虽然它们的语言接近口语，非常自然，但也用典不少，后世对它进行注释的人很多。朱自清认为唐代李善的注释"最为谨慎，切实"，因此他在阐释时主要引用了李善的注释。如第一首：

> 行行重行行，与君生别离。
>
> 相去万余里，各在天一涯。
>
> 道路阻且长，会面安可知。
>
> 胡马依北风，越鸟巢南枝。
>
> 相去日已远，衣带日已缓。
>
> 浮云蔽白日，游子不顾反。
>
> 思君令人老，岁月忽已晚。
>
> 弃捐勿复道，努力加餐饭。

这首诗应该说没有什么生僻字，似乎语言障碍不大。但其中的用典很多，朱自清在《古诗十九首释》中引用李善注和补充注释如下。

> 生别离：《楚辞》曰，"悲莫悲兮生离别。"
>
> 涯：《广雅》曰，"涯，方也。"天各一方。
>
> 阻且长、安：《毛诗》曰，"溯洄从之，道阻且长。"薛综《西京赋注》曰，"安，焉也。"
>
> 胡马、越鸟：《韩诗外传》曰，"诗云：'代马依北风，飞鸟栖故巢'，皆不忘本之谓也。"
>
> 《盐铁论·未通》篇："故代马依北风，飞鸟翔故巢，莫不哀其生。"（徐中舒《古诗十九首考》）
>
> 《吴越春秋》："胡马依北风而立，越燕望海日而熙，同类相亲之意也。"（徐中舒《古诗十九首考》）
>
> 衣带缓：《古乐府歌》曰，"离家日趋远，衣带日趋缓。"

浮云、顾反：浮云之蔽白日，以喻邪佞之毁忠良，故游子之行，不顾反也。《文子》曰，"日月欲明，浮云盖之。"陆贾《新语》曰，"邪臣之蔽贤，犹浮云之障日月。"《古杨柳行》曰，"谗邪害公正，浮云蔽白日。"义与此同也。郑玄《毛诗笺》曰，"顾，念也。"

令人老：《小雅》，"维忧用老。"（孙鑛评《文选》语）

加餐饭：《史记·外戚世家》，"平阳主拊其（卫夫子）背曰：'行矣，强饭，勉之！'"蔡邕《饮马长城窟行》，"长跪读素书，书中竟何如？上有'加餐食'，下有'长相忆'。"

在这首语言相对简单的五言诗中，几乎句句都有出处，都进行了注释。这些注释还"释'事'的地方多，释'义'的地方少"。朱自清认为："'生别离'和'阻且长'是用成辞，前者暗示'悲莫悲兮'的意思，后者暗示'从之'不得的意思。借着引用的成辞的上下文，补充未申明的含意；读者若能知道所引用的全句以至全篇便可以联想领会到这种含意。这样，诗句就增厚了力量。"①他还在这篇文章中对各句的意义进行了进一步的解读。就拿"生别离"这一个"成辞"来说，在遥远的古代，不像现在有快捷的交通工具，今天到千里之外，明天就可回来相见。很多人有生之年的离别就是一去后成年累月难再见，或者是一别就成为永别，其中的情感分量不是现代人能轻易体会得到的。经过以上的引证和分析，我们深入到诗歌所处的文化氛围中，就能够更深刻地体会出来了。

这样一分析我们就知道，实际上，在传统的诗歌中，历代不同的文本之间形成了一种"同时并存的秩序"，形成了互文的关系。它们共同形成了一个文化的传统之流，每一个文本都是这条河流中的一个浪花，同时，浪花之间互相映照，助长了情感的力量和艺术的魅力。这就是用典的价值和意义。

再如唐朝诗人杜牧《泊秦淮》的语言解读问题。原诗为：

烟笼寒水月笼沙，夜泊秦淮近酒家。
商女不知亡国恨，隔江犹唱后庭花。

① 毋庚才、刘瑞玲：《名家析名篇》，北京出版社，1984年10月版，第12～19页。

　　这首诗的解读，对于"商女"和"后庭花"的理解至关重要。商女是指以唱为生的乐伎。秦淮河是贯穿南京城的久负盛名的风景胜地，唐朝时其河两岸酒家林立，乐伎在酒楼中为客人唱歌助饮之风盛行。那么，"后庭花"是一首什么曲子呢？唱它有什么含义或影响呢？这里就涉及一个典故。

　　据《陈书·后主张贵妃传》记载，陈后主陈叔宝特别喜爱声乐，不理朝政，整日沉迷在歌舞升平之中。他在乐府的清乐中独创《玉树后庭花》等曲子，常在宫中与幸臣宠妃一起创作绮艳歌词男女唱和，其音甚哀。其中歌词有"玉树后庭花，花开不复久"。不久，陈国就被隋灭掉了。后人认为这种歌词是亡国之音。所以，在本诗中，诗人听到的也许不是《玉树后庭花》本身，但取其作为与亡国之音相近的意义，有用典和类比的性质。

　　还有很多诗歌，单看语言是极其浅显的，但我们不了解其中典故，就会隔膜不通，难以理解，或者不能深入其境界。例如：

　　耕种有时息，行者无问津。
　　　　　　　——陶渊明《癸卯岁始春怀古田舍》

　　古往今来只如此，牛山何必泪沾衣。
　　　　　　　——杜牧《九日齐山登高》

　　云鬓花颜金步摇，芙蓉帐暖度春宵。
　　　　　　　——白居易《长恨歌》

　　沧海月明珠有泪，蓝田日暖玉生烟。
　　　　　　　——李商隐《锦瑟》

　　白羽出扬州，黄旗下石头。
　　　　　　　——顾炎武《京口即事》

　　石壕村里夫妻别，泪比长生殿上多。
　　　　　　　——袁枚《马嵬》

　　这些诗句文字看似简单，浅显自然，但都是含有典故的。如果我们不明白其中的典故，自然对它的感受、理解要大打折扣。我们在这里就不一一阐明了。

　　当然，现代诗歌使用的是现代汉语，有的使用的是相对文气的书面语，有的简直就是日常的口语。这又有没有语言障碍呢？

　　现代汉语诗歌使用相对更接近口语的语体文，应该说一般读者对词语语义理解都是没有问题的。现代汉语诗歌与近体诗等传统诗歌之间也发生了很大的断裂，不但打破了"章有定句，句有定字，字有定声（平仄）"的格律要求，韵律上有很大的"解放"，而且在意象和用典方面继承得也很少。因此，初期白话诗不但没有用典，而且没有丰富突出的意象，丧失了充实的内涵，缺乏诗歌应有的余味，部分诗现在看来有过于浅白、不堪卒读之感。为了增加诗意，有的现代诗也有用典和互文的，有的现代诗歌还用西方的典故。但是，由于社会生活太过丰富，现代诗太多、传播有限，诗与诗之间很难形成互文关系。现代诗的意象许多都是随机性使用的，沿袭性少，阅读现代诗歌除了要具备关于诗中意象必要的物象、事象的经验和常识外，主要还要在"语用"上下功夫。

　　英国学者瑞恰慈在与人合著的《意义的意义》中，把话语的意义分为四种：意思、情感、语调、用意。[①]按照他的观点，我们理解语词的字面意思仅是一个方面，还要进一步理解话语负载的情感信息、整体语调和口气、话语深层用意等其他方面，才能真正搞懂一首现代诗。这也可以说是现代诗歌的语言关，是看似没有问题的难关。

　　现在试举一首尹丽川的《伤逝》说明：

　　　　你低眉浅笑

　　　　你青春的样子太美

　　　　满目烟火自弃

　　　　而我已是

　　　　落泪时需忍住

　　　　上楼还要

---

① 转引自孙玉石：《中国现代解诗学的理论与实践》，北京大学出版社，2007年11月版，第67页。

辅导作业的人生
今天上午
十一时零九分

　　这是一首写瞬间感受的小诗，写得很有现实感、时代感。诗整体上运用平静而节制的口气，叙说了"你"——也许就是"我"的孩子——年轻、单纯甚至任性都是美的，但是"我"——也许是家庭的支柱——必须坚强，有泪要落还得忍住，还要不停地劳作，还要尽"辅导"的义务。诗中通过"你"与"我"两者对比，含蓄地写出了人生的况味。"今天上午/十一时零九分"，这是一个计时短语，意思应该无人不懂。为什么用这么精确的计时性话语，诗人的意图是什么？我的理解是增强上述事象的现场感、纪实性。诗人要使这首简短的诗成为现实生活的切片，要让读者从"这一个"切片中感悟到少年与成人、单纯与复杂的迥然不同，感悟到对"逝"去的"美"的留恋，感悟到现代中年人心里的负重与酸苦，难以表达的复杂情感，坚强中有脆弱，平静中也有较强的情感冲击力。诗就这样从现实生活出发，而走到了高于生活的精神领地。

　　现代诗歌的话语就是这样，它的障碍往往让人看似没有障碍。它似乎是透明的。解读诗歌，就要首先解除理解语言的障碍，之后进一步熟悉语言的特性，领悟每一个诗行甚至每一个语词的含义和意图，领会语言的特殊用法——"诗的用法"所产生的效果。诗歌作为一种特殊的言说方式，一种特殊的话语，我们要重点关注这种话语所产生的艺术效果。

　　语境问题。对话语意义的理解，语境是一个决定意义的重要方面。语境，简单说来就是意义生成的环境。一个词语的意义由其所处的上下文决定，这是文本内部的语境。它还有外部语境，包括社会语境和时代语境，即诗句产生时的社会背景和时代背景。如本书前面所举顾城的"黑眼睛"意象，在20世纪那个认知被彻底颠覆的时期，人们应该感受更加强烈。

　　和对语言的敏感密切相关的还有传统阅读所讲究的"知人论世"。知人，就是了解作者的经历、个性、思想、创作风格等。论世，就是了解作品产生的时代经济文化状况、思想状况和社会风气等，也包括普遍的人性和世道人心。知人和论世都是为了更好地理解诗歌作品所蕴含的深刻内容。有的西方文艺批评流派认为可能产生"意图谬见"，主张只在作品内部寻求证据，就文本解读文本。虽然对于诗歌文本的解读与知人论世进行的理解有时不完全一致，但从主流看，它们并不矛盾。从诗歌文化也是一种社会交往和诗歌的审美意识形态属性来看，它永远不可能与人和社会、历史绝缘。特别是个别特殊作品，不在具体的社会环境和条件中来谈论和理解，又怎能更充分更准确地理解诗歌的意蕴？所以，我们认为适当地知人论世是必要的。现在，一些庸俗的诗歌批评，一开篇就把作者大吹特吹，那不是真正的知人论世，而是"捧杀"。它不但对解读诗歌毫无益处，反而是败坏诗歌文化的毒瘤。

话语风格问题。 诗歌话语有朴实与华丽、简明与丰富、深邃繁复等不同的风格，现代自由诗同样如此。朴实并不等于没有力量，现代诗歌很多都是朴实的。如芒克的《雪地上的夜》：

> 雪地上的夜
> 是一只长着黑白毛色的狗
> 月亮是它时而伸出的舌头
> 星星是它时而露出的牙齿
>
> 就是这只狗
> 这只被冬天放出来的狗
> 这只警惕地围着我们房屋转悠的狗
> 正用北风的
> 那常常使人从安睡中惊醒的声音
> 冲着我们嚎叫
>
> 这使我不得不推开门
> 愤怒地朝它走去
> 这使我不得不对着黑夜怒斥
> 你快点儿从这里滚开吧
>
> 可是黑夜并没有因此而离去
> 这只雪地上的狗

照样在外面转悠

当然，它的叫声也一直持续了很久

直到我由于疲惫不知不觉地睡去

并梦见眼前已是春暖花开的时候

　　这首诗虽然运用了象征手法，但它的话语是朴实的，没有什么华丽的辞藻；语句意义是简明的，没有多少理解的障碍；话语节奏是自然顺畅的，一个短语或简短句子就是一个诗行。这种诗阅读难度相对较小，又不失暗含的诗味。

　　再如穆旦的《春》：

绿色的火焰在草上摇曳，

他渴求着拥抱你，花朵。

反抗着土地，花朵伸出来，

当暖风吹来烦恼，或者欢乐。

如果你是醒了，推开窗子，

看这满园的欲望多么美丽。

蓝天下，为永远的谜蛊惑着的

是我们二十岁的紧闭的肉体，

一如那泥土做成的鸟的歌，

我们被点燃，卷曲又卷曲，却无处归依。

呵，光，影，声，色，都已经赤裸，

痛苦着，等待伸入新的组合。

　　这首诗虽短，写青春的不安、欢欣、寂寞与痛苦，写得太好了。在语言上，用了较多的短句拼接成诗行，节奏显得比较轻快顺畅，并且两节双行大致押韵（朵、乐、合；体、依、丽），有较强的韵律感。"他""你""我们"，视角不断转换，使用了较多的修饰成分和比喻、比拟、呼告、悖谬、倒装、反复等修辞手法，语义较为丰富，每一个诗行都有较大的审美信息密度，需要人思而得之。这与上一首诗有些不同。

再比如，龚学敏的《雨夜》：

降临人间的雨，迫不得已。原野
已成划烂的蛋糕
到处都是抱着自己哭泣的泪滴

把胃写疼的诗人，用多余的疼撑开
伞，提醒哭累的银杏
被规矩修剪掉的枝桠，死一次
就用尸体把天空烧疼一次

在灯光的雨柱中蠕动的货车，沦为
穿着雨衣的街道上游荡的守夜人
溅起的泥点
是碾压出疼痛的告密者，和雨滴的
哀歌

深夜紧张地捂住地铁
那么多渴望爱的人，早已被风吹散

余秀华的《石磨》：

横店①的石磨上，谁拴住了我前世今生
谁蒙住了我的眼睛
磨眼里喂进三月，桃花，一页风流
磨眼里喂稗草，苍耳，水花生
——假如风能养活我，谁就不小心犯了错

---

① 横店村为诗人故乡。

我转动的上磨大于横店，横店是静止的下磨

大于横店的部分有我的情，我的罪，我的梦和绝望

磨眼里喂世人的冷，一个人的硬

磨眼里喂进霰，大雾，雪

——风不仅仅养活了我，谁一错再错

谁扯下我的眼罩，我还是驮着石磨转动

白天和夜里的速度一样

没有人喂的磨眼掉进石头，压着桃花

掉进世俗，压住悲哀

——这样的转动仅仅是转动

这些诗歌修辞手法多样，就境取材，远取譬，新颖独特。压缩式修辞短语"哭累的银杏""在灯光的雨柱中蠕动的货车""雨滴的哀歌""世人的冷""掉进世俗"等，增加了理解的难度。话语跳跃性大，信息密度大，语义繁复。

诗歌是词的表演，诗歌话语中既有语言能指的游戏，也有语言所指的游戏。如袁丽人歌词《粉红色的回忆》中"夏天夏天悄悄过去留下小秘密，压心底压心底不能告诉你"一句中，语词重复，它的语气、语调和听觉效果应该是怎样的呢？它表达的是什么样的意象、情感、趣味呢……语词的意义还有地域差异、个人经验差异，这些差异自然会带来读者理解的不同。语言能指的游戏在歌词中表现更加突出，在诗中相对少一些。随着现代诗的发展，诗中语言所指的游戏有逐步加强的趋势。如"记得那一个夜晚，/你轻轻地吻了我刘海下的额头"，这是多么具体、切实、亲切、温柔而又刻骨铭心的感性经验，但也很容易被没有这种经验又粗心的读者忽略了。诗中更重视意象和丰富繁复的情志，具有更多所指的游戏。语言中朴素与庄重、通俗与雅致、欢快与凝重有时不仅是风格差异，还有用途的不同。我们读诗必须有这种对话语的全面敏感性，善于从话语的各个方面去感受它的意义、意象、情感、用意之所在，在理解字面意义基础之上把握其深层内涵。只有这样才能更好地理解诗歌，获得切实的审美感受。

理解和创作的能力都是语言的使用能力，只有在长时间的实践中去取得。

正如阅读汉语古典文献需要在长期的实践中提高文言文的使用能力，阅读西方经典哲学著作需要在长期的实践中提高抽象思维和逻辑思维能力一样，阅读诗歌也需要在长期的实践中提高对诗歌话语特征的把握、对情感意象的体会和感悟能力，逐步培养对诗歌话语的特征敏感性。

第二节　提升对形象的感知能力

诗的表达方式不是直寻的而是婉曲的。诗意不可能直接说出来或直接说出来是无效的，必须用形象表现出来让人去感受和体会。以象明意是诗的基本表达方式。"要欣赏音乐，必须有能感知音乐的耳朵。"读者要更好地理解和欣赏诗歌，就要像提高音乐素养那样不断增强对话语和事物的感知力。不但要像上一节所说的那样，增强对语言符号的韵律、意蕴、情味、旨趣、质地等的感受能力，还得提高自己对话语建构的艺术形象的感知力。

热爱生活，感知万物。诗歌文本是作者提供给读者的感知线索和基础。我们要阅读和欣赏它，必须循着这个线索去进行创造性想象，结合自己已有的经验在心中再建艺术形象。诗歌是精粹的艺术，叙述和描写不可能面面俱到，过程和关系交代往往都具有很大的跳跃性。在艺术形象再建的过程中必然离不开读者的推想能力，离不开读者的补充、联系、丰富和发展。读者的推想能力是和他的生活经验、知识积累息息相关的。生活经验越丰富，知识积累越深厚，感受体验就越多、越精细。古人说："读万卷书，行万里路。""读万卷书"能让人增长不少的理论知识和间接经验。如上节说的那样，许多知识都是相互印证、相辅相成的。要增加对话语的敏感度，就要多读书，要从话语的历史语境、文化语境、上下文语境等各种角度去把握语词的意义，深入地理解诗歌。同时，精神文化产品是社会实践的反映，任何时候都不能脱离社会生活。诗歌脱离了社会生活就是无源之水，必将枯竭。它的情志内容来源于自然和社会生活，它的形象意象取之于自然和社会生活。它所创造的艺术世界是否真实，需要读者结合对自然和社会生活的经验进行印证。能唤起同感的就是真实的，就能获得很大的同情心和强烈的兴发感受。不能唤起同感的，则有虚假之嫌，艺术效果就将大打折扣。所以，我们要更好地阅读和享受诗歌，也要"行万里路"，在大自然和社会生活中增长见识，获得经验，与诗歌中呈现的经验印证和交流。只有见多识广，才能更多地获得物象、事象的感性经验。见多识广了，对形象的感知更丰富、更精微，对诗思就会有更深广的感受和领会。如果将诗中获得的间接经验与生活经验结合，就能更好地感受生活中的诗意，更好地享受生活之美。反过来，生活之美又能不断激发和帮助对诗性的感受和领悟。诗是生活的见证，诗也是生活的佐料，诗与生活同在。热爱生活就会爱诗，爱诗能帮助你更好地生活，爱诗与爱生活并行不悖。

自觉培养玩味意象的习惯。钱钟书说诗是"有象之言，依象以成言"。诗都是用形象"说话"的。日常话语和科学理论文章用的是实用语言，它的语词一般仅仅是概念的载体，依靠语词的组合进行陈述和推论。诗歌话语中多数语词是表象性的，它不仅仅表达一种概念，还展现事物具体的形态，让人见词明象。形象（或者说表象）本身也成了艺术表达的一个符号。这样的语词其音、形是一层，其代表的表象又是一层，可以说是双重符号。如果说语言是诗的媒介符号，在诗中，语言提供的事物表象更是诗特有的符号。诗是用形象说话、示意的，诗的情感、意义、直觉、美感、趣味等往往都寄托在形象上。

在言—象—意的关系中，象处于中间的转换枢纽的地位。童庆炳等认为，文学形象处于文本表层结构与深层结构的中间地带，"它一方面关系着深层结构的传达，另一方面又制约着表层结构的处理，因此文学形象层面就成了艺术表现的中心"。[①]作者要表达自己心中的情思意绪，就要寻得恰当的形象来体现，恰当的形象就有与之对应的表象性语词。诗人基本上是按意—象—言的序列进行"编码"，找到合适的形式，创造诗歌作品。读者阅读和欣赏诗歌，往往是逆向而行，按言—象—意的途径，沿波探源，进入诗的内核，寻求美的感受。诗中的形象主要是意象，意象也是一种形象，是一种带有明显主观意志的形象。作诗者的形象意象经营是一个非常重要的环节，读诗者的意象品味也是一出重头戏。如果我们读了一首诗，心中没有留下一些事物表象性的东西，没有美的形象感，那不是这诗有问题，就是自身的注意力、感受力没有到位。

因此，我们要读好一首诗，就不能"得言忘象"，而要自觉培养玩味诗歌意象的习惯。要充分调动自己在生活中获得的感受和经验，大胆地进行想象和揣摩，在意象品味中感悟情思意绪，在意象品味中获得兴发感受，在意象品味

---

① 童庆炳：《文学理论教程》（第四版），高等教育出版社，2008年11月版，第206页。

中体会诗歌的美，在意象品味中体会诗之高妙。

对于意象的品味，除了对个别特殊的意象进行重点揣摩外，要反复通读全诗，将各个意象联系起来，在意象的组合和整体的意境中感受，甚至要把自己身心全部放进诗歌营构的特有境界、氛围中感受和领悟。诗歌活动的完成不是作者单方面的事情，必须有读者潜心的参与。诗歌作品仅仅给读者提供了一个心灵活动的舞台，期待读者心灵来参与，读者的再创造是接下来必不可少的工作。读诗的乐趣就在于这种再创造之中。

主动寻绎象意，提升感悟能力。诗用意象说话，用意象与意象的组合关系暗示和带出难以言表的感受、经验和感性认识。诗的意象话语传达两种信息。一是客观事物现实是怎样的，包括"象"的部分，即客观信息；一是说话者的自我表现的东西，包括"意"的部分，即主观信息。这种说话者自我表现的主观成分，是话语语义结构的有机组成部分。话语的主观性若隐若现，有时很难将主客分开。这种主观性包括说话人在说出话语时对话语所表达的语义内容的立场、视角、情感态度和认识等。所以，我们在欣赏诗歌时，既要在心田中对事物表象来一番组接和再创造的功夫，还要在意象和意象组合中寻味出作者要表达的观念性的东西，获得情感上的兴发感动和形而上的认识。

下面以近年黍不语发表在《诗刊》的《来到城市的树》为例：

被我看见时，工人们正一根一根
搬运它们。大的，小的。粗的，细的
含含糊糊挤在一起。

还有年轮，但皮没有了。
还能立起，但枝叶没有了。

我想象它们曾经绿得骄傲，壮观，
披挂着世上所有的星辰和露水。

我想象它们曾经拥有多么牢不可破的距离，
多么完美的沉默，和多么心爱的鸟儿。

我想象它们如何被拔起，被斩断，被剥皮，被运送，
被统一，被模糊，被扭曲，被消解……

我看到自己已无可挽回地，置身
那想象中。
我在眼前和想象中看到自己
被无止无休地搬运、堆砌。在它们中。

现在它们叫木头。一生的命运
还远未结束。

　　这首诗显然来源于当今时代生活之中。第一、二节写在城市里"看见"
工人搬运木头的状况——各种大小的木头"含含糊糊挤在一起"。"皮没有
了""树叶没有了"，说明叙说人还把它们当成有生命的树看待。这似乎是
客观形象的描述，但实际已经在把一个常识中无生命的东西做加工，在给事
物"赋魅"了。第三、四、五节写述说者"我"由此而"想象"到这些木头
的来历和生活——它们曾经是多么鲜活的"披挂着世上所有的星辰和露水"
的树，它们"拥有多么牢不可破的距离，/多么完美的沉默，和多么心爱的鸟
儿"，独立、有个性、内涵丰富美好。然而，命运不济，它们"被"——这里
共用八个"被"字。前四个是实写树被加工的过程，后四个就提升了一层。
"被统一"，说明树面对一种强大意志，个性泯灭，"被模糊，被扭曲，被消
解……"显然不仅仅是写树了，是写人或更精神性的其他事物的命运。第一至
五节可作第一部分，写树的命运。第六节就由树的命运进一步联想到人——
"我"的命运，可以看成诗的第二部分。视角也发生了转变，将自己与这些树
比较，"我在眼前和想象中看到自己"，命运与它们完全一样，来到城市，
"被无止无休地搬运、堆砌"，好像就是它们中的一个，完全"置身""在它
们中"。第七节作为第三部分，意义更深一层，表达非常妙，揭示了更深沉的
现代性忧虑——现在它们不再叫"树"，已经改名换姓"叫木头"不说，最终
的命运走向哪里还不明确，命运"还远未结束"，自己完全不能掌控，任由摆

布。这就涉及现代人的终极关怀了。这首诗标题为"来到城市的树"，题目就直觉地隐喻着从农村到城市的人。在人口城市化的时代洪流中，我们天天见到这种"树"，或许我们自己就是这样的"树"，随时体验着自由意志与现代技术文明物质文明的矛盾和挤压。诗把加工后的木头与树的经历连贯起来，有生命和无生命的过程连为一体，是为了揭示它们的命运而有意为之。从看见搬运木头到想象它们的来历，到联想到人自己的命运，再到"还远未结束"的忧虑和长远关怀，多次转换视角，从开始似乎是实写跳到精神层面，是诗人为传达诗的观念而精心组织起来的意象及意象组合。在多次视角转换中，将树的命运与人的命运交织在一起，使诗意更加繁复，具有更加明显的现代感。

我们再举几首同样是写树的现代自由诗比较一下。牛汉的《半棵树》：

真的，我看见过半棵树
在一个荒凉的山丘上
像一个人
为了避开迎面的风暴
侧着身子挺立着

它是被二月的一次雷电
从树尖到树根
齐楂楂劈掉了半边

春天来到的时候
半棵树仍然直直地挺立着
长满了青青的树叶

半棵树
还是一整棵树那样高
还是一整棵树那样伟岸

人们说

雷电还要来劈它
因为它还是那么直那么高

雷电从远远的天边盯住了它

曾卓的诗《悬崖边的树》：

不知道是什么奇异的风
将一棵树吹到了那边——
平原的尽头
临近深谷的悬崖上
它倾听远处森林的喧哗
和深谷中小溪的歌唱
它孤独地站在那里
显得寂寞而又倔强

它的弯曲的身体
留下了风的形状
它似乎即将倾跌进深谷里
却又像是要展翅飞翔……

1970年

再看艾青的《树》：

一棵树，一棵树
彼此孤离地兀立着
风与空气
告诉着它们的距离

但是在泥土的覆盖下

它们的根伸长着

在看不见的深处

它们把根须纠缠在一起

1940年春

　　牛汉是个正直、高大的诗人，他也很重视诗中的人格形象塑造，诗如其人。他的《华南虎》《汗血马》《半棵树》都表现了一种硬汉精神和理想主义情怀，面对现实的矛盾和苦难敢于奋争。所以，他写的树被雷电"齐楂楂劈掉了半边"，仍然"直直地挺立着"，春天来了，还要长满"青青的树叶"，具有顽强的生命意识。哪怕形势仍然复杂，又有"雷电从远远的天边盯住了它"，也无所畏惧。曾卓写的《悬崖边的树》，也与牛汉的树一样生活在一种苦难的环境之中，几乎反映了相同时代的苦难。这棵树由命运安排，身临绝境。它与牛汉那半棵树的相同之点是，即使它被风摧残得身体都"弯曲"了，仍然"寂寞而又倔强"，做着"展翅飞翔"的梦。这两位诗人都以树的名义或意象，在诗中塑造了一种在恶劣环境中顽强斗争的英雄主义形象。而这两棵树是充满个性的，同中有异，异中有同。

　　艾青的《树》写作年代就要早许多。诗人的目光似乎具有X光的穿透能力。他看到的不是一棵树，而是一棵又一棵的树，很多树。它们之间表面是有距离的，但在泥土之下，"它们把根须纠缠在一起"，象征着人们团结的力量。诗歌鼓舞了人们的斗志。

　　以上这四首诗都写树，通过树的意象来表达诗意的观念。时期不同，文化背景不同，树与树的形态特征不同，因而树与树的艺术形象不同，各自的注意重心不同，语言风格也有不同。有的在意形象的伟岸和内在的勇敢，有的突出性格的倔强，有的重点关注树根的交织连接，有的着重对其命运的关切。不同的个性特色，不同的意象组合关系，寄托着不同的诗意观念。虽然几首诗的语言风格不尽相同，语意繁复程度不同，表现的情感有所不同，但这几首诗都是有时代气息的、有力量的。从精神层面说，艾青的树意象是群体的，强调团结的力量。牛汉和曾卓的树意象是个体的，一个伟岸一个弯曲，外在形象不同，但都突出在艰苦环境中顽强的斗争精神。黍不语的树意象是个体与群体交错的，表现的是现代文明中个人对于自身命运的无奈。我们阅读诗歌，就要领悟到这些精神实质，在再创造中领悟寄托的观念，寻绎象意，打开洞见。

理解诗歌意象的各种内涵及其审美意味是读懂一首诗的关键。只有见多识广，才能从感性直观中获得更多的内在感悟，领悟更多更深的情志内容。所以，作为一个读者，生活经历和感性经验越丰富越好，越有利于经验与诗意的相互沟通、发掘和印证，有利于兴发感受的获得。读诗的乐趣在于意象的再创造之中，也在于对意象的主观密码的领悟和破译之中。

意象是自然和社会反映在人心目中的物象、事象。由于客观事物有相对稳定的自然属性，往往在人心中引起相同的情感反应。不同国度、不同时代、不同个性的人，往往都能引起虽有差异但基本相同的感受。比如：草木摇落，花开花谢，必然引起时光流逝之憾；道路泥泞，冰封雪冻，必然引起人生艰难之感；等等。所以，意象不是语言胜似语言，它成为传达情感意念的艺术符号。它比语言表达得更多，更丰富，更立体，当然也更隐晦，要让人去感知，去体味，去思而得之。读者要主动打开心理的封闭，克服时间距离、文化差异、经验局限等，去感知事物，研究意象之间的关系，找到最恰当的解读答案。

第三节　增强对诗歌形式的解读能力

文学活动是一种社会性的精神文化交往活动。纵观文学活动过程，其中具有三个实体：作者、作品、读者。无论是从个案看还是从整个社会总体上看，文学活动都是如此。作者是文学活动的发起者，是作品创作和生产的主体。读者是文学活动的承接者，是欣赏和消费作品的主体。作品是主体交流的桥梁和传达的工具，是文学精神内容的承载者，是精神内容的物质符号表现形式。

传统的文学理论非常重视作者的作用，强调作品"言为心声""文如其人"，因而常常将作者与作品画等号，研究文学非常重视作者传记的记载和作者生活的社会背景、个人经历、思想情感、个性特色的分析和发掘。中国的文学批评传统是这样的，西方19世纪流行的实证主义文学批评也持这样的理论观点。作者和作品之间有很复杂曲折的关联，有时甚至产生相反的表现，现实中人格低下的人有时也可能写出好作品，好作者的意图可能因为"技术"等问题而不能得到准确全面的表现，产生"意图谬见"。实践证明，过多去研究文学作品以外的东西，容易沦为历史学或社会学的附庸或落入庸俗的实证主义陷阱。另一方面，读者的个人作用发挥大小往往因人而异，同一人还因时因地和因心境而异，没法强求一律。西方接受美学无限夸大读者的作用，形成"片面深刻"的发展。其后果是导致文本价值的丧失、传统文学活动意义的丧失，走向文学虚无主义。因此，我们坚持以文本为中心的观点。文本表现了什么，怎样表现的，才是我们理解、确认和评价的对象和范围。"文学研究的合情合理的出发点是解释和分析作品本身。"[①]同时，我们又不完全排斥创作主体和消费主体。

现代文学理论认为文学作品是一个多维立体结构。如童庆炳等认为，文学文本可以分为三个大的层次：文学言语层面、文学形象层面和文学意蕴层面。[②]按照孙绍振等文学文本解读学的观点，认为文学文本至少包括三个层次：表层的意象群落、意象组合中隐约相连的情志脉络、规范的文学形式。并认为"只有充分揭示主观、客观受到形式的规范、制约、变异的规律，文学理论才能从哲学美学中独立出来，通向独立的文学文本解读学"。[③]虽然这些表述有不同之处，但他们都从文学的客观实际出发，揭示了文学作品构成的主要元素和结构规律。这与本书的诗歌本体结构观是基本一致的。

我们认为，诗歌作品是历史地形成的精神文化产品，它是多种美学元素的综合体，它在历史过程中有持恒也有变异，不同的历史时期有不同的美学风尚。但不论哪个时期的作品，人们阅读和欣赏它都是把它作为一种整体来感知的。我们不但要感知它反映的那个时代的自然、社会中的物象和事象，领悟其中微妙细腻、丰富多彩的情志理念，也要感知它的话语特色、外在形式。如果不能感知它富有特色的话语和外在形式之美，或者说不能在感知情志内容的同时感知话语和外在形式之美，那可以说这种欣赏是残缺的、不完整的。

中国诗歌在长期的历史发展过程之中，形成了多种多样的富有美感的形式。我们可以在众多诗歌形成的这种大的体裁样式（艾略特所谓的"传统"）中，归纳出不同层次的各种具体的诗歌体式。这样有利于更好地认识和领略不同诗歌各具特色的美。

---

① ［美］勒内·韦勒克、奥斯汀·沃伦：《文学理论》，刘象愚等译，文化艺术出版社，2010年9月版，第149页。

② 童庆炳：《文学理论教程》（第四版），高等教育出版社，2008年11月版，第201页。

③ 孙绍振、孙彦君：《文学文本解读学》，北京大学出版社，2015年4月版，第23～26页。

一、古体诗

从我国诗歌历史看，先秦时期主要有《诗经》和《楚辞》两种体式，汉魏时期五、七言诗取得主体地位。从诗歌形式上看，南朝以前为我们如前所称的自然诗或古典诗阶段。虽然有一些关于古诗韵律的传说，但我们至今没有这个阶段诗歌确切的格律依据。[①]况且，即使有这个时期的诗歌格律理论记载，恐怕因为语言的巨大变化，对于现代人来说也没有多大的实际意义。这些诗不是格律严谨的定体诗，但又历史地形成一些共同的美学追求。所以，我们从中国现存古典诗歌总结归纳其形式上表现出的特征如下：第一，一般篇幅都不长，行数不限。双数行的居多，一般都比较凝练简短，除了《诗经》《楚辞》中的少数篇章和《古诗焦仲卿妻作》等叙事诗外，一般都在五十行以内。第二，由于和音乐有密切亲缘关系，一般都有较强的节奏感。多数以两个字（或两个音节）为一个节拍，《楚辞》等有三字节拍的诗句。第三，诗句（原来不分行排列时没有行的概念）的长度以四言、五言、七言为主，也有三言、六言的，大致整齐但不求绝对均齐。诗句也是诗歌形式上的一个重要范畴，因为它往往决定诗整体的节奏模式。第四，诗句逐步发展至三、四个节拍，与自然呼吸长短较为协调。四言、五言、七言渐次呈现，表现出诗句逐步加长、语词容量增加，同时包容单音节与双音节节奏的趋势。第五，不完全是齐言诗或等顿诗。虽然这些诗较重视节奏，但没有严格的规定必须是齐言诗，很多诗是大体整齐的杂言诗而非绝对的等顿诗或齐言诗，因而既有一定的韵律美又充满变化、生动自然。第六，一般都押韵，韵辙较宽，韵式也多自然变化。既有句句押韵的，也有隔句押韵的，还可以换韵。早期诗歌使用韵语是一种普遍的现象。自然音节形成的节奏和押韵给诗歌普遍带来较强的韵律感。第七，除了押韵外还常常用"兮"等衬字来增强句法的灵活性和诗句韵律感，与口语有亲近密切的关系。第八，大量使用对句，但对句对称不必很严格，单句与对句自然混合，并常常与散句自然衔接，做到单对结合、骈散结合，活泼自然。第九，不入平仄律，不用严格做到平仄递变。王力先生对这些诗歌进行了平仄考察研究，认为这些诗平仄声

---

① 王力：《汉语诗律学》，中华书局，2021年第二版，第405页。

调上是随机的。《诗经》《楚辞》在前面都有举例了，我们再举下面这些汉魏时期具有代表性的诗为例，对其上述特点不作一一分析，相信读者能够结合上述归纳的特征进行领悟：

　　力拔山兮气盖世，时不利兮骓不逝。
　　骓不逝兮可奈何，虞兮虞兮奈若何。
　　　　　　　　　——项羽《垓下歌》

　　大风起兮云飞扬，威加海内兮归故乡。安得猛士兮守四方！
　　　　　　　　　——刘邦《大风歌》

　　战城南，死郭北，野死不葬乌可食。
　　为我谓乌：且为客豪！
　　野死谅不葬，腐肉安能去子逃？水深激激，蒲苇冥冥。
　　枭骑战斗死，驽马徘徊鸣。
　　梁筑室，何以南梁，何以北，
　　禾黍不获君何食？愿为忠臣安可得？思子良臣，良臣诚可思。
　　朝行出攻，暮不夜归。
　　　　　　　　　——无名氏《战城南》

　　东临碣石，以观沧海。
　　水何澹澹，山岛竦峙。
　　树木丛生，百草丰茂。
　　秋风萧瑟，洪波涌起。
　　日月之行，若出其中；
　　星汉灿烂，若出其里。
　　幸甚至哉，歌以咏志。
　　　　　　　　　——曹操《观沧海》

结庐在人境，而无车马喧。

问君何能尔，心远地自偏。

采菊东篱下，悠然见南山。

山气日夕佳，飞鸟相与还。

此中有真意，欲辨已忘言。

——陶渊明《饮酒》其二

洞庭水上一株桐，经霜触浪困严风。

昔时抽心耀白日，今旦卧死黄沙中。

洛阳名工见咨嗟，一翦一刻作琵琶。

白璧规心学明月，珊瑚映面作风花。

帝王见赏不见忘，提携把握登建章。

掩抑摧藏张女弹，殷勤促柱楚明光。

年年月月对君子，遥遥夜夜宿未央。

未央采女齐鸣簧，争先拂拭生光仪。

茱萸锦衣玉作匣，安念昔日枯树枝？

不学衡山南岭桂，至今千年犹未知。

——吴均《行路难》

二、近体诗

南朝齐梁间沈约等人提出四声理论和平仄律，对格律诗的形成影响很大，至初唐近体诗定型。近体诗又被称为"今体诗"，是相对于其前的古体诗而言的，是后人沿袭唐朝的观念和称谓。由于其本身的韵律美、精练美，再加上科举考试和封建士大夫阶层大力提倡等外力作用，近体诗遂成为诗歌主流。虽然它在大约1500年中一直处于正统地位，但文人们仍有不受其谨严格律约束的冲动，在格律诗之外创作古体诗，因而在近体诗产生后古体诗仍然与之长期并行。古体诗又称古风，是相对于近体诗而言的。特别是像李白等性格豪放、酷爱自由的诗人，创作的古体诗相对更多。不过，唐以后的古体诗受新的诗歌风尚的影响，诗人往往不自觉地要将话语声调纳入平仄律的约束，而一些诗人为了仿古像古，不得不在创作的古体诗中有意避免受平仄律的影响。这是唐朝以后古体诗的特点，王力对其有具体的考察分析。①古体诗与前面所述古典诗歌相近，我们不再赘述，下面重点对近体诗的体式做一些具体介绍。

近体诗是一种定体诗，形式规范性很强，人工痕迹明显，是严格的格律诗。它有三大限制：数量限制（句数、字数），语音限制（平仄、用韵），句法限制（对仗）。它具体又分为五言绝句、七言绝句、五言律诗、七言律诗和排律五种体式。

五言绝句的体式要求：每首绝句必须有且只有四句，每句必须有且只有五个字，全篇二十字。五言绝句格律上有四种理想的基本格式。下面对这四种格式进行具体分析，包括其句数、字数、平仄声调、韵脚、对仗等。

一是首句仄起仄收式：

a. 仄仄平平仄

b. 平平仄仄平（韵）

c. 平平平仄仄

d. 仄仄仄平平（韵）

这样理想的平仄用字在实践中是很难做到的，于是人们又允许有一定的变通。在理想句型的各种格式中，只要不犯"孤平"和不造成"三平调"，五言诗句的一、三字，七言诗句的一、三、五字变通为可平可仄。五言诗句的二、四字，七言诗句的二、四、六字由于在停顿前的节奏点上，必须严格依律定平仄、不能变通。所以，上面的理想格式又可变为如下变通格式（用—表平声，∣表仄声，＋表可平可仄，△表尾字为韵脚。为便于大家对照理解，我们在后面的理想格式右侧，也同样附上变通格式）：

a. ＋　∣　—　—　∣

b. —　—　∣　∣　—　△

c. ＋　—　—　∣　∣

d. ＋　∣　∣　—　—　△

例诗如：

　　大漠沙如雪，燕山月似钩。

---

① 王力：《汉语诗律学》，中华书局，2021年第二版，第405页。

何当金络脑，快走踏清秋。

——李贺《马诗二十三首》其五

二是首句平起平收式：

b. 平平仄仄平（韵）   b. — — ｜ ｜ — △

d. 仄仄仄平平（韵）   d. ＋ ｜ ｜ — — △

a. 仄仄平平仄   a. ＋ ｜ — — ｜

b. 平平仄仄平（韵）   b. — — ｜ ｜ — △

例诗如：

北风吹白云，万里渡河汾。

心绪逢摇落，秋声不可闻。

——苏颋《汾上惊秋》

三是首句平起仄收式：

c. 平平平仄仄   c. ＋ — — ｜ ｜

d. 仄仄仄平平（韵）   d. ＋ ｜ ｜ — — △

a. 仄仄平平仄   a. ＋ ｜ — — ｜

b. 平平仄仄平（韵）   b. — — ｜ ｜ — △

例诗如：

山中春已晚，处处见花稀。

明日来应尽，林间宿不归。

——张籍《惜花》

四是首句仄起平收式：

d. 仄仄仄平平（韵）   d. ＋ ｜ ｜ — — △

b. 平平仄仄平（韵）   b. — — ｜ ｜ — △

c. 平平平仄仄   c. ＋ — — ｜ ｜

d. 仄仄仄平平（韵）   d. ＋ ｜ ｜ — — △

例诗如：

武帝爱神仙，烧金得紫烟。

厩中皆肉马，不解上青天。

　　　　——李贺《马诗二十三首》其二十三

七言绝句的体式要求：每首绝句必须有且只有四句，每句必须有且只有七个字，全篇二十八字。它有四种理想的基本格式。我们也如上具体举例分析。

一是首句平起仄收式：

A. 平平仄仄平平仄　　　　　　A. ＋ － ＋ ｜ － － ｜
B. 仄仄平平仄仄平（韵）　　　　B. ＋ ｜ － － ｜ ｜ － △
C. 仄仄平平平仄仄　　　　　　C. ＋ ｜ ＋ － － ｜ ｜
D. 平平仄仄仄平平（韵）　　　　D. ＋ － ＋ ｜ ｜ － － △

例诗如：

人间四月芳菲尽，山寺桃花始盛开。

长恨春归无觅处，不知转入此中来。

　　　　——白居易《大林寺桃花》

二是首句仄起平收式：

B. 仄仄平平仄仄平（韵）　　　　B. ＋ ｜ － － ｜ ｜ － △
D. 平平仄仄仄平平（韵）　　　　D. ＋ － ＋ ｜ ｜ － － △
A. 平平仄仄平平仄　　　　　　A. ＋ － ＋ ｜ － － ｜
B. 仄仄平平仄仄平（韵）　　　　B. ＋ ｜ － － ｜ ｜ － △

例诗如：

朱雀桥边野草花，乌衣巷口夕阳斜。

旧时王谢堂前燕，飞入寻常百姓家。

　　　　——刘禹锡《乌衣巷》

三是首句仄起仄收式：

C. 仄仄平平平仄仄   C. ＋｜＋－－｜｜

D. 平平仄仄仄平平（韵）   D. ＋－＋｜｜－－△

A. 平平仄仄平平仄   A. ＋－＋｜－－｜

B. 仄仄平平仄仄平（韵）   B. ＋｜－－｜｜－△

例诗如：

> 荷尽已无擎雨盖，菊残犹有傲霜枝。
> 一年好景君须记，正是橙黄橘绿时。
>
> ——苏轼《赠刘景文》

四是首句平起平收式：

D. 平平仄仄仄平平（韵）   D. ＋－＋｜｜－－△

B. 仄仄平平仄仄平（韵）   B. ＋｜－－｜｜－△

C. 仄仄平平平仄仄   C. ＋｜＋－－｜｜

D. 平平仄仄仄平平（韵）   D. ＋－＋｜｜－－△

例诗如：

> 秦时明月汉时关，万里长征人未还。
> 但使龙城飞将在，不教胡马度阴山。
>
> ——王昌龄《出塞》

五言律诗的体式要求：每首必须有且只有八句，每句必须有且只有五个字，全篇四十字。每两句为一联，第一、二句为首联，第三、四句颔联，第五、六句为颈联，第七、八句为尾联，共四联。其中，颔联、颈联一般应用对仗。它有四种理想的基本平仄格式。

一是首句仄起仄收式：

a. 仄仄平平仄   a. ＋｜－－｜

b. 平平仄仄平（韵）   b. －－｜｜－△

c. 平平平仄仄   c. ＋－－｜｜

d. 仄仄仄平平（韵）　　　　　d. ＋｜｜－－△

a. 仄仄平平仄　　　　　　　　a. ＋｜－－｜

b. 平平仄仄平（韵）　　　　　b. －－｜｜－△

c. 平平平仄仄　　　　　　　　c. ＋－－｜｜

d. 仄仄仄平平（韵）　　　　　d. ＋｜｜－－△

例诗如：

好雨知时节，当春乃发生。

随风潜入夜，润物细无声。

野径云俱黑，江船火独明。

晓看红湿处，花重锦官城。

　　　　　——杜甫《春夜喜雨》

二是首句平起平收式：

b. 平平仄仄平（韵）　　　　　b. －－｜｜－△

d. 仄仄仄平平（韵）　　　　　d. ＋｜｜－－△

a. 仄仄平平仄　　　　　　　　a. ＋｜－－｜

b. 平平仄仄平（韵）　　　　　b. －－｜｜－△

c. 平平平仄仄　　　　　　　　c. ＋－－｜｜

d. 仄仄仄平平（韵）　　　　　d. ＋｜｜－－△

a. 仄仄平平仄　　　　　　　　a. ＋｜－－｜

b. 平平仄仄平（韵）　　　　　b. －－｜｜－△

例诗如：

深居俯夹城，春去夏犹清。

天意怜幽草，人间重晚晴。

并添高阁迥，微注小窗明。

越鸟巢干后，归飞体更轻。

　　　　　——李商隐《晚晴》

三是首句平起仄收式：

c.平平平仄仄   c. ＋ － － ｜ ｜

d.仄仄仄平平（韵）   d. ＋ ｜ ｜ － － △

a.仄仄平平仄   a. ＋ ｜ － － ｜

b.平平仄仄平（韵）   b. － － ｜ ｜ － △

c.平平平仄仄   c. ＋ － － ｜ ｜

d.仄仄仄平平（韵）   d. ＋ ｜ ｜ － － △

a.仄仄平平仄   a. ＋ ｜ － － ｜

b.平平仄仄平（韵）   b. － － ｜ ｜ － △

例诗如：

空山新雨后，天气晚来秋。

明月松间照，清泉石上流。

竹喧归浣女，莲动下渔舟。

随意春芳歇，王孙自可留。

——王维《山居秋暝》

四是首句仄起平收式：

d.仄仄仄平平（韵）   d. ＋ ｜ ｜ － － △

b.平平仄仄平（韵）   b. － － ｜ ｜ － △

c.平平平仄仄   c. ＋ － － ｜ ｜

d.仄仄仄平平（韵）   d. ＋ ｜ ｜ － － △

a.仄仄平平仄   a. ＋ ｜ － － ｜

b.平平仄仄平（韵）   b. － － ｜ ｜ － △

c.平平平仄仄   c. ＋ － － ｜ ｜

d.仄仄仄平平（韵）   d. ＋ ｜ ｜ － － △

例诗如：

风劲角弓鸣，将军猎渭城。

草枯鹰眼疾，雪尽马蹄轻。

忽过新丰市，还归细柳营。

回看射雕处，千里暮云平。

——王维《观猎》

七言律诗的体式要求：每首必须有且只有八句，每句必须有且只有七个字，全篇五十六字。共四联，其中颔联、颈联一般应用对仗。它有四种理想的基本平仄格式。

一是首句平起仄收式：

A.平平仄仄平平仄	A.＋－＋｜－－｜
B.仄仄平平仄仄平（韵）	B.＋｜－－｜｜－△
C.仄仄平平平仄仄	C.＋｜＋－－｜｜
D.平平仄仄仄平平（韵）	D.＋－＋｜｜－－△
A.平平仄仄平平仄	A.＋－＋｜－－｜
B.仄仄平平仄仄平（韵）	B.＋｜－－｜｜－△
C.仄仄平平平仄仄	C.＋｜＋－－｜｜
D.平平仄仄仄平平（韵）	D.＋－＋｜｜－－△

例诗如：

巴山楚水凄凉地，二十三年弃置身。

怀旧空吟闻笛赋，到乡翻似烂柯人。

沉舟侧畔千帆过，病树前头万木春。

今日听君歌一曲，暂凭杯酒长精神。

——刘禹锡《酬乐天扬州初逢席上见赠》

二是首句仄起平收式：

B.仄仄平平仄仄平（韵）	B.＋｜－－｜｜－△
D.平平仄仄仄平平（韵）	D.＋－＋｜｜－－△
A.平平仄仄平平仄	A.＋－＋｜－－｜
B.仄仄平平仄仄平（韵）	B.＋｜－－｜｜－△
C.仄仄平平平仄仄	C.＋｜＋－－｜｜

D.平平仄仄仄平平（韵）　　　　　D.＋ － ＋ ｜ ｜ － － △

A.平平仄仄平平仄　　　　　　　　A.＋ － ＋ ｜ － － ｜

B.仄仄平平仄仄平（韵）　　　　　B.＋ ｜ － － ｜ ｜ － △

例诗如：

　　莫笑农家腊酒浑，丰年留客足鸡豚。

　　山重水复疑无路，柳暗花明又一村。

　　箫鼓追随春社近，衣冠简朴古风存。

　　从今若许闲乘月，拄杖无时夜叩门。

　　　　　　　　——陆游《游山西村》

三是首句仄起仄收式：

C.仄仄平平平仄仄　　　　　　　　C.＋ ｜ ＋ － － ｜ ｜

D.平平仄仄仄平平（韵）　　　　　D.＋ － ＋ ｜ ｜ － － △

A.平平仄仄平平仄　　　　　　　　A.＋ － ＋ ｜ － － ｜

B.仄仄平平仄仄平（韵）　　　　　B.＋ ｜ － － ｜ ｜ － △

C.仄仄平平平仄仄　　　　　　　　C.＋ ｜ ＋ － － ｜ ｜

D.平平仄仄仄平平（韵）　　　　　D.＋ － ＋ ｜ ｜ － － △

A.平平仄仄平平仄　　　　　　　　A.＋ － ＋ ｜ － － ｜

B.仄仄平平仄仄平（韵）　　　　　B.＋ ｜ － － ｜ ｜ － △

例诗如：

　　剑外忽传收蓟北，初闻涕泪满衣裳。

　　却看妻子愁何在，漫卷诗书喜欲狂。

　　白日放歌须纵酒，青春作伴好还乡。

　　即从巴峡穿巫峡，便下襄阳向洛阳。

　　　　　　　　——杜甫《闻官军收河南河北》

四是首句平起平收式：

D.平平仄仄仄平平（韵）　　　　　D.＋ － ＋ ｜ ｜ － － △

B.仄仄平平仄仄平（韵）　　　　B. + | — — | | — △

C.仄仄平平平仄仄　　　　　　　C. + | + — — | |

D.平平仄仄仄平平（韵）　　　　D. + — + | | — — △

A.平平仄仄平平仄　　　　　　　A. + — + | | — |

B.仄仄平平仄仄平（韵）　　　　B. + | — — | | — △

C.仄仄平平平仄仄　　　　　　　C. + | + — — | |

D.平平仄仄仄平平（韵）　　　　D. + — + | | — — △

例诗如：

　　紫泉宫殿锁烟霞，欲取芜城作帝家。

　　玉玺不缘归日角，锦帆应是到天涯。

　　于今腐草无萤火，终古垂杨有暮鸦。

　　地下若逢陈后主，岂宜重问后庭花。

　　　　　　　　——李商隐《隋宫》

　　排律的体式要求：每首的句数必须是联（两句为一联）的倍数，即双数；总句数应多于律诗，也就是在五联以上，没有上限。它也可按每行的字数分为五言排律、七言排律两种。除首尾联外，一般各联都要用对仗。每种也可按首句的平仄格式与律绝体一样分为四种基本格式。例诗如：

　　今代麒麟阁，何人第一功。

　　君王自神武，驾驭必英雄。

　　开府当朝杰，论兵迈古风。

　　先锋百胜在，略地两隅空。

　　青海无传箭，天山早挂弓。

　　廉颇仍走敌，魏绛已和戎。

　　每惜河湟弃，新兼节制通。

　　智谋垂睿想，出入冠诸公。

　　日月低秦树，乾坤绕汉宫。

　　胡人愁逐北，宛马又从东。

受命边沙远，归来御席同。

轩墀曾宠鹤，畋猎旧非熊。

茅土加名数，山河誓始终。

策行遗战伐，契合动昭融。

勋业青冥上，交亲气概中。

未为珠履客，已见白头翁。

壮节初题柱，生涯独转蓬。

几年春草歇，今日暮途穷。

军事留孙楚，行间识吕蒙。

防身一长剑，将欲倚崆峒。

——杜甫《投赠哥舒开府翰二十韵》

这些诗较长，我们不作详解。

总体来看，近体诗表现出以下特征。第一，除排律外，篇幅短小，行数固定，字数固定，平仄格式固定，韵脚固定。五绝四句二十字，七绝四句二十八字，五律八句四十字，七律八句五十六字，是严格意义的定体诗。多一句多一字就不是这种诗体了。即使排律不限总句数，但整首诗必须是双数句，两句形成一联，不能有单独一句出现。第二，诗句的长度只能是五个字或七个字，是绝对整齐的齐言诗和等顿诗。五言、七言诗句能包容单音节和双音节词，与单音节为主的文言文相适应，有较大选词、配词灵活性。第三，有繁密的韵律感。以两个字或两个音节为一个节拍，最后一个单音节为一个节拍，节拍明显。节拍与固定位置韵脚、声调平仄交替变换、语音语义对称等因素相互交织成一个繁密织体。第四，押韵规则严苛。从韵脚位置看，无论是绝句还是律诗都必须以双数行最末一个字位为韵脚，这个位置上的字必须押韵，且只能押平声韵。首句句尾字是平声的也要入韵。从所押韵的语音依据看，必须以韵书规定的韵部为准绳。唐朝开始将切韵入科举以来，韵的规范就带有强制性。106个韵部的"平水韵"是使用时间最长的用韵规范。这就排除了韵书范围外的各种方音和变音押韵的情况。必须押平声韵，也就是押韵的字声调必须是平声，上去入声字不能用于押韵。韵辙较窄，一般不能押邻韵也不能换韵。第五，声调平仄递变。如上列举的几种体式的各种理想格式，一般两三个平声或两三个仄声字为一个节拍，交替出现，有对有黏。第六，理论上五言律绝只有上述a、b、c、d四种声调格式的诗句，七言律绝只有上述A、B、C、D四种声调格式的诗句，由这几种不同句子平仄格式轮换配合而成二十多种不同具体格式。由于"黏"和"对"的结合，首句平仄不同则整首诗的格式不同。第七，非常重视诗句间的对等关系。在两句一联的诗句中，上下句字数相等。在声调上上下句必须相对，如上句是"仄仄平平仄"，下句必是"平平仄仄平"，在相对应字位上字的声调相反。这就是"对"。在两联之间，上下句必须相"粘"，即上联的对句与下联的出句的平仄声调有相似性，重点是上联对句的第二字与下联出句的第二字声调相同。如上联对句的第二字是平声字，下联出句的第二字必是平声字；上联对句的第二字是仄声字，下联出句的第二字必是仄声字。第八，对仗的广泛使用。绝句没有必用对仗的规定。在律诗中，八句诗每两句为一联，共分为四联。每一联都有一个专门的名称，分别叫作首联、颔联、颈联、尾联。律诗的颔联、颈联必须是对仗关系。排律除首联和尾联外每联都必须是对偶句。对偶句即出句和对句语法结构相同，对应字位上的词语词性相同，名词对名词，动词对动词，数量词对数量词……语义对称。第九，多数近体诗具有语言"雅化"倾向，口语语气词、"俚俗词"难以入诗。第十，创作近体诗必须严格依"格"而为。它的句数、字数、声调、平仄、粘对、押韵、对仗等规则相当于下棋的规则，都是人为制定的。这是一种人工性极强的诗体。当然，即使使用单音节为主的词汇系统，既要照顾语义要求又要做到平仄合律都是非常困难的，用字的声调要完全符合上述理想的平仄律是不可能的。所以，除个别特殊字位外，又有"一三五不论，二四六分明"的灵活变通。它还有一些格律上的讲究，我们就不在这里详述了。

近体诗作为严格意义上的格律诗，格律是它的主要形式规范和基本美学元素，占了其整体美的"半壁江山"，是诗人创作时很用力的部分之一。现在，我们阅读和欣赏近体诗如果对其格律美视而不见，那我们对其整体美只领略到了一半，是残缺的欣赏。但在现在的语言文化环境中，我们即使排除方音的影响，用普通话标准语音来品读历史上的近体诗，由于语音的巨大变化，我们都不能完全领略其格律美了。这既是一种遗憾，又是我们在品读和欣赏中应该明确的问题。

三、词

它作为一种特殊的诗体起源于乐府民歌，萌芽于南朝，初步形成于唐朝，盛行于两宋。它最初是根据曲调作的配合音乐的歌词，所以又称曲子词。后来逐步脱离音乐，成为文人创作的一种诗体。

词作为一种诗体，有自己独有的特点。

第一，按曲调、词牌不同分为各种不同格式。由于来源于音乐，前提是按调填词，后来文人套用最初比较成功的曲子词格式，固定下来成为一种具体格式。每一种格式都有一个名称，叫词牌。词牌或者来源于最初的乐曲名，或者来源于这个曲子最初的词的标题或关键词，如《菩萨蛮》《渔歌子》《秦楼月》《忆江南》等。每一个词牌是一种不同的体式。词不像近体诗那样是总体上有规律的几种体式，它的众多体式很难寻得一个统一的规则。据程毅中《中国诗体流变》中说的，词共有两千多种体式。词与近体诗一样，也属于一种定体诗。它的每种体式各有固定的句数，每句有固定的字数，有固定的平仄格式和韵脚。

第二，篇幅普遍较短。最长的有两百多字，最短的《十六字令》只有十六个字。基本都是短小精悍，便于合乐的抒情作品。

第三，每个词调词牌的段数、句数、字数都有具体的规定。按段数可分为单调、双调、三叠、四叠几种。只有一段的为单调。如白居易的《忆江南》：

> 江南好，风景旧曾谙。日出江花红胜火，春来江水绿如蓝。能不忆江南！

双调是分为上下两阕（段）的。顾名思义三叠是三阕，四叠是四阕。双调最为常见，如李煜的《浪淘沙》：

> 帘外雨潺潺，春意阑珊。罗衾不耐五更寒。梦里不知身是客，一晌贪欢。
> 独自莫凭栏，无限江山。别时容易见时难。流水落花春去也，天上人间。

　　每个词调词牌的句数是固定的。如《忆江南》是五句，《浪淘沙》是十句。这是不变的。

　　每个句子的字数也是固定的。如《忆江南》各句分别是3、5、7、7、5个字共27个字，《浪淘沙》各句分别是5、4、7、7、4，5、4、7、7、4个字共54个字。

　　第四，词的押韵不像格律诗那样有章可循。韵脚位置固定但间隔不一，有疏有密。有的句句押韵，有的隔一句押韵，有的隔几句押韵。有的同一首词韵脚与韵脚间的距离都不一致。这主要与曲调节拍有关系。押韵不像近体诗只押平声韵，词有押平声韵的，有押仄声韵的，也有平仄互押的。有一韵到底的，也有一词多韵的。如李白的《菩萨蛮》：

　　　　平林漠漠烟如织，寒山一带伤心碧。暝色入高楼，有人楼上愁。
　　　　玉阶空伫立，宿鸟归飞急。何处是回程，长亭接短亭。

　　各种词调虽然押韵位置和方法变化多端，但却不是任意的。每一种词牌的韵脚、韵调、韵式是固定不变的，是极不统一的。

　　第五，词的用字声调与曲调配合严格。词的语句也必须像近体诗一样构成平仄交替的律句，不过它的平仄格式与之有所不同，一般不再讲究拗救和粘对等。具体情况因词调而异，长期与曲调配合而成固定格式。

　　有人把词的各种格式归纳整理为《词谱》。下面列举两个词调词牌的词谱（—表平声字，|表仄声字，＋表可平可仄字，韵表韵脚，叠表韵母相同的叠韵字）。

《卜算子》

双调，四十四字。前后段各四句，各两仄韵。

＋＋＋＋—，＋|——|（韵）。＋|——＋＋，＋|——|（韵）。

＋＋＋＋—，＋|——|（韵）。＋|——＋＋，＋|——|（韵）。

例如：

　　　　缺月挂疏桐，漏断人初静。谁见幽人独往来，缥缈孤鸿影。
　　　　惊起却回头，有恨无人省。拣尽寒枝不肯栖，寂寞沙洲冷。

　　　　　　　　　　　　——苏轼

《如梦令》：

单调，三十三字。七句，五仄韵，一叠词。

＋｜＋－＋｜（韵）。＋｜＋－＋｜（韵）。＋‖－－，＋｜＋－＋｜（韵）。＋｜（韵）。＋｜（叠）。＋｜＋－＋｜（韵）。

例如：

> 曾宴桃源深洞。一曲舞鸾歌凤。长记别伊时，和泪出门相送。如梦。如梦。残月落花烟重。
>
> ——李存勖

由此看来，似乎词的格律比近体诗更加复杂，体式更多，要求更严，难以全部掌握。但是，只要我们多了解一些词格式方面的常识，我们就能更好地欣赏词的美，不仅是意象情志的美，也包括声律形式的美。

四、曲

词以后的具有广泛影响的诗歌体裁是曲。曲最初也是合乐而唱的歌词，在很多方面与词有相似之处，盛行于元代。词称诗余，曲称词余，有的人说曲就是词的一种特殊部分，既显示了它们的区别，又表达了它们的联系。除戏曲整部的曲子外，散曲包括套曲和小令两种。曲调或曲牌据说多至数千种，每一个曲牌就是一种格律样式，规定了段数句数、每句字数、韵脚位置、平仄声调等。它跟词一样，在合乐性方面要求很高。有的曲甚至将押韵的声调规定细化到上声还是去声，是非常严格的格律诗体。曲有些方面又比词灵活，有的曲字数没有规定，可在一定位置适当增加衬字或衬句，但总体仍然是体式固定的定体诗。从诗学的角度看，它与近体诗和词相比有自身的特点。一是语言更接近口语，更加通俗。与词的话语相比，更加少了文人气，更加俚俗，多了诙谐、泼辣等格调。二是节奏更加自由，句子长短参差变化大。语句在词的基础上更加散化，广泛运用叠字、叠句、叠韵、对仗、排比等手法，尤其是增加衬字，使得语言更加自然活泼。三是更具有叙事性和戏剧性。特别是套曲更多吸纳戏剧艺术手法。总之，在语言的生活化口语化方面，在节奏模式的散文化方面，在艺术手法和题材拓展方面，作为一种新的诗体，曲都比词更进了一步，在一定意义上为诗歌走向现代化准备了条件。

下面，我们也列举几个散曲曲谱（—表平声，|表仄声，+表可平可仄，（韵）表前为韵脚，"去"表声调为去声的字，"上"表声调为上声的字，"句"为单独成句，"衬"为灵活的衬字）。

如《中宫吕·山坡羊》曲谱：

———去（韵），———去（韵），+—+|——去（韵）。|——（韵），|——（韵）。+—+|——去（韵），+|+——去（衬）上（韵）。—（句），上去上（韵），—（句），上去上（韵）。

例曲，张养浩的《山坡羊·潼关怀古》：

> 峰峦如聚，波涛如怒，山河表里潼关路。望西都，意踟蹰。伤心秦汉经行处，宫阙万间都做（了）土。兴，百姓苦；亡，百姓苦。

再如《双调·水仙子》曲谱：

+—+||——（韵），||——+|—（韵）。——+去——去（韵）。|—+—去—（韵），去——+|——（韵）。++——去，——+|—（韵），+|——（韵）。

例曲，徐再思的《双调·水仙子》（一声梧叶）：

> 一声梧叶一声秋，一点芭蕉一点愁。三更归梦三更后。落灯花棋未收，叹新丰孤馆淹留。枕上十年事，江南二老忧，都到心头。

另如王磐的《朝天子·咏喇叭》：

> 喇叭，唢呐，曲儿小，腔儿大，官船来往乱如麻，全仗你抬身价。军听了军愁，民听了民怕，那里去辨甚么真共假！眼见的吹翻了这家，吹伤了那家，只吹得水净鹅飞罢。

又如刘庭信的《水仙子·相思》：

恨重叠，重叠恨，恨绵绵，恨满晚妆楼；愁积聚，积聚愁，愁切切，愁斟碧玉瓯；懒梳妆，梳妆懒，懒设设，懒爇黄金兽。泪珠弹，弹珠泪，泪汪汪，汪汪不住流；病身躯，身躯病，病恹恹，病在我心头。花见我，我见花，花应憔瘦；月对咱，咱对月，月更害羞；与天说，说与天，天也还愁。

　　总的来看，近体诗也好，词和曲也好，它们都是格律性很强的诗歌体裁，属于广义的格律诗范畴。这些诗歌体裁格律严谨，特别是词和曲与乐谱配合创造了令人惊叹的声律美。另一方面，我们又不得不看到，它们的格律严苛繁难，特别是词和曲具体的体式都是上千种，给诗带来了沉重的形式上的负担。很多较生疏的词调曲牌，即使比较熟练的作者无谱也没法填词用韵，一般读者就更难全部领略其中妙处了。随着快节奏时代的到来和文化的发展，渐渐走向历史深处成了它们的必然归宿。但是，任何一篇诗歌作品都是一件特定的艺术产品，我们现代的读者也要将其作为一个美的整体来把握，有条件的读者应该尽量在了解其常识的基础上自觉领略其独特的形式美。

　　"（文学作品）它具有一个可以称为'生命'的东西。它在某一时刻诞生，在历史的过程中变化，还可能死亡。一件艺术品如果保存下来，从它诞生的时刻起就获得了某种基本的本质结构，从这个意义上说，它是'永恒的'，但也是历史的。"[1]在一首诗中，特别是古代格律诗中，意象和韵律是两个起组织作用的主要因素。如刘勰在《文心雕龙·神思篇》谈创作时说："使玄解之宰，寻声律而定墨；独照之匠，窥意象而运斤。"后世不少诗人论及诗歌，都将它两者作为重要因素而对举论述。如果我们阅读古代格律诗时仅仅在意象方面作感性还原，而不能领略其声律之美，必定是一个很大的缺憾。而从目前很多人的现状来看，实实在在就是这样片面接受的。所以，我们要充分理解格律诗，不能无视格律诗的韵律之美，必须分析其声律构成，并把它与诗歌的其他元素共同作为一个审美活体看待。

---

[1]　［美］勒内·韦勒克、奥斯汀·沃伦：《文学理论》，刘象愚等译，文化艺术出版社，2010年9月版，第165页。

五、现代自由诗

在20世纪初新文化运动中，胡适首倡"诗体大解放"，动力既来自诗歌外部的社会文化背景，又来自诗学内部的革新要求。他提出文学革命"先要求语言文字文体等方面的大解放"，提倡"打破五言七言的诗体，并且推翻词调曲谱的种种束缚；不拘格律，不拘平仄，不拘长短"的自由诗。[①]这是顺应历史大势，推进中国诗歌走向现代化道路的一场革命。对走向现代化道路的"新诗"的命名，有的人提出"现代汉语诗歌"的概念，着重从语言类别和特性强调它的特殊性。我个人认为用"现代自由诗"更好，它不但从语言和内容的现代性，而且从外在形式特征上彰显这种诗体的特性。至今已过去一百年的时间，现代自由诗取得了丰硕的成果。诗人们创造了很多优秀的作品，但目前其理论研究和经典化工作还做得很不够，需要大家进一步共同努力。

诗的体裁随时代而异，但它的发展是渐进的，一种新的体裁不可能一夜之间从天而降。五、七言格律诗是五、七言古体诗在四声因明论发展起来后的产物，词是在近体格律诗平仄律化、固定字数的基础上避免整肃美的死板而追求参差美的产物，曲是在词律化、定体、长短句基础上追求民间通俗化和戏剧性的产物，而现代自由诗则是打破诗词曲等定体格律诗烦琐苛严规则，追求去格律化，延续词曲节奏散化的参差美追求，让各种文法入诗，重返表达自由的产物。现代自由诗是汉语格律诗在新的语言文化背景中合情合理的发展。

现代自由诗呈现出全新的美学特征，按我的理解，最主要的可能是对平仄粘对的废弃、依调填词的破除、节奏适度散化和押韵对仗的减少等。它再也不用像传统格律诗那样"在螺蛳壳里做道场"，一般要选用单音节词，局限在狭小的空间里。它的篇幅可长可短，没有固定的行数。以诗行为基本单位，行也可长可短，没有固定的字数。奇数行偶数行不限，整齐句与参差句自由结合。以简单句作一行或两三句组合成一个拼接行都可以。可押韵可不押韵，押韵也不是机械地依韵书而是依现代口语押大致相近的韵，中途可换韵。可以让行与行的节奏相等或对称，也可不再追求每行的节奏相等对称，以行为基本节奏单位，诗行的时值和情感容量大致相等就行。自由诗并不以排除格律诗的一切美

---

① 肖尚云：《民国诗论精选》，西泠印社出版社，2013年7月版，第8页。

学元素为目的，其终极目标是要实现语言和形式上的一种解放，让更多的美学元素为我所用。自由诗有不选择格律诗格律规则的自由，也有部分地选择格律诗美学元素的自由，只要能够协调地统一在一首诗里，就可以运用。

现代自由诗在发展过程中，其自身也存在美学嬗变。

一是段落、诗句长短从均衡美到非均衡美。新诗开始时都较注重节与节之间的均齐平衡。像闻一多《死水》那样的所谓"现代格律诗"就不消说了，即使不是特别讲究格律的，诗人们往往也自觉或不自觉地追求均衡美感，段与段有大致相等的行数，行的长度也大致差不多，相对较整齐。后来，长短句越来越多，但人们还是较注重段与段的平衡，有时出现有意凑句的情况。新时期以来，诗人们基本不再注重段的长短平衡了，根据表达的需要，该长就长，该短就短，少了很多外在形式上的考虑。

二是节奏模式从音顿为主到行顿为主。传统诗歌绝大多数是音顿节奏，比较重视诗行（句）内语音的节奏感，有的对节奏的整齐性要求很高。新诗中，闻一多等人的"现代格律诗"在一定程度上继承了这种节奏模式。徐志摩、朱湘等探索了词顿节奏，词顿的诗歌韵律感很强，也较适合现代口语的需要，但这种节奏模式的诗歌发展得不够充分。追求韵律的诗人现在还有进一步探索和试验的必要。绝大多数新诗诗人创作的都是行顿节奏的诗歌，新时期以来尤其如此，现在新诗基本上是行顿模式一统天下了。这些我们在前面韵律部分已经讲得很多，不再举例细说。

三是整体看来语言节奏更加散文化、更接近口语。新时期以来，诗行的拼接句越来越多。我们讲意象的部分列举了黍不语的《来到城市的树》，与以前的几位老诗人的诗《半棵树》《悬崖边的树》《树》比较一下就可以看出。以前的诗，诗行基本都以一个简短的语句或语言成分作为一行。现在，拼接行越来越多。拼接行节奏更加零碎，没有前者那么明快，更能表现一种沉思的气质。两者各有特色和优势，我们要分析其艺术效果区别运用。

四是诗歌审美视角越来越多样化。从诗歌自身来看，现代汉语自由诗是"革命"的产物，在美学上发生千年未有的大变革，语言、体式、书写对象、审美方式都是全新的。与此同时，特别是新时期以来，它又无可置疑地置身于全球化的时代，与世界各国诗歌深刻交融，呈现出非常驳杂的面貌。自由诗充满着生机和活力，还在不断地生长中。它的审美视角是多样的，既可审美又可审丑，既可以广场动员的语调又可以促膝交谈的语调述说，既可客观写实式又可主观畅想式书写，它散化的句式可满足于细致入微的刻画和真切反映丰富复杂甚至充满悖谬的情思内容。

诗歌形式是诗歌各种美学要素共同形成的一种审美形态。我们只有了解了上述这些方面的知识，才能更好地阅读和欣赏诗歌，无论是古典诗、格律诗，还是现代自由诗。

为强化对诗歌的认知，我们还有许多工作要做。类型化方法虽然在一定程度上忽视作品个体性的不足，但又是我们分析问题、提高认识的一种必需手段。只要我们在进行类型分析时不要完全忘记一首诗就是一个鲜活的个体，始终具有其个体的独特性就行。我们在这里再介绍一些诗歌类型化的观点。

客观写实型诗歌。这类诗歌强调对客观世界本来的样子的忠实模仿和镜像式再现，作者的主观情思、价值评价和意图尽量不动声色地隐含于事物之中不表现出来。中外文学史上现实主义、自然主义、"无我之境"的概念与之有相通之处。它们所反映的事物与自然和人类社会中客观事物一样有一个自然和谐的形式，突出地讲究逼真地再现生活，物我融为一体。其实，任何语言及语言的使用方式就决定了，即使再隐晦，作品也永远脱离不了人的尺度。纯粹的"零度写作"的写实、典型性的现实主义、切片式的自然主义、真正的"无我之境"都是虚妄的，不可能彻底做到的。作品的每一个措辞都体现着作者的价值观和现实选择。

这类作品很多。在古代诗歌中，它处于主流地位。在现代诗歌中，它也存在很大的优势。它常常可以取之于日常生活，使日常的生活细节得以升华，实现诗歌表情达意的目的。但诗歌本质上是忌讳写实的，这类诗歌要有"诗味"，必须赋予事物以跳跃性、魅惑性，使现实得以升华，在升华中让人获得新的经验，领略诗性美。

主观浪漫型诗歌。这类诗歌的理论基础是人同自然的分离，它与上一类诗歌恰好相反，它不求完完全全忠实于现实的样貌，而求准确地表现与自然对立的人的精神状况。它与浪漫主义、理想主义、"有我之境"有相通之处。它通过发现诗人自身的创造性感知力，寻找一种使世界变得充满活力的方式。

这类诗歌是以人为中心的，更加突出抒发胸臆的表现功能。典型的中国古代如李白的大部分诗歌，现代如20世纪前期郭沫若的一些诗歌及新时期前的一些诗歌等。它们不但使客观事物贯注了主观的情感内容，还常常通过比较任性的想象改造客观事物，使其为我所用。如《天上的街市》，它把人的主观性表现得相对明显。又如"不识庐山真面目，只缘身在此山中""冬天已经来了，春天还会远吗"之类的诗之思。这类诗歌因为有时直抒胸臆，容易落入内容空洞、滥情喊叫的陷阱，应注意照顾到事物的感性显现。

现代变异型诗歌。19世纪后半期至20世纪上半期，是西方现代主义文学成为文学主潮的时期。这些文学作品必然对我们的汉语诗歌产生影响。我们的诗歌中也或多或少地出现了现代主义的一些作品或美学元素。在这里，"现代"不是一个严格的时间概念，而是一种思想观念的指称。它突出彻底反叛传统的变革精神，产生了充满矛盾和复杂多变的众多的文学艺术流派，具体包括象征主义、未来主义、超现实主义、表现主义、存在主义等。它们总体上表现出以下特征：在非理性主义思潮的大背景下，比浪漫主义更强调对内心世界的深入挖掘和分析，突出表现心理意识的各种形态，形成整个文学"向内转"的趋势；与浪漫型相比，更加强化大胆的主观想象，不惜改变生活原有的样貌，反映的世界较为普遍地充满荒诞和变形；强调标新立异，更加突出作品形式上的创造性；面对技术理性、现代文明和社会压力，常常表现出危机感幻灭感和悲观厌世情调。

后现代魔幻型诗歌。同样"后现代"也不是严格的时间概念，它是指20世纪下半期一类在西方出现的重要文学思潮和文学流派，在诗歌方面具体包括美国垮掉派的"放射诗"、德语国家和拉丁美洲的"具体诗"、美国的"语言诗"、自白派的宣泄诗等。这一类诗离开传统走得太远，我们只作一种现象提出来，不在本书中具体讨论。

在日益开放的国际化大背景中，历时地形成的西方现代型、后现代型诗歌资源，必然对中国汉语诗歌产生影响，汉语诗歌共时地呈现出多种相关的现象在所难免。这要求诗人和读者们主动提高分析鉴别能力，把握好自己的方向。

我们提出类型化的观点，是为梳理和充分认识不同诗歌的特征提供一些帮助。还可以有其他各种分类的方法。如陈仲义对新世纪诗歌写作流向进行三大分类：象喻诗写流向、语感诗写流向和综合诗写流向。[①]这种分类从话语写作方式

---

① 陈仲义：《中国前沿诗歌聚焦》，中国社会科学出版社，2009年9月版，第1页。

上对诗歌进行分类，对我们认识和研究新时期诗歌的风格和表现手法很有帮助。

　　总之，我们要自觉积累更多不同诗体的知识，努力打开诗歌文本形式上的封闭。孙绍振等认为，文学作品的"形象不是主观和客观的线性结构，而是主观、客观再加上形式的三维立体结构，主观和客观并不能直接相互发生关系，而是同时与模范形式发生关系，模范形式、情感和对象统一为有机结构才有形象的功能"。形式是"质料"的组织者、统摄者和规范者，是一种伟大的范塑和造型的力量。[①]我们要充分领略作品的美，必须高度重视和理解诗歌形式规范的作用和意义，努力提高对各种诗歌形式的解读能力。当然，还要进一步把握个体作品的独特风格。

第四节　努力提高审美判断力和感性认知力

　　诗歌跟其他文学作品一样，从本质上说，是一种体现在话语蕴藉中的审美意识形态。它具有非常丰富的精神文化价值，从主要的讲，它既具有愉悦性和精神享受性，又具有社会意识形态性，具有社会交往作用。

　　诗歌作为特殊的精神文化形态和话语产品，其最基本的属性是审美价值属性。诗歌不论长短，总是要通过语言创造或完整或片段的，充满诗情画意的世界。读者进入到这个艺术世界，就会产生一些情绪上的感受，获得某种感动。它的这种从感观感受、情绪情感和思想启迪等方面，吸引读者、感染读者、震撼读者并给读者带来精神愉悦和人格自由感的属性，就是审美属性。诗的这种给读者带来精神享受的特征，是它显著地区别于文学以外的其他作品的特质所在，是它从文学以外的意识形态中独立出来的标志。如果没有这个特征，它将与其他意识形态混为一谈。如有的小诗写得过于哲理化，没有多少美感，基本丧失了情绪的感染，几乎成了哲思游戏的火花而不成诗。托尔斯泰在《艺术论》中说："艺术是这样一项人类活动，一个人用某种外在的标志有意识地把自己体验过的感情传达给别人，而别人也为这些感情所感染，也体验到这些感情。"如果没有审美价值，那诗的其他价值也可以被另外的意识形态所代替，文学的独立性将不复存在。审美属性是诗给人带来情感愉悦和精神享受的最基

---

① 孙绍振、孙彦君：《文学文本解读学》，北京大学出版社，2015年4月版，第26页。

本属性，也是第一位的属性。

审美属性是诗歌其他文化属性赖以存在的基础。诗作为一种精神文化产品，直接作用于人的心灵，它的文化价值属性是一个复杂的、多向度的、多层次的互相联系的整体。在这个整体中，居于核心和基础地位的是其审美属性，其他属性都是处于附丽的地位。人们利用诗歌来获得知识、启迪智慧、净化心灵、增进交往，首先是因为它能给人带来审美体验。单从某个方面说，增加知识它不如科学或科普书籍等某些实用文体，启发智慧它不如哲学心理学，劝导和教育它不如政治学和伦理学。因此，俄国文艺批评家别林斯基说："艺术，必须首先是艺术，然后才是一定时期的社会精神和倾向的表现。"[①]文学的审美价值使文学的其他价值获得了独特的形式和载体，诗歌也是如此。

诗歌的审美属性来源是广泛的。有的来自大自然和社会生活中美好事物意象的反映。如刘半农《一个小农家的暮》写朴素的乡村生活、景物的美、劳动的美、亲情的美和童谣的美等。在传统诗歌中，这类诗占绝大多数。有的来自对社会丑恶事物的鞭笞。如闻一多《死水》，"这是一沟绝望的死水，/清风吹不起半点漪沦"。李金发的《弃妇》，"长发披遍我两眼之前，/遂隔断了一切羞恶之疾视，/与鲜血之急流，枯骨之沉睡。"根子的《三月与末日》，"三月是末日。//这个时辰/世袭的大地的妖冶的嫁娘/——春天，裹卷着滚烫的粉色的灰沙/第无数次地狡黠而来，躲闪着/没有声响"。丑恶事物受到鞭笞和揭露，就会给人带来快感和美感。这类诗在现代诗歌中大量增加，极大地拓展了诗的题材范围，增强了诗的表现力。另外，还有的来自语言的巧妙使用和意象的意味情味，有的来自艺术形式本身的美。前面已有详解，不再赘述。

诗歌审美属性是多层次的。有的能让人得到精神调节、消遣娱乐，有的能使人受到心灵震惊和思想启迪。每一首诗都是一个鲜活的个体，诗具有个性风格的多样性。我们只有阅读得多了，才能在相互的比较中体味它给人带来美感的多寡。在不断阅读和细微比较中提高自己的审美判断力，是每一个爱诗者唯一的途径。在阅读过程中，我们总是在自觉不自觉地进行着"两个结合"。一是将诗的内容与现实经验结合，进行对比和确认，自然深化着对现实世界的认知，同时也发生着是否认同的判断。二是与阅读经验结合，增

---

① ［俄］别林斯基：《别林斯基论文学》，梁真译，新文艺出版社，1958年版，第16页。

厚和丰富阅读的经验，在诗歌传统中比对和判断。不可能人人都能读万卷书，行万里路，特别对于一个普通读者而言是很难做到的。但对诗歌的解读能力，是与一个人的阅读多少和人生经验成正比的。这是可以肯定的结论。随着时代的发展，诗的思想内容、抒情方式甚至修辞方式都处于不断变化之中。如郭沫若的《天狗》《凤凰涅槃》等直抒胸臆的方式，在革命时期那种狂飙突进、激情澎湃也许是适合的，但现在这个时代，人在平静之中面对个人精神自由与技术文明庞然大物之间巨大的矛盾，更加需要智慧的介入，抒情风格变得更加客观和沉稳。客观的、事实性的东西在诗中占的比重越来越大。在事实的呈现中带出经验和思考，在事实中发现诗意成为主流的抒情方式。如黍不语的《来到城市的树》。从修辞手法上看，传统诗中的明喻、排比、对偶等侧重语言表层的修辞方式大量减少，拟人、象征、隐喻、反讽、悖论、"混搭"等方式大量增加，大大加强了诗的观念内容的复杂性和理解的难度，当然也带来更大的思想情感的震撼力和话语的活力。作为一个愿意在诗歌上花精力的有心的读者，应在文学传统中、在历史长河中客观评判作品的审美价值，有意识地增强审美判断力。

诗歌作为一种以话语为符号的精神产品，它的第二属性是认识属性。在《〈政治经济学批判〉导言》中，马克思肯定了审美方式也是人类掌握世界的一种相对独立而又不可或缺的方式。诗不可缺少思想的因素。思想是人们不断探索世界的心理活动，只有真才能帮助我们把握世界，求真是思想的最终目的。求真意识，就是诗的认识价值之所在。在诗中，美和真是孪生兄弟，谁也离不开谁。如果只有美的东西而缺乏思想的深度，美是单薄孱弱的；思想的深刻会给美带来厚重之感。美与真结合在一起给诗带来巨大的力量。

美离不开对形象的感受，诗要用形象进行思维。这是一种整体性、综合性思维，也是一种带启发性的思维。"不狩不猎，胡瞻尔庭有县（悬）貆兮？"（《诗经·伐檀》）"现在它们叫木头，一生的命运/还远未结束。"（黍不语《来到城市的树》）这些诗句不能不使人浮想联翩，对世界的认识到了振聋发聩的地步。诗歌提供的不是科学和哲学那种冷冰冰的理论认识，而是在感性基础上的认知。如上述这些诗句，我们从中不难体会到其情感的热度。它的识见是伴随着情感，以一种兴发感受的方式、一种经验传递出来的，因而，区别于理论文章，具有一种特殊的力量。这就是诗的生命价值之所在。

　　我们所谓的感性认知力，就是对这种感受经验的领悟和思考能力。作为一个入行的读者，阅读诗歌，在充分享受审美愉悦的同时，不能不认真领会和思考这种感性经验，直到思而有得，加深对社会、人生的把握能力。一首诗是否具有这种认识价值，以及这种认识价值的大小——是否有精神高度，是检验它的总体价值的标准之一。作为一个合格的读者，我们要主动从诗歌中吸收精神营养，不断提高自己的感性认知力，让诗歌对我们的人生有所帮助，实现它应有的认识价值。

　　对于诗歌的阅读方法，各人的偏好有所不同，没有固定的程式。就我个人的经验说，读诗要用三步法：先要解"事"，再要释"义"，三要赏"美"。

　　解"事"，就是弄清楚诗说的是些什么，准确理解它叙说的人事景物等事实性内容。这是对一首诗最初的了解，目的是获得初步感受和整体印象。一般说来，拿到一首诗首先要较为顺畅地通读一遍，即使个别的地方没有理解也没关系，直接读下去。读完了心中就应该有一个整体的印象，大致的内容结构。这是了解诗中所构建的艺术形象、艺术世界的概貌，为下一步具体理解分析确定一个大致方向。当然，还需要在进一步的阅读理解中调整、确认。有的诗语言比较浅显，语义明朗，一读就能基本明白所叙说的事实性内容。但有的诗有用典，有的诗跳跃性大，语义隐晦婉转，有的诗书写的对象读者很少接触过，了解它的内容可能不能一次性完成，这就需要读者利用工具书或一些背景性材料来帮助理解，要花更多的功夫。弄清事实性内容，其实就是根据诗句的语意对作者创造的意象进行一次重构，在重构中获得感受。好理解的诗，遇到比较有经验的读者，可能一次性就能找到诗意的感觉。这些读者有时读一遍就能初步判断一首诗的大致质量水平，由此决定是否深入阅读下去。

　　释"义"，就是领会诗的事实性内容中蕴藏的观念性东西，弄清楚所呈现事实的用意和旨趣。要弄清楚诗的意旨，就得花一番详细分析的功夫。要在先获得的整体印象的基础上逐句地理解阅读，一个诗行接一个诗行地理解落实，一个意群一个意群地仔细品味。即使有的诗是不分节的，我们也要前后对照地弄清楚诗行、句群之间的关系，把关系相对紧密的词句、事物汇聚在一起，分出层次来。深入诗的"肌质"，分析词语和意象之间的联系和组合状况，从它们的蛛丝马迹中探寻其内在逻辑关系。朱自清说："只有能分析的人，才能切实欣赏；欣赏是在透彻的了解里……其实诗是最错综的，最多义的，非得细密的分析工夫，不能捉住它的意旨。"[1]要深入理解一首诗，必须梳理出前后内容之间、部分与整体之间内在的事理逻辑。诗的语意无论如何跳跃，用意无论如何隐晦，都应该在里面找到事物后面观念呈现和变化、发展的线索。"诗是精粹的语言，暗示是它的生命。"[2]以象明意是诗人的策略，循象探意是读者的功夫。读者应该根据词句的组合、修辞手法的运用和意象世界的建构，一层一层地追根溯源，探寻诗的意旨。诗是委婉的艺术，它的特点在于总是用一个事物去说明和体验另一个事物，广泛运用类比思维，最常用隐喻、象征、比拟等修辞方式，运用创造性直觉，进行意象意境的营构。因此，阅读分析中也应充分发挥直感的作用。凭直觉思维将前后意象进行联系，捋清情思的脉络，弄清内容间的逻辑关系，识得意思的好处。有人说一经分析，诗意就全没了。那是分析给别人听，诗意在传达过程中丢失的。一个读者自己都不能分析，那诗意在他心里始终是模糊、不清晰、不深刻的，就要大打折扣。理解本身就是一个反复分析、重构、求证、确认的积极的创造性思维过程。只有准确地分析到位了，才能更好地把握诗的意旨，体会诗的美之所在。充分的细读和分析，是深入领略诗美的必备功夫。关于这一点，我们可以多读一些名家分析解读诗歌的文章，借鉴他们的具体方法，积累解诗的经验。

赏"美"，是把分析理解到的内容综合起来，让所有美学元素围绕诗意主旨凝聚起来，把全篇诗作为一个活体看待。理解是欣赏的前提，意义的分析是欣赏的基础。有了释义这个基础，我们就可以把诗的各个部分、各种美学元素整合起来，整体性感受诗的美之所在。诗的用语、韵律、形式、意象、情志等各个部分和各种美学元素糅合在一起，共同构成一个意境、一个"场"，它们互相观照、互相支撑，整体大于部分之和，成为一个有机体，传递出一种力量，令人愉悦、振奋，心灵为之所动，有时甚至禁不住手舞之足蹈之。直至最终完成兴发感动的传递，待情感冷却下来，让人有所感悟，实现认知价值。

总之，经过上述三个步骤，从情志之美、意象意境之美、言语修辞之美、外在形式之美全面地把握诗歌，反复品味，才能对一首诗做出总体判断和价值评价。

---

① 毋庚才、刘瑞玲：《名家析名篇》，北京出版社，1984年10月版，第11页。
② 毋庚才、刘瑞玲：《名家析名篇》，北京出版社，1984年10月版，第13页。

这里虽然提的是"三步",但不要把它视为严格程式化的东西。它们之间在很多方面常常是交叉的、融合的。这样表述只是说它是三个大致的方面。应该说,阅读欣赏是一个综合的心理过程,始终离不开读者心灵的积极参与。

作者创作了一个诗歌文本,如果不拿出去示人,则是他自己的内部行为,如果拿出去示人或出版,就是一种社会交往行为了。诗歌作为一种精神文化产品是有社会交往价值的。它不仅仅给人提供娱乐和审美享受,它还对接受者产生潜移默化的影响,润物无声地实现人格教化、移风易俗等社会作用。作者把自己的感受传达出去是交往行为,他人的传播和接受仍然是交往行为;读者的再创造是一种积极的交往行为,对诗歌内容的理解和分析、疑问和求证、确认和反感、欣赏和接纳仍然是积极的交往行为。在这些交往中,为了提高有效性,应该做到两个"打开"。一是打开作品。对作品本体复杂性的认知和超越,我们在前面已经讲得很多了。二是打开读者。读者要主动实现对个人固有观念的开放和超越,包括阅读经验的积累和理论修养的提高、审美再创造能力的提升、对新形式新手法的宽容和接纳。闻一多曾说:"我们的障碍物乃是我们自己。"[1]改变自己是一件不容易做到的事情,但是我们仍然要努力。

---

① 孙玉石:《中国现代解诗学的理论与实践》,北京大学出版社,2007年11月版,第7~8页。

第三章
怎样写作诗歌——创作论

　　写作诗歌是制作一种精神产品的工作。产品质量如何，既关涉到作者思想素质、心理品格、知识积累和综合运思能力，又关涉到写作时的具体方法、偶发创意等问题。研究创作问题，既要考虑到普遍的规律性问题，又要考虑到个体的随机性问题，所以，充满着变化和不确定性。诗歌看来篇幅不长，但要写好不容易，写作诗歌是一种极其复杂的精神劳动，是一个人人有潜力但不一定人人为的事业。本章从创作前的准备和创作过程中要注意的问题两方面，做一个简略的介绍。

第一节　创作前的积累准备

　　作一首诗容易，作一首好诗却很难。除了个别悟性很高的所谓"天才"入行较快外，很多人几年都写不出一首像样的诗。要做一个有心的作者，非得长期积累，下切实深入的功夫不可。那么，从哪些方面进行积累呢？具体因人而异。我想做如下建议。

　　不断观察自然与社会，丰富生活积累。文学是以话语塑造形象为手段的艺术。诗作为一种独特的文学体裁，文学的一个具体的门类，虽然它塑造的形象有时不像小说那样具体充实全面，有完整的情节结构，它只选择那些最具有个性特征的细节，但始终是不能脱离形象的。由诗精粹的特点决定，诗中形象总是片段的、点到为止的、以少胜多的，但也不失其生动性、多样性和吸引力，仍然带给读者丰富的感受和经验。这些形象从何而来？不可能全是作者靠想象力牛头马面地凭空组装创造，主要还是来自对自然和人类社会悉心的观察。大自然中的山川草木、风云泉石、鸟兽昆虫，作为客观世界的实体形象，都可能成为作诗的原材料。人类社会中的待人接物、爱恨情仇、嬉笑怒骂万般情状，无不可以成为诗歌的原材料。客观世界在人心灵中的印象和反映，主观情感在客观物象上的投射，主客融合过程中的发展和变异，人在人与物、人与人之间的感受和经验，这类虚实相生的东西更是诗歌的原材料。之所以说是"原材料"，是因为它不可能原样照搬进入诗歌。经过一番改造、拼接、打磨，它是可以作为诗歌的部分构成元素的。材料无禁区，原材料无论美丑都可以在诗中得到反映。钟嵘说："气之动物，物之感人，故摇荡性情，形诸舞咏。"物有动人，心有所感，才能有所发抒。诗中创造的艺术形象及其构成的艺术世界得到心灵的烛照，往往显得比原生活更加真切动人。生活学习艺术追求理想而产生诗意，人的感性和智性能力因艺术而得到开掘；艺术贴近生活、模仿生活而使人产生亲切感和真实感。人的精神世界在诗意的交互作用过程中得到充实、丰富和提升。诗人的心灵应该是敏感而丰富的。所谓敏感，是对细节善于捕捉，一个别人看来不起眼的细节，在他心里可能激发起千尺巨浪。所谓丰富，不仅是见多识广，还是能在同一个事物中看到更多意味。有人说，艺术品是一种"神迹"，诗歌就是要发现常人之不能见的微妙之处。我们要对生活观察得细致认识得透彻，就需要有一颗诗人敏感而细腻的心灵，还要经常做一个生活的有心人，下意识地观察生活，下深功夫体验生活，自觉养成经常研磨生活的习惯。现在我们很多人住在城市里，对海洋不熟悉，对海风海浪、礁石珊瑚、船舶鱼鳖都没有具体的形象情状感受，我们怎么会写出生动的海洋诗。对高原草原、牧草牛羊、风霜冰雪、山峰雄鹰不甚了解，我们又怎能写出好的高原草原诗。即使写城市生活，我们如果平时不做生活的有心人，若干生活现象、情状、感受、经验与我们擦肩而过，熟视无睹，了无所得，又怎么写得出动人心魄的诗句。实在要写，也可能写得言之无物，言而不详，没有具体生动的形象和细节，不能给人切实新颖的感受。因此，要作诗就要做一个生活的有心人，要有一颗敏感的诗心，主动地不断地从生活中获取形象、细节、情状、感受、经验、灵感、意象、心得、意旨，作为诗材以备用时所需。"艺术来源于生活"是一句老话，但它不是一句空话。

任何文学作品都要具体，要"言之有物"。胡适说，作新诗的方法关键就是要"具体"，要让读者眼睛里产生"明显逼人的影像"，还要"引起听官里的明了感觉"。汉语新诗产生初期，有的诗没有在这方面做好，使诗缺乏摄人魂魄的细节，再加上白话本身的信息密度相对文言文较小，因而，现在读起来常常使人感觉在喝一杯白开水，寡淡无味。特别是后来一些所谓浪漫主义直抒胸臆的诗歌，沦为空洞的喊叫，现在读来非常令人反感。这些现象作为一种痼疾，直至新诗百年之期还有余响，不能不引起广泛重视。

下面我们分别举一首古体诗、一首现代诗来分析一下，看看好诗歌是怎样通过生活积累写具体的。先看唐朝大诗人杜甫《兵车行》：

> 车辚辚，马萧萧，行人弓箭各在腰。
> 耶娘妻子走相送，尘埃不见咸阳桥。
> 牵衣顿足拦道哭，哭声直上干云霄！
> 道旁过者问行人，行人但云点行频！
> 或从十五北防河，便至四十西营田。
> 去时里正与裹头，归来头白还戍边。
> 边庭流血成海水，武皇开边意未已。
> 君不闻汉家山东二百州，千村万落生荆杞。
> 纵有健妇把锄犁，禾生陇亩无东西。
> 况复秦兵耐苦战，被驱不异犬与鸡。
> 长者虽有问，役夫敢申恨？
> 且如今年冬，未休关西卒。
> 县官急索租，租税从何出？
> 信知生男恶，反是生女好。
> 生女犹得嫁比邻，生男埋没随百草！
> 君不见，青海头，古来白骨无人收。
> 新鬼烦冤旧鬼哭，天阴雨湿声啾啾。

此诗无论是写军队开拔的场面还是写行役人的诉说都很具体。前面部分写征边队伍出发，轰轰烈烈，尘埃蔽桥，状其盛大；爷、娘、妻、儿跑着拦着相送，牵衣顿足状其凄惨；哭声干云状其伤心绝望。大场面中有小细节。有形貌有动作有声音，感人至深。后面部分写行役人个人的答问，也有经历、有原

243

委、有心理、有情状细节，里正帮助"裹头"，血流成"海水"，村落生"荆杞"，如"犬与鸡"被驱遣，与百草一起"埋没"，等等。这些细节无一不是来自观察积累。当然，写作时也要有意识地选取这些有特色、有个性的细节来增强与众不同的表现力。

下面再看当代诗人张执浩的《在烈日下想象一场暴雨》：

> 我父亲蹲在烟叶地里想象着
> 一场雨，最好是一场暴雨
> 我的母亲坐在槐树下剥豆子
> 每剥几个豆荚就朝池塘方向望一下
> 我的两个姐姐正手持钩镰
> 一个在采莲花，一个在摘莲蓬
> 我哥哥正在柳树下擦拭
> 公家的手扶拖拉机
> 我见他拿起摇把，又放下摇把
> 我的狗，两条狗都趴在屋檐下
> 我的鸡，一群鸡都在竹园里打盹
> 穿堂风穿过凉席的时候
> 我正在瞌睡，门前晾衣绳上
> 的衣裤突然活蹦乱跳起来
> 乌云从西南角飞奔而至
> 乌云之下传来敲锣打鼓的声音
> 有几滴鼓点落在了我身边
> 那只倒扣着的洋瓷盆底

前面的《兵车行》是历史的见证，比较侧重写实，褒贬及意蕴暗藏于事实之中。而这首当代诗歌也似乎以写实为主，是对农村"合作社"时期生活经验的回忆，但写得很美，呈现出一幅那个特定时代农村生活宁静的风俗画，又不无寄托。在炎炎烈日下，抒情主人公"我"的一家人都在忙碌着，父亲"蹲"、母亲"坐"、两个姐姐"采""摘"、哥哥"擦拭"，他们朴实地劳

动着，同时对美好事物——消暑解旱的"暴雨"有着"想象"和期盼。想什么
什么就到，正当此时，凉风吹来，衣物"活蹦乱跳起来"，雨点"敲锣打鼓"
而来，真是事遂人愿，又给平静的生活平添了一份美好。雨点因为打在"洋瓷
盆底"叮叮当当响而生出一番别样的情趣。总体上写出了艰苦时期农村生活的
小欢欣，写得具体可感。

诗歌就要这样在具体可感的事物上承载和奉献感性经验，充实人的感性能
力，进而拓展智性，丰富人类精神生活。而要写出别开生面、生动活泼的感性
经验，不观察积累是必定不能胜任的。

观察不仅是看，还要听、嗅、触摸、感觉，更要想象和体悟。西方文化传
统讲究分析，中国文化传统讲究综合体悟，这是一种更加诗性的思维方式。儒
家文化所谓格物，就是静思默察，探究万物的规律。格物是致知的手段。诗
人除了认真观察感受事物的状貌、色彩、声音、气味、运动、变化等各种特征
外，还要探求万物的规律。科学用逻辑思维分析、求证、推导，诗歌更多地用
直觉思维，用直感、用类比、用联想探究万物的规律，力求获得新颖独到的认
识。诗不只是追求美，它同样追求洞见。诗要脱俗，要使用日常的生活细节，
同时又要发现其中蕴藏的非同寻常的观念性东西。缪斯应该站在高山上，用神
的眼光看世界，注视人间万象。

诗人的眼光不同于商人的眼光，也不同于科学家的眼光。如观察一棵树，
商人看到的是它的使用价值，能卖多少钱；植物学家看到的是它的植物学特
性；气象学家以其年轮观察历史上气候的变化……画家以其姿态塑造艺术形
象，而诗人却可以以其不同特征寄托情思意绪。他们观察的切入点和角度是不
同的。如前面阅读部分列举的曾卓、牛汉、艾青、黍不语等诗人观察树，写
树，他们的角度都是很独特的，是把不同的审美情感寄托其中，是各具个性特
色的。

诗有自己最感兴趣的特殊之物。由诗意自身的神性决定，它对幽冥虚幻、
若有若无之物，特别能唤起人想象的事物情有独钟。太实的东西不能给人带来
更多的幻想和神秘感，更多的诗意。光影声色，口鼻滋味，梦幻错觉，时空
异位，神性灵异，这些精微、陌生的东西往往给人带来更多的感受性。当代诗
人如大解、人邻、灰娃的一些诗歌，就很有灵性，让人充满幻想，顿生神秘之
感，诗意倍增。如大解的《风来了》：

空气在山后堆积了多年。
当它们翻过山脊，顺着斜坡俯冲而下，
袭击了一个孤立的人。

我有六十年的经验。
旷野的风，不是要吹死你，
而是带走你的时间。

我屈服了。
我知道这来自远方的力量，
一部分进入了天空，一部分
横扫大地，还将被收回。

风来以前，有多少人，
已经疏散并穿过了人间。

远处的山脊，像世界的分界线。
风来了。这不是一般的风。
它们袭击了一个孤立的人，并在暗中
移动群山。

　　在这首诗中，诗人集中笔力写了"风"。但"这不是一般的风"，显然不是自然界的流动的空气，它是一种抽象之物，是一种神秘的力量。它使人心灵受到震惊和冲击，带走人的时间，并"移动群山"。诗借用自然界空气流动形成的风的种种具体可感而又不可直视的情状，直感地来书写不可抗拒的自然伟力，永恒的运动，岁月的流逝，失落与沉淀，自然界风的表象与神秘力量相互交织在一起，充满智性哲理，令人讶异和兴奋。

　　总之，诗歌需要形象意象，形象意象是来自客观世界各种事物的表象。它是存在的见证，诗意的居所，是客观地表达情志内容的材料。同时，诗所表现的思想感情，丰富多彩的情志内容，也来源于对事物的感发，来源于生活中的感触。作一个诗人，对这些材料积累得越多越好，越有利于创作时选择使用。

　　持之以恒地阅读，丰富知识积累。清朝的叶燮认为，世间万有，人事景物，均可归纳为理、事、情三要素。理，指事物的本质属性和规律；事，指事物发生发展变化的过程；情，指事物自身具有的情状趣味等。在心中把这三者吃透了，形诸文字，就能较好地实现创作的目的。而要真正吃透这些东西创作出好诗来，还要作者自身具备较高的"才、胆、识、力"四种素养。他对此四者的内涵和关系进行了精辟的论述。他说："识以居乎才之先，识为体而才为用，若不足于才，当先研精推求乎其识。"也就是说，在以上四者中，"识"不仅是知识常识也是判断是非的见解和能力，是一个诗人应该首先具备的素质。它是本体，所谓才华是它的作用的发挥。心中无识，没有正确的判断标准，难辨黑白是非，就会人云亦云，一切无所成立。一个人识见不足以支撑才华，应当首先精研事物和阅读书籍逐步积累，用心增加其识见。只有知识储备和认识、见解达到了一定的丰富和深刻程度，才华等才能由此而生。他又说："成事在胆，'文章千古事'，苟无胆，何以能千古乎？"要写出震古烁今的诗文，没有一定的胆量是不行的。"惟胆能生才，但知才受于天，而抑知必待扩充于胆邪！"要作一个能干的有才华的诗人，必须为自己壮胆，增加自己的自信心。但胆从何来？不能是盲目的愚勇，"识明则胆张"，勇气是建立在准确的是非判断基础上的智慧选择。俗话说，"有胆有识"，有胆才有识，任何新观念、新见解、新方法，都是建立在一定的大胆创造的基础上的。这样识张胆，胆又生识，不断地胆识相生，达到新的境界，才能创作出出新、出彩的作品。知人之不能知，言人之不能言，心思自出，就叫作有才华，即"胆能生才"。有了才华，还要有"力"承载。"力"是表现才思识见的能力和自成一家的笔力。"惟力大而才能坚，故至坚而不可摧也"，"力"能保证和巩固才能的更好发挥。他总结说："大约才、识、胆、力，四者交相为济。苟一有所歉，则不可登作者之坛。四者无缓急，而要在先之以识；使无识，则三者俱无所托。"因此，识是基础，是中心，我们要做一个好诗人应该从"识"入手。目前诗坛不少人功夫不够又不断写发大量粗制滥造的文章，制造文字垃圾。针对这些现象，我们很有必要认真深入地思考。叶燮的这些观点是很精辟的，我们不妨把他这段话录于下，让有心作诗的人研磨、记取。尤其是作为"在我者"的四种素质或能力，值得初学作诗者思考，有意识、有针对性地积累和提高。

日理、日事、日情，此三言者足以穷尽万有之变态。凡形形色色，音声状貌，举不能越乎此。此举在物者而为言，而无一物之或能去此者也。日才、日胆、日识、日力，此四言者所以穷尽此心之神明。凡形形色色，音声状貌，无不待于此而为之发宣昭著。此举在我者而为言，而无一不如此心以出之者也。以在我之四，衡在物之三，合而为作者之文章。大之经天纬地，细而一动一植，咏叹讴吟，俱不能离是而为言者矣。[①]

这也就是说，要提升作者的素养，增加识见是基础，是核心。观察是直接途径，阅读是间接经验积累，都很重要，不可偏废。

对于一个当代人来说，阅读是一个值得思考的麻烦问题。面对信息化时代海量的信息，一个人的精力相当有限。必须做选择性阅读、有方向的针对性阅读，增加阅读的自主性。随波漂流式的阅读只会被流俗塑造，不会成就一个有独立人格的诗人。阅读范围应有所侧重。不要只读一个学科方面的书，有一种说法"新见在学科与学科联系之间"，不同学科之间才更好比较参照；但知识最好能体系化，有重心有辅助。同一个方面的知识，要选择有代表性的，不同时期、不同层次都了解一些。不要只限在一些陈旧的知识上绕圈子，长期没有进展。要做诗人，必须阅读诗学的、美学的、哲学的、诗歌言语理论的内容，了解诗歌的基本原理，增加对社会、人生的理性认识，为提升对现实生活的悟性做准备。但仅仅阅读这类书籍是不够的，更重要的是直接阅读诗歌作品。既要阅读古体诗、格律诗，又要阅读现代自由诗。写古体诗格律诗的要多读古体诗格律诗，写现代自由诗的要多读现代自由诗。即使是现代自由诗，在一百年的发展过程中，内容风格都在不断变化，应多读新时期以来的自由诗，内容的时代感和风格的繁复性更能适应这个时代读者的口味。而现在公开发表的诗歌作品粗制滥造的也很多，没有一个人有精力全部阅读每年每天不断产生，并在纸质媒体、电子媒体上发表的海量作品。所以，必须精选公认的、高质量的作品。在这些作品中学习和借鉴诗歌的技巧和方法，在代表性案例中获得诗美的直接感受，增强分析判断能力，同时获得写诗的经验与激情。

理性认识与感性认识有时是互相制约、互相冲突的。理论知识增多，理性

---

① ［清］叶燮：《原诗　说诗晬语》，凤凰出版社，2010年4月版，第28页。

认识增强，有时又对感性认识带来更多的限制。很多人在理论上达到了一定的造诣，却反而写不出富有创造力的好作品，一想象就碰到规则，不敢大胆恣意地展开，因而不能产生烂漫的、别开生面的、创造性的诗意成果。这确实是在学习中应该明白的，要自觉地去克服不足，发挥长处。

有目的地训练，提升审美创造能力。天才是少有的，无师自通不学自会是不可期的。鲁迅的经验是"多读和多写"，练习写作是把相关知识转化成一种综合表达能力。审美创造能力只能在不断的创造性劳动中得以锻炼和提高。为提高诗歌创作能力，我想平时应从三个方面多加锻炼。

一是提升对自然和社会事物的观察能力——练象。要作诗就要不断积累这些形象材料，并大胆地联想和想象，千变万化地组接、融合、创造。这就是"练象"。就如在上文中列举的大解的《风来了》中，第一句"空气在山后堆积了多年"，一下子就抓住了人心。为什么诗句有这样的效果呢？空气本来是无形的不断流动的东西，用"堆积"表述似乎是不恰当的。这不符合客观现实，但符合艺术真实，体现了作者明显的主观意志。诗人创造艺术世界，表达情思意绪需要这样表述。但这样的表述一下子把它写活了，赋予了空气可见性凝固性，仿佛麦场上的麦子、河道里的水，让人觉得可感性强，又耳目一新。这种陌生化的表述不仅仅是一个用词的问题，也是一个事物情态、样貌的挪移借用的问题。这离不开作者的联想和想象。作者的联想和想象目的是唤醒和带动读者在这些方面去联想和想象，增加诗的感觉性和经验性。堆积了"多年"，言说时间之久，也意味着多而且力量强大，为后面状写其伟力做好了铺垫。诗句与诗句，元素与元素环环相扣，形成一个自足的想象中的境界。后面的"翻过山脊""沿着斜坡俯冲""袭击""带走你的时间""横扫"等，无不包含着作者大胆的想象。风的这些情状是不可见的，但又是可以通过它与其他事物的结合感受得到的。诗人要经常调动自己的直觉去感受和把握事物，在不同事物之间建立关联、联想、想象、组接、变形、融合，赋予情感和意志，直至成为一种自然的习惯。这是一种才能，一种对事物及其运动所产生的经验、知觉、记忆和意象进行原始的组织的想象和沉思的才能，创造陌生化诗意的才能。[①]

二是提升对思想观念认识情感的领悟发现能力——练意。写诗不是记流水

---

① ［美］S·阿瑞提：《创造的秘密》，钱岗南译，辽宁人民出版社，1987年8月版，第68～69页。

账，机械地复制记录事物没有意义。"情动于中，而形于言。"情与志是客观世界事物在人心中激发获得的产物。情志内容发抒为话语形式才成为诗。诗中的形象多表现为意象，是客观的象与主观的意的结合，主客相生，合而为一，成为带有感性的观念，带有观念和意旨的形象。意是象的灵魂，象是意的体魄。诗离不开形象，但形象只是它传达诗意的符码。它同样离不开形而上的东西，离开了形而上的东西，形象就成了无灵魂的躯壳。所以，我们要自觉给万物注入情感。万物为我所用，是诗人强大的内心世界使然。我们要不断探究事物内在的精神部分，做思想情感的积累。虽然，在理性认识和分析思维方面诗无法与哲学和科学相比，但它同样需要使人从中获得洞见。诗作为一种具有独特传达方式的精神产品，如果不能使人在精神上读有所得，它的价值将大打折扣。伟大的诗歌都是不但使人获得美感，而且使人获得兴发感受，获得启迪的作品。追求诗的认知属性是读者的权利。而诗带给人的认知提升与哲学和科学不一样，它还带有一种感性强化的力量。诗作者必须奉献自己新的发现，即使没有独特的发现也要有新的感性因素的参与。因此，要做一个有心作诗的人，必须把练意作为一项基本的功夫，经常体验和思考，力争对事物有更多更新颖的发现。如下一些诗句，给我们带来妙不可言的真知灼见：

> 天街小雨润如酥，草色遥看近却无。
> 最是一年春好处，绝胜烟柳满皇都。
> ——韩愈《早春呈水部张十八员外二首》之一

> 可怜身上衣正单，心忧炭贱愿天寒。
> ——白居易《卖炭翁》

> 卑鄙是卑鄙者的通行证，/高尚是高尚者的墓志铭。
> ——北岛《回答》

> 与其在悬崖上展览千年/不如在爱人肩头痛哭一晚
> ——舒婷《神女峰》

三是提升对语言知识、话语感受的敏锐性——练言。一个诗人不能没有对语言材料精细的把握能力。既要对新异的语言和修辞方式保持一双雪亮的眼睛，又要对话语的意图和基本语义之外的声音、情调、趣味、风格保持高度的敏感。要主动学习、借鉴和积累有表现力的言语方式。有时可以准备一个专用的笔记本来摘抄记录这些诗歌话语，并且反复咀嚼品味，直到其化入自己血液之中成为营养。

虽然我们把言、象、意三个方面分开来说，其实在实践中它们是很难分开的。语言其外在表现形式就有字音和字形，其内涵往往就是词义和带有感性特征的指称对象，即意和象。因此，练言常常也是在练象和意。我们可以采用以下一些具体方式来做语言训练。

比喻、比拟等的运用。"无比不成诗"，诗歌中充满着比喻、比拟、对比和象征。诗的本质是用一种事物说明另一种事物，照亮言说对象的特征，传达感性经验和兴发感受。诗要具体，也离不开事物之间的对照比较。诗中的比喻、比拟，俯拾皆是，我们不举例细说。对于比喻、比拟问题，现在的诗作者应该更多注意的是，它们随着时代的发展不断地嬗变，总体上变得更加灵活多样，综合性强，在现代诗歌中呈现出明喻减少、暗喻及借喻增多的趋势，并产生很多凝缩的方式。诗作者一定要好好研究、琢磨，学习借鉴。如：

> 时光飞逝，如一名携带紧急讯息的邮差。
> ——辛波斯卡《一粒沙看世界》

> 我找不到道路，没一颗星
> 闪烁在裹着尸衣的天际。
> ——罗宾森《信条》

> 梧桐叶不必回答风。
> 槐花也不必回答甲虫——
> ——蓝蓝《无题》

> 这雪，这异乡在你的故乡里。

旷野上，风吹着它冷冷的巴松管。

              ——蓝蓝《雪夜》

一只鸟在我的阳台上避雨

青鸟　小小地跳着

一朵温柔的火焰

              ——于坚《避雨的鸟》

只有时间端坐于高坡

用灿烂的手指向我耳语

              ——宋琳《只有时间》

平静，就像今天的好天气

会维持一天。

树站在无风之中。

就像在这之前或之后的一段时间。

              ——韩东《离去》

太阳的光芒像出炉的钢水倒进田野

它的光线从巨鸟展开双翼的方向投来

              多多《春之舞》

    名词并置的练习。语言的物质外壳是语音和字形，内容是意义和外延即指称对象。指称对象身上携带着各种感性信息，是意象的重要材料。在汉语名动形数量代副助介连等词性的各类词语中，名词常常指称事物的实体，具有最强的造型功能，特别受到诗歌的青睐。其次是动词，动词指称的动作或行为常常使人联想到现实中具体的动作，有较强的形象性和过程感。运动中的形象带有自身的目的、动机、情状，更容易产生主观与客观结合的意向，产生寄托象意的意象，做到"神与物游""思与境偕"。再次是形容词，也能寄托一定的感性经验和情感。其他词的造型功能一般就很弱了。因此，从古至今，意象语多是名词性的。

古代诗歌更多地使用单音节词，在这些字词容量非常有限的诗歌中，一般使用偏正结构的复合词如"枯藤""老树""昏鸦""平野""孤烟"等创造意象，常常是这样的复合词作意象词。现代诗也有不少这种意象词，如写夜就有"黑夜、幽夜、长夜、残夜、远夜、荒夜"，写风就有"柔风、暖风、馨风、寒风、狂风、飓风、罡风"，等等。但在使用口语或现代语体文的现代自由诗中，字词容量增大，一般是用词组或短语或一个短句表达一个意象，意象语的形式更加丰富多样。

近年的汉语诗歌中，出现了一种话语表达的紧缩方式，可以用公式"某某的某某"短语表示，成为一种创造诗意的重要形式。这种形式一般在诗歌话语局部使用，在整个叙说过程中穿插使用非常方便，常常给诗句带来耳目一新的感觉和丰富的诗意。这是一种形式新颖而十分具有活力的表达方式。它具体又包括"修饰性词语＋的＋名词"和"名词＋的＋名词"等形式。前者是比较传统的偏正结构式，常以错位搭配来创新，后面再讲。我们先讲后者。

其实，"名词+的+名词"是将两种具有比喻关系的事物名称并置在一起的凝缩形式。如"风的刀""波澜的网""柳丝的辫子""雪粒的箭矢""时间的叛徒"。两个事物本来关系不大，因为并置在一起形成比喻关系而生诗意。这里面有诗人主观意志的强力介入，是对惯常语言的一种暴力干预和制作。一般前者是本体，后者是喻体，本体因为具有喻体的部分特征而与喻体同一化，取得以喻体的行为方式展开的条件，从而照亮本体的特征，喻体说明了本体。这种方式一是能使意象具体化；二是能将两个互不相干的事物联系在一起，达到"远取譬"的要求，更具有创造性，产生意象的新颖性；三是能突出作者表达的特殊意念和旨趣。因而，在新诗中得到广泛应用。例如：

从荣到枯
一生一句圣洁的遗言
一生一场精神的大雪
——李琦《白菊》

你任大雨在窗外磅礴
如同在绝望之海闭目漂流

如同最后的果子振荡于众树之涛

——江河《创造之夜》

动词使用练习。动词运用得好，能很好吸引读者的审美注意，寄寓丰富的意念和情趣。传统格律诗中，"僧敲月下门"的"敲"，"星垂平野阔"的"垂"，"春风又绿江南岸"的"绿"（词性活用），都是精选运用动词的典范。现代自由诗除了这样把动词用出特色和新意外，还利用语体文自由伸缩的特性，在动词前加新奇的修饰语，与动词混搭形成意象语，赋予动作行为一种奇特的情态、对象、结果，等，如"少女一阵阵出生""孤寂在尖叫""获得哭泣""触碰到黎明""在爱里放纵""被永恒收走""赞美死得糟糕的人""一束光质问另一束光"。再如：

如今我甘愿坐在一个人的影子里
她已经死去
我替她爬行

——余秀华《月光破碎》

河水在一条河里把前面的河水往前推
坟墓在岸边把昨天的坟墓往深处埋

——余秀华《小黄鹂》

它是大地的四月　玫瑰成全了花园　候鸟打开了天空
而苍蝇使房间成为翅膀可以活动的区域
它们各干各的事　四月趋于完整

——于坚《关于玫瑰》

那一年　没有人赶上收获季节
村里人只把自己
从异乡收回来

——刘亮程《有一年》

而在河对岸，一样散落着低矮的村庄

有时，风将芦花带过去

点点无声无息

——江一郎《芦花还在飘，没完没了》

凄凉的胡琴拉长了下午，

偏街小巷不见个主顾，

他又抱胡琴向黄昏诉苦，

空走一天只赚到孤独！

——余光中《算命瞎子》

错位混搭练习。由于比喻"远取譬"的需要，近年汉语诗中发展出把两个在常识中很难联系到一起的事物放到一起，把两个毫不相干事物的特征进行移用，将彼事物特征用来修饰、说明此事物，从而揭示出它们之间的联系，创造无穷的诗意的方式，我们称之为混搭。就如现在有的女孩上穿西装外套，下穿纱裙一样，给人混合、新颖之感。例如"俗烂的春天""用旧的春天""死去的明天""打开的夜晚""叛逆的水"等，虚实结合，将事物赋予罕见的特征，引发诗意想象。另外，运用通感的方法也能达到事物特征的移用，形成特征错位混搭。如"绿色的忧伤""血色的月亮""同一个颜色的哀伤""女秘书带插孔的声音"等。有人也叫它"心觉"，是内心直觉到事物特征的一致性。所以，做这种语言练习，就是在不断地培养自己想象的能力，打通各种感觉器官，整体感知事物。再如：

江南无所有，聊赠一枝春。

——陆凯《赠范晔诗》

人世泥泞，没有一条好走的路

——余秀华《无望的爱》

她想把用坏的生活掰直
就这样徒劳无功地迎接黑夜

——余秀华《一个上午就这样过去》

你抚摸我充满了叹息的身体
又白又冷的叹息
落了一地

——余秀华《无题》

春天　你踢开我的窗子　一个跟头翻进我的房间
你满身的阳光　鸟的羽毛和水　还有叶子
你撞翻了我那只穿着黑旗袍的花瓶

——于坚《春天咏叹调》

一种不设防的孤寂
让我越陷越深，每天
都只是一张发黄的黑白肖像
在阴暗处醒着，转动惊讶的眼珠

——潘维《不设防的孤寂》

矛盾搭配练习。将事物两个互相矛盾的特征放置在一起，引起丰富的想象，创造出诗意。如"痛楚的快乐""寂静的喧嚣""沸腾的孤独"。这是在两种互相对立的特征的对比中寻求新发现，引发读者想象的方法。又如：

倾覆的鸟巢，倒扣在雪地上
我把它翻过来，细细的茅草交织着
依稀还是唐朝的布局，里面
有让人伤感的洁净

——张二棍《入林记》

在我的开始中是我的结束，

在我的结束中是我的开始。

——艾略特

这些方面的语言练习，不但能训练我们的语言能力，也能训练我们的想象能力，形象的运思的能力。核心是增强我们的想象能力。诗离不开对客观事物的具体反映，更离不开大胆的、新颖脱俗的想象。

除了做一些单项训练，学诗的起步可以从模仿开始。叶燮在《原诗》中说，作诗之法有死法有活法。死法为"定位"，是一些基本的原则性的东西。死法"不可以为无"。我们在本书中分析的很多就是死法。活法就是变化心生之法，是灵活的变化运用，是"不可言"的匠心使然。《而庵诗话》中说："作诗者先从法入，后从法出，能以无法为有法，斯谓脱也。"初学者要先从法入，懂得运用一些基本的规则和方法，到有一定经验了，才能根据自己的想法进行变化和发挥。模仿可以从自己喜爱的好诗开始。首先要把好诗的方法吃透，再依法变化写出自己的东西。

第二节　创作过程和方法

创作过程和方法具有很多不确定性，要准确分析和还原似乎是不可能的。就文本分析它也是不准确的，文本只是它的一个结果，多种方式都可能达成相同的结果。创作过程和方法往往因人而异，就是同一个作者，有时可能一挥而就，有时可能曲曲折折，甚至最终"难产"。因此，要专门谈论这些过程和方法似乎是不明智的表现。但是，我们的目的是为初学者提供一点帮助，只要笔者觉得能为实现目的起一点作用，就还是要冒着"风险"说一下。这里只是就一般的过程说一说。当然，这些过程和方法不是一成不变的，如果完全死板地套用，可能还会给读者带来某些局限，这就不合作者的初衷了，所以，先得说明一下。

"诗者，志之所之也，在心为志，发言为诗。情动于中而形于言……"诗歌是情感的结晶，要作诗得首先有情感的触发和酝酿。所以，要将诗歌创作过程分出个步骤来，第一个阶段可以叫作情感触发酝酿阶段。情感的触发和酝酿一般有两种途径，一是客观的人事景物引发情感产生，二是主观的某种意念引发情感产生。

刘勰说："人禀七情，应物斯感。"因物兴感、触景生情、因事起兴是人之常情。人受自然现象或社会生活中的事物触动，必然被引发和调动已有的感知记忆，产生内在的情感意绪。感从心生以后，自然就有表达发抒的欲望，把内心的情志形之于言，这是顺理成章的事情。从事物的形象、过程、特征产生灵感，引发联想而成就诗篇似乎是诗歌最自然的产生途径。艾青的《西湖》开头一节是"月宫里的明镜/不幸失落人间/一个完整的圆形/被分成了三片"，中心意象是三部分合在一起的"明镜"——西湖就像一面镜子。然后写白云如何拂拭它、桃花如何倒映其中给人带来美的记忆。流沙河在《写诗十二课》中"估计"作者是看到西湖明亮如镜，由此产生联想，创造出此诗。这有一定道理。这就是人事景物的特征引发情感的一种方式。

由一个意念引发情感，也应该是诗人作诗时常有的事。诗人在与他人交流中、在阅读中、在个人静思默想中，一则故事，一段话语，一个佳句，使他偶然萌发一个意念，然后进一步联想，找到"客观对应物"，牵动若干自己长期积累起来的感性经验，进而把一些环境性的意象补充出来，充实起来，也能写出一首好诗。这个意念也许就是新作品的主题，也许仅仅是点燃思绪的一根火柴。

或者由事物形象特征引发，或者由诗人情思意念引发，它们都是主观与客观的结合，意与象的融合。这个过程是一个十分复杂的心理过程，难免有时经过几个来回，生出变化，甚至全盘推倒重来。除非作者本人，一个读者或评论者确实不好妄加猜测和推断，一般也没有必要原原本本地去确认它的真实过程。但一个诗作者，应该知道大致有这样一些情况，便于主动通过这些方式去寻找情感激发的机会。

人们常将这种情感的触发叫灵感。它是平时情感经验积累基础上的偶然迸发，是突如其来的灵光一闪。诗人们的共同经验是，对闪现的灵感不要轻易放过。有时稍微放一下它就消失了，即使勉强想起来也再没有了当时的激情。要做一个诗人，就要紧紧抓住它，围绕它开展发散性联想、环境想象、跨时空想象，天马行空地想象，任意任性地想象，不怕不着边际，不怕零乱奇怪，捕获意象越多越好。要充分调动直觉思维、类比思维和激情想象。这个时候最怕的事情就是理性思维的约束。要把想到的意象、词汇用关键词形式及时记录下来，不管用得着用不着，供下一步组织材料时选择。要乘兴而为，凭借激情未减时不断推进。许多灵机一现的隐喻、转喻、意象、陌生表述就是这样创造出来的。一些有才华的诗人在这个想象和新奇表达方面往往都表现出一种偏执性的激情。创造性思维离不开这种激情。不要让逻辑和语法规则过多地束缚手脚。

捕捉住灵感，借助情感的动力，深入地联想和想象，也是一个情感的进一步酝酿过程。这个过程使情感进一步充实和饱满、深刻起来。焦竑在《雅娱阁集序》中说："诗非他，人之心灵之所寄也。苟其感不至，则情不深；情不深则无以惊心而动魄，垂世而行远。"充分调动自己的感知力和情感记忆，对于酝酿和加深情感创造好诗歌具有巨大促进作用。这是一个非常复杂的心理过程，对于诗的生成极端重要。很多诗人对此都有事后的回忆。

这个过程还有一个任务，就是把握和发掘书写对象的丰富内涵。对对象的内涵发掘得越丰富，选材起来越游刃有余，越丰富就越容易产生超越别人的想象和发现书写事物才有深度和复杂性，也才更容易吸引人打动人。所以，不要浅尝辄止，越深越好。

情感酝酿到诗意渐趋明朗后，诗歌创作进入第二阶段——立意搭架阶段。在这个阶段，诗歌在心中大致成形，产生一个整体意向和初步形象架构——诗的胚胎。陆机《文赋》中较真切地形容了这个发展过程："其始也，皆收视反听，耽思傍讯，精骛八极，心游万仞。其致也，情瞳昽而弥鲜，物昭晰而互进，倾群言之沥液，漱六艺之芳润，浮天渊以安流，濯下泉而潜浸。"他指出这是一个专注而又神思飞跃的过程，同时又是一个渐进的凝聚过程。朦胧的意象逐步变得清晰，纷乱的思绪逐步变得有序，就开始为新生的诗搭骨架——立意了。

立意非常重要。明清时期的三大理论家说得很明白。张谦宜说："造意是诗骨，故居第一。"王夫之也说："无论诗歌与长行文字，俱以意为主。意犹帅也，无帅之兵，谓之乌合……烟云泉石，花鸟苔林，金铺锦帐，寓意则灵。"他一是指出了"意"在诗文中的统领和组织作用，所有的意象、形象、言辞、韵律，形式手段，都要服从和服务于这个总体的"意"。二是强调了"意"是贯穿于事物形象中的灵魂，赋予形象以生气。李重华也说："诗有三要""意立而象与音随之"。"意"不但统帅着形象意象的"象"，也引领着

"音"即语音和韵律，所以，它是诗的主心骨。

对这些话语的深入理解，有一个对"意"或"造意"的如何解读问题。传统写作理论都把它理解为诗文的主题。主题是主要内容，它连贯起来表达一个基本思想或中心意义，叫主题思想。主题思想在文中处于中心地位，它决定材料的取舍和写作手法的运用，一切内容和手法都为了突出这个中心思想。现代写作中有"无主题"之说——"其实，主题从来就不是一个创作的事实，它只是一种在解读过程中被赋予的东西。易言之，主题只取决于文本客观上显示出来的东西，它既大于作者的意识，也大于读者的意识；它像是一面多棱镜，其不同的侧面会对不同的读者发出光芒。"他们认为，"作者所表达的是主体的审美感受和审美情感，而不是某种抽象理念。"[①]一首诗没有一个主题，选材就没有标准，搭建结构也没有目标。主题是突出的中心所在，没有中心容易导致内容的分裂；结构除了搭建一定秩序外，还有重点突出什么的问题，和主题密切相关。传统诗文是要突出主题的。有的现代主义诗人主张"无主题"诗，为了反对概念化和单一化，诗只传达相对集中的情感经验。这些观点我们也能接受。看来，诗可以分为传统的主题明显的和现代主义的主题不明显的两类，选材宽严有个度的问题。所以，我们在这里不把"意"机械地理解为"主题思想"，不像传统理论那样提出"确定主题"的说法。我想，我们把这个"意"理解为主要用意和基本构造轮廓应该是可以的。它在创作的行文过程中常常还得进一步修订、充实和完善，以使其新颖、丰富和深刻。

经过情感的触发和酝酿过程，觉得有基本成形的一首诗的影子了，就可以反复进行梳理，把"诗骨"立起来。这个时候离不了理性思维的参与，进行适度的逻辑化的有序组织，为新生的诗的情志找到合适的表现形式。在整个创作过程中，作者不但不能排除自己的种种意念，同时还要忠实于自己内心获得的主要情感和审美感受，编织一个自足的文本。直感很重要，对于现实和自己内心情感的直感。

情志有多种表现形式。诗的情感一般不直接说出来，现代诗讲究用情感的对应物表现情感。在立意阶段要选择一种合适的情感表现方式。主要方式如下。

---

① 邵盈午：《诗品解说》，中央编译出版社，2015年9月版，第18页。

一是即事抒情。这不一定是指叙事诗，很多一般的抒情诗都是在叙说事件的过程中寄寓感情的。由诗的凝练性决定，事件过程不一定完备，很多时候只是片段展示。有时是跳跃性的，但读者能够获得一种过程感。这是现代自由诗使用最普遍的一种情感表现方式。

二是借物抒情。抓住事物独特的内在品质使之人格化，通过具体描写展现情怀。这种诗往往要用比拟、隐喻、象征等手法，使情感表达得更含蓄、生动和丰富。

三是寓情于景。通过对景物的描写，或触景生情，或融情于景，来含蓄地表达一定的情感。

四是直抒胸臆。就是直截了当地表露作者对于现实生活的思想感情。前三种方式都有利于作具体描写，表现情感的个性特征，表达情感的丰富性和深刻性，所以是主要的。直抒胸臆容易落为空洞和虚假，在抒情诗中常常要注意假借客观事物表象进行运用。

在立意阶段还要设计全诗的具体构架。从笼统的一个整体意向逐步具体化、清晰化，在注意意念与形象意境协调的情况下分出层次来，编织出一首诗的具体构架。这是一个诗胎的发育过程，也是一幅蓝图产生的过程。怎样分层呢？要遵循人类思维和认知的基本规律。主要有几种：一是按时间顺序或事情的发展阶段分出层次；二是按空间变化挪移秩序来分层；三是按思想认识分类来分层；四是交错变换来分层；等等。

另外，寻找和确定切入角度和全诗基调也是这个阶段要特别注意的。传统格律诗必须在格律的固定框架内展开叙事，在诗意脉络上一般要求表现出起承转合来。现代自由诗形式更加灵活自由，富有创造性，在进入落笔阶段前有必要做更多的考虑。

一是选择切入角度。切入角度是实现诗歌意图和作者匠心的重要技巧。前面列举的黍不语《来到城市的树》切入的角度很好。诗没有平铺直叙地写树的经历，开头第一句直截了当写"被我看见时"，工人们正在搬运它们，直击现场。接着展开想象，首先想到它们的过去，由"曾经绿得骄傲"具有个性和尊严到被做一系列加工的命运，其次"看到自己"如同置身于它们中的一员，再次进一步想到未来，被加工改造挤压"还远未结束"的命运，沿着"我"的视角，转换秩序层层深入地揭示出新到城市的人如树木在城市现

261

代文明中的遭遇。

我们再来看一首台湾诗人覃子豪的现代自由诗《树》：

> 树，伸向无穷
> 虽是空的一握
> 无穷确在它的掌握
>
> 深入过去，是盘集的根
> 展向未来，是交错的枝
> 密密的新芽和旧叶
> 在抚摸浮云、太阳和星子
>
> 生命在扩张
> 到至高、至大、至深邃、至宽广
> 天空是一片幽蓝
> 永恒而神秘
> 树伸向无穷，以生命之钥
> 探取宇宙的秘密

这首诗也写树，它所着意的内容与前几首写树的又不同。它注意的重点是树向无穷的天空不断伸展的特征，诗意的烛光照亮的就是此特征，切入的角度也集中在这一点。诗以此隐喻向"永恒而神秘"的宇宙不断探索的高远志向和昂扬生命力，表达对富于探索精神的精神巨人的敬仰。话语简练，意境开阔，语调和节奏上有工整对举又有起伏错落，诗艺达到了较高水平。

很多格律诗也非常重视角度的巧妙设置。如杜甫《月夜》：

> 今夜鄜州月，闺中只独看。
> 遥怜小儿女，未解忆长安。
> 香雾云鬟湿，清辉玉臂寒。
> 何时倚虚幌，双照泪痕干。

这首诗切入角度非常巧妙，被称为"对面着笔"，用想象对方的情状来表达自己的心情。作者在战乱中身困长安，在诗中不说我如何思念妻子儿女，而写妻子如何挂念我，儿女如何天真。最后一联与首联相对，抒发出由"独"变"双"家人团聚的殷切期盼，这是我与妻子共同的愿望。全诗从一个非常委婉的角度表达了作者的期待，自己越想象得具体，表现出的心情就越真切深刻。

李商隐的《夜雨寄北》与杜甫《月夜》有类似功效："君问归期未有期，巴山夜雨涨秋池。何当共剪西窗烛，却话巴山夜雨时。"前两句陈述自己的困境，归期遥遥无期，是对"问"的回复。后两句角度转换，诉说自己的美好期盼，期望归来同窗叙旧的实现。诗思跳跃性很大，在情感表现上也发生很大的转折。

二是选择合适的叙述人称。诗是虚构的，从艺术表达需要方面看也有这个要求——灵活地选择叙述角度和口吻。诗中的叙述者"我"不等于抒情主人公，更不等于诗人；"我"可能是诗人，可能部分是诗人，也可能完全不是诗人。述者可以取上帝式全知全能的视角，也可以取一个特定人物有限的视角。人称本身具有戏剧性，它只是完成表达的一个角色。劳·坡林说："我们把每首诗都应看作戏剧性的，就是说这是故事中人物的发言而非诗人自己的发言。"①因此，我们要注意人称的选用，不要只会用第一人称写诗。

诗是词的表演，也是事物自身的表演，有一定戏剧性。无我之境，是客观事物自身的表演；有我之境，常常是抒情主人公的表演。无我之境并非真正无我，作者只是像操作木偶的人不出场，他的态度、倾向含蓄地体现在对事物的安排处理之中。有我之境是要把作者的思想观念情感悄悄泄漏或直接表达出来，有让人明显感觉得到的主观性。埃尔诺曾强调："我所使用的'我'，并不是一个在文本中进行自我身份建构或自我虚构的工具，而是用于从自身的经历中抓住家庭、社会以及情感真实存在的符号。"诗人是编剧，他的倾向和意图、情感体现在一系列的操作中。让什么先出场，怎么出场，在很大程度上体现出编剧的匠心和水平。

三是选择一个恰当的语调。有我之境，多以表白的方式出现；无我之境，多以客观述说的方式出现。无我之境中，作者仿佛拥有上帝一样全知全能的眼

---

① ［美］劳·坡林：《怎样欣赏英美诗歌》，殷宝书编译，北京出版社，1985年5月版，第20页。

光进行客观冷静的陈述；有我之境中，述说者是有角色意识的。如卞之琳的小诗《断章》："你站在桥上看风景，/看风景的人在楼上看你。//明月装饰了你的窗子，/你装饰了别人的梦。"这是无我之境的全知全能的陈述语调。"我"没有出现，但一切又都是我在陈述。现在的"语感诗"特别注重语气语调的运用，语调成为其一个非常重要的美学元素。

经过上面两个阶段，一首诗在心中有一个基本轮廓后，就进入落笔成句阶段。在这个阶段，要注意以下几点。

以意领文，逐层推进，气韵贯通。要借助前面感发酝酿的激情和立意搭的架子，一层一层地推进，用具体的描述和形象的表达落笔成句。在整个行文过程中，创作行为将实现以下发展和变化：一是思想情感内容进一步清晰化、具体化。前两个阶段形成的情感和意向初步轮廓将得到补充完善，要言之有物，又要充实、明晰，具有可操作性，能够用合适的语词表达出来。二是要将飞腾、立体的思维适度冷却下来，适应语言线性表述的需要，能够言之有序地表达。三是要选择合适的文字符号，对思维内容进行创造性编码，运用书写工具或是计算机操作，使内容外化为可见的物质存在形式。这个过程既要动脑积极思维又要动手书写操作，是一个复杂艰辛的创造性劳动过程，要做到"得之于心，应之于手，心手相通"。在整个行文过程中，要时时围绕立意搭建的结构轮廓进行进一步的寻思，逐层推进，不要被天马行空的想象拉得太远。要意在笔先，意到笔随，文从字顺，"语言跟着思想走"，意脉清晰，气韵贯通。因为诗歌创作在行文过程要特别注重词语搭配、句型优化、韵律安排和篇章建构，复杂的过程容易走偏，所以，要特别注意气韵贯通。

突出话语的造型性。美术最明显的特征是造型，诗虽不同于美术，但它也有个造型问题。它不是用色彩和线条，而是用语言塑造形象或意象，以形象或意象作诗的符号，言语的符号，承载和唤醒读者的知觉经验。知觉唤醒是诗的关键。刘勰所谓"神与物游"，司空图所谓"思与境偕"，都是说要创造有灵有肉的鲜活的艺术形象。诗要用赋法，在铺陈描写中塑造形象或场景。要用比法，比喻、比拟、转喻和象征，在两个以上事物的共演中突显某种特征和诗意。要用兴法，充实内容，创造形象和诗意氛围。要用叙法，在叙说事件过程中创造形象展示诗意。要牢记诗的主要特点是以象明意，避免概念化、推导性的表达方式。要注意选择具体可感的最容易引起联想的词汇，主要是凝聚大量情感信息的名词和动词，如山腰、树冠、飞尘、飘扬、照亮等，又如"红杏枝头春意闹"的"闹"，"星垂平野阔"的"垂"，"桃花才骨朵，人心已乱开"的"乱开"，"余烬已冷静"的"冷静"等。要少用空洞的形容词和虚词。

在整个行文过程中，要特别注意情思意念与形象、意境的吻合和协调，尽量做到司空图所谓"近而不浮，远而不尽"。所谓"近而不浮"，是就形象的具体性来说的，要求把诗中描绘的事物具体且生动地呈现出来，使读者感到近在眼前、可触可感，而不流于浮泛，让细节的具体真实增强意象的锐度和力度。所谓"远而不尽"，是就形象与形象、形象与意念的关系来说的，形象之间要统一协调，形成一个充满意味的境界，韵味悠远不可穷尽。前者为实，后者求虚，虚实相生。为实时不必毫芥不捐，而又得其神情；求虚处不能脱离形象，而又不完全拘泥于形象。

自由诗的音乐性——节律化。音乐性是历史地形成的诗歌的一个特征，是诗歌区别于散体文形式上的标志。现代自由诗的诗句节律化已经是音乐性最低的要求，同时也是最灵活最具有创造性的要求。行文过程中，在注意锤炼意象的同时，也要注意诗行与诗行之间的自然协调，注意语气、语调与情感内容的协调，在自由中体现出音韵的协调美。

在诗歌创作的整个过程中，还要注意思维方法问题。既要注意调动感知记忆的宝藏，还要借鉴科学的方法。S·阿瑞提研究人类认识得出结论，感觉构成、知觉、学习、记忆、观念联想、等级形成等这些不同水平的认识，都遵循着"三个基本操作样式"，即接近、相似和局部代表整体。[①]接近就是在意识中把时间或空间相近的事物自然地联系起来，联系得上的就成了一个统一的整体，可以"同一"地看待，联系不上的就成了另一类的东西。例如，在中国古代诗歌中，菊花的开放、大雁的南飞、树叶的黄落、寒风的渐起这些自然现象，因为在时间上是在同一个季节发生，于是常常被当作一个统一体进行处理。当我们一提到其中任意一个或几个，我们就自然联想到一个同一的观念——"秋"。同样，在幅员辽阔的中国，一提到"积雪过膝""大雪封门"等，我们就自然会联想到北方冬日的各种景色，一提到"榕树成荫""小桥流

---

① ［美］S·阿瑞提：《创造的秘密》，钱岗南译，辽宁人民出版社，1987年8月版，第120～125页。

水"，自然就联想到南方春夏的各种景色。从世界各国来看，人们从"日落"就想到"夜晚"将至，从"雷鸣"就想到"暴雨"来临，这是全世界的普遍自然现象……诸如此类的现象不胜枚举。这就是联想的分类功能。这种"接近的样式"能使人的思维在世界的多样性中抽象出统一体和种类的观念。相似就是在意识中发掘出两个事物具有一个或多个共同特征或元素，把它们的同一性鉴别出来，进而形成远近不同的等级。在诗歌中，运用得最多的比喻、比拟、象征无不是建立在事物的同一性基础之上的。诗是运用一事物阐明、体验另一事物的艺术，它总是不断在事物的同一性上打转转，在似与不似之间变魔术，在这种转和变中获得新有认知。局部代替整体是人的极为普遍的心理机能，如看见人的头顶就当成看到了整个人。这是人的一种天然的节省精力的心理机能，能使人从已知中推断出未知。诗歌中常常运用一个小小的暗示唤起复杂的模式，以情境的一个片段唤起整个情境。诗歌虽然相对而言比较排斥抽象的概念，不大使用判断和推理等方式，但上述三种思维的"操作样式"还是不断被运用的。这些方法是富于创造性的，对诗歌创作是有益的，我们要有自觉运用这"三个基本操作样式"提升诗歌创造性的意识。

文章不怕百回改。诗人写诗，也很难一锤定音，几乎没有不改的。整个创作过程都处于不断调整的状态。落笔成句阶段，诗人进行着专注而高度紧张的脑力劳动，在激情的推动下，根据最初的立意选择意象，选择语言形式和组织词汇。既要照顾到韵律节奏，又要照顾到意象的营造对情感的传达等，各种因素在诗人脑子里面综合，在"脑子里经过调匀"（艾青）。诗人常常为选择词语和表达方式反复纠结，痛苦煎熬，然后才落到纸上。一旦写定，也只能算基本形成一首诗，有的马上就有新的想法，就要进行修改。一般说来，写完后稍微放上一两天，待内心情感稍作冷却后再作阅研、全面斟酌修改的居多。有的是更长的时间，几年或几十年，诗人自己诗艺上有进步，思想情感上有新的发现后再作修改。有的发表多年后还作修改。总之，修改时间不是一定的，完全看诗人和诗的具体情况而定。

至于修改内容，则有大有小。从大的方面看，有的诗写完后才发现它确实没有存在的价值，要毫不吝惜地把它粉碎了。有的诗在立意方面或意象选择、意象组织等方面有不恰当之处，还在可以修改之列，就要根据实际问题进行修改调整。从小的方面看，有的可能是个别用语不大准确，有的可能是交代过细显得多余，有的可能是词语不符合表达情感和韵律节奏的需要，有的可能是书写排列不当影响理想的形式感形成，有的可能是标点符号不够恰当影响意义或情感表达，等等。因为这些因素的存在导致诗没有达到最为满意的诗意效果，都需要修改，可以进行修改。

没有完全客观的修改标准。用柯勒律治的说法，诗是把"最恰当的词纳入最恰当的位置"。什么是"最恰当的词"？包括语音、声响甚至文字形式，词的能指质地，也包括词的所指，意义、指称对象、形象、色彩、动静、凝聚着的各种感性因素和文化积淀等，都要符合表达的需要才是最恰当的。说"最恰当的位置"，是词在一首诗中的安放符合具体位置的需要。那一要看上下文，看是否符合上下文语境。二要看一个词在现实生活中给人的感性经验，是否与感性经验贴切，是否精微地满足了需要，是否能精准有力地传达作者的意图。因为诗歌的任何一个词语、任何一种表述，都要为实现创造诗意的整体意图服务，所以，要做到：

> 每个词都各得其所，
> 从它所处的位置支持其他的词，
> 文字既不羞怯也不炫耀，
> 新与旧之间的一种轻松的交流，
> 普通的文字确切而不卑俗，
> 规范的文字准确而不迂腐，
> 融洽无间地在一起舞蹈。
> ——艾略特《四个四重奏》

后 记

我在涉猎和吸纳知识方面是一个见异思迁的人。有人说，新知识往往在学科与学科的交界地带，我相信。中学时我是一个理科生，做中学教师时我是汉语言文学专业毕业的教师。在那个充满理想主义的20世纪80年代，我对文学几近痴迷，与人一起创办文学社，编辑内部刊物，发表作品，激情澎湃。后来，转行到了行政机关，看到文学日渐玄虚和无用，又去自考法学专业，研究社会和经济，写一些"实用文章"。再后来，又看到法律的局限，开始对哲学、美学感兴趣，尤其爱好现代西方哲学、美学。初步涉猎现代西方哲学、美学，在被它们折服的同时又看到它们很多片面和偏激，比如形式主义和接受美学，它们都过多夸大自身注意力所及的方面，虽然自成体系，但总让人感到虚妄。到"知天命"之年后，回想自己这大半生，一事无成，非常遗憾！一个偶然的机会，在"知网"中看到自己90年代的一篇小文章，觉得自己还是给这个世界留下了一点痕迹，是一个安慰。于是我萌生了一个念头，要把精力集中起来做一点事情，在有生之年给社会留下更多有用的东西。因而想重拾文学旧梦，决定对诗歌进行深入研究。这本书就是这几年辛苦工作的成果。

吴杰同志是有眼光的，他在序中非常中肯地指出了本书的不足。其实，还不止他指出的这些。请允许我在这里作一些说明。

关于本书的题目——《汉语诗歌的阅读和写作》，确实太过宏大了。我有时想，这样的书也敢写，真有点不知天高地厚！那么多专家教授都是选择一个点切入，或者抓取几个关键词进行发挥和阐述，你简直是自不量力！这需要花多少时间、下多大功夫不说，有许多老大难问题就会让人望而却步。我广泛搜罗了这方面的书籍，进行阅读比较后，觉得它们都有很多不尽如人意的地方。然而，目前随着人们对精神文化生活要求的提高，诗歌喜爱者越来越多，在众多点到为止的书中，迫切需要有这样一本相对全面的书。在阅读和研学的过程中，我自己觉得有越来越多的话想说出来，想传达给广大读者，给希望阅读和写作诗歌的人一些帮助。我看准了这个理，不管有多难就想拼一拼，决定了写这本书。因此，这本书既广收博引，兼容并蓄，又有不少自己的一家之言。从本体论、鉴赏论和创作论三大部分结构可以看出，本书力图给读者一个框架性、体系化的东西。具体从各部分看，也是如此。如本体论部分，揭示出诗歌三层面的结构——深层的思想、情感和理念等，里层的意象及意象组合，表层的话语特色、韵律形式和外观形式等，通过形态结构认识诗歌本质。同时，我发现现在的很多诗人，写现代自由诗的不研究旧体诗，写旧体诗的看不起现代自由诗。新诗与旧诗成了"井水不犯河水"的两个世界，两者很难互相参照和借鉴，两者的发展都受到制约。本书大胆地整体观照汉语诗歌史，将南朝以来逐步形成的诗有定体、体有定句、句有定字，字定平仄，人为制定严格的词语声调平仄交错（沈约"若前有浮声，则后须切响"）、诗句上下粘对，不能越雷池一步的格式化的诗，包括近体诗和词曲作为一个特殊的大类，统称为格律诗。而将其以前没有平仄格律的诗称为古典自然诗，将胡适等倡导白话诗以来逐步形成的新体诗称为现代自由诗。在诗歌发展的这三个阶段的比较及联系中，找到古今诗歌共同的本质性的东西——汉语诗歌中一些美学元素的延续与嬗变，从而打通旧体诗与现代自由诗之间的美学壁垒，提出诗歌韵律发展的"自然诗—格律诗—自由诗"三阶段论，揭示现代自由诗是汉语诗歌合情合理的历史发展，也为现代自由诗的形式规范找到理论依据。宏大自有其作用，所以，我仍然选择了这个书名。

关于写作重心问题。从书名看，应该是重点摆在怎样读和怎样写，而不是本体论部分。在写作过程中，我就多次为此而感到困惑和不安。本体论是基础，读和写是建于其上的目标。要突出主题，似乎结构应该是下小上大的饭碗形结构，却写成了下大上小的金字塔形结构。我为此反复挣扎，试图做出调整和改变，但由于两个因素而没有改变。一是自己对诗歌阅读和写作还研究不深刻，当然这不是充分的理由。二是我有一种强烈的归位意识。诗学的很多问题是相互关联和交叉的。有的人以谈语言问题谈所有诗学问题；有的人以谈阅读问题谈所有诗学问题，如美国劳·坡林的《怎样欣赏英美诗歌》；有的人以谈创作问题谈所有诗学问题，如王光明的《怎样写新诗》、魏饴的《诗歌创作的艺术与智慧》。诸如此类，不一而足。我反过来想，既然我要在这本书中将诗学问题体系化，就要将这些问题进行归位，不然一个问题在三个部分都出现，交叉和重复就会太多。只要是诗歌结构方面的问题，是诗歌的构成要素的问题，涉及对诗歌本体的认知的，就不能把它往阅读和写作部分放（当然这也是有困难的，很多地方难以截然分开，因为它们往往是融合在一起的，后两部分都有涉及的理由）。体系化的初衷和意图要求我必须这样做。这样归位以后，对于阅读和写作要说的话自然就少了。有的似乎也应该是写作学或其他书籍的任务，不应该在本书中过多展开。我曾试图多举一些范例使后两部分更充实一些，似乎又将改变本书的风格和体例，前后不一致。本书重在讨论和解决一些诗学问题，对自己提出的一些观点引经据典地求证。如果写成了一本作品欣赏书或写作训练书，必然会前后格调不同。我又转念一想，本体论部分关于诗歌认知的知识，不也是教人怎么理解阅读诗歌吗？不也对写作诗歌具有指导作用吗？所以，干脆简单事情简单说，把我认为基本的问题说清了事。这样，只有请读者诸君谅解了。

　　我作以上两点说明，不仅仅是为我自己辩解，也希望带给读者更多启发，引发读者进一步探究的热情。诗歌作为人类特有的一种精神现象，作为一个个话语制作而成的精神产品，其制作、贮存、传播、消费是一系列极其复杂而变动不居的活动过程。研究诗歌的学问涉及哲学、美学、语言学、心理学、人类学等若干学术领域，实属不易。本人才疏学浅，力有不逮，书中的错误和不足肯定很多，还望读者们多提意见和建议，让我在今后的再版中修改和完善（意见和反馈请发送到电子邮箱sczyscs@163.com）。谢谢！

舒朝水

2023.12